UN SEUL DIEU
TU ADORERAS

DU MÊME AUTEUR

La Souris et le Rat, roman, Gatineau, Vents d'Ouest, 2004
L'été de 1939, avant l'orage, roman, Montréal, Hurtubise, 2006, format compact, 2008
La Rose et l'Irlande, roman, Montréal, Hurtubise, 2007
Haute-Ville, Basse-Ville, roman, Montréal, Hurtubise, 2009, format compact, 2012 (réédition de *Un viol sans importance*)
Un homme sans allégeance, roman, Montréal, Hurtubise, 2012 (réédition de *Un pays pour un autre*)
Père et mère tu honoreras, roman, Montréal, Hurtubise, 2016
Eva Braun, tome 1, *Un jour mon prince viendra*, roman, Montréal, Hurtubise, 2017
Eva Braun, tome 2, *Une cage dorée*, roman, Montréal, Hurtubise, 2017

SAGA LE CLAN PICARD
Les Portes de Québec, tome 1, *Faubourg Saint-Roch*, roman, Montréal, Hurtubise HMH, 2007, format compact, 2011
Les Portes de Québec, tome 2, *La Belle Époque*, roman, Montréal, Hurtubise HMH, 2008, format compact, 2011
Les Portes de Québec, tome 3, *Le prix du sang*, roman, Montréal, Hurtubise HMH, 2008, format compact, 2011
Les Portes de Québec, tome 4, *La mort bleue*, roman, Montréal, Hurtubise HMH, 2009, format compact, 2011
Les Folles Années, tome 1, *Les héritiers*, roman, Montréal, Hurtubise, 2010, format compact, 2011
Les Folles Années, tome 2, *Mathieu et l'affaire Aurore*, roman, Montréal, Hurtubise, 2010, format compact, 2011
Les Folles Années, tome 3, *Thalie et les âmes d'élite*, roman, Montréal, Hurtubise, 2011, format compact, 2011
Les Folles Années, tome 4, *Eugénie et l'enfant retrouvé*, roman, Montréal, Hurtubise, 2011, format compact, 2011
Les Années de plomb, tome 1, *La déchéance d'Édouard*, roman, Montréal, Hurtubise, 2013
Les Années de plomb, tome 2, *Jour de colère*, roman, Montréal, Hurtubise, 2014
Les Années de plomb, tome 3, *Le choix de Thalie*, roman, Montréal, Hurtubise, 2014
Les Années de plomb, tome 4, *Amours de guerre*, roman, Montréal, Hurtubise, 2014

SAGA FÉLICITÉ
Félicité, tome 1, *Le pasteur et la brebis*, roman, Montréal, Hurtubise, 2011, format compact, 2014
Félicité, tome 2, *La grande ville*, roman, Montréal, Hurtubise, 2012, format compact, 2014
Félicité, tome 3, *Le salaire du péché*, roman, Montréal, Hurtubise, 2012, format compact, 2014
Félicité, tome 4, *Une vie nouvelle*, roman, Montréal, Hurtubise, 2013, format compact, 2014

SAGA 1967
1967, tome 1, *L'âme sœur*, roman, Montréal, Hurtubise, 2015
1967, tome 2, *Une ingénue à l'Expo*, roman, Montréal, Hurtubise, 2015
1967, tome 3, *L'impatience*, roman, Montréal, Hurtubise, 2015

SAGA SUR LES BERGES DU RICHELIEU
Sur les berges du Richelieu, tome 1, *La tentation d'Aldée*, roman, Montréal, Hurtubise, 2016
Sur les berges du Richelieu, tome 2, *La faute de monsieur le curé*, roman, Montréal, Hurtubise, 2016
Sur les berges du Richelieu, tome 3, *Amours contrariées*, roman, Montréal, Hurtubise, 2017

JEAN-PIERRE CHARLAND

UN SEUL DIEU TU ADORERAS

UNE ENQUÊTE D'EUGÈNE DOLAN

Hurtubise

Catalogage avant publication de Bibliothèque et Archives nationales du Québec et Bibliothèque et Archives Canada

Charland, Jean-Pierre, 1954-, auteur

Un seul Dieu tu adoreras / Jean-Pierre Charland.

ISBN 978-2-89781-132-7

I. Titre.

PS8555.H415S48 2018 C843'.54 C2017-942592-7
PS9555.H415S48 2018

Les Éditions Hurtubise bénéficient du soutien financier du gouvernement du Québec par l'entremise du programme de crédit d'impôt pour l'édition de livres et de la Société de développement des entreprises culturelles du Québec (SODEC). L'éditeur remercie également le Conseil des arts du Canada de l'aide accordée à son programme de publication.

Financé par le gouvernement du Canada | Canada

Conception graphique : René St-Amand
Illustration de la couverture : Alain Massicotte
Maquette intérieure et mise en pages : Folio infographie

ISBN 978-2-89781-132-7 (version imprimée)
ISBN 978-2-89781-133-4 (version numérique PDF)
ISBN 978-2-89781-134-1 (version numérique ePub)

Dépôt légal : 1er trimestre 2018

Bibliothèque et Archives nationales du Québec
Bibliothèque et Archives Canada

Diffusion-distribution au Canada :
Distribution HMH
1815, avenue De Lorimier
Montréal (Québec) H2K 3W6
www.distributionhmh.com

Diffusion-distribution en France :
Librairie du Québec / DNM
30, rue Gay-Lussac
75005 Paris
www.librairieduquebec.fr

Imprimé au Canada
www.editionshurtubise.com

Les personnages

Personnages fictifs

Brochard, Narcisse : Médium d'origine française, dans la cinquantaine. Il offre ses services à qui le veut bien.
Demers : Deux sœurs célibataires plutôt âgées, qui semblent partager le même cerveau : voilà pourquoi elles n'ont pas de prénom. Ce serait des jumelles si elles n'étaient pas nées à des années différentes.
Devlin, James : Employé dans une banque de Montréal, il loge chez Teresa Sullivan.
Dolan, Eugène : Âgé de vingt-six ans, cet ancien étudiant au Grand Séminaire de Montréal est inspecteur de police. Il occupe un bureau au poste de police numéro 1, situé à l'hôtel de ville.
Fafard, Pierre : Locataire de Theresa Sullivan. Cet homme dans la cinquantaine s'intéresse à Juliette Marcoux.
Grothé, Osias : Âgé de trente-cinq ans, époux de Rosée, c'est un homme d'affaires prospère. Il habite rue Sherbrooke.
Grothé, Rosée : Née Rodier, l'épouse d'Osias est âgée de trente ans. Elle pleure toujours la mort de son fils Zéphyr, disparu un an plus tôt.
Grothé, Zéphyr : Fils d'Osias et Rosée, mort à l'âge de cinq ans, en 1905.
Marcoux, Juliette : Secrétaire au magasin Morgan, elle a trente et un ans et loge à la même maison de chambres qu'Eugène Dolan.

McDougall, Éléonore : Fille d'Archibald McDougall, elle est âgée de vingt-six ans.
McDougall, Kenneth : Fils de feu Archibald McDougall, frère aîné d'Éléonore, il dirige la fonderie héritée de son père. Marié à Pamela.
McDougall, Octavia : Épouse de feu Archibald McDougall.
McDougall, Stanley : Fils de feu Archibald McDougall, frère cadet d'Éléonore, il s'occupe des projets immobiliers hérités de son père. Marié à Joyce.
Murphy, Fanny : Femme de chambre. Au service d'Éléonore, elle emménage rue Aylmer avec celle-ci.
O'Neil, John : Locataire chez Theresa Sullivan, il travaille dans un cabinet juridique.
Radcliffe, Imogen (madame veuve Augustus) : Médium âgée de soixante-deux ans, elle habite dans le quartier Milton.
Regan, May : Aide cuisinière chez les McDougall, elle travaille au domicile de la rue Aylmer après le mariage d'Éléonore.
Rossi, Abbondanza : Maîtresse d'Osias Grothé.
Sullivan, Theresa : Propriétaire d'une maison de chambres rue Belmont.

Personnage historique

Campeau, Olivier (1857-s. d.) : Chef de police de la Ville de Montréal de 1904 à 1918. Il habite au 4105-4107, avenue de l'Esplanade.

Chapitre 1

Debout sur le perron de sa maison de chambres située rue Belmont, Eugène Dolan attendait la voiture de la famille McDougall. Le soleil tapait fort en ce samedi 23 juin 1906. Son complet noir rendait la chaleur encore plus difficile à supporter. Au moins, il était en lin. En fin d'après-midi, les cernes de sueur sous ses aisselles ne s'étendraient pas trop.

Seul son chapeau de paille était vraiment adapté à la saison. Personne ne s'attendait à ce qu'un policier ait l'allure d'un vacancier, mais avec son melon habituel il aurait eu l'air d'un croquemort. Après avoir fini de manger, John O'Neil, l'un de ses voisins, sortit pour regagner le cabinet d'avocat qui l'employait. Il remarqua au passage:

— Comme ça, c'est vrai... Les habitants de cette ville devront se passer de la protection de leur plus fin limier pendant toute cette journée.

— Voilà ce qu'il en coûte de m'affecter une nuit par semaine à la chasse aux mauvais garçons.

— Je sais. Un de nos voisins a payé cher à cause de tes nuits d'insomnie.

Il faisait allusion à Collins, aussi pensionnaire chez Theresa Sullivan, qui avait comparu devant un juge quelques semaines plus tôt.

— Quand un gars est assez stupide pour voler son propre patron sans s'assurer de laisser des traces d'effraction derrière lui, il mérite de se faire prendre.

Évidemment, Dolan avait vite compris que quelqu'un muni d'une clé, donc un employé passé ou présent, se servait dans l'entrepôt. Il ne lui restait plus qu'à exercer une surveillance le temps nécessaire pour le prendre sur le fait.

— Merci pour cette information. Je m'en souviendrai au moment de faire main basse sur la petite caisse.

Juste à ce moment, la voiture de maître s'engageait dans la petite rue Belmont. Le cocher, perché sur son siège, présentait sa mine goguenarde habituelle. La même question se lisait chaque fois sur son visage : « Qu'est-ce qu'elle lui trouve ? »

— Tout le monde t'envie, dans le quartier. Sortir ainsi dans le beau monde…

C'était une façon de dire combien cette relation était improbable.

— Personne ne s'intéresse à ma vie privée, dans le quartier.

— Amène-la à la messe une seule fois, et tu verras !

Répondre « C'est une presbytérienne » ferait augmenter encore cette curiosité malsaine. Son interlocuteur savait bien qu'il s'agissait d'une protestante, tous les journaux avaient rendu compte des funérailles de son père au temple Erskine, rue Sherbrooke. Mais oui, sa présence à l'église créerait une petite commotion.

Sous les yeux amusés d'O'Neil, le policier marcha vers la berline. Une main gantée de blanc ouvrit la portière. L'instant d'après, il prenait place sur une banquette étroite, aux côtés d'Éléonore McDougall.

— Tu m'as manqué, dit la jeune femme.

— À moi aussi.

Alors qu'il se penchait vers elle pour embrasser sa joue, son inconfort ne faisait pas de doute. Malgré les semaines écoulées, la proximité de son corps et le contact de sa peau suscitait le même malaise. Il la contemplait d'un regard oblique. La jupe et la veste d'un gris perle rappelaient la couleur des yeux. Le chemisier blanc, la chevelure châtaine très lourde, le chapeau de paille décoré de fleurs : tout lui donnait l'allure des élégantes illustrées dans les magazines de mode français. Cependant un détail la distinguait de celles-là : des petites marques sur l'arête du nez, et un lorgnon attaché à une chaînette pendant sur sa poitrine.

Quand la voiture se mit en route, le mouvement entraîna le corps de sa compagne contre le sien. Elle ne fit rien pour rompre le contact de leurs épaules.

— Tu es déjà allé là-bas, n'est-ce pas ?

Le tutoiement aussi le mettait mal à l'aise. Cette familiarité ne réduisait en rien la distance sociale entre eux. Le plus souvent, en sa présence, Éléonore s'exprimait en français. Une jeune femme de sa condition apprenait au moins un idiome étranger, souvent l'allemand, mais le français était le choix de certaines. L'entendre tirait toujours un sourire à son compagnon. Le vocabulaire et la syntaxe se révélaient plus que convenables. Mais l'accent était plutôt étrange, puisque des années auparavant, sa préceptrice était venue tout droit de Paris.

— Oui, j'y suis allé lors de l'inauguration, le 2 juin dernier. Mais c'était en service commandé.

— Tu ne craignais certainement pas des désordres à cet endroit, non ?

— Mettre 10 000 personnes dans un si petit espace suscite toujours l'intérêt des pickpockets.

Une douzaine de voleurs à la tire, dont certains venus de loin pour profiter de l'occasion, s'étaient retrouvés au poste. Deux ou trois douzaines supplémentaires avaient sans doute échappé aux policiers.

— Dix mille ?

— Le lendemain, un dimanche, c'était 40 000. D'ailleurs, c'est pour éviter pareille affluence que nous y allons aujourd'hui, un samedi.

Jusque-là, un seul parc d'attractions, le parc Sohmer, attirait les foules à Montréal. À partir de maintenant, le parc Dominion le lui disputerait en popularité. Lui aussi se situait au sud de la rue Notre-Dame, mais beaucoup plus loin à l'est.

— Nous aurions pu nous y rendre en tramway.

Éléonore découvrait avec curiosité le territoire à l'est du boulevard Saint-Laurent, la frontière entre la ville française et la ville anglaise. Son enthousiasme rappelait les comptes rendus des journaux britanniques relatifs à l'explorateur Henry Morton Stanley. Les Canadiens français faisaient un peu office d'Africains pour la minorité anglaise férue d'anthropologie.

— Je ne crois pas que tu apprécierais.

— Voyons, que risquerais-je ?

— Le contact de mains curieuses.

La jeune femme se troubla. Mais l'argument était controuvé : la promiscuité serait tout aussi réelle au parc d'attractions.

❋

Bientôt, le cocher s'arrêta devant l'entrée majestueuse toute en brique. Quand Dolan aida Éléonore à descendre de la berline, ses yeux s'attardèrent sur la bottine, le début d'un bas de soie et un jupon. Tout était blanc.

La jeune femme demanda à son employé de revenir les chercher un peu avant l'heure du souper. Puis, en prenant le bras du policier, elle demanda :

— Je n'ai pas vérifié auprès de toi, mais je suppose que nous nous en tiendrons au projet de manger à la gare Viger ?

— Cela me convient tout à fait.

Au moment de passer le portail, Dolan sortit deux pièces de dix cents, le prix de deux entrées. Il en coûtait la moitié moins pour les enfants.

— Je veux essayer tous les manèges, dit-elle.

— Même celui-là ?

Il désignait le *scenic railway*, des montagnes russes, en fait.

— Surtout celui-là.

Son sourire témoignait de sa sincérité. Une nouvelle fois, son envie de s'amuser le toucha. Lui-même se montrait souvent taciturne. Évidemment, des chemins différents les avaient conduits à cette différence de personnalité. Le séminaire et les études de théologie prédisposaient bien peu au plaisir.

— Et tout de suite après, un peu d'eau pour nous rafraîchir !

La jeune femme pointait du doigt un autre manège, un peu plus loin sur leur droite. Un curieux canot dévalait une glissoire de quelques dizaines de pieds pour finir sa descente dans un bassin. Les éclaboussures mouillaient les vêtements de ses occupants.

— Auparavant, nous aurons droit à un spectacle d'un autre genre.

Des édifices formaient un quadrilatère autour d'une place centrale. Dans un coin, un projecteur posé au sommet d'un véritable phare balayait alternativement l'enceinte et le ciel. Bien sûr, en plein jour l'effet laissait à désirer. Il en irait autrement la nuit tombée.

Une foule se réunissait autour d'un immense ballon.

— Qu'est-ce que c'est ?

— Un ballon dirigeable. Le premier à s'élever dans le ciel de Montréal.

Comme elle fixait sur lui un regard intrigué, Dolan précisa :

— Les autres voguent au gré du vent. Celui-là est équipé d'un moteur de motocyclette et d'un gouvernail.

Bientôt, le policier montra sa plaque afin de s'approcher de la machine volante. Éléonore sourit devant cet abus de pouvoir manifeste, plusieurs badauds grommelèrent. L'enveloppe de toile, vernie afin de la rendre étanche, avait la forme d'un cylindre pointu à ses deux extrémités. Tout le monde jetait des regards admiratifs à l'aérostier californien, Lincoln Beachey.

La nacelle prenait la forme d'une longue planche de bois retenue par un filet. Quand le conducteur en donna l'ordre, des assistants détachèrent les cordes pour permettre à l'aérostat de s'élever. Sous les « Ho ! » et les « Ha ! », l'appareil gagna de l'altitude. Pendant une petite demi-heure, il tourna autour du terrain puis alla se poser plus loin.

❊

Pour monter dans les montagnes russes, il fallait passer par un édifice élégant, avec une galerie à l'étage. Trois petits wagons reliés ensemble, contenant chacun huit places, recevaient les audacieux. Cette fois, ce fut l'élégance et le sourire d'Éléonore qui leur valut la première place, et non une plaque de policier.

Même si les rails ne s'élevaient pas bien haut, et que l'étrange petit train ne roulait pas si vite, des cris stridents jaillirent des poitrines dès le départ. Dolan demeurait silencieux, jetant des coups d'œil sur sa compagne. L'étroitesse de la banquette les obligeait à s'appuyer l'un contre l'autre. Sa voix haut perchée lui crevait les tympans. Pire, quand ils dévalèrent une pente raide, elle saisit sa main pour ne plus la lâcher.

Le geste se répéta dans la petite embarcation filant vers le bassin, quand l'eau les éclaboussa. Se faire rafraîchir un peu le satisfit, mais la sueur qui lui mouillait les reins ne tenait pas qu'au soleil.

Les différents pavillons leur procurèrent des émotions d'une autre nature, notamment celui portant sur l'inondation de Johnston, en Pennsylvanie. Survenue en 1889, la catastrophe avait coûté la vie à 2 200 personnes.

— Toutes ces photographies de cadavres, dit la jeune femme en sortant du pavillon, j'en ai encore le cœur chamboulé. Pourquoi les gens aiment-ils voir cela ?

— Sans doute pour la même raison qu'ils se bousculaient pour avoir des places lors des pendaisons. Ils se réjouissent que cela arrive à un autre.

L'allusion lui rappela l'exécution de Lacaille, quelques semaines auparavant. Il chassa l'horrible spectacle de sa mémoire. Un commerce offrait de la crème glacée aux passants.

— Que dirais-tu de m'attendre sur l'un de ces bancs ? Je te rapporte un cornet dans une minute.

— Voilà une bonne idée ! Surtout par cette chaleur…

Quand il revint, ce fut pour voir sa compagne en grande conversation avec un bellâtre. L'homme s'esquiva en le voyant.

— J'aurais dû penser que tu attirerais l'attention. Tu es si jolie.

Son propre toupet le mit immédiatement mal à l'aise.

— S'il te plait, ne va pas maintenant t'excuser, dit-elle.

En lui tendant le cornet, il l'examina attentivement. La chaleur et l'agitation des manèges avaient un peu défait sa coiffure, des mèches de cheveux collaient à son front. La sueur au-dessus de la lèvre supérieure lui donna une furieuse envie de l'embrasser.

— Je ne le ferai pas. Certainement pas.

Cela d'autant plus que juste à ce moment, un petit bout de langue touchait la glace. Une vive tension au bas-ventre vint souligner son appréciation. Au même instant, Éléonore désigna une petite bâtisse :

— On dit qu'il y a des monstres. J'aimerais aller voir.

Pourtant, contempler le garçon-homard – un gamin dont les mains difformes rappelaient vaguement des pinces –, une femme à barbe, l'homme-squelette ou celui à peau de serpent gâcherait un peu son appétit. La vue de la femme sauvage, une Noire portant un simple pagne, la fit rougir. Dolan se dit que monseigneur Fabre lancerait des anathèmes du haut de la chaire dès qu'un bon catholique dénoncerait ce scandale.

Le bon catholique, ce ne serait pas lui.

❋

Le samedi, la plupart des bureaux fermaient leurs portes un peu plus tôt. Cela permettait aux locataires de madame Sullivan de se retrouver pour le souper vers six heures. Ensuite, certains d'entre eux profitaient des loisirs offerts par la grande ville. La plupart du temps, il s'agissait d'aller entendre un orchestre amateur jouer des airs pimpants dans un parc de la ville.

Quand la propriétaire vint s'asseoir à table après avoir aidé la bonne à faire le premier service, elle demanda :

— Alors, monsieur Fafard, vous vous faites à l'existence dans notre petit cercle ?

Un mois plus tôt, Pierre Fafard avait loué la chambre laissée libre par l'emprisonnement de Collins. Il s'agissait d'un petit homme grisonnant de cinquante ans environ, employé dans une maison de commerce.

— Je m'y fais très bien, madame. Tout le monde se montre bien accueillant.

En disant ces mots, son regard s'attarda un moment sur Juliette Marcoux, une secrétaire gagnant sa vie au magasin Morgan.

— Nous tentons de recréer une vie de famille.

La propriétaire exagérait, mais une bonne entente régnait tout de même dans la maison.

— Évidemment, comme dans chaque famille, certains omettent de se présenter à l'heure du souper.

John O'Neil regardait Juliette. Il expliqua :

— Quand je suis retourné au travail, après le dîner, il attendait une berline. Celle avec le cocher juché tout en haut.

— Voilà une femme qui sait se montrer reconnaissante, remarqua James Devlin.

— L'accompagner à la lutte au parc Sohmer, c'était de la reconnaissance, répondit O'Neil. Mais cela se répète assez souvent pour que cela devienne une habitude. Aujourd'hui, c'est le parc Dominion.

La secrétaire fixa résolument son bol de soupe, désireuse de dissimuler son émotion aux autres.

— Vous savez, monsieur Fafard, intervint l'une des demoiselles Demers, son enquête policière a permis de sortir de prison l'un des frères de cette Anglaise.

— Pour enfermer un autre de ses frères, dit la seconde demoiselle Demers. Mais celui-là venait d'un second lit.

— Récupérer un frère pour en perdre la moitié d'un autre, cela demeure une bonne affaire.

Ces deux-là paraissaient exprimer les pensées contenues dans un seul cerveau, tellement l'une complétait l'autre. Si le nouveau venu dans la pension ne désirait pas poursuivre la conversation sur ce sujet, cela n'arrêterait certainement pas ses interlocutrices.

— Et puis ce second lit, c'était celui d'une femme de mauvaise vie. Voilà où cela conduit, naître dans le péché.

— La luxure qui mène au meurtre.

Elles paraissaient sans âge et leur petite boutique de modiste leur procurait une certaine aisance.

— C'est juste de la reconnaissance, dit encore l'une d'elles. Elle est riche, et puis c'est une presbytérienne.

— Comme la plupart des Écossaises, précisa l'autre.

— En tout cas, souligna John O'Neil, reconnaissance ou non, protestante ou non, moi si une riche héritière se met en tête de me sortir, je dis oui tout de suite. Imaginez comment cela peut finir !

Il se voyait dans le rôle d'un Cendrillon masculin. Et sur ce sujet, Devlin était sur la même longueur d'onde :

— Dans cette voiture, il y a bien quatre places, alors je monterais aussi.

Madame Sullivan en vint à ressentir une véritable compassion pour Juliette. Sous couvert de la taquinerie, ces remarques étaient blessantes. Elle avait rêvé au détective pendant quelques semaines. Elle fit l'effort d'orienter la conversation dans une autre direction.

— Je me demande si le curé de la cathédrale Saint-Jacques reviendra sur le sujet du livre de ce père Marchal…

Vieux de près de trente ans déjà, l'ouvrage du Français intitulé *L'Esprit consolateur* suscitait toujours l'inquiétude du clergé. Il présentait un mouvement en voie de devenir une véritable religion : le spiritisme.

— Nous l'avons lu, dit l'une des sœurs Demers.

Pourtant, tous les livres traitant du sujet figuraient à l'Index depuis des décennies.

— Nous ne comprenons pas cette opposition. Après tout, l'auteur est un révérend père.

— Et à peu près tout ce qu'on y trouve est identique à ce qu'enseignait mon petit catéchisme.

— Avec une seule différence : les esprits des morts demeurent parmi les vivants.

— Mesdemoiselles, dit madame Sullivan, ne croyez-vous pas que des livres interdits sont un mauvais sujet de conversation à table ?

Si elle avait abordé elle-même le sujet, c'était avec la certitude que les condamnations seraient unanimes, pas pour se voir contredire par des délinquantes toutes ridées. Des yeux, elle désignait Juliette, comme s'il convenait de respecter ses chastes oreilles. Les vieilles demoiselles présentèrent un visage agacé. Décidément, mieux valait manger en silence.

❊

Un passage aux toilettes de la gare-hôtel Viger permit à Éléonore de refaire sa coiffure. Eugène la retrouva avec plaisir. Bras dessus, bras dessous, ils se dirigèrent vers le restaurant de l'établissement. À table, elle remarqua :

— Je suis vêtue pour une partie de campagne. Je dépare un peu, ici.

Elle avait à moitié raison. Plusieurs femmes portaient en effet leurs plus beaux atours. D'autres, apprêtées pour le voyage, ne se distinguaient pas vraiment par leur élégance.

— Je ressentais la même chose, à l'hôtel Windsor.

Leurs premiers rendez-vous s'étaient tenus à cet endroit, et ils continuaient de le fréquenter.

— À tort, dit sa compagne. Regarde autour de toi. Les femmes doivent décorer le monde de leur présence. Il vous revient de nous protéger.

Voilà qui décrivait assez bien la distribution des rôles. D'ailleurs, les quelques hommes trop élégants suscitaient des doutes quant à leur virilité.

— Dans ton cas, la tenue n'y change rien. Même avec des vêtements de cuisine, tu serais très jolie.

Elle lui adressa un sourire moqueur.

— Quel charmeur tu fais !

L'homme se troubla. Heureusement, l'arrivée d'un serveur lui permit de retrouver sa contenance. La conversation se déroula sur un ton léger. Le vin amenait Éléonore à hausser un peu le ton, et la rendait rieuse.

❋

Un peu après neuf heures, ils retrouvèrent le cocher endormi sur la banquette de la voiture.

— Vous me conduirez d'abord à la maison, puis vous irez ensuite rue Belmont.

La jeune femme tenait à maintenir un semblant de normalité entre eux. Les hommes escortaient leur compagne jusqu'au pas de leur porte, puis rentraient ensuite. Sur la banquette, Éléonore s'abandonna contre son compagnon, laissant sa tête reposer contre son épaule.

— C'était une belle journée, murmura-t-elle.

— ... Oui, très belle.

Après une longue hésitation, il plaça son bras sur le dossier de la banquette, laissa sa main reposer sur l'épaule de sa compagne pour esquisser une caresse maladroite. Le trajet jusqu'au grand domaine de la rue Cedar, au flanc du mont Royal, prit une heure. À destination, Dolan tendit la main pour aider Éléonore à descendre.

— J'ai déjà hâte que nous recommencions.

Le «*Moi aussi*» vint avec assez de retard pour être blessant. Puis il y eut un silence. De nouveau, Éléonore dut le rompre:

— J'ai évoqué quelques fois mon désir de me rendre dans un restaurant chinois. Le proverbe français dit bien "Ce que femme veut…

— … Dieu le veut". Pourtant, je doute que tu apprécies.

— Tu pourrais me laisser en juger.

— D'accord. Dès la semaine prochaine.

Elle souffla un «*Merci*» puis, comme si elle craignait de le voir se dérober, la jeune femme mit ses bras autour de son cou et l'embrassa vivement sur la bouche. Tout de même, le contact dura juste assez longtemps pour lui permettre de goûter le sel de la sueur séchée sur sa lèvre supérieure.

Gênée par sa propre audace, Éléonore murmura:

— Bonne nuit.

Elle s'élança si prestement vers la porte de la demeure que la réponse du policier se perdit dans son dos. Il resta immobile un instant.

— Alors, mon prince, nous y allons?

Le ton moqueur lui rappela toutes les railleries sur son malaise devant les femmes essuyées depuis sa sortie du Grand Séminaire. Rageur, il monta dans la voiture.

Éléonore entra dans la maison et s'adossa contre la porte pour reprendre son souffle. Une voix aigrie vint du salon:

— C'est bien toi, Nora?

Ce diminutif d'Éléonore prévalait dans le cercle familial. Octavia avait entamé sa journée en disant: «Tout de même, tu ne vas pas t'afficher en compagnie de cet homme?» Les heures écoulées n'avaient en rien amélioré son humeur.

— Non, c'est Andrew.

La réponse était habile. Ces mots rappelaient l'ampleur de la dette de la matriarche à l'égard du policier catholique : le fils illégitime demeurerait à l'asile jusqu'à ce que les médecins le jugent rétabli – c'est à dire jamais –, et son aîné succédait à l'époux indélicat à la direction de la fonderie.

Alors qu'elle franchissait l'entrée de la grande pièce, la jeune femme goûta son sang dans sa bouche. Décidément, le baiser enfiévré n'avait pas manqué de vigueur. Sa lèvre était légèrement écorchée.

— Je t'interdis de prononcer son nom dans cette maison.

— Il demeure pourtant mon demi-frère, le fils de mon père. Même sa mort n'y changerait rien.

Octavia occupait son fauteuil habituel, comme une souveraine. Son veuvage l'obligeait à porter le noir. Son visage avait pâli sous l'insulte, ce qui accentuait le contraste.

— As-tu aimé ta journée ?

Devenu le véritable chef de la famille, Kenneth McDougall tenait à maintenir l'atmosphère de la maison respirable.

— Oui, beaucoup. Le parc demeure modeste en comparaison de ce que l'on voit aux États-Unis, mais je me suis bien amusée.

Elle avait effectué quelques voyages en direction de New York, ce qui la rendait un peu blasée.

— J'ai même vu un ballon. Un dirigeable, selon Eugène.

À l'évocation du policier, l'aîné jeta un regard à sa mère pour lui imposer le silence.

— Je suis content de te voir aussi souriante. Tu paraissais si triste, ces dernières années. Veux-tu que je te serve quelque chose à boire ?

— Non, je vais monter prendre un bain et me coucher. Tout de même, ces heures au soleil m'ont épuisée. Bonne nuit.

Surtout, Éléonore entendait revisiter certaines des émotions de sa journée. Non seulement Kenneth lui retourna son bonne nuit, mais aussi sa femme Pamela, tout comme son frère Stanley et Joyce, sa compagne. Elle se trouvait encore dans l'escalier quand Octavia dit dans un grognement :

— Joue ton rôle d'aîné et interdis-lui de le voir !

— Pourquoi ferais-je cela ?

— Tu me le demandes ? C'est un Canadien français catholique qui possède tout juste les vêtements sur son dos.

— À moitié canadien-français et à moitié irlandais, ricana le cadet.

Cela le rendait deux fois plus détestable aux yeux de la vieille femme. Une fois le corps d'Archibald McDougall découvert, l'aîné possédait la grande fonderie et le cadet les entreprises immobilières. Ils étaient riches. La veuve et la fille profitaient d'une rente viagère les mettant à l'abri du besoin, sans plus. La vieille dame pouvait bien exprimer sa mauvaise humeur, toutefois le pouvoir lui échappait. Elle en eut la preuve quand Stanley intervint :

— Sans lui, Andrew serait arrivé à ses fins. Aujourd'hui, nous serions aussi peu nantis que lui.

Elle eut envie de répondre : « Un autre policier aurait fait le même travail », mais impossible d'en avoir l'assurance. Autant adopter une autre tactique.

— Nous pourrions demander à un médecin d'examiner ta sœur, puis tenir un conseil de famille.

— Pour l'enfermer à l'asile ?

Avec un diagnostic émis par un aliéniste complaisant, une famille pouvait faire mettre l'un de ses membres dans un hôpital psychiatrique pour une éternité.

— À moins d'être dérangé, dit le jeune homme, jamais je ne proposerais une idée pareille. Dans ce cas, c'est moi qui mériterais d'être interné, pas elle.

Le ton contenait une menace implicite. Le fou était celui qui proposait cette idée. Pourtant, Octavia ne se le compta pas pour dit.

— Elle risque de déshonorer la famille.

— Le vingtième siècle est commencé depuis six ans déjà, remarqua Stanley, et la reine Victoria se trouve dans un monde meilleur. Et puis, en ce qui a trait au déshonneur, papa a déjà fait plus que sa part.

Dans un conseil de famille, la vieille n'aurait pas la majorité. Une fois que les hommes avaient exprimé leur opinion, leurs épouses savaient vers quelle direction pencher.

— Cet homme a un je-ne-sais-quoi, commença l'une.

— On dirait une histoire tirée d'un roman, ajouta l'autre.

Tout était dit. Trois minutes plus tard, Octavia se découvrait un début de migraine auquel il n'existait qu'une solution : se retirer dans ses appartements.

Pendant une partie du trajet vers la maison de chambres, Dolan eut envie de demander au cocher de se rendre au coin de la rue De La Gauchetière et du boulevard Saint-Laurent. Après toute une journée passée à proximité d'Éléonore, l'idée de mettre fin à sa tension sexuelle l'attirait. Et le souvenir de Sofia, la prostituée aux cheveux et aux yeux noirs, et au parfum si exotique, le hantait parfois des nuits entières.

Bien sûr, il craignait que le cocher fasse un jour allusion à ce mauvais lieu devant sa maîtresse, tout en sachant cela bien aléatoire. Ce bonhomme n'oserait pas formuler quelque chose comme : « Votre gentil policier m'a demandé de le conduire au bordel. » Cependant, un autre motif le décourageait de le faire. Passé dix heures, la jeune Syrienne et ses collègues avaient chacune reçu au moins dix clients entre leurs cuisses. Cette pensée le dégoûta tout à fait.

Bientôt, la berline s'arrêta devant le 1126 de la rue Belmont. Quand il descendit, le cocher lui lança, gouailleur :

— Merci, mon prince. Dormez bien.

Son ironie était due à l'absence de pourboire. Dolan ne se laissa pas attendrir. Sur le trottoir, il regarda la bâtisse au revêtement de pierre. La fenêtre du salon demeurait éclairée. En conséquence, il ne pouvait négliger de saluer ses voisins.

À l'intérieur, debout dans l'embrasure de la porte, il commença :

— Madame Sullivan, Juliette, mesdemoiselles Demers, messieurs, bonsoir.

Il se faisait l'impression de présenter les notables assistant à une remise de prix au séminaire. Du lot, une seule méritait l'usage de son prénom, et même le tutoiement : Juliette Marcoux. Pendant quelques mois, il l'avait fréquentée avec juste assez d'assiduité pour justifier cette familiarité.

— Monsieur Dolan, ne me dites pas que vous avez encore passé la soirée à faire enquête ! Votre patron abuse de vous !

Sa logeuse connaissait très bien son occupation de la journée. La lui faire évoquer avait un effet pervers, celui de torturer sa locataire toujours célibataire à trente ans révolus.

— Non, je suis allé au parc Dominion.

— Tu as apprécié, j'espère ? intervint O'Neil.

La question venait avec un gros clin d'œil, une complicité « entre hommes ».

— Oui, beaucoup. Je vous conseille d'y aller.

— Avec une grande dame, de préférence, proposa Devlin.

Son ricanement témoignait d'une pointe d'envie.

— Venez vous asseoir avec nous, proposa madame Sullivan, pour nous raconter. J'ai vu dans *La Presse* qu'un Américain devait monter en ballon dans le ciel.

— Il est bien monté, et je vais le faire aussi… Bonne nuit à tout le monde.

Quelques-uns lui retournèrent sa politesse. Juliette Marcoux n'était pas du nombre. Son regard chargé de colère n'avait pas quitté le policier indélicat. Et celui de Pierre Fafard, la vieille fille déçue.

Chapitre 2

Quand Eugène Dolan se présenta au poste de police numéro 1, le lundi suivant, ce fut pour se faire apostropher par le sergent de faction à l'entrée :

— T'as vraiment des horaires de bourgeois, pour prendre des jours de congé comme ça.

La remarque vint avec un claquement de doigts. Dans la cinquantaine, une barbe de deux jours sur les joues, le sergent Panneton se croyait autorisé à tutoyer les plus jeunes.

— Vous ne pensez pas que je le mérite ?

— Moé, pour c'que j'en sais… Mais y en a qui disent que t'es d'la haute, asteure.

— Ceux-là devraient faire leur travail, au lieu de surveiller leurs collègues.

La répartie était juste assez sèche pour amener son collègue à plus de discrétion. Quand il arriva dans la grande pièce partagée avec une demi-douzaine de détectives, sa patience fut de nouveau mise à l'épreuve.

— Pis ? As-tu aimé notre nouveau parc ?

Parmi les milliers de visiteurs présents le samedi précédent se trouvaient certainement deux ou trois policiers en civil venus faire la chasse aux pickpockets, sans compter ceux profitant d'un congé. Il tenta de se faire plus aimable.

— Oui, beaucoup. L'aérostat paraissait bien impressionnant ! Un jour, ces machines feront plus que se promener en rond.

— Selon Onézime, ton regard ne s'élevait pas que vers les cieux…

Donc un détective d'un poste à l'est de la ville l'avait aperçu. Et deux jours plus tard, sa compagne faisait les frais des conversations entre les 500 agents du service de police. De nouveau, il voulut se montrer beau joueur :

— Notre séjour terrestre offre aussi des charmes.

De la part d'un déserteur du Grand Séminaire, ces mots convenaient tout à fait. Il devinait maintenant qu'après s'être laissé entraîner sur ce sujet, les questions fuseraient. La providence vint à son secours juste à ce moment : le chef Campeau apparut dans l'embrasure de la porte pour lui parler.

— Dolan, passez à mon bureau, je veux vous dire un mot à propos de la grande manifestation ouvrière prévue pour cette semaine.

— Je vous suis.

Le planton ne cacha pas sa déception, mais il reviendrait bien vite à la charge pour en savoir plus. Dans le bureau du directeur, Eugène prit la chaise que son patron lui désignait, ce dernier s'installa derrière son bureau. Sous sa grosse moustache, on devinait un sourire amusé.

— Comme ça, les plaisirs des mortels vous intéressent aussi.

— Ma visite au parc Dominion semble être commentée dans tous les postes de police de Montréal.

— Pas votre visite, votre compagne. Combien de vos collègues se promènent dans la voiture de maîtres d'une riche héritière ? En tout cas, moi ça ne m'est jamais arrivé.

Un bref instant, le détective eut envie de dire: «Alors, prenez ma place.» Toutefois, son manque de sincérité serait trop évident.

— Au diable l'anonymat des grandes villes.

— Allons, Montréal reste un gros village. Et puis vous vous montrez assez souvent avec elle pour que ça se remarque.

L'affaire Lacaille, puis l'affaire McDougall l'avaient fait connaître à tous les agents du service. Au fil des dernières semaines, une dizaine de collègues l'avaient vu monter ou descendre de la berline.

— Elle paraît résolue à visiter toutes les curiosités situées à l'est de la *Main*. Je lui sers de guide et de garde du corps, en quelque sorte.

— Et d'interprète?

— Non, elle se débrouille plutôt bien en français.

— Je compte parmi les indiscrets qui vous ont aperçus dans les parages de l'hôtel Windsor.

Le couple s'était aussi attardé dans le parc situé juste en face. Le chef continua:

— Quand une femme tient le bras d'un homme, elle ne donne pas l'impression de le considérer comme un guide.

Dolan sentit la chaleur lui monter au visage.

— Disons qu'elle se montre reconnaissante…

La suite vint après une hésitation:

— Et amicale.

— Seulement amicale?

— Que voulez-vous qu'il se passe entre nous? Si j'additionnais le prix de tous les vêtements de sa garde-robe, le montant dépasserait mon salaire annuel.

Il disait probablement vrai. Comme le commentaire laissait croire à une certaine intimité, il précisa:

— J'ai dû fouiller sa chambre, l'hiver dernier.

La jeune femme avait d'ailleurs insisté pour qu'il le fasse lui-même.

— Je vous parle de sentiments, vous répondez en parlant d'argent. En réalité, je ne veux rien savoir de cette affaire.

« Alors, pourquoi m'en parler ? » songea le détective. Toutes les indiscrétions commençaient par : « Ce ne sont pas mes affaires, mais… »

— Je me demande seulement si vous savez ce qu'elle veut, et ce que vous voulez. La curiosité de vos collègues me paraît naturelle. Si vous souhaitez que cessent les hypothèses, invitez la demoiselle à venir vous voir ici, présentez là à Panneton et précisez la nature de votre relation devant lui. Après dix minutes, tout le personnel de l'hôtel de ville sera au courant, après vingt minutes, tous les employés municipaux y compris les policiers, et le jour suivant on en parlera sans doute dans les journaux. Alors, plus personne ne vous posera de questions.

Le chef de police laissa échapper un rire bref avant d'ajouter, moqueur :

— J'imagine déjà les grands titres : "Le policier qui a élucidé l'affaire McDougall séduit la riche héritière !"

Et Dolan entendit le petit vendeur toujours planté sur la place Jacques-Cartier le crier à tous en ajoutant des commentaires sur le sujet. Cependant, sa vie privée avait déjà trop accaparé la conversation.

— Si ce n'est pas un ordre formel, je me donnerai le temps d'y réfléchir… Alors, quelle est cette manifestation dont j'entends parler pour la première fois ?

— Voilà l'avantage d'avoir des amis au sein du Conseil central des syndicats de Montréal.

Il sous-entendait des informateurs.

— Le fédéral a déposé un projet de loi sur la sanctification du dimanche. Vous savez qu'il existe des villes où tout s'arrête ce jour-là. Surtout en Ontario. Avec cette loi, la situation s'étendrait à l'ensemble du pays.

— Rien de surprenant, avec l'influence croissante de l'Église catholique sur la société.

— Là, vous vous méprenez. Les unions de Montréal veulent manifester contre la loi, pas en sa faveur.

Devant le regard surpris de son interlocuteur, Campeau précisa :

— Les ouvriers ont un seul jour de congé par semaine. Si les restaurants, les cinémas, les salles de spectacle, des endroits comme le parc Dominion sont fermés, que leur restera-t-il ? La grand-messe le matin, les vêpres l'après-midi, et le rosaire en famille le soir !

Le chef de police semblait trouver cette perspective intolérable. Pour ne laisser planer aucun doute, il précisa :

— Même les orchestres amateurs disparaîtraient des parcs !

— Alors, ils tiendront une manifestation pour faire connaître leur opposition ?

— Cet après-midi, juste sous nos fenêtres. Comme la plupart des ouvriers seront au travail, on ne parle pas d'une grande foule. Vous vous tiendrez au milieu d'eux, pour vous assurer que personne ne fasse de sottise.

Il ne s'agirait pas vraiment d'un travail d'infiltration : si les badauds le reconnaissaient dans la rue, il en irait sans doute de même chez ces manifestants. Par contre, sa présence empêcherait les plus excités de lancer des pierres vers les fenêtres.

— Devrai-je surveiller aussi les étudiants du Grand Séminaire servant de troupe de choc à Sa Grandeur monseigneur Fabre ? Ils tiendront peut-être une contre-manifestation.

— Exactement. Vous devez vous souvenir de leur visage, non ?

— Pas de ceux des plus jeunes.

— Tout de même, je vous fais confiance. Je me méfie surtout de l'Association catholique de la jeunesse canadienne-française. Ouvrez l'œil.

Comme son supérieur jetait un regard sur les dossiers posés sur son bureau, Dolan comprit que l'entretien était terminé.

❁

Certains soirs, madame Sullivan s'absentait. La plupart du temps pour assister à des réunions d'associations pieuses à la cathédrale Saint-Jacques, située à proximité de la pension. La bonne devait alors assurer seule le service. Spontanément, Juliette lui venait en aide.

— Voilà notre logeuse qui travaille au salut de son âme, ironisa l'une des sœurs Demers.

— Je suis sûre qu'elle sera sauvée, fit l'autre.

— Pendant ce temps, nous pourrons sortir notre jeu.

Le pétillement dans l'œil trahissait la préparation d'un mauvais coup.

— Mesdemoiselles, vous souhaitez jouer au poker ? demanda Devlin.

Elles rirent en même temps.

— Vous le regretteriez, croyez-moi.

— Nous sommes imbattables !

Tous les autres accueillirent l'affirmation avec un sourire incrédule.

— Nous avons beaucoup plus intéressant. Le Ouija.

Dolan entendait regagner sa chambre dès la fin du repas, mais l'allusion à l'invocation des esprits le retint. Cela lui rappelait la visite de madame Radcliffe au poste de police. Quoique de façon bien sibylline, elle lui avait désigné l'identité du meurtrier d'Archibald McDougall.

La bonne d'origine irlandaise apportait à ce moment le plat principal. Elle déclara, un peu effarouchée :

— C'est dangereux.

— Ma petite, vous serez dans la cuisine, et nous dans le salon.

— Madame Sullivan…

— … demande présentement à Dieu la protection divine sur cette maison. Grâce à sa piété, nous ne risquons rien.

Quelque chose dans le sourire des vieilles filles indiquait que la domestique aurait intérêt à garder sa langue. Pierre Fafard écoutait l'échange sans bien comprendre.

— De quel jeu parlez-vous ? Oui…

— Ouija, précisa Juliette. Cela faisait fureur aux États-Unis, il y a quelques années. Des gens prétendaient pouvoir invoquer les esprits.

— Ma chère, c'était et cela demeure populaire ici et ailleurs, la corrigea l'une des sœurs.

— Les esprits des morts demeurent autour de nous, continua l'autre. Il suffit de savoir les interroger.

— Je ne m'en mêlerai pas, dit encore la secrétaire. Je n'ai pas envie d'entendre de longues remontrances lors de ma prochaine confession.

— Quelle bonne jeune fille vous faites !

Sa sœur agita la tête pour donner son accord. Cela valait mieux que d'ajouter les mots lui venant à l'esprit : « Et un peu niaise. » Peut-être à cause de la perspective du jeu interdit, tout le monde mangea plus vite. Le repas expédié, on se dépêcha de se lever.

— Je vais chercher la planche, avertit l'une des sœurs en sortant de table.

Personne ne s'était donné la peine d'apprendre les prénoms de ces femmes. Comme ces deux langues exprimaient le même esprit, il semblait inutile de les distinguer.

— Moi, je vais mettre la table à cartes au centre du salon.

En réalité, O'Neil s'en occupa. L'effort de la vieille fille se limita à demander à Devlin de transporter deux chaises de la salle à manger. Quelques minutes plus tard, l'une commençait :

— Vous voyez cette planche ? Les esprits ne s'expriment pas avec leur voix. Alors, ils dirigent ce petit instrument pour nous répondre.

Elle désignait une pièce de bois ayant la forme d'une goutte d'eau.

— Pour cela, ils placent la pointe sur une lettre, un chiffre, ou les mots oui ou non.

L'alphabet se trouvait représenté en trois lignes superposées, les chiffres juste au-dessus. En bas, du côté gauche, un oui, du côté droit, un non.

— Et le bonjour et l'au revoir ? demanda Fafard.

— Ce sont des esprits polis, dit Devlin.

Le ton était goguenard. Le nouveau venu paraissait parfois un peu lent. Tous les autres locataires s'étaient dispersés dans la pièce, pour occuper les fauteuils ou le canapé. La plupart tenaient une tasse de thé à la main. Cependant, Dolan demeura debout, un peu en retrait. Comme pour avoir une meilleure vue des événements.

— Mieux vaudrait éteindre les lampes et allumer ces bougies.

— Ce sont aussi des esprits vieux jeu, ricana O'Neil.

— Cessez de vous comporter comme un enfant !

L'objurgation aurait un effet bien temporaire. Un vieux chandelier à trois branches posé sur la table jeta bientôt un éclairage fantomatique dans la pièce. L'ombre des vieilles filles se dessinait sur le mur. Elles posaient chacune l'index et le majeur sur la pièce de bois.

— Esprit, es-tu là ?

Une voix grave répondit :

— Je suis partout.

John O'Neil semblait résolu à cabotiner. Le détective devina que cela tenait à sa nervosité. Peut-être croyait-il à l'existence d'un fantôme désireux de régler des comptes avec lui ? Elles retirèrent leurs mains, l'une le gronda :

— Sortez de la pièce ou c'est nous qui regagnons notre chambre.

— Non, non, je ne le ferai plus. Juré !

Très sérieuse, la femme formula encore :

— Esprit, es-tu là ?

D'abord, il ne se passa rien, puis la pointe de la planchette se dirigea vers le coin gauche. Il y eut un « Oh ! » étonné. Le policier reconnut la voix de Juliette, par-dessus les autres. Elle aussi s'émouvait plus que de raison.

— Peux-tu nous dire ton nom ?

Cette fois, la planche désigna successivement le « W », le « I » et le « L ».

— William, c'est bien cela ?

De nouveau, un « oui ». Comme deux personnes déplaçaient le pointeur, on pouvait croire que chacune empêchait l'autre de le bouger à sa guise. Dolan esquissa un petit sourire. La complicité des deux sœurs semblait parfaite. Et même si deux inconnus avaient manipulé la pièce de bois, l'un pouvait prendre l'initiative, et le second, le suivre sans même en prendre conscience.

— Êtes-vous parent avec l'une des personnes présentes dans la pièce ?

Une nouvelle réponse affirmative.

— C'est mon grand-père.

Cette fois, O'Neil avait perdu toute envie de rire, de se moquer. On le devinait effrayé. La planchette se dirigea presque violemment vers les mots « Au revoir ».

— Il ne vous aimait pas !

Le clerc quitta la pièce précipitamment. Le détective se retint d'applaudir. Après une cohabitation de deux ans, lui-même connaissait le prénom de l'aïeul de ce voisin.

Puis les sœurs recommencèrent leur rituel. Un second esprit prénommé Thomas se manifesta, un homme mort du choléra à Londres un siècle plus tôt. Cette façon de procéder ne permettait pas de grandes conversations. Il convenait de poser des questions méritant une réponse brève. L'une des vieilles filles demanda :

— Parmi les personnes présentes dans la maison, quelqu'un va-t-il se marier cette année ?

La pointe s'affola comme l'aiguille d'une boussole au milieu d'un entrepôt de ferronnerie, puis décrivit un arc de cercle pour atteindre le « oui ». Les sœurs laissèrent échapper un petit rire victorieux.

— Pouvez-vous nous dire son nom ?

Quelqu'un toussa, comme pour étouffer une protestation. Dolan reconnut Juliette, la seule spectatrice.

— Un "M" ! s'exclama l'une des spirites.

— Comme dans mademoiselle Marcoux.

— Vous n'êtes pas drôles ! s'exclama Juliette.

Deux mois plus tôt, certains prévoyaient son mariage avec Dolan. La planchette toucha le « Au revoir ».

— Ah ! Les esprits n'aiment pas se voir interrompre.

— Maintenant il est parti. Vous pouvez rallumer.

— Vraiment, c'était mesquin ! insista Juliette.

— Mademoiselle Marcoux, la mesquinerie ne touche pas les bons esprits.

— Si vous ne pouvez faire confiance à ce Thomas venu de l'au-delà, faites confiance à la vie !

La secrétaire souhaita bonne nuit à tout le monde sur un ton abrupt, puis regagna sa chambre au deuxième étage. Pierre Fafard se montra particulièrement empressé au moment de remettre la table à cartes à sa place. Dolan remarqua le sourire satisfait sur son visage. Il croyait sans doute aux dires de ce Thomas.

Le policier était pour sa part plus que sceptique. Surtout que de son poste d'observation, il voyait la planche du Ouija mieux que tous les autres. La planchette avait désigné le « N », pas le « M ». « N » comme dans Nora, le diminutif d'Éléonore. Et puis, de toute façon, le « M » aurait pu être celui de McDougall.

Les jours où Éléonore ne quittait pas le grand domaine sur le mont Royal, une longue marche dans le parc occupait ses matinées. Les deux chiens de garde lui tenaient compagnie. Cependant, elle évitait soigneusement l'amas de pierres qui cachait le corps de son père.

Ensuite, après le lunch, elle allait dans le salon. Si ses belles-sœurs Pamela et Joyce s'y trouvaient, le temps passait dans une conversation sans cesse reprise. Après la disparition d'Archibald, toutes les deux avaient annoncé une excellente nouvelle : leurs enfants naîtraient dans la seconde moitié de juillet. D'ailleurs, débarrassées de leur corset, l'arrondi de leur ventre ne permettait pas d'en douter.

Depuis, leurs grossesses représentaient leur seul univers : les haut-le-cœur pendant quelques semaines, l'obligation d'élargir tous les vêtements – ou l'achat de nouveaux –, l'inquiétude devant l'accouchement prochain, puis la santé du poupon à venir. Au début, la célibataire avait partagé leur excitation, ensuite leurs inquiétudes. Plus récemment, la constatation que le temps passait bien vite la rendait morose. La vie paraissait lui offrir le rôle de la tante des héritiers, et celui de bâton de vieillesse d'une mère hostile. Quand cette dernière occupait son grand fauteuil, elle préférait se réfugier dans la serre, ou dans sa chambre, avec un livre.

Ses frères revenaient à temps pour le souper. Aucun des deux n'imitait leur père en s'absentant un soir sur deux. Les belles-sœurs devaient prier pour qu'il en aille toujours ainsi. Ensuite, les conversations portaient régulièrement sur les affaires de la famille. Chacun regagnait sa chambre très tôt.

Ce soir-là, quand Kenneth s'engagea dans l'escalier, Éléonore le suivit.

— Puis-je te dire un mot, en privé dans ma chambre ?

Son aîné prit place sur la chaise placée devant la table de maquillage. Des mois plus tôt, Andrew l'occupait souvent. Ces conversations lui faisaient du bien. Aujourd'hui, elle se désolait de s'être tellement trompée sur sa personnalité.

— D'abord, je voulais te remercier, pour samedi.

— … Maman a bien du mal à se souvenir de notre âge. Elle nous traite comme des enfants.

Sa gentillesse l'amenait à mentir. En réalité, Octavia vouait la plus grande confiance à ses fils. Seule sa fille lui semblait mériter une autorité ferme.

— Elle parlait de me faire enfermer…

— Jamais elle n'irait jusque-là.

Kenneth n'en paraissait pas convaincu.

— Tu lui as renvoyé sa menace au visage !

La jeune femme se tenait assise sur son lit. Si le geste de la prendre dans ses bras pour la réconforter ne venait pas à son frère, son émotion ne faisait pas de doute.

— Ni Stanley ni moi n'oserions une horreur pareille.

Elle hocha la tête. Son frère continua :

— J'aimerais te poser une question…

Éléonore savait déjà laquelle. De nouveau, elle acquiesça d'un signe de la tête.

— Ce Dolan…

— … Excepté mes frères, c'est le seul homme qui s'aperçoit de ma présence.

— Si tu veux, je peux…

— … Parler de moi à ton club ? Inviter tes fournisseurs à souper ici ? Offrir le gîte à ceux d'entre eux qui viennent de loin ?

Son père Archibald n'avait même pas eu cette délicatesse. Entre eux, ses frères dressaient assurément une liste des veufs toujours présentables.

— Non, ne te donne pas cette peine. Pas avant qu'Eugène ne m'ait chassée de son esprit. Pour le moment, il prend toute la place.

Cela valait un aveu de ses sentiments pour lui.

— Et lui ?

— Maman ne devrait pas s'inquiéter. Voilà bien l'homme le plus respectueux de Montréal… En tout cas avec moi.

Il y eut un silence suffisamment long pour les mettre mal à l'aise tous les deux.

— Tu ne souhaites pas m'enfermer dans l'une des tours de ce château ?

— Nous n'avons pas de tour. Ne t'inquiète pas de ça.

Ce n'était pas une bénédiction, mais presque. L'homme quitta sa chaise pour se diriger vers la porte.

— Je vais regagner ma chambre. Pamela souhaite certainement discuter du prénom du futur enfant.

Tout dans le ton disait que le sujet lui plaisait bien. Elle vint le rejoindre et posa la main sur sa poitrine.

— J'aimerais que tu l'invites à souper.

L'hésitation dura bien quelques secondes.

— Je peux certainement faire cela pour l'homme qui m'a sauvé de la corde.

— Je crains que maman n'en fasse qu'une bouchée.

— Dans ce cas, nous lui mettrons une muselière.

Le « Merci » ému s'avéra inaudible. Kenneth posa la main sur l'épaule de sa sœur, ses lèvres sur son front.

— Dors bien, Nora.

Demeurée seule, elle laissa les larmes couler sur ses joues.

❈

Ayant finalement acquiescé aux demandes répétées d'Éléonore qui tenait à goûter à la cuisine orientale, Eugène se tenait sur le trottoir étroit de la rue Clark pour tendre la main et aider la jeune femme à descendre de voiture. Ce fut lui qui donna les ordres au cocher :

— Vous repasserez ici dans une heure.

Il prenait pour acquis que le repas ne s'éterniserait pas trop. Dans le cas contraite, l'employé en serait quitte pour les attendre.

— Vous allez vous faire tuer, dans un endroit pareil…

D'un bruit de la langue, il fit avancer son cheval. Quand le policier se tourna vers sa compagne, ce fut pour voir ses yeux effarés.

— Il disait vrai ?

— Avec moi, tu ne risques rien.

Comme elle ne paraissait pas convaincue, il lui dit, en mettant sa main sous son bras :

— J'ai pris mes précautions.

Les policiers de Montréal ne portaient pas une arme en permanence. Qu'il ait jugé bon de se munir d'un revolver ne rassura en rien la jeune femme. Elle eut envie de crier pour faire revenir le cocher.

— Nous ferions mieux d'entrer. Ici, tu attires l'attention.

Les passants se retournaient en effet sur elle. Une grande proportion d'entre eux étaient des hommes vêtus de noir, une longue tresse pendant dans leur dos, venus de ce que les journaux appelaient le Céleste Empire. En parfait galant homme, Dolan ouvrit la porte ornée de caractères chinois d'une petite cabane de planches, puis laissa Éléonore passer la première. Le plafond était si bas qu'Eugène devait se pencher un peu. Une dizaine de tables basses encombraient une petite pièce, avec chacune deux petits bancs hauts d'une quinzaine de pouces. Trois clients et un employé les dévisageaient.

— Plaçons-nous ici, près de cette ouverture.

Le mot fenêtre ne convenait pas au carré découpé dans la planche. D'ailleurs, aucune vitre n'empêchait l'air de circuler. Heureusement.

— Je fais comment pour m'asseoir ?

— Tu le fais précautionneusement pour ne pas te ramasser par terre. On ne passe pas le balai très souvent, ici.

Juste à ce moment, un client se racla la gorge avant de cracher sur le plancher.

— Mon manuel de bienséance condamnait ce genre de liberté.

De fait, les manuels offerts aux jeunes filles riches n'évoquaient aucun des déchets produits par le corps humain, comme si ces choses n'existaient pas.

— Tu sais, les cantines des Écossais, des Irlandais ou des Canadiens français qui reçoivent le même salaire que ces gens ne sont guère plus ragoûtantes.

De fait, personne ne gagnait aussi peu que les Chinois, d'un bout à l'autre du Canada. Après avoir contemplé le petit banc un moment, hésitant entre tirer sa jupe sous ses cuisses pour garder l'épaisseur de tissu entre son corps et la surface de bois, ou, au contraire, faire disparaître le siège minuscule sous l'étoffe et s'en faire une espèce de corolle tout autour d'elle, elle opta pour la première éventualité.

Eugène tint ses deux mains pendant la délicate opération, pour lui éviter une chute. En guise de récompense il eut la possibilité de contempler une partie de son jupon blanc et ses bas de soie bleus sur lesquels une ouvrière avait brodé de petites abeilles. Le spectacle lui valut une solide érection qui se trouva exactement à la hauteur des yeux de sa compagne. Contempler cette protubérance ajouta encore à tous les émois de celle-ci.

Très vite, il occupa aussi son siège et plaça ses jambes en tailleur. Éléonore penchait un peu la tête, ses joues brûlaient. Quand elle releva les yeux, ce fut pour dire avec un rire nerveux :

— Je sais que j'ai insisté pour venir, mais tu aurais pu continuer à refuser.

— Tu aurais été blessée.

Elle en convint avec un hochement de tête.

— Je me sens très loin du mont Royal.

La jeune femme posait les mains sur la table, comme si elle craignait de perdre l'équilibre. Ses genoux repliés lui venaient à la hauteur de la poitrine.

— Place tes jambes comme moi, sinon c'est un peu comme si tu étais assise sur tes talons.

D'ailleurs, certains clients se passaient tout à fait de siège. Elle se pencha un peu pour regarder. Assise en tailleur aussi, son sourire lui revint.

— Ma robe sera gâchée, mais cela me coûtera tout de même moins cher qu'un passage vers Shanghai.

Les navires du Canadien Pacifique offraient des voyages de ce genre aux rares privilégiés capables d'en payer le prix.

Dolan lui adressa un sourire contraint. Quand un serveur s'approcha, il commanda du poulet, du porc, du riz et des légumes en articulant très lentement. Il douta tout de même que l'autre ait compris le moindre mot.

Sa compagne retrouvait une contenance suffisante pour examiner les lieux. Les murs ne portaient ni papier peint ni plâtre. Le plancher était tout aussi nu. Ses yeux s'arrêtèrent à un endroit précis sur le sol.

— Il s'agit de ce que je pense ?

Des cafards semblaient tenir une conversation.

— Ignore les détails désagréables. Tu vis une nouvelle expérience. Tu le disais toi-même : tu es dans un endroit exotique, à l'autre bout du monde. Après une lessive et un bon bain, toutes les traces disparaîtront.

Elle fronça les sourcils un instant, puis remarqua :

— Ma mère me ferait enfermer, si elle me voyait.

« Non, Kenneth ne le permettrait pas », songea-t-elle. Très vite elle ajouta, pour chasser cette pensée :

— Merci. Je suis heureuse d'être venue.

Il lui présenta un visage sceptique.

— Je t'assure. Je n'ai pas ressenti une émotion aussi vive depuis le jour où on m'a enlevé l'appendice.

Chapitre 3

Éléonore avait d'abord regardé le serveur déposer les bols de nourriture sur la table, pour ensuite placer son lorgnon sur son nez et en examiner le contenu. Les légumes bouillis et le riz lui paraissaient familiers, mais la viande, coupée en fines lamelles, la laissait perplexe.

— Cela pourrait être n'importe quoi.

— J'ai commandé du poulet et du porc. Mais je me demande toujours si quelqu'un comprend vraiment un mot d'anglais, dans cet endroit. Quant au français…

Il ne se donnait même pas la peine d'essayer. Avec des baguettes, il servit la jeune femme. Il goûta ensuite les morceaux de viande et hocha la tête en disant :

— Au goût, il s'agit bien de poulet et de porc.

— Tu sais utiliser ça ?

Des yeux, elle désignait les baguettes posées sur la table.

— C'est une question d'habitude. Impossible de trouver un repas pour moins cher à Montréal. Quand j'ai commencé à travailler au poste numéro 1, je devais réaliser des économies.

— Tu peux demander une fourchette ?

Pendant un instant, le policier tenta de se faire comprendre, mais sans grand succès.

— Je pense que ce garçon n'a aucune idée de ce dont je parle. Le temps qu'il arrive à deviner, tout sera froid. Essaie, ce n'est pas si difficile.

Malgré son affirmation, Éléonore montra un talent limité. Elle laissait tomber plus de nourriture qu'elle n'en portait à sa bouche. Eugène la regarda faire pendant un moment, puis proposa :

— Si je peux me permettre...

Il songea à utiliser ses propres baguettes pour la nourrir, mais tendit plutôt la main pour prendre les siennes.

— Commençons avec quelque chose d'un peu plus soutenant que les légumes.

Il lui présenta un morceau de viande. Après une brève hésitation, elle entrouvrit la bouche. Le geste avait quelque chose de terriblement intime.

— C'est bien du porc, commenta-t-elle.

Puis elle avala un peu de riz. Chaque minute qui passait lui faisait retrouver un peu d'assurance, aussi la petite salle eut droit à un nouvel examen attentif.

— Ils viennent de l'autre bout du monde pour... cela.

Elle voulait dire la plus grande misère.

— Nous devons supposer que c'est encore pire là-bas.

Eugène mangea un peu, puis recommença à lui donner la becquée.

— Nous ne les aidons pas à améliorer leur sort. D'abord, on en a fait venir des milliers pour construire le Canadien Pacifique. Ils touchaient alors la moitié, parfois même le tiers du salaire des autres travailleurs. Les grands travaux terminés, on a voulu réduire leur nombre en imposant une taxe sur chaque tête. Depuis deux ans, elle atteint cinq cents dollars.

Comme Éléonore ouvrait de grands yeux, il précisa :

— Quand un Chinois débarque au Canada, il doit quatre années de salaire, au prix où on les paie. Comme ils empruntent à des usuriers, ils remboursent le double, au moins. Ce sont des esclaves, sans en porter le nom.

La jeune femme regarda de nouveau autour d'elle, mal à l'aise. Sur sa montagne, les réalités de ce genre lui échappaient. Bien sûr, les journaux évoquaient la condition des travailleurs ou les cortèges de petits cercueils vers le cimetière de la Côte-des-Neiges, à cause de la mortalité infantile. Lire cela dans sa chambre tendue de soie, comme une bonbonnière, ce n'était pas comme se trouver dans un bouge.

Dolan arrêta là son exposé sur les misères de certains concitoyens pour revenir à un sujet plus léger.

— Alors, les traditions culinaires du Céleste Empire te plaisent ?

— Je n'en ferai pas une habitude, mais ce n'est pas mauvais.

— Je me demande si je devrais te le dire…

Le policier esquissait un demi-sourire. C'était attiser sa curiosité.

— Quand un homme commence ainsi, il doit continuer.

— … Selon la rumeur publique, impossible de rencontrer un chat dans les environs d'un restaurant de ce genre.

Un moment, elle sembla ne pas comprendre.

— Tu n'es pas sérieux, protesta-t-elle bientôt. Tu as commandé du poulet et du porc, et ça goûte le poulet et le porc.

— Mais comme aucun de nous ne connaît le goût du chat, impossible d'être certain.

Elle ouvrit d'abord de grands yeux, puis pouffa de rire dans le creux de sa main.

— Décidément, tu entends me punir d'avoir insisté pour venir ici.

— Voyons, jamais je ne ferais ça.

Son sourire lui creusait des fossettes sur les joues. Heureuse ou triste, Eugène la trouvait tout aussi attirante.

— Jamais, répéta-t-il.

La conversation porta ensuite sur le climat de cette fin juin et sur les spectacles offerts dans les divers théâtres de la ville. Puis Éléonore évoqua l'ennui habituel de ses soirées dans le manoir à flanc de montagne. Avant de rentrer à la maison, elle exprimerait certainement le désir qu'il l'accompagne à l'un ou l'autre de ces endroits.

— De ton côté, comment se passent tes soirées ?

Dans une certaine mesure, elle enviait sa vie avec de si nombreux colocataires. Pourtant, tous deux étaient le plus souvent réduits à lire dans leur chambre.

— D'habitude, moins bien que celle-ci.

Si la dérobade lui valut un sourire, elle attendait tout de même une réponse un peu plus élaborée.

— Hier, les deux vieilles filles de la maison ont voulu convoquer les esprits à une petite conversation. Avec leur Ouija.

Éléonore n'entendait pas parler des sœurs Demers pour la première fois. Elle connaissait déjà leur côté irrévérencieux, et leur habitude de parler en duo.

— Tu ne crois pas en ce genre de chose, n'est-ce pas ?

Il avait eu l'occasion d'exprimer son scepticisme quand la médium Imogen Radcliffe était venue au poste de police.

— Ces vieilles dames ont certains talents, mais je doute que parler aux morts figure dans le lot. Tout au plus, il s'agit d'un jeu amusant.

Dolan tira sa montre de son gousset et dit :

— Ce n'est pas que je m'ennuie, mais j'aimerais que nous sortions d'ici avant la nuit tombée. Le cocher nous attendra bientôt devant la porte.

Finalement, Éléonore n'avait pas mangé grand-chose, et une fois sa curiosité satisfaite, regagner son confort lui convenait tout à fait.

Dans la berline, la conversation se poursuivit sur les spectacles des différents théâtres, et après un silence, la jeune femme osa revenir sur un certain sujet:

— Je ne voudrais pas que tu te moques de moi, mais j'aimerais te demander quelque chose.

— Pourquoi voudrais-je me moquer de toi?

— Ce que tu disais sur le Ouija…

Ne sachant trop que dire, il prit sa main.

— J'aimerais rencontrer cette femme. Celle qui a dit avoir parlé à mon père.

— Je ne me moquerai jamais de toi. Que ce soit sur la question du spiritisme, ou sur tout autre sujet.

Elle serra ses doigts. Le geste lui donna envie de se rendre serviable:

— Je pourrai m'informer de sa disponibilité. Je te dirai quel jour elle tient ses… sessions.

Pour ce qu'il en savait, ces réunions ressemblaient à des messes, avec un groupe de croyants assis autour d'une table. Le policier regretta tout à coup de ne pas l'accompagner plutôt au dernier spectacle de la troupe de Fertinel, au Théâtre National. Le journal *Le Canada* mentionnait une représentation très «morale», sans donner plus de précision. Cela lui aurait mieux convenu.

— Je te communiquerai les jours et les heures.

De nouveau, elle le remercia. Pendant les dernières minutes du trajet, Éléonore demeura silencieuse. Quand la berline s'arrêta devant la grande demeure, Eugène fit le geste de se pencher vers elle pour la bise habituelle. Sans se concerter, ils avaient pris l'habitude de réserver ces gestes à l'intimité de la voiture. Le cocher n'était plus témoin que des formels « bonne nuit » et « à bientôt ». La jeune femme l'arrêta en posant sa main sur sa poitrine :

— Ce repas… Je ne me sens pas très bien, je ne voudrais pas…

« Te soulever le cœur avec mon haleine », crut-il comprendre. Décidément, cette expédition dans le Céleste Empire resterait une expérience unique. Il regretta un moment d'avoir évoqué les chats.

— Je comprends.

Dolan descendit, tendit la main pour aider sa compagne. L'un en face de l'autre, ils échangèrent les souhaits habituels. Et au moment de remonter dans la berline, Eugène dit :

— Alors, à la maison, mon brave.

Le cocher esquissa une grimace. L'obligation de reconduire cet homme lui pesait déjà assez, endurer ses sarcasmes ne lui plaisait pas du tout.

❋

Dans la demeure, Éléonore entendit le bruit de conversations au salon. Bonne fille, elle alla se placer dans l'embrasure de la porte pour saluer tout le monde.

— D'où viens-tu ? demanda Octavia d'une voix peu amène. Ta robe est toute sale.

La jeune femme baissa les yeux. Le tissu avait beaucoup souffert de son expédition. Toutefois, sa mère devait avoir des yeux d'aigle pour le voir depuis son fauteuil.

— D'un endroit où tu ne poseras jamais les pieds.

Tout de même, elle entendit ne pas la laisser soupçonner un mauvais lieu.

— J'ai mangé dans un petit café. Du chat, peut-être. En tout cas, un animal qui devait m'en vouloir, car mon estomac a protesté tout le long du trajet de retour. D'ailleurs, je fais mieux de monter tout de suite. Bonsoir à tous.

Éléonore tourna vivement les talons.

— Kenneth, tu dois la ramener à la raison ! C'est ton devoir d'aîné.

La mère avait passé une vie à condamner les fautes de son époux. Maintenant, c'était sur sa fille que toute sa colère se concentrait.

— Je passerai dans sa chambre tout à l'heure pour lui demander comment elle va. Mais je ne pense pas que manger du chat représente un véritable danger.

Stanley ricana, les deux épouses grimacèrent.

— Kenneth, c'est le nom de notre famille qu'elle expose au ridicule !

— Ça, notre père s'en est déjà chargé !

La mère se mordit la lèvre inférieure. Kenneth reprit :

— À vingt-six ans, elle va dans des endroits publics en compagnie d'un homme respectable. Je ne vois rien qui mérite mon intervention.

— Un Irlandais !

— Pour une demie, l'autre est canadienne-française. Et un catholique, je sais.

Il posa son verre de porto sur une table, puis tendit la main à sa femme.

— Nous montons, Pamela ?

Ils avaient leur propre salon à l'étage, une pièce attenante à leur chambre. L'atmosphère y serait certainement plus respirable. D'ailleurs, son frère Stanley le suivit peu après.

Une demi-heure plus tard, Kenneth quittait le canapé de son antichambre.

— Je vais voir comment elle se porte, puis je reviens.

— Je vais faire venir ma femme de chambre. Tu me trouveras au lit.

Dans le couloir, il vit de la lumière sous la porte d'Éléonore. Il frappa trois petits coups. Sa sœur était couchée, son lorgnon sur le nez, un livre dans les mains.

— Tu vas bien ?

Elle lui adressa un demi-sourire.

— Maintenant, oui…

Elle fit un geste vague à la hauteur de son estomac.

— Mais ne viens pas me faire la bise, l'odeur pourrait te rebuter.

Pourtant, il s'avança pour poser les lèvres sur son front.

— Qu'est-ce que c'est, cette histoire de chat ?

— Une blague d'Eugène. Il paraît qu'on n'en trouve pas de vivants dans les environs des restaurants chinois.

Kenneth hocha la tête, amusé.

— Décidément, il t'amène dans de drôles d'endroits.

— Je le lui avais demandé vingt fois depuis le jour de l'An. Je pense qu'il s'est lassé de mon insistance.

— Tu ne mets pas ta sécurité en danger ?

— Maman représente certainement la pire menacepour ma sécurité. Elle me met tellement en colère, parfois…

Mieux valait s'arrêter au milieu de la phrase, pour ne pas gâcher tout à fait sa nuit de sommeil. Elle revint plutôt sur le sujet de son expédition de la soirée :

— Quant à Eugène, il s'était muni de son arme de service pour me protéger.

La précision n'eut pas l'heur de rassurer Kenneth. Cependant, il choisit de faire confiance à Dolan. Tout de même, il jugea bon de dire :

— Je vais lui demander de réfréner certains de tes désirs.

— Il n'a pas besoin de tes conseils. Plus après cette soirée !

La jeune femme hésita un moment avant d'ajouter :

— L'hiver dernier, après le règlement de notre… affaire, tu avais suggéré l'idée de l'inviter à souper.

Elle revenait sur le sujet une seconde fois en peu de jours.

— Je me souviens. L'homme est courageux, mais notre dragon domestique sait se révéler redoutable.

— Mais tu as promis de lui couper les griffes.

Kenneth hocha la tête. L'idée continuerait de faire son chemin. Avant de quitter la pièce, il demanda :

— Veux-tu que j'appelle le médecin ?

— Non. Avec un grand verre de Vichy Célestins, tout ira bien.

— Je tire le ruban pour toi.

Dans un instant, Fanny, sa femme de chambre, viendrait lui demander ce qu'elle désirait. La pensée de descendre pour se servir elle-même ne lui vint même pas.

❋

Le lendemain, Eugène Dolan se tenait au pied de la colonne Nelson, sur la place Jacques-Cartier. Autour de lui, 3 000 travailleurs agitaient des pancartes. Un représentant du Conseil central des syndicats de Montréal vociférait au milieu de l'escalier conduisant aux grandes portes de l'hôtel de ville.

— Avec la loi du dimanche, notre seul jour de congé hebdomadaire sera gâché ! Les théâtres et les parcs d'attractions seront fermés, tout comme les buvettes et les restaurants, et pas d'orchestre dans les parcs…

La harangue avait de quoi étonner. Le gouvernement fédéral entendait légiférer sur l'observance du dimanche, et la contestation venait de la très catholique province de Québec.

— L'été, nos syndicats organisent des pique-niques tous les dimanches, ou des excursions dans les villes environnantes. Nous n'en aurons plus. Même les parties de baseball ou de football seront interdites !

Le militant exagérait, des amendements récents au projet de loi prévoyaient des exceptions suffisantes pour que les activités des dimanches à venir ne se limitent pas à la messe et aux vêpres. Un travailleur, moins bruyant que ses collègues, commenta à l'intention de Dolan :

— Ça, c'est un coup des protestants. T'es allé en Ontario, déjà ? Tout est mort.

— Tu veux dire que les protestants sont de meilleurs chrétiens que les catholiques ?

Avec son complet noir et son melon, malgré la chaleur, personne ne se trompait sur son identité. Cela ne semblait guère troubler son compère.

— En tout cas, c'est des chrétiens qui s'ennuient en maudit.

Puis il reprit le cri des autres : « Pas de loi sur le dimanche ! » Quelques autres officiers syndicaux se succédèrent encore sur l'estrade improvisée afin de répéter les mêmes choses, dans les mêmes mots. Chaque dimanche, la moitié au moins de la population âgée de plus de six ans se retrouvait dans un théâtre pour voir une pièce légère ou des films, ou dans un parc. La privation de ces loisirs paraissait intolérable.

Finalement, chacun s'éloigna calmement, sans aucun débordement. Les Canadiens français ne connaîtraient pas les affres de la révolution pendant l'été 1906. Au même moment, les journaux relataient les assassinats politiques et les grandes manifestations violentes en Russie, et des difficultés croissantes à Cuba et dans les Philippines.

À quatre heures, il ne restait plus que les badauds habituels place Jacques-Cartier. Eugène aurait pu retourner à son bureau. Il restait toujours des rapports d'enquête à terminer. Pourtant, après être passé en vitesse à la maison de chambres pour prendre une boîte circulaire, il se dirigea vers l'est, à la fois fébrile et honteux.

Pendant une partie de la nuit précédente, les yeux fixés vers le plafond, il avait revu en pensée les chaussures, les mollets et le jupon d'Éléonore. La jeune femme avait constaté « son trouble ». Cette fébrilité devenait insupportable. Au plus noir de la nuit, il se résolvait à ne plus la voir. Puis au lever du soleil, cette privation lui paraissait insupportable. Alors, il ne lui restait qu'un expédient pour retrouver une certaine contenance.

Rendu à l'intersection du boulevard Saint-Laurent, il bifurqua jusqu'à la rue De La Gauchetière. La « maison de tolérance » se situait là. L'expression était étrange, elle tenait à la fragilité des hommes. Son confesseur aurait parlé de pulsions animales. Dolan reconnaissait qu'il ressemblait à ces chevaux qui prenaient le mors aux dents dans les rues lors de la période du rut. La solution s'avérait simple : les castrer. Une pratique que l'Église condamnait toutefois pour les humains…

Quand il frappa à la porte, ce fut pour affronter le regard méprisant du videur. Comme s'il se prenait pour un modèle de vertu. Sans doute connaissait-il son statut d'ancien séminariste.

— Voilà le fameux détective dont on a parlé dans les journaux !

— Voilà la brute que je pourrais emmener au poste de police pour l'interroger !

L'autre accusa le coup.

— Vous n'avez aucune raison de faire ça.

— En cherchant bien, je suis sûr de pouvoir en découvrir une. Ou plusieurs. Je peux voir votre patronne ?

Du pouce, il lui désigna le couloir conduisant à un petit salon aux meubles élimés. Une cigarette pendait à la bouche de la vieille femme. À la lumière du jour, son maquillage rappelait celui des clowns du dernier cirque à avoir visité la ville. Son peignoir entrouvert laissait voir la moitié de ses seins.

— Ah ! Monsieur Dolan, vous ne venez pas arrêter un autre de mes bons clients, n'est-ce pas ?

Si les journaux avaient évoqué le nom d'Archibald McDougall et celui d'André, son fils illégitime, tous s'étaient abstenus de parler de leur fréquentation des maisons closes.

— Si un meurtrier se cache parmi eux, comptez sur moi.

— Je vais faire enquête moi-même sur chacun, juste pour être certaine.

La tenancière marqua une pause, puis lui fit un gros clin d'œil.

— Vous arrivez tôt, cette fois. Évidemment, ça vous permettra de prendre tout votre temps.

— Surtout d'être le premier.

Elle hocha la tête.

— Vous voulez que je les fasse descendre ?

— Non. J'aimerais voir Sofia.

— Elle vous plaît, notre petite princesse arabe ! s'écria-t-elle en gloussant de plaisir.

Il s'agissait d'une chrétienne née en Syrie, mais la géographie humaine n'était pas le fort de cette marchande. Depuis la fin du mois de janvier précédent, Dolan avait effectué une demi-douzaine de visites à cet endroit, toujours pour voir la même fille. Chaque fois, c'était après avoir trouvé Éléonore particulièrement désirable.

— Vous n'allez pas me l'enlever en la demandant en mariage, toujours ?

Devant le visage fermé de son interlocuteur, elle regretta ce trait d'humour.

— Bon, je vais aller le lui dire. Elle ne s'attendait pas à commencer si tôt.

Dix minutes plus tard, il posait la boîte contenant le condom de caoutchouc vulcanisé sur une table de chevet, avant d'aller se dissimuler derrière un paravent pour se livrer à une petite toilette intime. Quoique la routine lui fût devenue familière, son malaise demeurait toujours aussi grand. Sofia vint bientôt le rejoindre pour lui apporter son aide. Plus exactement, sa main savonneuse exerça un va-et-vient rapide pour le mettre dans un état suffisant de préparation.

— Chaque fois que je te vois, je pense à ce meurtre… On ne l'a pas pendu, n'est-ce pas ?

Le tutoiement lui venait naturellement lorsqu'elle tenait un sexe masculin. En lui donnant le nom du jeune homme qui s'était battu avec McDougall, elle avait désigné le coupable. Dolan lui répéta la même chose que lors de sa visite précédente :

— Non. Il est hospitalisé dans l'est de la ville.

— Tant mieux. Je ne voudrais pas que son fantôme vienne me hanter.

Ce serait sa seule allusion aux esprits. Bientôt, Eugène s'agitait sur elle. Malgré l'épaisseur du préservatif, la jouissance vint rapidement. Contrairement aux visites précédentes, il ne voulut pas répéter l'exercice. Au contraire, il repassa derrière le paravent le temps d'essuyer son sexe et de laver le condom, puis il céda la place à la jeune femme. Quand Sofia revint vêtue d'une chemise très transparente, ce fut pour le trouver boutonné jusqu'au cou, son chapeau à la main. Le voir rhabillé la rendit plus formelle.

— Vous paraissez soucieux, dit-elle, revenant au vouvoiement.

— Le travail de policier, vous savez…

Elle lui adressa un sourire.

— Ici, les hommes oublient leur travail. Habituellement, la tristesse après le plaisir provient d'une histoire de cœur.

Dolan respectait les exigences de l'Église avec une confession annuelle et une communion. Cependant, même au moment de faire ses Pâques au mois d'avril précédent, le policier avait soigneusement évité d'aborder la question de sa sexualité. Sans trop savoir pourquoi, il décida de faire de la jeune Syrienne son conseiller spirituel :

— Il y a une personne, mais entre nous, c'est impossible.

— Elle est mariée ?

D'un signe de la tête, il dit non, puis précisa :

— Et cela n'arrivera pas avec moi. Elle est riche, moi pauvre.

— Si elle vous aime…

Le défilé des hommes dans son lit n'entamait en rien son romantisme. Peut-être parcourait-elle les feuilletons des magazines, par exemple ceux de *L'Album universel*.

— Et même sans le mariage, vous pourriez utiliser le condom avec elle.

Maintenant, pareille proposition laissait deviner des feuilletons de magazines français certainement à l'Index.

— C'est une femme respectable.

Le visage de Sofia s'assombrit.

— Je me demande combien d'hommes viennent faire ici ce qu'ils n'osent pas demander à une épouse, à une fiancée ou à une amie. Pourtant, la plupart de celles-ci ne demanderaient sans doute pas mieux que de payer de leur personne…

Si Dolan se dirigeait vers le bordel en ressentant un mélange de honte et de désir, il en revenait toujours profondément déprimé. Pendant ses années de formation, au petit comme au grand séminaire, ses professeurs insistaient sur la nécessité de mater sa chair. Pour arriver à cela, ils s'engageaient dans de longues descriptions des flammes éternelles promises aux damnés.

Maintenant, Dolan prétendait que sa foi en un enfer et en un paradis avait disparu. Pourtant, son malaise devant sa propre faiblesse demeurait toujours aussi grand. Et en plus, voilà qu'une prostituée d'à peine dix-huit ans venait chambouler l'image qu'il se faisait des femmes. Tous ses maîtres porteurs de soutane – il n'en avait jamais eu d'autres – divisaient la gent féminine en deux : les saintes et les putains. Sofia venait de lui faire miroiter l'existence de compagnes respectables prêtes à satisfaire ses désirs.

« Non, pas Éléonore, songea-t-il. Elle n'est pas comme ça. » Certains enseignements avaient la vie dure. Les femmes respectables fermaient les yeux, serraient les dents et enduraient afin de remplir leur rôle de procréatrices. Puis elles enfantaient dans la douleur. Aucune ne partageait les appétits lubriques des hommes.

Comme sa logeuse détestait que l'on arrive en retard au souper, Dolan s'arrêta dans un café pour manger un peu. Cet endroit était tenu par des Italiens. De vives discussions se déroulaient autour d'une table de billard. Les paroles inintelligibles le ramenèrent au dîner dans le petit boui-boui chinois. Il revit la mine d'abord inquiète d'Éléonore, puis ses sourires, et enfin ses éclats de rire. Et surtout… ses dessous. Bientôt il devrait en venir à porter un cilice pour chasser cette excitation quasi permanente.

Au moment de s'engager dans la rue Belmont, Dolan reconnut deux silhouettes : Juliette Marcoux montait l'escalier conduisant à la maison de chambres, tenant le bras de Pierre Fafard. La scène lui rappela la séance de l'avant-veille, quand les sœurs Demers avaient parlé du mariage prochain d'une personne dont le nom commençait par un « M ». Il avait fallu bien peu de temps à ce nouveau locataire pour se faire une place auprès de la secrétaire.

Quand il l'aperçut, l'homme s'arrêta.

— Monsieur Dolan, une enquête vous a encore retardé jusqu'après le souper ?

« Non, je suis allé au bordel », aurait-il voulu répondre, juste pour voir sa réaction. Ce célibataire de cinquante ans s'autorisait-il des libertés pareilles ? Sa placidité incitait à croire que non. Toutefois, derrière une porte close, chacun pouvait dévoiler une autre facette de sa personnalité.

— Pas aussi longtemps, mais comme notre logeuse déteste les retards, j'ai préféré m'arrêter en route.

Dolan les rejoignit en haut de l'escalier, puis s'adressa à la femme :

— Mademoiselle Marcoux, comment allez-vous ?

— Aussi bien que possible.

Le ton contredisait un peu l'affirmation. Après avoir espéré attirer l'affection d'un policier de cinq ans son cadet, se rabattre sur un commis de vingt ans son aîné la décevait. Quel mauvais coup du sort, cet engouement ridicule pour une riche héritière !

— J'en suis heureux. Madame Sullivan devait fulminer, après la petite séance d'hier soir.

Rien ne se passait dans sa maison sans que quelqu'un la mette au courant. Comme la police, elle avait ses informateurs. Ce fut Fafard qui répondit :

— Elle aurait bien tort. Après tout, il s'agit d'un jeu innocent.

— Si nos évêques condamnent le Ouija, intervint Juliette, cela ne peut pas être innocent.

Le policier eut envie de dire : « Pourtant, elles vous ont annoncé une bonne nouvelle. » À la place, il marmotta :

— Heureusement qu'on ne brûle plus les sorcières.

La répartie troubla son interlocutrice.

— Vous entrez ou vous retournez en promenade ?

Ils entrèrent. Le policier pour regagner sa chambre, les deux autres pour passer un bout de soirée au salon.

Chapitre 4

Quand Osias Grothé descendit de son fiacre devant sa maison de la rue Sherbrooke, il commença par lever les yeux pour regarder le rectangle de lumière d'une fenêtre, alors que tout le reste de la maison demeurait dans l'obscurité. C'est en laissant échapper un soupir las qu'il déverrouilla la porte.

Passé minuit, aucun domestique ne restait debout. Il monta l'escalier deux marches à la fois et se dirigea vers l'une des chambres en façade. Depuis l'embrasure, il aperçut son épouse assise par terre dans sa robe de nuit, un petit cheval de bois dans les mains.

— Rosée, que fais-tu ici ?

Sous la douceur de la voix perçait tout de même une pointe d'impatience.

— Je voulais être avec lui.

— Rosée !

Elle leva vers lui un visage désespéré, des larmes coulaient sur ses joues.

— Je suis certaine qu'il se trouve encore ici. Je sens sa présence dans toutes les pièces, mais ici plus qu'ailleurs. Quand je lève les yeux rapidement, je le vois.

Comme son époux gardait le silence, elle ajouta :

— Je t'assure. C'est aussi réel que lorsque je te regarde.

Il s'avança et tendit les mains pour l'aider à se relever. Elle obéit. Même chiffonné par les pleurs, son visage était beau. Le désordre de ses cheveux blonds ne la déparait pas non plus.

— Il est tard. Retourne dans ta chambre.

— De toute façon, je ne dors plus.

— Tu prendras un peu de laudanum. Tu dois te reposer.

Elle se laissa guider jusqu'à une porte voisine. Avant de la laisser entrer, il baisa son front, puis répéta :

— Repose-toi. Tu finiras par te rendre malade.

— Tu ne me crois pas. Tu ne crois pas que Zéphyr demeure dans la maison.

— Tu l'as vu couché dans son cercueil, l'an dernier.

La femme le dévisagea avec incrédulité, puis elle entra dans la pièce et ferma la porte dans son dos. Osias resta immobile un instant, secouant la tête de droite à gauche, comme s'il venait de parler à une personne insensée.

À l'heure du repas, la logeuse présentait son visage des mauvais jours. Elle attendit cependant le second service avant de prononcer d'une voix sourde :

— Profiter de mon absence pour vous livrer à des diableries, ça ne se fait pas ! À votre âge, en plus...

Les sœurs Demers échangèrent un regard. Le pétillement dans leurs yeux ressemblait à celui de jeunes filles espiègles.

— La maison tient toujours.

— Et Satan n'est pas apparu.

Madame Sullivan fulmina un moment avant de dire entre ses dents :

— Je ne tolérerai pas ça sous mon toit !

— Justement, nous nous demandions si le moment n'était pas venu de vivre dans notre propre demeure, répondit vivement une des sœurs.

— Après cinquante ans à faire des économies, il faudrait bien penser à les dépenser, ajouta pensivement l'autre. Bientôt il sera trop tard… Un appartement avec une petite bonne pour s'en occuper. Cela devrait être dans nos moyens.

Dolan échangea un regard avec Devlin et O'Neil. Ces vieilles chipies ne manquaient pas de cran. Immédiatement, le ton de la dame s'adoucit un peu :

— Vous comprenez, c'est monsieur le curé. Il se montre intraitable.

— Bien sûr, nous comprenons. Nous ne voulons pas mettre le salut de votre âme en péril.

— Tout à l'heure, nous monterons afin de parcourir de nouveau les petites annonces. On y recense toujours des logis à louer.

Déjà, trouver preneur pour la chambre laissée libre par le départ de Collins avait pris quelques semaines. Faire de même pour la suite occupée par ces vieilles filles serait encore plus difficile. Son mouvement d'humeur pouvait lui coûter un mois ou deux de loyer.

— Vraiment, ce ne sera pas nécessaire. Je suis certaine que nous pourrons nous entendre.

Au moins, les sœurs Demers eurent la sagesse de ne pas proposer une séance de Ouija pour la soirée.

❊

Comme si tous les meurtriers et les fraudeurs avaient décidé de partir en vacances en même temps, la vie à Montréal était d'un calme plat et la ville semblait engagée sur le chemin de la vertu. Il restait bien sûr les crimes « saisonniers », ceux qui venaient avec le beau temps. Les citadins fréquentaient assidûment les jardins publics et les parcs d'attractions. Les voleurs à la tire aussi. Les uns et les autres montraient une telle constance qu'on pouvait croire qu'ils se donnaient rendez-vous.

Dans les beaux quartiers, de nombreuses familles fuyaient la canicule et les odeurs nauséabondes l'accompagnant pour gagner des lieux de villégiature. Les lacs des Laurentides, situés à peu de distance, obtenaient lentement la faveur du public. Mais les stations balnéaires du golfe du Saint-Laurent, comme Métis, Notre-Dame-du-Portage ou même Montmagny sur la rive sud, et Murray Bay sur la rive nord, gardaient leurs habitués. Les « notes sociales » publiées dans les journaux contenaient des entrefilets du genre : « Monsieur Bolduc, industriel bien connu de cette ville, et son épouse ont quitté leur domicile de la rue Saint-Denis afin de regagner leur résidence secondaire de La Malbaie pour la durée des vacances scolaires. » Certains lisaient plutôt : « Venez vider la maison, nous ne sommes pas là. »

— Je ne peux tout de même pas me plaindre qu'il y a trop peu de crimes, maugréait Dolan pour lui-même.

Il en était à rédiger son neuvième rapport de la semaine sur un réseau de pickpockets quand le sergent Panneton apparut dans l'entrée de la salle des détectives. Il annonça :

— Ça tire dans le coin de la rue de la Commune !

La plupart des agents de police passaient leur journée à battre le trottoir afin d'inspirer une saine frayeur aux citadins. Cela suffisait pour éviter la plupart des mauvaises actions. Et si des audacieux passaient outre, ils avaient deux moyens d'obtenir de l'aide : souffler dans leur sifflet, ou actionner l'une des nombreuses alarmes placées çà et là dans la ville.

— Où ça ? dit le détective en levant la tête.

— D'la Commune, j'viens d'te l'dire.

Après une pause il ajouta, bon prince :

— Su l'bord de Saint-Claude. C't'à côté du marché.

Tout en posant sa question, Dolan avait ouvert son tiroir pour prendre son holster afin de le fixer sous son bras gauche et y glisser ensuite son revolver de service. Avec sa veste par-dessus, l'arme ne jetterait pas trop l'émoi chez les promeneurs.

❊

Panneton lui avait désigné le site de la vieille taverne de Joe Beef, un établissement qui, des années après sa fermeture, alimentait encore les conversations des plus vieux policiers du poste numéro 1. L'édifice demeurait toujours debout, et poursuivait la même vocation. Un Irlandais avait pris le relais.

À l'intersection, une petite foule s'était formée, des hommes et des femmes parlant anglais ou français. La proximité du marché Bonsecours expliquait le grand nombre de badauds. Des cultivateurs y allaient de remarques comme « C't'y épouvantable en ville, c'est Sodome et Gomorrhe ! » Comme si au fond de leur rang ne survenait aucun événement sordide.

Près de la porte, Dolan trouva trois policiers en uniforme, tous très nerveux.

— Que se passe-t-il ?

— Un gars a tiré su' un serveur.

— Il y a encore des gens à l'intérieur ?

— Sais pas.

Les agents avaient monté la garde devant la porte, sans oser entrer. Ce fut l'un des clients qui vint lui dire :

— C'tait plein. On est des dizaines à s'être garrochés dehors. J'sais pas si y reste du monde en d'dans.

— Que s'est-il passé ?

— Un gars saoul gueulait parce qu'y aimait pas le montant d'la facture. Les serveurs sont venus à trois ou quatre pour l'expulser. Y a sorti un gun pis y en a tiré un.

— Il l'a touché ?

— À un pied de distance, y pouvait pas l'rater…

À ses bleus de travail et sa légère odeur d'étable, Dolan devina avoir affaire à un paysan venu vendre sa production au marché. L'homme fit une courte pause avant d'ajouter :

— En tout cas, y est tombé.

En s'adressant à ses collègues, le détective demanda :

— Il y a une autre porte ?

— Derrière. Deux gars sont de ce côté-là.

La prudence aurait dû l'inciter à réclamer des renforts au chef de police. Mais cela prendrait du temps et le forcené pourrait faire d'autres victimes.

— Bon, je vais voir. S'il reste des clients, je vais les faire sortir. Alors, n'allez pas leur taper dessus à grands coups de bâton.

Le policier entra en tenant son revolver pointé vers le sol. À l'intérieur, des tables et des chaises renversées témoignaient de l'empressement des clients à fuir les lieux. Et dans tout ce désordre, quelques personnes effrayées tentaient de se dissimuler derrière les meubles. Le tueur se tenait peut-être parmi elles. Assis sur ses talons, Dolan fit signe à l'un d'eux, puis murmura :

— Où est-il ?

Le regard de son interlocuteur exprimait la peur. Il esquissa un geste vers la cuisine. Dolan lui ordonna :

— Sortez !

D'un geste de la main, il lui désignait la porte. L'autre eut une longue hésitation, puis vint vers lui en rampant. D'autres personnes firent la même chose. Pendant ce temps, le policier surveillait la porte donnant accès à la cuisine. Un seul homme demeura sur le sol. À son étrange posture, il devina qu'il s'agissait de la victime.

— Vous êtes toujours là ? cria-t-il.

Il précisa :

— Je m'adresse au tueur. Vous êtes toujours là ?

— ... J'ai tué personne.

— Dans ce cas, si vous êtes innocent, sortez de là !

Le silence de l'homme l'amena à demander :

— Il y a des gens de votre côté ?

Pour toute réponse, il y eut un coup de feu. Dolan interpréta cela comme un « non ». Il vit l'impact de la balle contre le mur, sur sa gauche. Tracer une ligne imaginaire de cet endroit jusque dans la pièce voisine lui permit d'établir la trajectoire. Un simple exercice de géométrie. Dans l'autre pièce, le tireur se trouvait à droite.

Il aurait pu se précipiter et vider le barillet de son arme dans cette direction. Avec un peu de chance, il toucherait sa cible. Mais le souvenir des beaux yeux d'Éléonore l'incita à se montrer prudent. « Voilà qui est nouveau », songea-t-il. Jusque-là, son instinct de préservation suffisait seul à le rendre plus ou moins méfiant. Moins que plus, en fait.

— Moi aussi je suis armé, vous ne pouvez pas fuir. À ce jeu, je l'emporterai. Jetez votre arme par ici, je veux la voir.

Le silence dura longuement. À deux reprises, le policier répéta son injonction. Puis, à son grand soulagement, l'arme atterrit bruyamment sur le plancher, à deux mètres de lui.

— Bon, maintenant, approchez en tenant vos deux mains bien haut.

Dolan dut encore s'armer de patience. Finalement, un gars d'une trentaine d'années à la barbe hirsute émergea, les mains levées. Les vêtements sales et déchirés permettaient d'identifier le travailleur malchanceux, ou incompétent. Celui que l'on renvoyait le premier au moment d'un ralentissement, et que l'on reprenait le dernier lors d'une embellie de l'économie. Dolan se releva, gardant son revolver braqué sur l'homme.

— Retournez-vous.

Il avait sorti les menottes de sa poche. De nouveau, l'image de la grande châtaine lui passa à l'esprit. Décidément, elle ne lui sortait pas de la tête.

L'autre demeura immobile, les yeux fixés sur le corps. Son visage pâlit un peu. Un instant, l'inspecteur craignit de le voir se jeter sur lui ou alors s'élancer vers la sortie. Dans une telle éventualité, il lui faudrait l'abattre. Il se résolut à viser la jambe.

— Comment t'appelles-tu ?

Passer à un langage plus familier lui semblait susceptible de le calmer un peu.

— … Fred Arseneault.

— Alors, Fred, retourne-toi gentiment pour que je te mette ça.

Le gars obtempéra, mais sans quitter le cadavre des yeux. Une fois les menottes passées, Dolan remit son arme dans son holster, puis il empoigna l'homme sous le bras.

— Maintenant, sortons d'ici.

Dehors, il dit à ses collègues :

— Vous autres, trouvez les témoins. Les serveurs en premier lieu. Quelqu'un a pensé à faire venir une voiture pour ramasser le mort ?

— Et une voiture de maître pour le vivant, dit l'un des agents.

Un fourgon se trouvait en effet garé du côté du marché Bonsecours. Le détective remercia l'agent pour cette attention. Ce moyen de transport vaudrait mieux qu'une marche jusqu'à l'hôtel de ville. Il monta dans la boîte avec son prisonnier. L'homme murmura :

— Maintenant, ils vont me pendre.

Dolan se décida à y aller d'un mensonge pieux :

— Non. La prison, sans doute.

« Ce qui ne vaudrait certainement pas mieux », pensa-t-il. Sans poser de question, il entendit la confession complète d'un malheureux qui avait commencé sa journée avec un grand verre de gin.

Dès le lundi suivant, Dolan chercha le numéro de téléphone d'Imogen Radcliffe. La vieille dame habitait rue Milton. Après un moment d'hésitation, elle accepta deux personnes supplémentaires à sa séance suivante.

Aussi, le vendredi 6 juillet, Éléonore et lui se rencontrèrent au restaurant de l'hôtel Windsor pour un dîner rapide. Revenir à cet endroit rappelait au policier non pas leur première rencontre – celle-ci avait eu lieu dans la serre de la grande demeure des McDougall, en présence de la sévère Octavia –, mais leur première conversation. Combien cette grande jeune fille presbyte l'avait touché ! Le malaise qu'il avait ressenti lui restait également en mémoire. Et l'impression très nette d'être de trop dans cet environnement bourgeois.

Maintenant, c'était sa compagne, la plus embarrassée des deux.

— Tu me trouves ridicule, n'est-ce pas ?

Pour la seconde fois, elle lui prêtait ce jugement sévère. Depuis le début du repas, elle jouait avec sa nourriture du bout de sa fourchette. Comme il ne répondait pas, elle ajouta :

— Avec toutes ces histoires d'esprits…

— Je suis personnellement un peu fâché avec l'au-delà. Cependant, je respecte les croyances des autres, sans juger personne.

« Heureusement ! songea-t-il. Sinon, je mépriserais à peu près tout le monde autour de moi. » Éléonore esquissa un sourire. Son lorgnon pendait sur sa poitrine, accroché à sa chaînette d'or. Elle le porta à ses yeux pour examiner le contenu de son assiette.

— Je t'ai parlé de ma nuit après notre repas chinois ?

Il secoua la tête de droite à gauche.

— À l'avenir, je mangerai dans des endroits immaculés !

Autrement dit, ce serait dans des restaurants hors de prix. À tout le moins pour lui. Aujourd'hui, elle signerait la note au moment de quitter les lieux. Cette pensée fit apparaître une ombre sur le visage de Dolan, le temps de s'apitoyer sur son sort. Bientôt, il tira sa montre de son gousset pour commenter :

— Les curés n'attendent jamais les retardataires. Il en va sans doute de même de madame Radcliffe.

— Allons-y. De toute façon, je n'avalerai plus rien.

Dehors, ils retrouvèrent la berline. Quelques minutes suffirent pour rejoindre la maison de brique de la rue Milton. Dolan remarqua le petit rectangle de pelouse laissé à l'abandon, la peinture écaillée sur la porte. L'absence d'un époux et des moyens limités expliquaient sans doute le mauvais entretien de la propriété.

Il fallut un moment avant que quelqu'un réponde au bruit du heurtoir. La maîtresse de la maison vint ouvrir, souriante.

— Mademoiselle McDougall, je suis heureuse de vous rencontrer !

Elle lui tendit la main. Le policier examina la silhouette un peu voûtée, le visage fripé comme une pomme restée sur l'arbre tout l'hiver.

— Vous savez ce qui se passe durant nos séances ? demanda-t-elle à Éléonore.

— ... J'ai lu des articles dans des magazines.

— Sur les tables qui valsent dans les airs ? Vous serez déçue.

Puis madame Radcliffe se tourna vers l'inspecteur.

— Monsieur Dolan, je ne pensais jamais vous revoir !

— Voilà le danger d'utiliser le mot jamais. Moi, je me disais que jamais je ne me retrouverais dans une séance de ce genre.

Imogen le regarda, amusée.

— Nos amis nous attendent. Plus tard, je vous dirai un mot à tous les deux.

Elle leur tourna le dos pour s'engager dans le couloir. Ils la suivirent et aboutirent dans une pièce au décor vieillot. Il s'agissait d'une salle à manger avec un buffet contre le mur et une table circulaire au milieu. Quatre personnes y étaient assises. Elles se levèrent à leur arrivée.

— Je vais vous présenter vos nouveaux amis.

Elle débita les noms de chacun sans donner de détails sur les fonctions de quiconque. Dolan apprécia cette discrétion. Suivirent les poignées de main. L'instant d'après, il était assis directement à la gauche de son hôtesse, Éléonore à sa droite. L'ampoule du couloir procurait un éclairage indirect, laissant tous les visages dans l'ombre.

— Maintenant, joignons nos mains.

Tous posèrent les mains sur la table, pour toucher celles des voisins. Éléonore avait enlevé ses gants ; ses doigts parurent brûlants à Eugène, et aussi un peu moites. Cela tenait certainement à la soirée très chaude et à son émotion. Après tout, la perspective de parler à un parent défunt avait de quoi la troubler. À l'opposé, ceux de madame Radcliffe lui parurent froids. La voix de la médium, un peu rauque, le fit sursauter.

— Esprit, es-tu là ?

Elle répéta la même invocation une demi-douzaine de fois, puis on entendit un coup sourd. Éléonore serra la main de son compagnon avec force.

— Augustus, c'est toi ?

Il s'agissait de l'époux défunt de la maîtresse de céans. De nouveau, la réponse vint sous la forme d'un coup frappé. Cette fois, Dolan écoutait de toutes ses oreilles. Pourtant, il ne put en déterminer l'origine.

— Une jeune femme se trouve parmi nous. Elle se nomme Éléonore. Elle aimerait parler avec son père, Archibald. L'as-tu croisé au pays des ombres ?

Deux coups. Pour dire non, sans doute. Le son ne venait pas du plafond ni des murs. Quelqu'un se tenait peut-être dans la cave. Des grilles de bronze permettaient à la chaleur de se répandre dans la bâtisse. Elles permettaient sans doute aussi d'entendre ce qui se disait dans la pièce. Il fallait simplement avoir un complice.

— Archibald McDougall, dit Éléonore d'une voix émue. Vous devez le connaître. On l'a tué l'automne dernier.

Le silence dura un long moment. À la fin, madame Radcliffe reprit la parole :

— Augustus, as-tu croisé Archibald McDougall ?

Deux coups.

— Si tu le permets, nos invités vont te poser des questions.

Un coup. La jeune femme comprit à ce moment avoir manqué aux usages des communications avec l'au-delà. Il fallait y mettre les formes, ne parler qu'après y avoir été autorisé. Un homme s'enquit des allées et venues d'Isabella, la femme d'un certain Gregory. Répondre oui ou non ne permettait pas de tenir une vraie conversation. Pourtant, ces gens s'en satisfaisaient. Chaque fois, Éléonore serrait ses doigts, de frustration sans doute.

Puis le mari défunt sembla se lasser, réagissant avec un certain décalage. Après un délai de quelques minutes, Imogen déclara la séance terminée.

— Il est parti. Espérons avoir plus de chance une prochaine fois.

Tous lâchèrent les mains de leur voisin. L'hôtesse se leva la première, donnant le signal aux autres. Une courte conversation eut lieu dans le salon. En revanche, madame Radcliffe n'invita personne à s'asseoir et ne proposa pas de thé. Un homme salua, puis sortit. Tous les autres l'imitèrent sans tarder. Avant de franchir la porte, les visiteurs déposaient un billet de banque dans une assiette posée sur un guéridon. Cette dame devait vivre de ces oboles.

❊

Bien vite, il ne resta plus que les deux néophytes. Madame Radcliffe leur fit signe de s'asseoir, mais son hospitalité n'alla pas jusqu'à leur offrir quelque chose.

— Je tenais à vous dire un mot en privé. Vous avez compris que je m'adresse à mon époux. Parler aux esprits, ce n'est pas comme chercher un numéro de téléphone dans le bottin, pour demander ensuite la communication. Ce sont eux qui mènent le jeu.

Comme ils restaient cois, elle précisa :

— Disons plutôt que je peux demander à parler à quelqu'un, mais ils acceptent de répondre ou non.

L'explication ne satisfaisait pas Dolan. Il demanda :

— Comment savez-vous que c'est votre époux ? Vous lui avez posé des questions dont lui seul connaissait la réponse ?

— Comme dans une enquête de police ?

Elle avait dit cela d'un ton moqueur. Elle reprit, sérieuse :

— Non, c'est à la fois plus simple et plus compliqué. Chaque médium s'adresse à un, deux ou trois esprits. Nous les prions de nous mettre en contact avec quelqu'un. Un jour, j'ai senti une nouvelle présence dans la maison. Je lui ai demandé qui il était…

— Tout à l'heure, il a refusé de me parler.

Le ton d'Éléonore montrait sa déception. Son père la trahissait une nouvelle fois.

— Les âmes de tous les êtres humains errent dans l'Univers infini. Augustus ne peut les connaître toutes.

— La conversation se limite toujours à des questions auxquelles on peut répondre par oui ou non ? s'enquit encore le policier.

— Ils peuvent répondre par des phrases complètes. Par contre, cela demeure fastidieux. Un coup pour “a”, deux pour “b”, trois pour “c”…

La jeune femme remarqua :

— Pourtant, selon mes lectures, il y a des moyens plus… expéditifs.

— Oui… Selon certains, les esprits projettent des objets contre les murs, ils parlent en utilisant la voix des médiums ou ils écrivent en guidant leur main. Parfois, ils écrivent des livres entiers !

Imogen secouait la tête de droite à gauche pour exprimer son incrédulité. Elle ajouta :

— C'est peut-être vrai. Je n'ai pas ce genre de talent.

— Pour mon père…

— Nous pourrons essayer aussi souvent que vous le désirerez. Toutefois, seul un charlatan vous ferait une promesse de réussite.

Elle s'engageait la première sur ce terrain, le policier saisit la balle au bond.

— N'importe qui peut produire ces bruits.

— M'accusez-vous de cacher quelqu'un dans un placard ?

Dolan n'osa acquiescer.

— Voici ma proposition. La prochaine fois, au lieu de vous asseoir avec nous, vous vous promènerez dans la maison pour capturer mes complices. Je fermerai la porte de la salle à manger, pour ne pas être dérangée par vos va-et-vient.

La proposition surprit le détective. Il hocha la tête pour dire oui.

❋

Dans la berline, pendant un certain temps, aucun des deux ne dit un mot. Dolan devinait que sa compagne était désappointée, il ne savait comment la consoler. Dire : « La prochaine fois, il répondra à l'appel » lui paraissait ridicule. De toute façon, poser des questions suffisamment simples pour qu'un oui ou un non fasse office de réponse n'était pas susceptible de satisfaire les attentes de son amie.

Finalement, ce fut Éléonore qui rompit le silence :

— Même si la démarche te semble ridicule, je compte recommencer. Par contre, je n'ai pas à t'imposer ça.

— Je t'accompagnerai aussi longtemps que ma présence te fera plaisir.

Elle chercha sa main pour la serrer. La jeune femme avait retiré son gant, le contact de sa peau contre la sienne lui fit du bien.

— As-tu l'intention de fouiller la maison, comme elle l'a suggéré ?

— Pourquoi pas ? Ce sera peut-être l'occasion de me découvrir une nouvelle croyance.

Le scepticisme dans le ton indiquait qu'il ne fallait pas compter là-dessus. Cependant, le policier était déconcerté que cette femme lui donne l'opportunité de la démasquer si aisément. Sa compagne le prit totalement par surprise quand elle changea de sujet.

— Kenneth souhaiterait que tu viennes souper à la maison, dimanche.

L'invitation devait toujours venir du maître de la maison, le fils aîné. Comme il demeurait silencieux, elle ajouta :

— J'aimerais que tu te joignes à nous.

Sans cette précision, il aurait spontanément dit non. Mais il fallait encore le convaincre…

— Je n'ai même pas d'habit de soirée.

— Penses-tu que l'on se déguise tous les soirs ?

« Peut-être pas tous les soirs, songea-t-il, mais les dimanches, certainement. »

— Viens exactement comme tu es. Ce sera le cas pour moi.

— Avec toi, c'est une chose…

— Kenneth et Stanley te doivent une fière chandelle, leurs épouses aussi !

Autrement dit, cinq personnes lui feraient bonne figure dans la maison. Quant à la reine mère, son hostilité lui était acquise.

— D'accord, j'y serai.

Éléonore laissa son poids porter contre son épaule.

— Pour toi, ajouta-t-il.

Cette fois, elle leva la tête pour lui embrasser la joue.

❖

Elle avait dit « exactement comme tu es ». Cela signifiait dans un complet de couleur noire et, concession à la belle saison, un chapeau de paille. L'accessoire lui avait coûté près d'une journée de travail. Parfois, certaines précautions s'imposaient. Le samedi, il récupéra le vêtement chez le buandier chinois et passa par un bain public en rentrant à la maison. Sa tenue blesserait peut-être le regard de ces bourgeois, mais il ne heurterait pas leur odorat.

Pour se rendre rue Cedar, il prit un fiacre. En arrivant, il resta un moment devant la porte, sans oser frapper. Ce fut l'approche des deux chiens chargés de la surveillance des alentours qui le persuada d'utiliser le heurtoir. L'instant d'après, Kenneth venait lui-même ouvrir.

— Bienvenue, monsieur Dolan ! commença-t-il en tendant la main. Comment vous portez-vous ?

— Fort bien, merci.

Éléonore se tenait juste derrière son frère, l'air un peu soulagé de voir le visiteur se manifester. Ensuite, le maître de la maison le précéda jusque dans le salon.

— Vous connaissez déjà tout le monde ? Stanley…

Le cadet se leva le temps d'une brève poignée de main. Pamela et Joyce demeurèrent assises, mais tout dans leur sourire démontrait qu'elles désiraient le mettre à l'aise. Puis il se trouva devant Octavia. Celle-ci tendit la main avec un peu de retard, visiblement réticente.

— Madame, je suis heureux de vous revoir.

L'ironie du ton amena la vieille femme à serrer les mâchoires. Sa réponse prit la forme d'un petit hochement de tête.

— Viens t'asseoir près de moi, dit Éléonore en prenant son bras.

Une fois le couple installé sur un canapé, Kenneth proposa :

— Vous prendrez quelque chose à boire ?

— … La même chose que vous.

— Dans ce cas, ce sera un whisky. Écossais, si cela vous convient.

Il tenait pour acquis qu'un Irlandais préférait une boisson venue de son pays d'origine. Dolan acquiesça d'un mouvement de la tête. Pour rompre le silence, Stanley intervint :

— Avez-vous une autre enquête passionnante sur les bras ?

La présence dans une pièce d'une seule personne embarrassée rendait toutes les autres mal à l'aise.

— Pendant la belle saison, une bonne partie de nos semaines se passent à essayer de capturer des pickpockets. Cela n'a rien de passionnant, mais au moins nous ne trouvons pas de cadavres sur notre chemin.

— Finalement, votre vie ne ressemble pas à celle des policiers des romans populaires.

Le succès des aventures de Sherlock Holmes avait non seulement forcé l'auteur des romans à ressusciter son célèbre détective, mais une armée d'imitateurs était apparue.

— Pas tellement. En plus, je n'ai ni loupe ni casquette de chasse.

— Ni d'héroïne dans les veines ni de camarade médecin qui écrit au lieu de recevoir des patients, dit Kenneth en lui tendant un verre.

Chapitre 5

Si les hommes McDougall et leurs épouses se montrèrent attentifs à mettre leur invité à l'aise, ils n'obtinrent qu'un succès limité. Tous se retrouvèrent à table une demi-heure après l'apéritif. Dolan se sentit un peu plus détendu : personne ne parlerait la bouche pleine, cela limitait le nombre des questions et des réponses.

Avec un à-propos discutable, Kenneth commença en rappelant un mauvais souvenir à sa sœur :

— Vous savez, monsieur Dolan, vous ne devriez pas la conduire partout où elle désire aller.

— Tu ne vas pas revenir là-dessus ! s'exclama Éléonore.

— Tu as raison, intervint Octavia. Je ne pense pas que ton indigestion soit un sujet d'intérêt public...

Avec un bel empressement, Joyce se dévoua pour faire dévier la conversation sur un autre sujet.

— Que pensez-vous de votre dernière séance de spiritisme ?

Ainsi, Éléonore ne taisait pas ses sorties avec lui.

— Comme il s'agissait aussi de ma première, je n'ai pas encore d'opinion définitive.

— En tant que catholique, vous pouvez participer à ce genre d'activité ?

La vieille venait de souligner la distance infranchissable entre eux.

— Le Saint-Père est contre. Mais il en va des catholiques comme des presbytériens. Certains membres de mon Église sont moins respectueux des règles que d'autres.

— Vraiment ? feignit de s'étonner la douairière. Dites-m'en plus…

— Maman… commença Éléonore.

— Quoi, maman ? Je veux savoir.

Le visiteur entendit la satisfaire.

— L'Église catholique condamne la superstition, l'idolâtrie, la divination et la magie. L'archevêque de Québec a condamné le spiritisme dès 1854. La Sacrée Congrégation de l'Index a condamné tous les ouvrages spirites en 1864, puis a récidivé en 1898, car leur popularité ne faiblissait pas.

— Vous êtes bien informé.

— Il y aura bientôt trois ans, je fréquentais le Grand Séminaire pour devenir prêtre.

Cette fois, Octavia faillit s'étouffer. Déjà, recevoir un papiste à la table des McDougall représentait une audace jamais vue depuis la réforme protestante du seizième siècle. Que celui-ci ait songé au sacerdoce la laissa muette.

❋

— Je vous remercie d'avoir accepté mon invitation, dit Kenneth en serrant la main de Dolan.

Le visiteur avait déjà souhaité bonne nuit aux épouses et à Stanley.

— Je devrais dire "Ce fut un plaisir sans faille", mais selon Éléonore je manque de talent pour le mensonge. Cependant, j'ai beaucoup apprécié l'accueil de presque tout le monde, et je vous en remercie.

Éléonore ne le contredirait certes pas.

— Vous transmettrez mon bonsoir à madame votre mère.

Octavia avait regagné sa chambre en sortant de table.

— Comptez sur moi. Maintenant, je vous laisse.

À peine était-il parti que la jeune femme prit son bras en disant :

— Je te reconduis jusqu'à l'écurie.

Dehors, ils apprécièrent la fraîcheur du soir. L'odeur des cigares des frères McDougall, après le repas, demeurait sur leurs vêtements. Éléonore lui serra la main :

— Merci d'être venu.

Elle s'arrêta pour l'obliger à se retourner et jeta la tête en arrière pour mettre les bras autour de son cou et l'embrasser sur la bouche. Dolan demeura un peu raide, posa le bout des doigts sur ses flancs, sans oser esquisser une caresse. Sa passivité amena la jeune femme à reculer, déçue.

Eugène Dolan était venu achever son rapport d'enquête par des observations supplémentaires. Parfois, l'absurdité des crimes les rendait difficiles à expliquer. Quelques mots à son patron lui évitaient de noircir des pages et des pages.

— Pouvez-vous le croire ? Il a tiré sur le serveur pour ne pas payer l'addition.

— Je parie qu'après avoir dégrisé, la perspective de la corde lui a fait regretter les deux ou trois jours de prison pour une facture impayée.

Le détective allait se lever quand Olivier Campeau demanda :

— Vos collègues s'intéressent-ils toujours à vos fréquentations ?

On arrivait à la fin de la journée, le chef souhaitait sans doute remettre au lendemain la poursuite de ses tâches administratives.

— Personne ne m'en a parlé, mais je sens que cela ne durera pas.

L'autre lui adressa un sourire moqueur.

— Je suis aussi curieux que tous les autres.

— Je ne savais pas que mon existence présentait autant d'intérêt.

L'inspecteur hésita juste un peu avant de continuer :

— Vendredi dernier, j'ai accompagné Éléonore chez une médium. Elle rêve d'une conversation avec son père défunt.

— Une médium ?

— La charmante dame venue me désigner le coupable, l'automne dernier.

— Et puis ?

Dolan haussa les épaules.

— Le vieux McDougall ne s'est pas manifesté, mais le défunt mari de la dame, oui.

Cette fois, Campeau perdit tout à fait son sourire. Qu'un agent de police aille prendre le thé avec des fantômes troublerait bien plus le personnel que ses sorties avec une riche héritière.

— Pas comme une voix que l'on entend au téléphone. Un coup pour dire oui, deux pour dire non.

— ... C'est un truc. On annonce la venue d'un illusionniste au Monument-National le mois prochain. Sa spécialité est de faire flotter les gens dans les airs.

— Comme je lui ai exprimé très clairement mon scepticisme, ce soir, elle me laissera fouiller la maison.

Le chef de police hocha la tête. Les journaux évoquaient régulièrement des activités de ce genre, parfois pour dénoncer des charlatans, le plus souvent en accordant du crédit à ces histoires.

— Vous me tiendrez au courant. Même si ce n'est pas à proprement parler un crime, des gens peuvent se faire extorquer de l'argent

Dolan ne souhaitait certainement pas se livrer à la défense de la vieille dame, mais le dollar déposé dans son assiette représentait une bien petite extorsion.

Osias monta à l'étage de sa maison pour demander un peu impatiemment à sa femme :

— Pour une fois que j'ai pu me libérer, tu ne viendras pas manger avec moi ?

— Oh ! Je suis désolée, mais tu le sais, je ne mange presque pas.

Elle était assise devant sa coiffeuse, un meuble au bois peint en blanc. Sa femme de chambre, Lucille, plaçait ses cheveux.

— Pourtant, tu sais que le médecin recommande de faire un effort.

— Je sais. Peut-être un morceau de fromage, alors. En attendant le fiacre.

— Bon, eh bien alors, je souperai seul. Je voulais t'offrir un livre. Tu le trouveras sur la table.

— … Je suis désolée. Je descendrai dans un instant.

L'époux repartit. Il était assis devant son couvert, une fourchette à la main, quand la jeune femme entra dans la salle à manger. Il eut envie de souligner son élégance, mais se retint. Cette robe d'un noir de jais, soulignée de dentelle de même couleur, avantageait bien sa silhouette. Cependant, personne ne faisait de compliments sur un vêtement de deuil. Elle s'installa, leva la tête vers le majordome pour lui dire :

— Je prendrai un peu de soupe.

Puis elle déplia la serviette pour la placer sur ses genoux.

— Il s'agit du livre dont tu me parlais ?

Un opuscule était posé devant son assiette. Il s'agissait d'un petit volume aux pages jaunies. Elle l'ouvrit pour lire à haute voix :

— *Qu'est-ce que le spiritisme ? Introduction à la connaissance du monde invisible par les manifestations des esprits contenant le résumé des principes de la doctrine spirite, et la réponse aux principales objections*

L'ombre d'un sourire vint sur ses lèvres.

— Avec un titre aussi long, je m'attendrais à un ouvrage de mille pages au moins.

Il en avait environ deux cents.

— Tu connais cet auteur, Allan Kardec ?

— Non, pas du tout. Quelqu'un m'a dit que c'est le fondateur d'une nouvelle religion. La même personne qui m'a parlé d'Imogen Radcliffe. Il a publié d'autres livres, mais j'ai pensé qu'une introduction serait parfaite. Si tu le trouves intéressant, je te les achèterai.

Trois jours plus tôt, Osias lui avait remis un papier sur lequel il avait écrit le nom de la médium, son numéro de téléphone et son adresse tout en disant : « Tu sais, je ne crois pas vraiment à cela, mais comme tu me dis sentir sa présence, peut-être pourras-tu lui parler. » Elle devait assister à sa première séance en soirée, habitée par un mélange d'espoir et de crainte.

— Qui t'en a parlé ?

— Tu te souviens de mon comptable, le vieux Phaneuf ?

Elle fit un signe affirmatif. Ce personnage décharné rappelait un cadavre. Pas étonnant qu'il se questionne sur l'au-delà.

— Cette Imogen Radcliffe, il la connaissait personnellement ?

— Je ne sais pas. Il a évoqué quelques médiums, celle-là habite dans un quartier fréquentable. Je ne te voyais pas dans un taudis près du port. Tu connais suffisamment l'anglais pour recourir à ses services, et à l'ouest de la ville, tu risques moins de tomber sur un voisin.

La précision la mit un peu mal à l'aise. Il ne s'agissait évidemment pas d'une sortie qui plairait aux grenouilles de bénitier.

— Cela pourrait causer des problèmes, si cela se savait ?

— Tu connais nos curés. Ils te refuseraient la communion si quelqu'un te voyait vêtue de l'une de ces tenues que les femmes portent pour se baigner aux États-Unis. Alors, parler aux esprits... Je suppose que monseigneur Fabre enverrait l'un de ses chanoines ici pour ramener sa brebis égarée.

Rosée opina de la tête. Les catholiques toléraient mal les cultes concurrents. Bientôt, le bruit de coups contre la porte leur parvint.

— Mon fiacre, dit-elle en se levant. Je me sauve. Bonne soirée.

❋

Quand Dolan et sa compagne se présentèrent une seconde fois à la maison de la rue Milton, madame Radcliffe vint de nouveau ouvrir la porte. Peut-être ne pouvait-elle se payer les services d'une bonne... Cette fois, les invités étaient installés au salon plutôt que dans la salle à manger. Au moment des poignées de main, ils échangèrent quelques mots. Quand un vieil homme le questionna sur son occupation, ce fut leur hôtesse qui répondit :

— Monsieur Dolan est policier. Son métier demande un esprit rationnel. Je lui ai offert de fouiller la maison, pendant notre séance, pour s'assurer que tout cela n'est pas une mauvaise farce.

« Si je ne trouve rien, j'aurai fourni à cette femme la meilleure réclame publicitaire possible ! » pensa Dolan. Bien entendu, le récit de cette soirée serait colporté par ses participants. Cependant, s'il fallait que l'un d'eux s'adresse à un journal, sa prochaine conversation avec Campeau prendrait une toute nouvelle tournure.

— Évidemment, je vous demanderai de demeurer discrets sur sa présence.

La vieille femme suivait parfaitement le cours de ses pensées. Ses yeux pétillaient d'intelligence.

— Nous ne voulons pas devenir le sujet de conversation de cette ville.

Une horloge posée sur le linteau de la cheminée sonna la demie.

— Monsieur Dolan, j'attends une autre visiteuse, ce soir. Son retard vous donne l'occasion de vous assurer qu'aucun mécanisme ne permet de secouer la table ni de frapper dans les murs.

Eugène demeura un moment incertain, puis il se rendit dans la pièce voisine. Un interrupteur lui permit d'allumer la lumière. Son premier souci fut effectivement de regarder sous la table. Puis il la déplaça un peu. Aucun levier ne permettait de la soulever pour la laisser retomber. Il en allait de même pour les chaises. Les murs ne montraient aucune ouverture secrète.

Un bruit lui parvint depuis l'entrée. Quand il rejoignit les autres, ce fut pour apercevoir une femme vêtue d'une robe et d'un chapeau noirs, avec une voilette de même couleur lui masquant à demi le visage. La médium avait déjà fait les présentations. Elle se tourna pour lui dire :

— Monsieur Dolan, voici madame Grothé.

Il tendit la main pour prendre celle gantée de noir de la nouvelle venue en se déclarant enchanté. Celle-ci se contenta d'un signe de la tête.

— Nous y allons ?

Les visiteurs se dirigèrent vers la salle à manger. Madame Radcliffe fixa son regard dans celui du policier pour dire, un sourire à la commissure des lèvres :

— Alors, monsieur le détective, avez-vous découvert quelque chose d'irrégulier ?

— Rien jusqu'à maintenant.

— Alors, continuez votre recherche. Toutes les pièces vous sont ouvertes. Je ne pense pas que vous irez jusqu'à tâter mes dessous.

Elle marqua une pause, puis continua :

— Et si vous le faites, cela signifie que vous n'avez vraiment rien à faire de votre existence. Dans ce cas, je vous pardonnerai.

Elle tourna les talons en laissant échapper un rire joyeux. « Cesse de jouer son jeu », se dit-il en la voyant s'éloigner. Cette fois, la médium ferma la porte de la pièce afin de garder un peu d'intimité à la séance. Quelques bougies procureraient un éclairage suffisant.

Le premier souci de Dolan fut de retourner dans l'entrée. La penderie donnait contre la pièce où tout le monde se trouvait réuni. Impossible d'avoir aménagé entre les deux une chambre secrète. Il en allait de même pour la cuisine. De cet endroit, il entendait tout juste les conversations murmurées.

Ensuite, il monta l'escalier pour se rendre à l'étage. Encore là, impossible d'imaginer un plafond creux pour y dissimuler un complice. Le policier commença par faire l'inventaire des pièces : une salle de bain, deux chambres, et un boudoir. Celui-ci était juste au-dessus de la salle à manger. Personne ne s'y cachait pour frapper sur le plancher et produire les sons entendus en bas.

Il restait la cave. En soupirant, Dolan ouvrit dans la cuisine la trappe y donnant accès. Il s'agissait d'un trou creusé dans la terre humide, utilisée pour entreposer les objets inutiles qui, autrement, encombreraient la maison. Des caisses et des bouteilles vides s'empilaient. Des bouteilles de vin, surtout, sans doute un souvenir d'Augustus. Il y avait aussi une chaudière de chauffage, avec des conduits de fer-blanc menant aux grilles dans le plancher. Cependant, à part les araignées qui consacraient visiblement beaucoup de temps à tisser leurs toiles, il n'y avait personne.

En se plaçant juste en dessous de la salle à manger, le détective entendit une voix plutôt jeune cassée par l'émotion.

— Il s'appelle Zéphyr. Peut-il me dire s'il l'a vu ?

Ce devait être cette dame Grothé. Puis deux coups retentirent. Dolan sursauta. Si personne ne se cachait dans des réduits secrets ni dans le salon de l'étage ni dans la cave, cela ne laissait qu'une possibilité : un esprit.

— Zéphyr est mort au printemps de l'année dernière. Un petit garçon blond, très gentil. Il me ressemble.

De façon studieuse, madame Radcliffe répéta les informations. De nouveau, deux coups. Plus forts que les premiers, comme si cet esprit s'impatientait de devoir se répéter. « Donc, c'est vrai ! » songea Dolan. Ce constat le troublait. Il avait abandonné la prêtrise en renonçant du même coup à toutes ses anciennes croyances, et voilà qu'une petite vieille moqueuse, prônant un culte aux contours imprécis, possédait une autre vérité.

« Cette histoire me monte à la tête ! » grommela-t-il. Évidemment, un mécanisme secret sous la table lui avait peut-être échappé. Mais si c'était le cas, il le verrait de cet endroit...

« Dehors, quelqu'un peut frapper contre le mur extérieur de la maison. » Une minute plus tard, il sortait par la porte arrière pour découvrir une cour dans un bien piètre état. Trois ou quatre pieds séparaient la maison de madame Radcliffe de la voisine. Personne dans ce petit espace. La fenêtre de la salle à manger donnait sur un mur de brique. En cette saison, elle était ouverte. En se pliant à demi pour passer inaperçu, il se plaça juste en dessous. Une nouvelle fois, il perçut une voix féminine.

— Augustus, as-tu croisé Archibald McDougall ?

La médium reprenait la même interrogation à son défunt mari, cette fois pour le compte d'Éléonore. Puis vinrent les deux coups en guise de réponse négative.

— Un homme plutôt fort, des cheveux et une barbe grise.

La vieille femme répéta ces précisions et obtint le même résultat. Dolan retourna dans la cave, cette fois pour entendre les autres personnes présentes, et encore des coups. Puis il colla son oreille sur le mur de la cuisine, regarda encore dans la penderie de l'entrée, monta à l'étage pour s'étendre sur le sol et coller son oreille sur le tapis.

Des voix, des coups, et aucun indice d'un mystérieux complice.

❖

Quand les gens sortirent de la salle à manger, Dolan était dans le salon. Devant la fenêtre, il regardait dehors.

— Alors, monsieur le policier, avez-vous découvert un mécanisme d'horlogerie ? Ou un pygmée ? Ou un lutin ?

— Rien de tout cela.

Le sourire satisfait de madame Radcliffe finissait par être agaçant. Quant à ses ouailles – il n'existait pas d'autre façon de désigner les membres de sa petite congrégation –, elles paraissaient avoir vu Jésus marcher sur les eaux.

Éléonore attira son attention. Au lieu de la trouver déçue de ce second échec, il la vit qui soutenait la nouvelle venue, un bras autour de sa taille. Madame Grothé s'appuyait contre son épaule. S'il distinguait mal son visage, les mouvements de son corps trahissaient de lourds sanglots. Éléonore s'approcha.

— Eugène, nous allons accompagner notre amie chez elle.

Il s'agissait de sa berline, de son cocher, alors il hocha tout naturellement la tête. Que sa compagne utilise ce terme pour désigner une personne rencontrée quatre-vingt-dix minutes plus tôt le toucha.

— Si tu veux, nous pourrions nous arrêter en route, afin de prendre une tasse de thé.

Elle lui parlait en français. L'autre protesta sans conviction.

— Le temps de retrouver votre contenance. Au milieu de la semaine, nous aurons un salon particulier.

❈

L'inconnue pleura pendant la première moitié du trajet vers l'hôtel Windsor, et renifla tout au long de la seconde. Au moment de descendre de la berline, à peu près calmée, elle accepta la main du policier.

Le maître d'hôtel reconnut tout de suite mademoiselle McDougall. Bientôt, le trio occupa une petite pièce tendue de soie. Un garçon vint poser la théière et les tasses sur la table. Mal à l'aise, Dolan fit le service. Madame Grothé releva sa résille, puis adressa un sourire navré à ses compagnons.

— Je m'excuse de me donner ainsi en spectacle. Je me porte à peu près bien toute la journée, puis tout à coup, je m'effondre.

Inutile d'être un grand détective pour deviner qu'il s'agissait d'un mensonge pieux. Entre le matin et le soir, son état devait aller de pénible à affreux, pour devenir atroce la nuit venue.

— Nous compatissons de tout cœur.

Si l'homme n'avait pas tout entendu des confidences, il savait qu'elle avait perdu un enfant. À la lumière électrique un peu tamisée, il la trouva jolie avec ses cheveux blonds, ses traits réguliers. Après avoir constaté qu'Éléonore la comprenait sans mal, elle était revenue au français, sa langue maternelle.

— Il est mort en mars 1905. Cela a commencé un peu comme un rhume.

Éléonore prit sa main, chercha ses yeux.

— La méningite...

Les journaux avaient mentionné quelques cas. Ces épidémies revenaient sans cesse, emportant à chaque fois son lot d'enfants. La jeune femme continua en citant toutes ces qualités que les mères accordent à leur progéniture. Dolan se sentait de trop. Sans lui, les deux femmes seraient tombées dans les bras l'une de l'autre.

— Je vais vous montrer sa photo.

Madame Grothé chercha dans son sac.

— Voyez, on dirait un ange.

Quand Éléonore eut le petit rectangle de carton sous les yeux, elle eut un mouvement de recul. Son compagnon essaya de deviner la cause de cette réaction.

— Oui, vous avez raison.

Ces mots eurent un effet apaisant. Sans doute cette femme imaginait-elle son angelot jouant aux pieds du Christ. L'endeuillée prit la photographie pour la tendre à Dolan. La mère tenait contre son corps un enfant paré de ses plus beaux habits. Plutôt le cadavre d'un enfant. Il s'agissait de l'une de ces abominables photographies post-mortem où l'on donnait au défunt la posture d'un vivant. Parfois les corps étaient touchés par les premiers signes de la décomposition.

Le policier se souvint de ses années au Grand Séminaire. Il devait faire des visites dans les hôpitaux et les domiciles de personnes malades ou mourantes pour s'entraîner à l'un des aspects les plus difficiles du travail pastoral. Curieusement, il reprit tout de suite la voix onctueuse d'un curé :

— Oui, madame Grothé, un ange. Dans son innocence, il se trouve certainement près de Dieu.

Éléonore le regarda avec un certain étonnement. Elle voyait pour la première fois celui qui avait autrefois été destiné à la prêtrise.

Par la suite, la conversation ne put suivre un cours normal. Chacun avala quelques gorgées, puis la femme endeuillée exprima le désir de rentrer. Comme elle habitait rue Sherbrooke, il fallut quelques minutes seulement pour la conduire. Les deux femmes marchèrent ensemble jusqu'à la porte d'une élégante maison en pierre de taille grise. Elles eurent une brève conversation et s'échangèrent des bises.

Quand la voiture se remit en route, Éléonore passa ses mains gantées sur ses joues afin d'essuyer ses larmes.

— Cette photographie… Quelle horreur !

L'affirmation ne méritait aucun commentaire.

— Comment pense-t-elle remonter la pente avec une image pareille dans son sac ?

Elle tenait visiblement à une réponse, aussi il dit doucement :

— Il n'existe pas de bonne façon de vivre un deuil. Je n'imagine même pas la douleur d'une mère. Mais tu as raison… Si j'étais son conseiller spirituel, je lui recommanderais de prendre les moyens pour se souvenir de lui lorsqu'il était bien vivant.

Ce devait être les paroles attendues, car Éléonore se laissa aller contre lui, la tête sur son épaule, au risque de mettre son chapeau tout de guingois.

— Je viens de découvrir une nouvelle version très touchante d'un certain policier.

— Et moi d'une châtelaine.

Elle se tourna un peu afin de poser ses lèvres sur son cou, juste sous l'oreille. Il se déplaça pour mettre un bras autour de son corps, sa main effleurant brièvement son sein. L'idée ne lui vint même pas de s'excuser.

Après un moment, la jeune femme murmura :

— Elle m'a dit se prénommer Rosée. Cela veut dire *mist* ?

— Plutôt *dew*. En même temps, cela fait penser à la couleur rose, ou à la fleur.

— Je me suis engagée à la revoir. Je pense qu'elle se trouve bien seule.

Pendant le reste du trajet, Éléonore laissa reposer son corps contre son ami. Et lorsque la voiture s'arrêta, au moment de l'embrasser elle chercha sa bouche de façon très délibérée. Dolan l'aida à descendre. Les « bonne nuit, mademoiselle » et « bonne nuit, monsieur » s'exprimèrent d'une voix un peu voilée.

Quand Rosée rentra chez elle, des sentiments mitigés l'habitaient. La déception, d'abord. Cet esprit mystérieux qui refusait de la mettre en communication avec son petit Zéphyr et l'affirmation de la vieille dame au sujet des esprits qui n'en faisaient qu'à leur tête lui donnaient envie de hurler de frustration.

Cependant, quand sa femme de chambre, Lucille, commença à détacher les boutons à l'arrière de sa robe, elle était revenue à de meilleurs sentiments.

— Madame, commença la domestique en hésitant, l'avez-vous entendu ?

— Mon petit ? Non. Ce n'est pas si simple, apparemment… Cela dit, des personnes ont quand même reçu des réponses à leurs questions.

Si peu de temps auparavant entendre un coup pour un « oui » et deux coups pour un « non » lui paraissait insuffisant, maintenant elle se disait que ce simple signe de l'au-delà lui ferait retrouver sa tranquillité d'esprit. Elle donnerait tout pour avoir cette conversation : « Es-tu en sécurité ? » Puis un coup pour dire « Oui ! »

— J'espère que ce sera mon tour la prochaine fois… Et puis j'ai rencontré une Anglaise, une femme charmante ! Ça me fera plaisir de la revoir.

La domestique eut un sourire satisfait. Si ces histoires de fantôme ne lui disaient rien qui vaille, elle était heureuse de savoir que sa patronne s'était fait une amie. Cela la ramènerait peut-être à la vie réelle.

❋

Quand le directeur des services de police arriva à l'hôtel de ville le lendemain matin, il se rendit à la porte de la salle des détectives pour demander :

— Dolan, pouvez-vous venir ?

La forme interrogative ne trompait personne. Deux policiers regardèrent Eugène emboîter le pas à Campeau.

— Le curé a hérité d'une nouvelle enquête auprès des grands de ce monde ? dit l'un.

Le besoin de discrétion ne pouvait s'expliquer autrement.

— Si ce qu'on raconte sur ses rapports avec l'Anglaise et ses visites aux putains est vrai, ça nous fait un drôle de curé…

Au moins, Dolan pouvait se réjouir : la nouvelle de ses visites au bordel de la *Main* avait mis fin aux hypothèses sur sa virginité, et même sur ses préférences en la matière.

Son patron demanda sans attendre :

— Doit-on prévoir une prochaine invasion des âmes des fidèles défunts ?

— En tout cas, des coups mystérieux continuent de se faire entendre dans la maison de la veuve Radcliffe.

— Mystérieux ?

— Je n'ai découvert aucun mécanisme pour émettre des sons, aucun complice caché dans une pièce voisine ou dans la cave. Pourtant, des bruits permettent des conversations avec l'au-delà dans la mesure où les fidèles n'entendent pas discuter des œuvres de saint Thomas.

Campeau contempla le dessus de son pupitre pendant un moment, visiblement perplexe. Croire à des ruses lui convenait mieux que de reconnaître la présence des esprits – après tout, les chrétiens croyaient en l'existence de l'âme – ou, pire, d'admettre la possibilité de converser avec eux.

— Sa réputation demeure donc intacte.

— Renforcée ! Maintenant, elle peut affirmer sans mentir qu'un policier a fait enquête sur ses procédés, sans déceler la moindre fraude.

— J'imagine déjà le texte de sa petite annonce. Quelque chose comme “le détective Dolan peut témoigner de mon honnêteté”.

— Elle n'ira pas jusque-là. Mais à l'heure du thé, dans dix jours, la moitié des bourgeoises de la ville discuteront de son exploit.

Dans les salons, cela pouvait aller. Mais si l'histoire atteignait les salles de rédaction, le directeur du service de police devrait subir une conversation acrimonieuse avec monsieur le maire.

Chapitre 6

Dolan se faisait l'impression de perdre une partie importante de son existence chez madame Radcliffe. Le dimanche suivant, après avoir passé la moitié de l'après-midi dans un parc avec Éléonore et un souper à l'hôtel Windsor, le détective se retrouva de nouveau dans la petite maison de la rue Milton.

D'une séance à l'autre, il voyait de nouveaux visages. Les personnes ayant reçu la réponse attendue de l'au-delà cédaient leur place. Sa compagne, tout comme Rosée Grothé, attendait encore cet heureux dénouement. Quand la petite congrégation se dirigea vers la salle à manger, le détective s'approcha de son hôtesse et dit :

— Comme je n'ai aucune demande à formuler à feu monsieur votre époux, peut-être me permettrez-vous de rester ici ?

— Vous n'avez aucun parent, aucun ami défunt ?

— Ceux que j'ai vivent dans mon souvenir.

— Si le cœur vous en dit, visitez encore mon humble domaine.

— Je n'y trouverais rien de plus que la dernière fois, n'est-ce pas ?

Posant sur lui des yeux amusés, elle hocha la tête.

— Alors, je resterai bien tranquille ici.

❋

L'attente ne lui pesa guère. Excepté le tic-tac très léger de l'horloge, tout était silencieux. Les murmures lui parvenaient, trop faibles pour être compris. Puis les coups venus de nulle part et un éclat de voix :

— Pourquoi ne me parle-t-il pas ?

Ensuite, les pleurs de madame Grothé se firent entendre. Si certains obtenaient un grand réconfort dans ces séances, cette femme en sortirait de nouveau totalement dévastée. Près d'une heure plus tard, les participants revinrent vers le salon, discutant à voix basse. Éléonore soutenait sa nouvelle amie. Pendant quelques instants, les conversations discrètes se poursuivirent, ensuite les gens s'en allèrent. À la fin, il ne resta que les deux jeunes femmes, Dolan et la médium.

— Je vous le répète, dit madame Radcliffe, je ne peux forcer aucun esprit à venir dans cette maison ni les obliger à parler s'ils y sont.

— Mon fils désire certainement me parler !

— Oui, très probablement. Cependant, nous ne connaissons rien des contraintes qui s'exercent sur les âmes, là-haut.

La jeune mère avait relevé la voilette couvrant son visage. Elle avait les yeux cernés, des larmes barbouillaient encore ses joues. Après un soupir, elle déclara :

— J'ai entendu parler de photos spirites. Il s'agit de photographies où l'on distingue… la personne aimée.

— Effectivement, j'ai vu plusieurs de ces portraits.

— Ne pourriez-vous pas tenter d'en prendre un de moi ?

La vieille femme allongea la main pour la poser sur le bras de la mère éplorée.

— Je ne saurais même pas prendre une photo de mes plantes vertes.

La visiteuse hocha la tête, vaincue, puis elle finit par partir, toujours en s'appuyant sur Éléonore. Après un salut à madame Radcliffe, Dolan alla les rejoindre dehors.

Rosée arriva à la grande demeure de la rue Cedar un peu avant quatre heures. Le cocher de son fiacre profiterait d'une longue pause sous les arbres avant que sa cliente ne retourne chez elle. Éléonore vint lui ouvrir, comme il convenait pour une amie. La visiteuse releva sa voilette pour l'échange des bises.

— Je te présente à ma famille, puis nous irons prendre le thé dehors.

Dans le salon, les deux belles-sœurs quittèrent leur fauteuil pour lui serrer la main. Les yeux de la nouvelle venue se portèrent sur leur taille, une ombre passa dans son regard. Quant à Octavia, sans quitter sa place, elle tendit une main sèche comme une patte d'oiseau.

Quand elles s'éloignèrent, la vieille murmura entre ses dents :

— Décidément, elle nous impose un véritable défilé de catholiques.

Les deux belles-sœurs se regardèrent, navrées. Cette femme avait perdu un enfant. Leur solidarité allait vers elle. Peu importe les différences.

À l'arrière de la maison s'étendait un beau jardin. Des tables et des chaises de fonte permettaient de recevoir une compagnie nombreuse. Les deux femmes se placèrent sous une grande toile tendue entre des arbres pour éviter les rayons du soleil. Une domestique apporta le thé et les petits sandwichs. Après quelques banalités échangées sur la douceur du temps et les ventes dans les grands magasins, Rosée en vint à la raison de sa visite.

— Je ne compte pas retourner voir madame Radcliffe. Elle n'arrive pas à contacter Zéphyr.

— Comme elle le dit elle-même, impossible de forcer les esprits à se présenter.

— Peut-être n'est-elle pas une médium assez puissante. Il faut qu'elle puisse percevoir les esprits, mais aussi se faire leur interprète. Cette méthode des coups… Ce n'est pas une vraie communication.

Pour Éléonore, un oui ou un non semblait déjà satisfaisant.

— Il y en a qui écrivent les messages des esprits. Comme si les morts guidaient la main qui tient la plume. Parfois des livres entiers. Par exemple ceux d'Allan Kardec.

Décidément, cette femme avait lu sur le sujet.

— Je n'ai aucune idée de qui il s'agit.

— Un auteur français mort il y a plus de quarante ans. Son vrai nom était Hippolyte Léon Denizard Rivail. Les esprits lui auraient dicté ses ouvrages les plus importants. Par exemple *Le Livre des esprits* et *Le Livre des médiums*.

Depuis sa première lecture spirite, Rosée s'était littéralement entichée de cet auteur.

— Je ne sais pas si je connais assez bien le français pour le lire.

— Voyons, tu t'exprimes très bien !

D'ailleurs, la conversation se déroulait dans la langue de la visiteuse. Cela lui permettait une complète discrétion vis-à-vis des habitants de la maison, maîtres comme domestiques.

— Ces livres ont été traduits. Si tu veux, je te les dénicherai.

Éléonore acquiesça, désireuse de se faire sa propre idée. Sa médium demeurait avare d'informations et Eugène affichait un fort scepticisme.

Rosée continua :

— Il n'y a pas que la communication écrite… Les âmes des défunts parlent par la voix de ceux qui les invoquent.

La jeune femme pensa aux gramophones. Le grand pavillon en tôle reproduisait la voix d'une personne absente. Elle imaginait madame Radcliffe la bouche ouverte et la voix de son père en sortant.

— Pourquoi me dis-tu cela ?

— J'ai lu quelque chose sur un spirite français qui habite rue Saint-Hubert. Il se nomme Narcisse Brochard. J'aimerais que tu m'accompagnes chez lui.

L'hôtesse prit sa tasse de thé pour en avaler quelques gorgées, le temps de penser à sa réponse.

— Je ne sais trop. Jusqu'ici, ça n'a servi à rien.

— Justement. Toi et moi éprouvons la même déception.

L'argument pouvait tout aussi bien amener son amie à mettre fin à ses démarches. Aussi elle ajouta :

— Viens avec moi, juste pour me rassurer. Tu n'es pas obligée de poser la moindre question. Je me sens très intimidée. Et puis, c'est un homme…

Bonne fille, Éléonore acquiesça d'un signe de la tête. Tout de même, elle ne se voyait pas comme un très bon garde du corps. De plus, il y avait un grand absent dans toutes leurs conversations.

— Tu ne ferais pas mieux d'y aller avec ton époux ?

— Oh ! Je ne le vois plus beaucoup.

L'aveu laissait présager des larmes.

— Tu sais, depuis le départ de Zéphyr, je ne suis plus une très bonne compagne. Auparavant, il trouvait déjà le moyen de souvent s'absenter pour ses affaires…

Éléonore pensa à son père. Lui aussi estimait son foyer trop triste pour y être régulièrement. Dans ces circonstances, les hommes semblaient peu enclins à consoler et volontiers disposés à chercher leur consolation ailleurs.

— … Maintenant, je le vois au petit déjeuner et le dimanche pour aller à la messe. Un jour sur deux, en fin de soirée, il vient me souhaiter bonne nuit.

Son hôtesse devait présenter une mine très effarée, car elle ajouta :

— Je lui ai moi-même demandé de faire chambre à part. Tu comprends, je ne voudrais pas en perdre un autre.

Ainsi, elle en était venue à l'abstinence. Dans son vêtement tout noir, avec des gants de même couleur, la résille ramenée sur son chapeau, Rosée paraissait la plus misérable des femmes. Naturellement, un homme devait être tenté de s'en détourner. Elle hocha la tête, son amie interpréta le signe comme une approbation.

— Que pense-t-il de ces visites à une spirite ? Tu as remarqué qu'Eugène n'approuve pas… au point d'être resté dans le salon la dernière fois.

— Dans le cas d'Osias, c'est le contraire. Il m'y a encouragée depuis le début.

Elle précisa, inutilement :

— Il espère sans doute que du moment où j'aurai établi le contact avec Zéphyr, je reviendrai à la vie.

Oui, son deuil ressemblait à une mort. La pire d'entre toutes : l'incapacité de vivre et la continuation de la souffrance. Un véritable tombeau aurait mieux valu.

Rosée releva la tête et dit à voix basse :

— Ton… Je ne sais même pas comment le désigner. Ton ami, ton amoureux, ton fiancé ?

Éléonore répondit avec un sourire forcé.

— Le mot ami convient très bien.

Elle ne put s'empêcher d'ajouter:

— Pour l'instant.

— Voudra-t-il nous accompagner chez Brochard?

— Comme je viens de le dire, il ne croit pas à ces manifestations.

— Mais il te suit tout de même. Sa présence a quelque chose de rassurant.

Oui, Eugène l'accompagnait. Il se montrait plus généreux que cet Osias, qui laissait sa femme se dépêtrer seule dans sa douleur.

— Je le lui demanderai.

Rosée prit cela comme un engagement.

❋

Eugène et Éléonore étaient revenus au parc Dominion, cette fois pour écouter un concert. L'orchestre présentait deux spectacles les samedis et dimanches. Celui du soir jouait de la musique classique, ils choisirent ce dernier.

Toutefois, ils commencèrent par visiter la maison d'Aladin. L'allusion aux contes de Shéhérazade les laissa tous les deux sur leur faim. Les montagnes russes leur offrirent un plaisir plus intense. Ils soupèrent dans l'une des buvettes du site. Si la gastronomie n'était pas au rendez-vous, le caractère hétéroclite de la clientèle compensait amplement.

Ce fut à la fin du repas, au moment de prendre un café, qu'Éléonore aborda le sujet de sa nouvelle amie Rosée.

— Elle souhaite consulter un autre médium, français celui-là. Ses attentes sont élevées.

— La déception risque de l'être aussi.

Tout de suite, il regretta de décourager ainsi les espoirs de sa compagne. Celle-ci fit comme si elle n'avait rien entendu.

— Elle souhaite que je l'accompagne. Pour la rassurer.

— Comme tu l'as soutenue chez madame Radcliffe, je la comprends de vouloir ta présence.

— Et comme tu m'as soutenue, elle aimerait que tu sois là aussi.

Eugène ne réagit pas tout de suite. Sa compagne ajouta :

— Mais des deux, je suis celle qui a le plus besoin de ta présence.

— Je serai là.

Oui, à cet égard il se montrait infiniment plus attentionné qu'Osias. À sept heures trente, le couple se dirigea vers un grand édifice mal construit. La clientèle du parc ne venait pas nécessairement des meilleurs milieux. En conséquence, Dolan avait opté pour les billets les plus chers. Il essayait de ne pas penser à ce que toutes ces sorties lui coûtaient. Ses maigres économies fondaient. Au bout du compte, l'accompagner deviendrait impossible.

De leur place à la troisième rangée, ils écoutèrent des pièces de Mozart, de Lefebvre-Wely, de Fisher, d'Edwards, de Powell et de Gounod, parmi d'autres. Certains compositeurs étaient connus de tous, d'autres d'à peu près personne.

Alors que le soleil déclinait, que la chaleur du jour faisait place à une fraîcheur bienvenue, l'attention du détective s'éloigna de l'orchestre pour se porter sur sa compagne. Éléonore touchait son bras et prenait sa main. Tout cela devant un demi-millier de personnes, la très grande majorité des Canadiens français.

❋

Dans la voiture, Éléonore ne lâcha pas sa main, ses lèvres cherchèrent les siennes au moment d'arriver à la maison. Une fois descendue, elle lui dit :

— Sais-tu que le cirque Barnum & Bailey sera en ville dans une dizaine de jours ?

— Nous sommes déjà à former les équipes de policiers qui patrouilleront sur le terrain de l'exposition…

— Pour les pickpockets ?

Son petit sourire indiquait qu'elle ne prenait pas ces criminels très au sérieux.

— Et tous les autres qui enfreindront la loi. Pourquoi me demandes-tu ça ?

— J'aurai des billets. Voudras-tu m'accompagner ?

Comme il hésitait, elle précisa :

— Kenneth en a acheté plusieurs pour offrir à des clients, et même à des employés. Comme sa femme refuse de l'accompagner à cause de sa grossesse, il m'a donné les siens.

Dolan soupçonnait qu'elle les avait achetés elle-même. Pourtant, il accepta, puis lui souhaita bonne nuit.

❋

Devant la petite maison de la rue Milton, le cocher quitta son perchoir afin de venir ouvrir la porte de la voiture. Éléonore dédaigna la main tendue pour l'aider à descendre. En posant le pied sur le trottoir, elle lui dit :

— Vous attendrez que je revienne.

— Dans combien de temps ?

— Vous le saurez à mon retour.

Elle n'attendit pas de voir sa grimace. En relevant un peu sa robe bleue, elle grimpa les quatre marches, puis cogna le heurtoir sur la porte. Pour la première fois, une bonne lui ouvrit. Elle avait dû profiter de sa soirée les jours de séance.

— J'ai rendez-vous avec madame Radcliffe.

La domestique s'écarta un peu pour la laisser entrer. La lumière du jour laissait voir le papier peint décoloré et les meubles au tissu défraîchi. La vieille dame était assise dans son salon. Elle se leva pour l'accueillir, demanda du thé à la bonne.

— Prenez ce fauteuil, je n'entends plus comme autrefois.

Ainsi toutes les deux seraient face à face, de part et d'autre d'un guéridon.

— Je sais bien, pour quelqu'un qui entend les esprits, c'est un peu ridicule.

Madame Radcliffe lui adressait un sourire marqué d'autodérision.

— Cependant, ils ont souvent la voix plus forte que plusieurs de nos semblables.

Pendant quelques minutes, la conversation porta sur ces êtres de l'au-delà. Jusqu'à ce que la bonne revienne avec un plateau portant une théière et deux tasses. La médium s'occupa de faire le service, puis en s'adossant elle commença :

— Quand vous avez téléphoné, je me suis bien douté de ce qui vous amenait… cela sans même utiliser mon don de clairvoyance !

— Pourtant…

Éléonore hésita encore avant de poursuivre :

— Vous savez que mon ami demeure sceptique devant les séances.

— Le policier ? Je l'ai su dès notre première rencontre, il y a plusieurs mois !

— Croyez-vous que son attitude hostile soit responsable du silence de mon père ?

— Il est sceptique, mais pas hostile. Je dirais même qu'il est bienveillant.

Les yeux de la vieille dame trahissaient un amusement croissant.

— Je vous assure. Si vous pouviez voir son attitude en venant ici… Il ne le dit pas de façon explicite, mais son visage trahit sa réprobation.

— Dans ce cas, pourquoi vous accompagne-t-il ?

La jeune fille haussa les épaules, incertaine.

— Le pauvre s'inquiète tellement pour vous. Vous essayez de tenir une conversation qui n'a pas eu lieu du vivant de votre père. Il est persuadé que vous serez inévitablement déçue. Blessée même. Imaginez-vous marcher sur un fil. Votre amoureux désire vous éviter une chute, mais il n'ose pas vous forcer à descendre.

Les mots lui mirent un peu de rouge sur les joues.

— Et vous, croyez-vous que je serai déçue ?

— Personne ne peut répondre à cela. Les esprits n'en font qu'à leur tête.

Madame Radcliffe semblait parler d'enfants dissipés et têtus.

— À lire tout ce qui se publie sur les tables tournantes…

— … cela paraît facile, n'est-ce pas ? Ça ne l'est pas. Des médiums prétendent faire venir les esprits à leur guise. Pas moi.

— Je ne veux pas être indélicate, mais peut-être pouvez-vous me recommander quelqu'un d'autre.

— Je vous remettrai une liste, cela me prendra une minute. Mais gardez en tête que vous essayez de communiquer avec une personne qui ne vous faisait pas la grâce d'une conversation de son vivant.

Eugène aurait pu lui dire exactement la même chose. Cette fois, la jeune femme avala un peu de thé pour retrouver une contenance. Un ange passa. Ce fut au tour de l'hôtesse de boire un peu.

— Comme médium, je vous déçois. Mais, vous le saurez un jour, les vieilles dames perdent de leurs inhibitions… alors, si vous le permettez, je vais me montrer très indiscrète.

Éléonore hésita un peu avant de hocher la tête.

— Vous vous promenez avec un homme bien vivant qui ne demande pas mieux que de vous écouter.

— Il ne me demande rien !

Décidément, cette femme outrepassait son rôle. Même maman Octavia ne s'aventurait pas sur un terrain si intime.

— Notre sexe profite d'un avantage : jamais nous ne prenons l'initiative, alors personne ne nous repousse. Cela vient avec un inconvénient : si le monsieur n'ose pas, nous sommes réduites aux sourires et aux regards avenants.

— Je n'en fais pas l'économie.

— Vous devrez aller plus loin que les œillades.

— Les convenances…

— Lorsque vous aurez mon âge, vous regretterez vos silences passés. Vous verrez, dans quarante ans, même les audaces mal accueillies vous apporteront de la satisfaction.

Cette femme se donnait des airs de grand-mère, maintenant. Éléonore ne put s'empêcher de lui sourire.

— Je vais vous écrire cette petite liste.

Madame Radcliffe quitta son fauteuil pour marcher jusqu'à son bureau à cylindre. Quelques minutes plus tard, Éléonore retrouvait le cocher de la famille pour regagner son grand manoir sur la montagne.

❋

Les journaux prétendaient que le cirque Barnum & Bailey était le plus grandiose du monde. Eugène n'avait aucun point de comparaison, mais il voulait bien les croire. Sur les terrains de l'exposition sur le flanc du mont Royal, il se promenait avec Éléonore à son bras. Des gens se retournaient sur leur passage. Au parc Dominion on pouvait le reconnaître, lui. Mais ce jour-là, elle s'affichait parmi des gens susceptibles de fréquenter les McDougall. Octavia en entendrait certainement parler au moment d'aller au temple le dimanche suivant, ou alors ce serait une bourgeoise garante de la moralité publique qui s'empresserait de le lui annoncer, une tasse de thé dans une main et un sandwich au concombre dans l'autre.

— C'est extraordinaire ! remarqua la jeune femme. Des milliers de personnes peuvent entrer dans cette tente !

— Et tout cela a été monté en l'espace d'une journée. Te rends-tu compte que le matériel a été transporté à bord de cinq trains ? Le cirque se déplace avec mille deux cents employés.

Ces chiffres apparaissaient dans l'encart publié dans les journaux.

— Allons voir les animaux.

Une centaine de cages s'alignaient à peu de distance des tentes. Plus ils s'approchaient, plus l'odeur devenait agressante. La présence de cinq cents chevaux dans un espace restreint ne l'expliquait qu'en partie. Il fallait compter encore des ours, des lions, des tigres, des éléphants et le seul troupeau de girafes en captivité sur terre.

— J'aimerais toucher la fourrure de ceux-là.

Éléonore se tenait à trois pieds des barreaux de fer, disputant aux enfants un aussi bon poste d'observation. Deux tigres couchés sur la paille posaient des yeux dorés sur elle.

— Je me demande si tu demeurerais aussi séduisante, avec un bras en moins. Recule-toi un peu.

Le policier répéta la même consigne aux enfants autour de lui en prenant une grosse voix. Aucun ne tint compte de l'avertissement. Dans les circonstances, un uniforme noir et un bâton blanc auraient été plus efficaces.

Le son d'une fanfare leur parvint. La musique militaire remportait toujours beaucoup de succès.

— Je pense que le premier élément du spectacle commencera bientôt.

En plus du grand chapiteau, on avait aménagé un hippodrome romain. Ou plutôt la représentation que des entrepreneurs américains s'en faisaient. Cependant, le public n'aurait pas droit à une course de chars endiablée. Ce segment du spectacle s'intitulait Paix. Il reproduisait une bataille importante de la guerre russo-japonaise, remportée par les Nippons l'année précédente. Au moment de charger, les centaines de chevaux produisirent un bruit d'enfer. Pour ajouter du piquant, et dans un total mépris de la vérité historique, des éléphants et des chameaux se joignaient à la charge. En arrière-plan, d'immenses toiles peintes devaient représenter les steppes russes.

La suite du spectacle se révéla plus impressionnante encore que la reprise d'une bataille lointaine. On avait élevé une grande structure, avec une piste de bois. Une petite voiture se trouvait tout en haut, avec une jeune fille à son bord.

— Elle ne va pas faire ça…

— Comme tous les journaux de la ville annoncent ce saut de la mort, se désister maintenant créerait une véritable émeute.

Le détective avait raison. Dans l'enceinte de l'hippodrome, on entendit le moteur de l'automobile. Puis la conductrice accéléra sur une piste décrivant la moitié d'un arc de cercle. Elle continua le trajet sens dessus dessous, parcourut plusieurs pieds dans les airs pour atterrir sur une seconde piste décrivant l'autre moitié du cercle et termina le trajet sur le sol, cette fois dans le bon sens.

Tout le monde se leva, le tonnerre d'applaudissements devint assourdissant. La suite du spectacle se déroula dans le grand chapiteau. Les acrobates, les animaux savants, les beaux chevaux et les écuyères plus belles encore, les clowns, les dompteurs de fauves s'exécutèrent sur l'une ou l'autre des trois pistes. Assis dans un excellent fauteuil, Dolan ne manqua rien. Ni le parc Sohmer ni le parc Dominion ni le parc Riverside n'étaient en mesure d'offrir un spectacle aussi splendide. Puisque le cirque Barnum & Bailey quitterait Montréal trente-six heures plus tard, les Montréalais se rabattraient pourtant sur ces endroits jusqu'à sa prochaine visite.

Lorsqu'ils quittèrent le terrain de l'exposition, Éléonore affichait un sourire qui rappelait l'enfant qu'elle avait été. Dans la berline, elle se sentit audacieuse dans ses baisers, au point où Eugène crut sentir un petit bout de langue sur ses lèvres. Au moment où la voiture s'arrêta, au lieu de descendre tout de suite, elle dit d'une voix grave :

— Dimanche prochain, je m'attends à aller dans un endroit où il y aura des arbres, de l'herbe, de l'eau et un panier à pique-nique. Je volerai une ou deux bouteilles de vin dans la cave de mon frère.

Puis intimidée par sa propre audace, elle descendit sans attendre son aide. Le policier entendit seulement :

— Reconduisez mon ami chez lui.

Quand Dolan descendit sur le trottoir de la rue Belmont, le cocher lui demanda :

— C'est vrai que vous avez étudié pour être curé ?

— Oui, c'est vrai.

— Le petit conciliabule, t'à l'heure, c'était pour la confesser ?

Puis d'un claquement de langue, il incita le cheval à avancer. Dolan crut entendre un éclat de rire.

Chapitre 7

Dès la fin du souper, Éléonore avait regagné sa chambre pour se plonger dans un livre. Bien vite, le souvenir de son audace la troubla. Réclamer une sortie dans la nature de cette façon ne se faisait pas. Même la plus délurée de ses amies n'aurait pas osé. Si Octavia savait, sans doute l'attacherait-elle à un pieu pour la flageller.

Malgré son sentiment de honte, elle ne le regrettait pas. Eugène n'osait jamais rien proposer. Alors il lui fallait, à elle, jouer à l'homme en prenant ce genre d'initiative. Quelle ironie ! Le désir d'Eugène s'affichait sans cesse. Mais ses gestes, ses paroles témoignaient de son malaise.

— Il me respecte trop, murmura-t-elle.

Il lui restait les œillades, son corps appuyé contre le sien, les baisers sur la joue, ou même sur les lèvres et l'espoir de le voir se montrer plus entreprenant.

Il y eut des coups contre la porte, et l'entrée intempestive de Kenneth.

— Nora, je pense que c'est maintenant.

Elle se redressa dans son lit, ne sachant trop quoi penser.

— Il y a tout ce liquide…

L'homme était inquiet.

— Tu viens dire ça à une vieille fille. Tu devrais plutôt téléphoner au docteur Gilmore.

— … Oui, tu as raison.

Il repartit aussi vite qu'il était venu et elle l'entendit descendre l'escalier à toute vitesse. Éléonore revêtit son peignoir avant de se diriger vers la chambre de son aîné. Elle trouva Pamela avachie dans un fauteuil, et Joyce penchée sur elle.

— Nous ferions mieux de la coucher.

— … Tu as sans doute raison.

La crainte de provoquer un second travail amena Éléonore à relever sa belle-sœur toute seule. Au passage, elle vit bien la chemise de nuit poisseuse, tout comme le revêtement du fauteuil. Même à son âge, elle se faisait une image très approximative des étapes d'une naissance.

— Je suis désolée, dit Pamela.

— Ne t'en fais pas. Le médecin sera bientôt ici.

❋

Heureusement, le docteur Gilmore ne tarda pas. Éléonore fut promue au rang d'assistante. Cela voulait dire éponger le front et le visage de l'accouchée, répéter « Ça ira, ça ira » quand cette dernière émettait les cris les plus aigus. Les domestiques fournissaient l'eau chaude.

Le petit Edgar venait tout juste d'être déposé sur la poitrine de sa mère quand Stanley, avec un à-propos extraordinaire, frappa à la porte :

— Joyce… Joyce est dans la même situation.

Depuis le début de leur grossesse, le médecin avait l'habitude de les voir l'une après l'autre. La situation lui tira un commentaire :

— Décidément, ce sont de vraies Écossaises, pour s'assurer toujours d'avoir deux consultations pour le prix d'une.

Un peu après neuf heures du matin, au terme d'une nuit blanche, Éléonore était dans la bibliothèque, le cornet du téléphone collé à l'oreille, l'émetteur près de sa bouche.

— Toutes les deux la même nuit ? questionnait un Eugène incrédule.

— Puisque je te le dis ! Ils ont passé leur enfance à se livrer à une véritable compétition. Pourquoi s'arrêter maintenant ?

— Et tu ne blagues pas : le premier s'appelle Edgar et le second Allan ?

— Honnêtement, je me demande si l'un ou l'autre a pensé à l'écrivain.

Dolan se dit que cela devait bien être le cas, et que leur choix de prénoms illustrait un sens de l'humour un peu tordu.

— Bon, tous deux sont nés aux premières heures du 2 août, je suppose que ce sont des jumeaux de pères et de mères différents.

Ce matin là, comme aucun de ses collègues ne se tenait dans la salle des détectives, il s'attardait au plaisir de la conversation.

— Tu as pensé à notre prochaine sortie ? demanda-t-elle.

— Je ne pense qu'à cela. N'aie crainte, j'aurai certainement trouvé une destination et un moyen de transport.

❊

Des arbres et de l'eau. Dolan parcourut les pages de *La Patrie* afin de voir quelles excursions s'offraient aux Montréalais. Le train permettait de se rendre dans des municipalités riveraines assez proches. Arpenter une plage boueuse, comme à La Prairie, lui parut peu susceptible de plaire à sa dulcinée. Des vapeurs offraient des croisières plus ou moins longues. Un moment, il songea à aller jusqu'à

Québec. La *Quebec Steamship* promettait des accommodations impeccables dans un navire remis à neuf. Pour les plus aventureux, le trajet s'allongeait jusqu'à Charlottetown.

Évidemment, ce n'était pas réaliste, faute de temps pour lui, et à cause de l'obligation pour elle de respecter les convenances. Une jeune femme ne pouvait coucher hors de la maison familiale à moins d'être accompagnée d'un chaperon à la moralité éprouvée. Octavia ne jouerait certainement pas ce rôle. Il fallait se limiter à une balade vers Valleyfield, La Prairie ou la Pointe-aux-Trembles. Son choix se porta finalement sur les îles de Boucherville.

Quant au moment, pour toutes les personnes occupant un emploi, le dimanche s'imposait. Cela signifiait une journée passée au coude à coude. Aussi, après avoir rassemblé tout son courage, il alla frapper à la porte du directeur Campeau. Il commença par évoquer le passage d'un voleur à la tire devant le juge Trépanier. Puis comme il hésitait, son supérieur lui demanda :

— La consultation des esprits donne-t-elle les résultats souhaités ?

— Madame Radcliffe ne recevra plus notre visite.

— La dame s'est lassée de votre scepticisme ? Ou alors la cliente a abandonné tout espoir d'une conversation avec son paternel ?

Dolan le jugea plutôt indélicat. Son ton se fit un peu abrupt.

— Elle a renoncé, au moins pour un temps. Mais cela ne met pas fin à toutes les démarches. Il est prévu que nous rencontrions un autre spirite dont les résultats sont, paraît-il, plus spectaculaires. Mais ce ne sera pas pour elle.

Campeau fronça les sourcils.

— C'est pour vous ? Dois-je comprendre que vous n'êtes plus aussi sceptique qu'au début ?

— Mais non, il s'agit d'accompagner quelqu'un, une femme qui a perdu un enfant.

Campeau comprit tout de suite la situation et il n'insista pas.

Dolan en profita pour en venir enfin à la raison de sa présence dans le bureau.

— Il m'est arrivé de m'absenter en cours de semaine. Une façon de compenser un peu mes nuits écourtées. J'aimerais le faire une nouvelle fois.

— Afin de poursuivre votre chasse aux esprits.

— En quelque sorte, oui. Je pensais à lundi prochain.

Le directeur lui adressa un petit sourire narquois. L'idée lui venait que, cette fois, le gibier poursuivi était fait de chair et de sang.

— C'est d'accord. Mais je veux que vous demeuriez discret. Je ne voudrais pas que tous mes agents se mettent en tête de parler avec leur grand-mère morte pendant les heures de travail.

Eugène profitait d'une relation privilégiée avec son chef. Cela tenait certainement aux circonstances étranges de son embauche. Aucun autre candidat ne pouvait se targuer d'avoir été recommandé par le maire de Montréal et Sa Grandeur monseigneur Fabre. Mais aussi à des affinités personnelles. Campeau se vantait d'être un lecteur assidu, y compris de littérature religieuse. Dans le service de police, rares étaient les personnes avec qui on pouvait échanger un peu sur le sujet.

— Je tiens un compte serré de mes heures de travail.

Le chef hocha la tête, puis le congédia en disant :

— Vous me parlerez de ce nouveau médium.

Joindre Éléonore était toujours un peu compliqué. Il se sentait intimidé de le faire depuis la maison de chambres, ne serait-ce qu'à cause de tous les indiscrets. Et le soir, son amie était avec sa famille. Il y avait bien un appareil dans la salle des détectives, mais la plupart du temps, un collègue s'y trouvait aussi.

Ce fut sous les yeux de l'un d'eux qu'il porta l'écouteur à son oreille et demanda d'être mis en communication avec la résidence des McDougall. L'agent fit semblant de s'absorber dans ses papiers, mais il demeurait très attentif. Quand le maître d'hôtel répondit, il se présenta :

— Détective Dolan à l'appareil. J'aimerais parler à mademoiselle Éléonore.

À l'autre bout du fil, le domestique répondit, amusé :

— Je vais voir si elle est là.

Décidément, sa précaution ne trompait personne. Quand la jeune femme répondit, il lui dit :

— Mademoiselle, au sujet de l'affaire, pourriez-vous me rencontrer lundi ?

—… Quelle affaire ?

Puis elle se reprit :

— Tu parles de notre petite balade sur l'eau ? Tu m'appelles de ton bureau ?

— Oui.

— Et tu me proposes lundi…

Elle prenait un certain plaisir à écouter ses reparties laconiques.

— Exactement.

— Mais nous nous verrons tout de même dimanche ?

— Oui, oui.

Comme le ton devenait plus impatient, elle mit fin au jeu :

— Deux jours d'affilée ! Tu me gâtes. Bonne journée !

Elle raccrocha très vite. Juste pour donner le change, il dit pourtant :

— Bonne journée, mademoiselle.

En remettant le cornet sur sa fourche, il commenta :

— Encore les McDougall ! Je n'en finirai jamais avec cette affaire.

— Hum… comptes-tu remettre un dossier sur la fille au procureur de la province ?

Décidément, il avait le don d'amuser tout le monde.

— Non, juste une question de papiers à compléter.

— De papiers, je vois.

Décidément, la garde-robe d'Éléonore était très chic, avec des tenues pour toutes les occasions. Son chemisier et sa jupe de cotonnade verte étaient bien légers, ce qui neutralisait totalement le caractère très chaste des boutons attachés jusqu'au cou. Et contrairement à son habitude, ses cheveux réunis pour former une tresse pendaient dans son dos.

À son arrivée sur le quai Longueuil, juste au sud de la place Jacques-Cartier, elle enleva son chapeau de paille le temps de se laisser embrasser les joues.

— J'aime te voir avec ce complet. Cet été, j'ai parfois eu chaud pour toi. Le noir, en cette saison…

Le vendredi précédent, il avait pris livraison d'un habit d'un brun plutôt pâle, en lin. Le vendeur de chez Ogilvy l'avait assuré qu'aucun des dandys de Paris ne serait plus élégant que lui.

— Si je me présentais comme ça chez les Italiens du sud de la rue Saint-Laurent, je passerais pour un gars qui fait travailler des filles.

Elle fronça d'abord les sourcils, puis fit un « Oh ! » pudique.

— Nous montons ?

Dolan lui offrait son bras. Le vapeur avait déjà accompli de longs trajets, mais en ce début du vingtième siècle, sa lenteur en faisait le moyen de transport parfait pour les excursionnistes. Les places en première classe leur procuraient l'accès au pont avant, où de petites tables permettaient de déposer une boisson fraîche. Cela aussi était exagérément cher. Le policier passait un bel été, mais l'automne venu, son sort ne serait pas meilleur que celui de la cigale, malgré son assiduité de fourmi au travail. Et dans ces circonstances, tout à sa honte, il devrait confesser ne pouvoir proposer autre chose que des promenades en soirée. Juliette s'en serait contentée, mais ce ne serait pas le cas de cette bourgeoise.

Arrivés tôt, ils eurent droit à une place à la proue. Le vent soufflait vers l'ouest. Il ne pousserait pas la fumée de la chaudière au charbon dans leur direction.

— Cela m'a amusée de t'entendre prétexter l'enquête sur la disparition de mon père pour me rencontrer, mais les règlements de la police n'interdisent-ils pas les contacts avec une personne concernée par une ancienne affaire ?

— Non, pas du tout.

En réalité, il n'en savait rien. Toutefois, si faute il y avait, personne ne sourcillerait.

— Alors, pourquoi ne pas dire tout simplement que tu m'invites à une promenade ?

« Parce qu'un curé raté qui sort avec une riche héritière, cela fait déjà trop jaser. Je ne veux pas qu'on me suive à la trace. »

— J'utilise le téléphone du bureau. Quand il y a des témoins, cela me gêne un peu que l'on sache que c'est pour un appel personnel.

Elle posa sur lui un regard soupçonneux, puis choisit de s'intéresser aux manœuvres pour remonter la passerelle et larguer les amarres. Ensuite, la conversation porta sur les différents immeubles de Montréal défilant sur leur gauche. En plein été, l'activité étant à son comble, le va-et-vient des navires amena des commentaires d'une autre sorte.

— Chaque fois que je vois des transatlantiques, je me demande quand je pourrai me rendre en Europe.

Quelques jours plus tôt, il trouvait une excursion à Charlottctown cxtravagante.

— Voilà un problème que je n'ai pas, fit-il d'une voix navrée.

Un moment, Éléonore fixa ses yeux gris dans les siens, pour demander :

— Préférerais-tu que j'évite les sujets qui témoignent des différences de nos conditions respectives ? Mes parents ont plus d'argent que les tiens n'en avaient, nous ne pourrons jamais changer cela.

Son air sans cesse désolé de son propre sort jetait un malaise entre eux.

— ... Non, sinon nous devrions toujours rester muets. Je devrais faire meilleure figure, je sais. Cependant, cela me rappelle que je ne peux rien t'offrir de ce à quoi tu es habituée.

— Tu préfères penser à cela, plutôt qu'au fait que tu me donnes ce qui me manquait jusqu'ici ?

Sa voix se brisa un peu au moment de continuer.

— Quelqu'un avec qui je me sens bien.

Un bref instant, il eut l'impression que son cœur devenait trop gros pour sa poitrine. Comme un infarctus était improbable pour un homme de sa condition physique, cela devait être parce qu'il était amoureux. Plutôt que de continuer à dire des sottises, il préféra prendre sa main.

Entre les îles de Boucherville, les canaux les plus larges rendaient possible le passage du vapeur. Les feuillages des arbres se rejoignaient au-dessus de celui-ci. Si quelques personnes virent leur couvre-chef emporté par des branches, l'exercice s'avéra agréable pour la plupart.

Puis le navire accosta à un quai rudimentaire et la passerelle donna aux passagers un accès à la rive. Un pavillon permit à tous de se restaurer. Les vivres devaient être transportés à cet endroit, puisqu'il n'y avait pas de commerces dans ces îles où s'approvisionner.

Ensuite, ils marchèrent sous les arbres, à la recherche d'un peu d'ombre. S'il se trouvait quelques couples parmi les plaisanciers, la plupart étaient des mères accompagnées d'un ou deux enfants.

Les sentiers étaient poussiéreux, après un été très chaud. D'ailleurs, les journaux rapportaient un nombre de noyades exceptionnellement élevé de Montréalais désireux de se rafraîchir. En longeant la rive, s'imaginer barbotant dans l'eau en compagnie de sa compagne amena des pensées coupables à Eugène. Comme Éléonore choisit juste ce moment pour s'accroupir afin de cueillir une fleur bleue dans la mousse, le drapé sur son corps, la dentelle du jupon et les bas de soie ne le ramenèrent pas à un recueillement pieux.

Elle revint vers lui pour prendre de nouveau son bras.

— Tant pis pour les sous-bois fleuris. C'est la première fleur que j'aperçois depuis que nous sommes ici.

— Pour ça, nous aurions dû venir au printemps, au risque de mettre de la boue sur le bas de ta robe.

Elle le fixait de ses yeux gris. La chaleur perlait son front et son cou de gouttes de sueur, collait les quelques cheveux échappés à sa tresse contre sa peau. Tout son corps devait être chaud, moite. L'homme se tourna à demi.

— Penses-tu que j'ignore ce que tu cherches à dissimuler?

Il s'arrêta net, interdit.

— Ne me dis pas que c'est à cause de la chaleur. C'était la même chose l'hiver dernier.

Et ces réactions si fréquentes ne semblaient pas l'avoir rebutée. Comme il ne disait rien, elle continua d'une voix contrariée:

— Et si tu t'excuses de cette…

Elle ne savait pas vraiment comment nommer la chose.

— C'est la seule manifestation qui témoigne de ton…

Même à vingt-six ans, une jeune femme célibataire n'évoquait pas le désir d'un homme pour elle sans utiliser une périphrase.

— … affection, de ton intérêt pour moi! Alors, ne t'excuse pas, sinon je serai pendue pour avoir assassiné un policier.

La répartie eut l'heur de faire baisser un peu la tension.

— Tu ne serais pas pendue. Depuis l'exécution de Cordélia Viau à Saint-Jérôme, aucun juge n'a osé condamner une femme à mort. Tu serais internée à l'ouest de la ville aussi longtemps que ton demi-frère le sera à l'est.

Il était revenu se placer juste devant elle.

— Crois-tu être le seul à ressentir cela? Moi, cela ne se voit pas si clairement, mais c'est pareil. Comme tu es l'homme, laisse de côté tes frayeurs et fais les gestes que je t'inspire.

Elle venait d'accomplir beaucoup de chemin pour encourager cet évadé du Grand Séminaire. Ce faisant, elle donnait du crédit aux conseils d'une spirite d'un autre âge.

Après une hésitation, il posa sa main droite sur la nuque d'Éléonore. La tresse nuisait au contact avec sa peau.

L'homme passa ses doigts sous les cheveux, pour la trouver moite comme il l'avait imaginé. Puis vint le contact des lèvres. D'abord sans bouger, ensuite avec une succession de petits baisers. Pour une fois, son instinct prit le dessus sur sa raison. Éléonore se raidit un peu au contact de la langue, mais la caresse sur son cou la ramena vite à l'abandon. Tout comme sa main gauche sur son flanc.

Eugène avait l'impression d'entendre son propre cœur, de sentir son sang parcourir ses veines. Quand elle leva les bras pour les mettre autour de son cou, il laissa ses doigts quitter sa nuque, glisser le long de son dos et effleurer les fesses. Peut-être le bannirait-elle de son existence après cela. Tant pis. Au moins, cette fois, il réussissait à faire taire ses scrupules.

Sa compagne laissa entendre une petite plainte. Elle baissa un peu la tête pour se dégager. Dolan multiplia les baisers sur sa joue, sous son oreille, sur son cou. En même temps, sa main se faisait insistante sur la partie la plus charnue de son anatomie.

Éléonore était lasse de son existence de jeune fille sage ; après avoir parcouru une si grande partie du chemin de la séduction, autant continuer. Elle appuya sa tête contre la poitrine d'Eugène et glissa une main pour saisir son sexe. Que faire ensuite ? Malgré son ignorance, le va-et-vient lui vint naturellement. Dix secondes plus tard, un frisson le parcourut. Elle entendit un râle étouffé.

Éléonore se recula juste un peu, sans lâcher prise.

— ... Ça s'est produit ?

Il hocha doucement la tête, elle lui répondit par un sourire fier.

— D'habitude, dit-il, l'homme n'est pas le seul à en arriver là. Enfin, c'est ce que j'ai appris dans les manuels des confesseurs, au Grand Séminaire.

Malgré sa méconnaissance des aspects pratiques de cet exercice, ses lectures lui donnaient une excellente formation théorique. L'affirmation ne diminua en rien le sourire de sa compagne. Toutefois, le son d'une petite voix jeta un complet désarroi sur son visage.

— Maman, je veux aller dans l'eau.

Une mère et son fils se trouvaient tout près d'eux. Éléonore murmura :

— Toi qui attrapes les criminels, tu peux certainement nous conduire dans un petit coin discret.

Dolan considéra cela comme un défi. Sur la mousse, entre les buissons, il apercevait des traces de pas. Les branches risquaient d'abîmer son nouveau complet, mais le jeu en valait la chandelle…

La piste à peine visible les amena dans un dense bosquet de conifères et de feuillus. Un petit canal entre deux îles coulait à leurs pieds. Dolan se pencha pour regarder le devant de son pantalon. Bientôt, un cerne foncé serait visible.

— Je dois me nettoyer un peu, sinon j'attirerai les regards.

Il chercha son mouchoir dans l'une de ses poches, s'accroupit pour le mouiller. Avant de se débraguetter, il vit la jeune femme avancer d'un pas, puis s'arrêter, rougissante. Les mêmes envies, avait-elle dit. Sous ses yeux, il effectua une toilette sommaire. La présence d'Éléonore, qui semblait fascinée par le spectacle, raviva son désir. Il fit un pas vers elle.

— Ce bosquet ressemble à une chambre, excepté pour l'absence de toit. Ceux qui viennent ici profitent d'une totale discrétion.

Il lui tendit la main.

— … Je ne veux pas tomber enceinte, dit-elle, soudainement inquiète.

Les souffrances de ses belles-sœurs, lors de leur accouchement, l'amenait à se demander si elle le désirerait un jour.

— Et cela n'arrivera pas.

Eugène l'entraîna vers un arbre, pour l'y adosser. Son baiser la replongea aussitôt dans l'excitation. Quand il se pencha pour saisir le rebord de sa robe, elle poussa un petit « Oh ! », mais ne fit rien pour l'arrêter. Il la troussa, s'arrêta un instant pour contempler les jambes gainées de soie, le pantalon de batiste atteignant presque ses genoux. Quand sa main remonta, il chercha ses lèvres avec les siennes. Sentant sa main sur son entrejambe, elle ouvrit la bouche, comme une noyée cherchant de l'air.

Elle avait raison. Quoique plus discrète, la réaction des femmes n'en était pas moins réelle. L'humidité sous sa culotte lui en donnait la preuve. Elle laissa échapper un petit cri quand il tenta de la pénétrer avec un doigt, il sentit la résistance. La perte de sa propre virginité datait de quelques mois à peine. Pour la jeune femme, l'événement demeurait à venir. Ses plaintes allèrent en s'accroissant, malgré ses efforts pour les réprimer.

La tenant dans ses bras, il murmura dans son oreille :

— Voilà ce qui se passe, si j'accorde mes gestes à ce que je ressens.

— Je suis heureuse que tu fasses partie de ma vie.

Un instant, elle parut songeuse.

— Oui, vraiment… Mais tu devras le dire le premier.

Ce fut à son tour de demeurer songeur. Pourtant, il comprenait très bien le sens de ses mots.

— Je suis amoureux de toi depuis cette nuit, dans la bibliothèque. Tu portais tes vêtements de nuit, tes cheveux étaient répandus sur tes épaules.

Il évoquait la nuit où le corps d'Archibald avait été découvert dans le grand domaine de la rue Cedar.

— Et moi depuis le moment où tu m'as dit que les marques de mon lorgnon ne déparaient pas mon joli visage. C'était déjà de la tendresse.

Le baiser fut presque chaste.

— Maintenant, je suppose que nous devons retourner vers le bateau, dit-elle. Même si j'aimerais mieux rester ici...

— Qui ferait Robinson, et qui ferait Vendredi ?

La répartie lui tira un sourire. Le maître et l'esclave qui finissaient par devenir amis.

Chacun remit un peu d'ordre dans ses vêtements. Leur désir assouvi, ils étaient de nouveau mal à l'aise, honteux de leurs débordements. Ils allaient quitter la clairière quand elle remarqua le mouchoir laissé sur l'herbe.

— Tu ne le récupères pas ?

— Son odeur troublerait peut-être les mères de famille, sur le vapeur.

— J'ai envie de le glisser dans l'un de leurs sacs.

Décidément, les manuels de confession sous-estimaient l'audace des femmes.

❖

Le retour s'avéra plus long que l'aller. Pendant le trajet, Eugène et Éléonore demeurèrent silencieux, épaule contre épaule. Chacun mesurait la portée des gestes commis. De retour parmi leurs semblables, la honte remontait. Au moment de descendre sur le quai Longueuil, Éléonore demanda :

— Pouvons-nous trouver un endroit où manger et parler un peu ? Ensuite, je prendrai un fiacre pour rentrer à la maison.

— Tu ne prendras pas la berline ?

— Tu seras surpris, mais mes frères, même ma mère, désirent parfois être conduits quelque part.

— Il y a un hôtel, là, avec une bonne réputation.

Pour la centième fois peut-être, elle baissa les yeux pour vérifier l'état de sa robe. La marche dans les buissons et les jeux de mains avaient laissé des traces. Quand ils entrèrent dans l'hôtel, Dolan demanda un coin discret. Si l'on n'avait pas de salons particuliers, une alcôve ferait l'affaire. Dans l'attente du repas, ils commentèrent les aspects les plus innocents de l'excursion.

Ce fut avec sa fourchette à la main que la jeune femme commença :

— Je dois te dire que tu n'es pas le premier homme dans ma vie.

L'aveu lui coûtait visiblement. Eugène allait dire que cela n'avait aucune importance, mais elle l'arrêta d'un geste.

— Il y a eu quelqu'un, alors que j'avais dix-huit ans. Pendant deux ans. Selon le scénario convenu entre nos parents, je devais l'épouser.

— Je sais cela. J'ai fouillé ta chambre. Il y avait un lot de lettres.

Éléonore hocha la tête.

— Tu sais juste qu'il y a eu une correspondance.

— Des lettres parfumées. Il t'a rendu les tiennes.

Quand un engagement était rompu, le savoir-vivre exigeait cette restitution. Autrement, l'amoureux pouvait ruiner la réputation de sa promise d'un jour.

— Nous devions nous marier, reprit-elle, résolue à ne plus se laisser interrompre. Assoiffé d'aventures, il s'est embarqué pour l'Afrique du Sud.

Elle faisait référence à la guerre menée par le Royaume-Uni contre les petites républiques hollandaises d'Orange et du Transvaal, à compter de 1898. Quelques milliers de Canadiens y avaient participé.

— Il est mort là-bas ?

— Oh non ! Il est revenu sans même avoir tiré un coup de feu. Cependant, toute envie de m'épouser lui avait passé. J'ai reçu mes lettres avec un mot laconique, je lui ai renvoyé les siennes.

Eugène lui prit la main.

— Après ça, personne n'a manifesté un véritable intérêt pour ma personne. Peut-être a-t-il répandu la rumeur que mon corps ou mon esprit souffrait d'une tare. Peut-être que les autres ont cru que je n'étais plus… intacte. Ou des rumeurs couraient sur mon père, et on a craint que les vices ne se transmettent de génération en génération. Je ne sais trop.

— Éléonore, je ne suis pas totalement innocent non plus… Mais je me sentais si ignorant, si paralysé devant toi…

La jeune femme hocha la tête. Chez elle, les visites au bordel de son père étaient connues et commentées, elle savait à quoi il faisait allusion. Dolan jugea inutile de préciser que Sofia vendait aussi ses charmes à son père et à son demi-frère.

— Je regrette juste que tu ne m'aies pas fait confiance. Pas assez pour me dire ce que tu ressentais.

Il hocha la tête.

— Ce soir, je vais jeter ces lettres. Il n'y a personne d'autre entre nous, n'est-ce pas ?

Devait-il évoquer Juliette ? Mais rien ne s'était passé entre eux. Il fit non d'un signe de la tête.

— Parce que je ne veux pas que nous en restions là. Je suis contente que cet… homme ne me soit pas revenu. Car, crois-moi, je suis bien plus heureuse avec toi !

— Et moi d'avoir quitté le Grand Séminaire.

Sous la table, il tendit les jambes pour prendre son pied entre les siens.

— On peut aller jusqu'au bout sans risquer que je sois enceinte, n'est-ce pas ?

Il hocha la tête pour dire oui.

— Je ne suis pas au courant de la mécanique, mais nos conversations entre jeunes femmes…

— Moi je le suis. Cela protège aussi de la contagion.

L'allusion aux maladies vénériennes la troubla. Évidemment, de cela aussi elles devaient parler à voix basse. Dans tous les milieux, des épouses se voyaient condamnées à une mort lente à cause des imprudences de leur mari. Implicitement, il venait de lui dire qu'il était en bonne santé.

— Depuis cet après-midi, confia-t-elle, je pense à une pièce fermée à clé, avec toi et moi à l'intérieur.

— Moi aussi.

— Pas dans six mois !

— La difficulté demeure la discrétion, dit-il. Impossible à l'hôtel Windsor.

Elle hocha la tête.

— Tu es connue et moi aussi.

— Mais tu es policier. Tu sauras bien trouver un endroit…

Oui, il saurait. Ce ne fut qu'en sortant de l'établissement qu'il demanda, désireux d'aborder un sujet moins intime :

— Edgar et Allan se portent bien ?

— Je ne saurais dire. Ils pleurent toute la nuit, mais selon le médecin c'est tout à fait normal.

❃

En retournant rue Cedar, ils se contentèrent d'échanger des banalités. Dans leur fiacre, ils occupaient l'unique banquette avec le cocher assis trois pieds devant. Tout au plus purent-ils se tenir la main. Quand Eugène l'aida à descendre, il murmura :

— Ce soir, je t'écrirai.

Les mots lui viendraient plus facilement devant une feuille de papier. Quand Éléonore entra dans la maison, ce fut pour s'engager directement dans l'escalier. Les membres de sa famille croiraient à une envie pressante. Cela lui donna la possibilité de retirer sa robe un peu trop froissée.

En se changeant, l'envie lui vint d'écrire aussi une lettre. À madame Radcliffe pour la remercier de ses bons conseils.

Chapitre 8

Vêtu d'une robe de cotonnade, Éléonore redescendit pour se présenter, souriante, aux membres de sa famille. Comme Octavia demeurait silencieuse, les lèvres pincées, il était facile de deviner que Kenneth lui avait demandé de réprimer son désir de se livrer à une inquisition.

Toutefois, les questions combinées de Pamela et Joyce permirent à la mère de connaître certains des charmes des îles de Boucherville. Vers dix heures, la vieille dame manifesta le désir de regagner sa chambre. Les nouvelles mamans avaient disparu dès la dernière bouchée avalée. Le fils aîné offrit de servir à boire, et quand tout le monde eut son verre, il proposa :

— Nous devrions aller dans la bibliothèque. Ainsi, aucune oreille indiscrète ne captera notre conversation.

Bientôt, tous trois occupaient soit un fauteuil, soit le chesterfield. Eugène avait confié à Éléonore être amoureux d'elle depuis la nuit passée dans cette pièce. Le désir de discrétion exprimé par son frère faisait craindre à la jeune femme de faire l'objet de remontrances. Ce ne fut pas le cas.

— Avec Stanley, j'ai discuté de la vente de cette propriété. Nous avons deux jeunes enfants, il y en aura d'autres. Mêler les deux familles ne sera pas l'idéal.

Un bref instant, Éléonore éprouva un vague à l'âme à l'idée de quitter la maison qui l'avait vue naître. Très vite, cependant, la succession des mauvais souvenirs effaça sa nostalgie. Une autre préoccupation la rendit soudainement inquiète.

— Et vous vous êtes dit que la vieille fille prendrait sa mère avec elle ?

— C'est le cas habituellement, n'est-ce pas ? ricana Stanley.

L'aîné lui jeta un regard sévère.

— Maman a de quoi se loger convenablement jusqu'à la fin de ses jours. Toi aussi. La petite fiducie mise sur pied par papa te permettra de vivre convenablement.

— Archibald est un meilleur père mort que vivant, dit le cadet, cette fois d'un ton acide.

Finalement, chacun des enfants possédait des motifs d'en vouloir à l'auteur de ses jours. Éléonore se sentit un peu coupable de ne pas se montrer plus reconnaissante : l'industriel avait pris la précaution de pourvoir aux besoins de sa fille, au lieu d'imposer à ses frères l'obligation de la soutenir.

— Qu'en penses-tu ? demanda Kenneth.

— Tu parles de la vente de la maison ? Elle vous appartient, pas à moi.

— À lui seul le terrain vaut une fortune, intervint Stanley. On pourrait y construire une douzaine de maisons.

Ainsi, les grands arbres disparaîtraient, au profit de la brique et de la pierre. Éléonore crut utile d'ajouter :

— Je me sentirai soulagée de ne plus avoir à répondre aux questions de notre mère ni à entendre ses remarques. Vous deux, vous me manquerez. Quand prévoyez-vous vendre ?

— Un domaine de ce genre ne trouvera pas preneur en deux ou trois semaines. Il faudra attendre jusqu'à l'automne, au moins. Au pire ce sera fait d'ici l'été prochain.

On était déjà au mois d'août. Pour la jeune femme, mieux valait faire rapidement ses choix.

❉

On revient parfois d'un moment d'ivresse en éprouvant la honte des paroles prononcées et des gestes commis. Dolan se sentait comme cela. Toute la nuit, le souvenir de l'après-midi l'avait maintenu dans un état permanent d'excitation. Il avait même porté les doigts sous son nez pour retrouver l'odeur d'Éléonore…

Il ne s'agissait que de cela ? Après des années à apprendre par cœur la liste des péchés de la chair, à se sentir coupable de toutes les pensées, de toutes les envies, à les confesser à des prêtres malodorants, la découverte que le plaisir partagé rendait heureux le déconcertait. Brièvement, l'idée lui vint qu'Éléonore incarnait le démon mis sur son chemin pour perdre son âme.

Puis, tout de suite, le caractère absurde de cette pensée lui apparut. Dans son abandon, dans la confiance qu'elle mettait en lui, la jeune femme lui semblait touchante, attendrissante. Il regarda la lumière du jour blanchir la petite fenêtre de sa chambre. Au moment de se lever, il était infiniment plus fatigué qu'à son coucher.

❉

La ville de Montréal possédait son Théâtre français, et son Théâtre National français. Eugène et Éléonore s'étaient donné rendez-vous un peu avant huit heures devant le second. Ils demeurèrent face à face sur le trottoir de la rue Sainte-Catherine, sans esquisser le moindre geste, ou dire la moindre parole. Leurs souvenirs les ramenaient dans la petite île. Soudain elle murmura :

— Je suis contente de te voir.

— Moi aussi. Très content.

Ils firent chacun un pas. À travers le va-et-vient des badauds, Dolan tendit la main pour prendre la sienne.

— Nous entrons ? demanda-t-il.

— Quand nous serons d'accord.

Lors de leur dernière conversation pour convenir de ce rendez-vous, elle avait posé une condition. Elle lui en rappela la raison :

— J'ai passé les dernières années sans sortir, parce que j'étais seule. Veux-tu me renvoyer chez moi ?

Il fit non de la tête. Sous son gant, dans sa paume gauche, se cachait un billet de banque. Elle le sortit discrètement pour le glisser dans la main de Dolan. Pour un temps du moins, la jeune femme entendait payer sa propre entrée… et la sienne. Toutefois, pour préserver sa fierté, ce serait lui qui procéderait à l'achat des billets. Les meilleurs.

Quand ils entrèrent dans la grande salle pour occuper leurs sièges, le policier sentit des regards se poser sur lui et sur sa compagne. Il apparaissait pour la première fois dans cette section réservée aux bien nantis. Il imaginait tous ces gens se questionnant sur son identité.

— Tu connais cette histoire ? voulut-elle savoir.

— *Quo Vadis* ? Des lions qui mangent des chrétiens au temps de Néron et l'héroïne qui échappe de justesse à la mort. Le thème a été plusieurs fois traité.

L'écrivain polonais Henryk Sienkiewicz avait d'abord publié ce récit sous la forme d'un feuilleton, puis comme un roman, en 1896. Il avait d'ailleurs reçu le prix Nobel de littérature l'année précédente.

— Tu l'as lu ?

— Non… Au Grand Séminaire, la lecture des romans était très mal vue. Après ma sortie, j'avais trop de rattrapage à effectuer.

Des ouvrages de droit, surtout, et d'autres sur le travail de policier occupaient ses loisirs.

— Ces derniers temps, je me suis imaginée lisant de belles histoires avec toi, à haute voix. Moi d'abord, puis toi quand je ne pourrais plus tolérer le lorgnon sur mon nez.

— J'imagine Octavia en train de tourner les pages !

Elle se mordit la lèvre inférieure. Décidément, les allusions ne suffiraient jamais avec lui. Inconscient de l'effet produit par ses derniers mots, il continuait :

— On le présente en français pour la seconde fois à Montréal. Les journaux sont particulièrement enthousiastes de cette version-ci.

La pièce soulignait la réouverture du théâtre après d'ambitieuses rénovations.

— C'est un bel endroit, dit la jeune femme en regardant autour d'elle. J'y viens pour la première fois.

— Si tu ne suis pas bien l'action, je t'expliquerai à l'oreille.

— Moi je n'étais pas au Grand Séminaire. J'ai lu le roman il y a quelques années. Je ne manquais pas de soirées solitaires.

Finalement, chacun ressassait ses misères. Heureusement, ce fut le lever du rideau.

❁

Dans la berline, l'obscurité leur permit de renouer avec certaines privautés. Mais le trajet durait trop peu de temps pour atteindre l'extase. De plus, Éléonore tenait à partager une information.

— Rosée m'a contactée hier. Elle prévoit se rendre à une séance chez le médium français vendredi prochain. Pourras-tu nous accompagner ?

— Vous pouvez compter sur moi.

Une question lui brûlait les lèvres, cependant, et la voiture s'engageait déjà dans l'allée conduisant à la grande demeure. Il descendit le premier, tendit la main pour l'aider. Après l'échange des souhaits de bonne nuit, il se pencha pour lui dire à l'oreille :

— Pour l'autre sujet… je cherche la meilleure façon de procéder.

❋

À une invitation devait succéder une autre invitation. Ce fut sans surprise aucune qu'Éléonore avait trouvé un petit carton dans sa correspondance. Rosée Grothé lui proposait de venir prendre le thé chez elle le jour suivant. Aussi, un peu avant cinq heures, elle frappait à la porte de la maison. Son hôtesse vint lui ouvrir.

— Tu es si gentille d'être venue, dit la jeune femme en s'écartant pour la laisser passer.

Elle la conduisit dans un salon élégant. Deux fauteuils au recouvrement de soie bleu avaient été placés de part et d'autre d'une petite table.

— Comment vas-tu ? demanda la visiteuse en s'assoyant.

Comme elle le faisait depuis un an, Rosée portait une robe noire. Cependant, sans chapeau ni résille, elle semblait moins triste que lors de leurs précédentes rencontres.

— Voilà une question difficile. Je me sens comme quelqu'un à qui on a promis au beau rendez-vous, pour constater que l'autre personne ne s'y présente pas.

— Je ressens un peu la même chose. Juste un peu, car le rendez-vous ne risquait pas d'être très agréable.

— Les pères ont toute une vie pour laisser de mauvais souvenirs. Dans le cas d'un jeune enfant, il n'y a que des délices.

Une jeune domestique se présenta avec une théière et des tasses.

— Merci Lucille, je vais faire le service.

Puis Rosée continua :

— Je ne compte pas retourner chez madame Radcliffe. Comme tu le sais, j'aimerais plutôt aller chez le Français dont je t'ai parlé déjà.

— Moi non plus… je ne retournerai pas chez cette médium.

Éléonore ne rendit pas compte des curieux conseils matrimoniaux de la vieille femme.

— Je ne sais pas si ma démarche a du sens… ajouta-t-elle.

Rosée quitta son siège pour aller récupérer un livre qu'elle lui remit. Il s'agissait d'un exemplaire anglais du *Livre des esprits*, d'Allan Kardec.

— Pour moi, c'est le contraire. Je trouve plus de consolation dans cette doctrine que dans tout ce que racontent nos curés.

Après une pause, elle dit encore, avec une pointe d'inquiétude :

— Tout de même, tu accepteras de m'accompagner ? Brochard tiendra une séance le 17 août.

— Oui, je t'accompagnerai.

— Et ton ami ?

— Lui aussi. Je le lui ai demandé.

Rosée eut un sourire enjoué. Cela lui arrivait si rarement.

— Je pense qu'il ne te refuse pas grand-chose, n'est-ce pas ?

Éléonore rougit un peu.

— Ce soir, tu voudrais souper avec moi ?

Elle accepta un peu par amitié, beaucoup par commisération.

En ce début de soirée, les jeux dans la berline durèrent très peu de temps. La lumière du jour aurait permis aux passants de les apercevoir, et fermer les rideaux serait un aveu de leurs polissonneries. La voiture s'arrêta devant la maison de la rue Sherbrooke. La belle endeuillée devait surveiller leur arrivée, car elle apparut tout de suite.

Dolan descendit pour lui tendre la main, appréciant au passage la silhouette vêtue de noir, le chapeau et la voilette. Ses gants de même couleur, tout en dentelle, ajoutaient à son élégance. Pourtant, elle n'inspirait aucun désir, seulement la tristesse.

— Bonsoir, madame Grothé.

Elle lui répondit d'un signe de la tête. Une fois dans la voiture, relevant la résille, elle embrassa Éléonore avant de s'asseoir à ses côtés. Le policier occupa la banquette située en face.

— J'ai peur d'être une nouvelle fois déçue. En même temps, si jamais il me parle de l'au-delà…

Chacune des éventualités la désespérait. Ce fut en silence que le trajet se poursuivit. La berline s'engagea dans la rue Saint-Hubert en direction sud, pour s'arrêter devant un immeuble à la devanture de pierre grise. Narcisse Brochard occupait l'appartement situé au rez-de-chaussée. Un vitrail ornait la fenêtre de la porte.

Quand Eugène frappa contre l'huis, il aperçut un œil déformé par un morceau de verre de couleur rouge. Un domestique, un Asiatique, leur ouvrit.

— Si vous voulez me suivre.

Ils entrèrent dans un salon bien meublé, encombré de plantes vertes dans des pots de laiton. Un homme d'une cinquantaine d'années quitta un fauteuil. Il tendit d'abord la main à la femme en noir.

— Madame Grothé, je suppose.

Elle avait laissé le voile relevé sur son chapeau. Elle acquiesça d'un hochement de la tête.

— Je suis heureux de vous rencontrer. Et vous aussi, mademoiselle McDougall. Veuillez vous asseoir.

Une autre femme bien en chair occupait une place sur un canapé, et deux hommes à ses côtés. Six personnes devaient donc participer à la séance, en plus du médium. Ce dernier se tourna vers le policier, la main tendue.

— Et vous, monsieur ?

— Dolan. J'accompagne ces dames. Les rues ne sont pas toujours sûres.

— Voilà une mission digne d'un preux chevalier. Comme vous le voyez, je suis à court de sièges. Je vais chercher une chaise dans la pièce voisine.

— Ne vous donnez pas cette peine. Nous serons assis pour le reste de la soirée, n'est-ce pas ?

Le spirite acquiesça. Il présenta les autres personnes. Le domestique revint avec une cafetière et des tasses. Il en présenta une au policier qui demanda :

— Vous venez d'Annam, n'est-ce pas ?

L'autre fit oui d'un signe de la tête, surpris. Depuis son arrivée à Montréal, tout le monde l'appelait « le Chinois ». Personne ne semblait avoir entendu parler de l'Indochine française. La conversation se poursuivit pendant quelques minutes.

❋

Autant la salle affectée aux séances chez madame Radcliffe était des plus banales, autant le décor chez

Brochard constituait un mélange hétéroclite de symboles ésotériques. Il y avait des tablettes où était rangée une collection d'ouvrages. Dolan put y voir le titre *Le Livre des esprits*, d'Allan Kardec. Éléonore lui avait dit avoir reçu un exemplaire en anglais de Rosée. Sur la plus haute tablette, il aperçut deux crânes humains ainsi que des bougies de cire noire. Et sur les murs au papier peint très sombre, deux pentacles – des étoiles à cinq branches – étaient dessinés avec des cordes dorées. L'éclairage venait de grands cierges noirs placés aux quatre coins de la pièce.

Une table ronde en occupait le centre, assez grande pour accueillir une famille nombreuse. La nappe violette traînait jusqu'au sol. Les invités furent invités à tenir les mains de leurs voisins. Le policier avait pris la précaution de s'asseoir près du médium, Rosée à sa gauche et Éléonore à la gauche de celle-ci. Ainsi, ils encadraient leur amie, comme pour la protéger.

— Hadrien, Lucius et Commode, êtes-vous là ?

Si madame Radcliffe n'avait trouvé personne de mieux que son défunt mari Augustus pour lui servir d'intermédiaire dans le royaume des morts, Brochard semblait vouloir impressionner. Sa brochette d'esprits figuraient dans la liste des empereurs romains. Le premier était bien connu des Anglais pour avoir construit un mur entre leur pays et l'Écosse. Le second demeurait surtout dans les mémoires pour avoir mené une vie dissolue. Le dernier, mégalomane et sanguinaire, faisant s'affronter dans l'arène des bêtes fauves et des gladiateurs, avait été étranglé dans son bain par son partenaire d'entraînement au glaive. « Et je présume que je suis le seul ici à connaître le latin », songea le policier.

Le spirite répéta trois fois son invocation. C'est alors qu'un fracas se fit entendre, comme le bruit d'un objet lourd frappant le sol. Au même moment, les femmes jetèrent un cri aigu. Les doigts de Rosée serrèrent les siens avec une force étonnante. L'un des hommes lança un «Jésus-Christ!» bien senti. Ce n'était que la première manifestation spectaculaire. Ensuite la table s'éleva, forçant les témoins à reculer pour éviter d'être heurtés. Le meuble retomba lourdement.

— Commode, c'est toi?

Celui-là devait se distinguer par la violence de ses manifestations pour être reconnu si aisément. La table s'éleva de deux pouces, puis retomba. Un coup pour dire oui.

— Avez-vous des questions à poser?

L'endeuillée serra la main d'Éléonore, mais demeura silencieuse. Une des femmes présentes s'exprima:

— Thomas. J'aimerais parler à Thomas Roby.

— Commode, connais-tu Thomas Roby?

Un coup.

— Peux-tu lui demander de se présenter à nous?

Encore un autre, puis il y eut un silence de deux ou trois minutes. Et une voix très différente, voilée, comme venue de nulle part, demanda:

— Émilienne, c'est toi?

— Thomas, Thomas…

Les pleurs firent taire la visiteuse. Brochard poursuivit:

— Thomas, acceptes-tu de répondre aux questions de ta femme?

Le médium connaissait-il déjà sa cliente ou devinait-il leur lien? Un coup.

— Madame Roby, avez-vous des questions pour votre époux?

— Gérard désire se faire prêtre. Dois-je l'encourager?

— Oui, fit la voix d'outre tombe. La présence d'un prêtre dans la famille représentera un honneur, et une protection contre les malheurs de l'existence.

Eugène regarda autour de lui, cherchant l'origine de cette voix. Du coin de l'œil, il s'était assuré que Brochard ne bougeait pas les lèvres.

— C'est ce que je lui ai dit, mais je tenais à entendre ton avis. Il y a autre chose…

Le silence dura assez longtemps pour que tous comprennent que la prochaine question la mettait terriblement mal à l'aise.

— Tu connais le voisin, Marcoux. Il est veuf. J'ai du mal à joindre les deux bouts, et il s'intéresse à moi…

— Si tu veux. Mais un jour nous nous retrouverons.

À entendre les pleurs émus, et le « Merci, merci, merci », tous comprirent qu'après un mariage d'amour suivrait un mariage de raison. Brochard jugea que cette complicité entre la vivante et le mort concluait bien l'échange. De toute façon, Émilienne ne reprendrait pas sa contenance avant un moment.

— Quelqu'un d'autre a-t-il des questions à poser à l'un de ses proches ?

Cette fois, ce fut un homme qui exprima le désir de communiquer avec l'un de ses frères. Le scénario se répéta presque à l'identique. Ensuite, Rosée osa demander :

— Mon fils…

Avec gentillesse, Commode accepta de chercher un enfant de cinq ans dans les profondeurs de l'au-delà. Sans succès. Rosée joignit ses pleurs à ceux de la veuve tout en rabaissant sa voilette sur son visage.

— Mademoiselle McDougall, monsieur Dolan, souhaitez-vous parler à quelqu'un ?

— Je vais réfléchir encore aux questions que je désire poser, dit la jeune femme.

Quant au policier, il rappela être simplement au service de ces dames.

Les visiteurs sortirent de la pièce en présentant des visages hébétés. Rosée se tenait entre ses amis.

— Je m'excuse de me donner ainsi en spectacle, dit-elle. Je n'arrive pas à maîtriser mes émotions.

— Nous comprenons très bien, la rassura Éléonore.

Dolan se souvenait de l'état de désespoir dans lequel la mort de ses parents l'avait plongé. Cependant, les prêtres du Petit Séminaire de Montréal ne lui avaient donné aucun répit dans l'apprentissage de la grammaire latine et la multiplication des exercices de piété. Ainsi, il n'avait pu s'abandonner à ses pensées moroses. Et, un jour, il s'était réveillé tout surpris de constater que la souffrance lui pesait moins.

Si madame Grothé avait eu d'autres enfants demandant ses soins, ou un époux attentionné, le disparu n'aurait sûrement pas occupé toute la place dans son cœur. Cependant, exprimer ce brin de sagesse à haute voix n'aiderait personne. Toute son attention se porta alors sur les participants qui quittaient les lieux. Une Émilienne en pleurs tendit une liasse de billets au médium. Recevoir de son époux défunt la permission de convoler de nouveau valait des largesses.

— Alors, monsieur Dolan, je pourrai compter sur votre présence, la prochaine fois ?

Brochard était venu se planter à ses côtés, un sourire moqueur aux lèvres.

— Je viens d'entendre les coups d'un empereur romain et des morts parler depuis l'au-delà. Je donnerais cher pour voir encore des miracles de ce genre.

— Pourtant, vous ne paraissez pas convaincu.

Le policier haussa les épaules.

— Pendant toute cette séance, je me suis demandé où se trouvait votre serviteur annamite.

L'autre comprit évidemment le sens de sa remarque. Sa réponse fut grinçante :

— Il s'occupe de la maison. C'est le rôle des domestiques.

❋

— Cet homme est très puissant, déclara Rosée dans la voiture. Je suis certaine qu'il retrouvera mon fils.

Le médium le lui avait affirmé sans ciller. Éléonore murmura un « Oui, bien sûr » dépourvu de conviction. Ensuite, elle accompagna sa nouvelle amie jusqu'à sa porte et échangea des bises.

Quand elle revint s'asseoir à ses côtés, Dolan murmura :

— Tu ne lui as pas demandé de parler à ton père.

— Finalement, je préfère parler à un homme bien vivant.

Il passa son bras autour de ses épaules pour la presser contre lui, puis posa ses lèvres sur sa joue.

— Je t'ai vu lui donner une jolie somme…

— Quand je me suis rendue chez elle, la semaine dernière, Rosée m'a donné l'argent pour notre participation à tous les trois.

L'empathie entre elles le toucha.

— Tu sais, la chambre de son fils Zéphyr est restée dans le même état que le jour de sa mort. Ses vêtements se trouvaient sur une chaise, près de son lit. Je la soupçonne de passer tout son temps dans cette pièce.

Puis, dans un sursaut, elle se redressa, jeta ses bras autour de son cou et dit : « Embrasse-moi… » Éléonore avait besoin d'un contact avec une personne de chair et de sang. Le soleil était couché depuis un moment, les curieux ne verraient que des ombres enlacées.

❋

À son retour à la maison de chambres, au moment de se présenter à la porte du petit salon pour saluer ses voisins, Eugène, embarrassé, se retrouva face à face avec Juliette.

— On ne te voit plus, commenta O'Neil. Tu as entrepris de lui faire visiter chacune des rues de la ville ?

— Non, dit Devlin, il doit la protéger. J'ai entendu dire qu'André Vallerand, ou Andrew McDougall, je ne sais plus trop, s'est évadé de l'asile de la Longue-Pointe avec la ferme résolution de régler le sort de toute la famille. Les autres se souviennent certainement du traitement réservé à leur père. Le crâne défoncé à coups de barre de fer…

Quand le docteur Jolicœur avait décrit les blessures, certaines personnes avaient eu des haut-le-cœur. Dans leurs comptes rendus, les journalistes avaient inventé des détails plus répugnants encore.

— Messieurs, gronda madame Sullivan, ce genre d'humour n'a pas sa place dans une maison bien tenue. Vous parlez peut-être comme ça dans les tavernes, mais devant des femmes, c'est inacceptable.

— Bah ! la contredit l'une des demoiselles Demers, les femmes voient assez de sang dans leur vie pour être averties.

— Cela rappelle les romans de Conan Doyle sur Sherlock Holmes. Vous les avez lus, monsieur Dolan ?

— Oui, mais je ne peux pas dire que j'ai été inspiré.

— Mais ce soir, insista O'Neil, c'était pour la sortir en ville, oui ou non ?

— Ou pour la protéger ? répéta Devlin.

Voilà que les deux locataires se mettaient à s'exprimer comme les demoiselles Demers.

— Ni l'un ni l'autre. Je les ai accompagnées, elle et l'une de ses amies, chez un médium de l'est de la ville.

— Un vrai médium ?

— Qui parle aux morts ?

Cette fois, c'étaient les vieilles filles qui étaient curieuses. Décidément, madame Sullivan n'arriverait pas à sortir ces diableries de la tête des demoiselles.

— Il leur parle et ils lui répondent.

— Avec des tables qui flottent dans les airs ?

— Et des fantômes qui projettent des objets en travers de la pièce ?

— Si je vous le disais, vous ne me croiriez pas. Vous devrez aller voir par vous-mêmes, et le bonhomme demande très cher.

Voilà de quoi les décourager tout à fait, tant elles étaient proches de leurs sous.

— Mesdemoiselles, suggéra Devlin avec un sourire moqueur, vous devriez tenir des séances dans votre magasin de chapeaux.

Au grand dam de la logeuse, la conversation s'engagea sur l'opportunité de se livrer à ce nouveau commerce.

❋

Osias Grothé revint relativement tôt à la maison, car il était curieux de connaître le résultat de la séance chez Brochard. Il monta pour se rendre directement dans la chambre de son fils. Quand elle était seule à la maison, soit la plupart du temps, Rosée y passait des heures entières. Il la soupçonnait même de se lever la nuit pour aller s'y coucher.

— Alors ? demanda-t-il en entrant.

Rosée était étendue sur le petit lit. Des traces de larmes barbouillaient ses joues.

— Il ne m'a pas parlé. Cependant, des esprits se sont exprimés. Leur voix semblait venir de nulle part. Alors la prochaine fois, sans doute…

Cet espoir lui mit presque un sourire sur les lèvres.

— Il fait même des photographies de ces esprits. J'en ai vu une où l'on peut voir une femme et près d'elle l'esprit de son mari défunt. Je vais lui téléphoner pour qu'il en prenne une de moi. J'aimerais tellement le voir.

L'époux hocha la tête pour dire qu'il comprenait. Il semblait préférer la voir s'accrocher à des espoirs de ce genre plutôt que de broyer du noir.

Chapitre 9

L'invitation lui était arrivée au poste de police, sous la forme d'une lettre. « Accepteriez-vous de vous joindre à nous pour le combat de lutte de samedi soir prochain ? Selon ce que nous entendons au travail, le Lion belge vaut le détour. » Suivait la signature, Kenneth McDougall. Le « nous » incluait très certainement Stanley.

Dolan soupçonnait que la délicate attention tenait à une intervention d'Éléonore. Une façon de mettre en évidence des intérêts communs entre eux – les sports feraient l'affaire –, malgré l'existence d'une côte abrupte entre leur condition et la sienne.

Le jour prévu, il arriva à l'entrée du parc Sohmer, vêtu d'un complet noir et coiffé de son melon, malgré la chaleur de cette fin d'été. Les deux autres descendirent de la berline pour venir le rejoindre. Leurs habits s'accordaient mieux à la saison. Par contre, ils ne soulignaient pas leur opulence. Inutile de paraître suinter l'argent dans un environnement si prolétaire.

— Nous nous sommes dit que vous apprécieriez, puisque vous avez assisté à un combat avec ma sœur l'hiver dernier, dit Kenneth en lui serrant la main.

— Effectivement, pour voir un lutteur français s'incliner avec honneur devant cet énorme Américain surnommé la Montagne. Je tiens à vous féliciter pour l'heureux événement ! Voilà votre postérité assurée.

Les naissances dataient déjà de quelques semaines, mais il ne les avait pas rencontrés depuis. Kenneth lui adressa son meilleur sourire et chercha dans la poche intérieure de sa veste pour prendre un gros cigare.

— De la part d'Edgar et de la mienne.

La scène se répéta à l'identique avec Stanley. Après l'échange de poignées de main et les mercis, le trio entra dans la grande bâtisse pouvant accueillir des milliers de personnes assises les unes contre les autres.

Bien sûr, les McDougall occupaient des chaises au second rang, tout près de l'arène. Assez près pour être éclaboussés de sueur et de sang. À cet endroit, ils étaient installés parmi des anglophones, dont plusieurs accointances. L'échange de souhaits et de cigares suivit. Ensuite, l'aîné se retourna pour dire :

— Voici l'homme grâce auquel le meurtrier de notre père est sous les verrous, et nous dehors.

Présenté de cette façon, Dolan reçut bien sûr un accueil chaleureux. Le temps d'un bout de conversation au sujet de l'enquête de police en cours sur les vols dans les propriétés cossues, et ils revenaient à des discussions sur leurs affaires, ou à des prédictions sur la vie future des rejetons nés au tout début du vingtième siècle. Tous envisageaient pour eux une existence longue, prospère et pacifique.

Heureusement pour Dolan, un orchestre incitait à la patience. Les flonflons l'occupèrent jusqu'à l'arrivée de Pietro, un athlète venu de Bayonne. Son apparition provoqua un mouvement de foule vers la plate-forme surélevée. L'assistance affichait clairement sa préférence pour ce protagoniste.

Son adversaire, Alphonse Steurs, un colosse moustachu au visage avenant, connut un premier assaut éprouvant. Le second permit au Belge d'expédier son opposant entre les câbles, passant près de l'envoyer s'écraser sur les musiciens effarés. Au gré des quatre assauts suivants, tranquillement, il gagna en force pour finalement l'emporter.

La foule, en colère à cause de la défaite de son favori, s'élança vers l'arène pour protester contre ce dénouement. Dolan paya de sa personne afin d'éviter que ses voisins immédiats ne récoltent de mauvais coups. Heureusement, dix policiers en uniforme vinrent en renfort. Quand l'ordre fut à peu près revenu, Kenneth remarqua, en replaçant ses vêtements :

— Décidément, vous faites une habitude de nous venir en aide.

Si personne parmi ces bourgeois ne voulait faire de lui un ami intime, tous reconnaissaient le caractère essentiel de sa présence pour rentrer à la maison en un seul morceau.

— Allons boire quelque chose, proposa-t-il.

En plein jour, les badauds trouvaient des amusements licites en ces lieux, mais après le coucher du soleil, l'absence de femmes accompagnées d'enfants permettait des activités plus « risquées ». Une fois dehors, Stanley montra un estaminet glauque en demandant :

— De ce côté, c'est le *french cancan* ?

Le policier acquiesça.

— Mais nous n'irons pas, déclara l'aîné. Je ne tiens pas à marcher sur les traces de mon père.

Le ton n'admettait pas de réplique et le cadet se le tint pour dit. Ce fut plutôt dans une taverne qu'ils s'attablèrent, avec chacun une chope devant lui.

— Ces spectacles sont toujours aussi enlevants ?

Après la frayeur éprouvée lors de la conclusion du combat, Kenneth s'amusait en se souvenant du mouvement de colère de l'assistance.

— Les Canadiens français adoptent un combattant, l'un des leurs si c'est possible, sinon un Français. Pietro venant de Bayonne, ce soir il avait leur soutien. Comme Steurs parle français, la prochaine fois, il sera leur nouveau champion.

En quelque sorte, ils revivaient de façon symbolique leur lutte pour se faire une place en ce monde.

— Nous devrons recommencer, surtout si un Anglais ou un Écossais est du combat. J'imagine le côté épique de la bataille.

Stanley comprenait très bien l'enjeu. Le temps de vider leur bock, ils discutèrent de sujets communs aux gens vivant au flanc du mont Royal et près du fleuve : du baseball, de la crosse et du football, et de la prochaine saison de hockey. Les Wanderers prétendaient aux plus grands honneurs. Toutefois, ils durent convenir que le curling demeurait l'apanage de la minorité de la population.

Quand ils se serrèrent la main, tous s'engagèrent à renouveler l'expérience.

❊

Le surlendemain, Dolan retourna à la chasse au petit gibier. La présence d'agents en uniforme devait décourager la perpétration des crimes. Ainsi que l'énonce le dicton « la peur est le commencement de la sagesse ». Par contre, si le but était de procéder à des arrestations, mieux aurait valu être plus discret.

Pendant les jours ensoleillés, le beau monde délaissait les fiacres et les calèches pour marcher. Des maisons commerciales près du port à la bourse de Montréal, rue Saint-François-Xavier jusqu'aux grands commerces de la rue Sainte-Catherine en passant par les beaux hôtels, on les voyait déambuler souvent avec une canne à la main. Les pommeaux d'ivoire, d'argent et parfois d'or témoignaient de l'âge, du sens esthétique et de la fortune. Les catégories devenaient encore plus complexes si l'on regardait les chapeaux : fédora, panama, melon, haut de forme – et sa version « transformable » appelée gibus –, canotier…

Depuis deux cents mètres, Dolan suivait un gros bourgeois vêtu d'un complet léger et coiffé d'un panama. Devant ce quidam marchait un jeune homme de vingt ans plutôt mal habillé, et derrière, un garçon d'une douzaine d'années à l'allure de gavroche. Ce dernier heurta le bourgeois assez fort pour le déséquilibrer et faire rouler son gibus sur le pavé.

— Pardon, m'sieur, j'vous avais pas vu. J'vous le rapporte.

Il alla chercher le couvre-chef pour le lui tendre.

— Il faudrait faire attention, jeune chenapan, grommela le bonhomme.

Le garçon époussetait le veston du bourgeois avec une belle vigueur. Soudain, il s'élança.

— Trudeau ! hurla Dolan. À toi !

Le jeune homme placé devant se retourna en ouvrant les bras. Il devait être membre de l'Association athlétique de Montréal pour pouvoir capturer si aisément le fuyard.

Le bourgeois demeurait immobile, sans comprendre. Le détective parcourut des yeux le court trajet effectué par le voleur pour apercevoir un portefeuille de cuir brun sur le trottoir. Mieux valait se débarrasser en douce du fruit de sa rapine lorsqu'on entendait la voix d'un policier.

Dolan ramassa l'objet et dit à l'homme :

— Monsieur, je suis certain que ceci vous appartient.

— … Non, le mien est ici.

Il tâtait sa veste.

— Le salaud. Il m'a fait les poches !

L'inspecteur lui rendit son bien en lui adressant un petit salut de la tête. Il accorda ensuite toute son attention à son jeune collègue. Celui-ci avait passé des bracelets de fer aux poignets du garçon. Il le contempla. Oui, il devait avoir douze ans. Le visage chafouin un peu crasseux, la morve sous le nez, les yeux vifs et déjà chargés de haine le distinguaient du premier servant de messe venu.

— Trudeau, comme je dois retourner au poste, je vais y conduire notre lascar.

— Je peux m'en charger.

— Moi aussi. Avec un peu de chance, tu en attraperas un autre.

Eugène prit le garçon par le collet et le poussa devant lui. Le petit voyou gigotait comme un beau diable, multipliant les « Laissez-moi, j'ai rien fait ! »

— Tu pourras dire ça au juge, mais je devine que tu dois avoir deux portefeuilles et trois montres dans tes poches. Tu auras du mal à le convaincre.

L'affirmation le calma un peu.

— Pour qui travailles-tu ?

— Va au diable !

Dolan avait entendu de pires invectives.

— Je sais comment ça fonctionne. Les gars comme toi qui sont à leur compte ne durent pas une semaine.

Des chefs de bande dirigeaient un escadron de petits voleurs à qui ils offraient leur « protection », et ils faisaient en sorte de ne pas avoir de compétition. Tout cela pour avoir la possibilité de se faire une *cut*.

— Quand tu voles un dollar, te reste-t-il au moins dix cents ?

Le silence du petit voleur était éloquent. Dolan le poussa dos à un mur pour voir son visage.

— Si tu te trouvais un poste d'apprenti, ça te rapporterait autant, et ce serait moins dangereux.

— Pour m'éreinter de douze à quatorze heures par jour pour le même dix cennes ?

— Là, tu vas moisir en prison combien de temps ? Un an ? Tu sais ce qui arrive à un beau garçon comme toi, derrière les portes de fer ? Tu vas te retrouver avec ça dans le cul.

Le policier lui montrait son poing fermé. En tant que curé, il aurait promis l'enfer pour convaincre un pécheur de s'amender. Mais les châtiments lointains avaient moins d'effet sur les adolescents... La prédiction eut l'effet escompté. Le gamin s'essuya les yeux, puis le nez sur la manche crasseuse de sa veste.

— Tu as des parents ? Quelqu'un chez qui aller te réfugier ?

Il fit non de la tête.

— J'ai remis son portefeuille à ton bourgeois. Ce n'était pas ton premier client de la journée, n'est-ce pas ?

L'autre le regarda, les yeux chargés de défi.

— Réponds. Si je veux le savoir, je n'aurai qu'à te fouiller au poste.

À la fin, le garçon acquiesça d'un signe de la tête.

— Combien ? Un ? Deux ?

Au second chiffre, de nouveau il dit oui d'un signe.

— Garni ?

Cette fois, il eut l'esquisse d'un sourire. Les passants sur le trottoir jetaient vers eux un regard curieux.

— Bon, tu sais ce qu'est un marché ?

Devant le silence, le policier se fit insistant :

— Réponds.

— ... Oui.

— Alors, je t'en propose un bon. Je peux t'enlever ça et regarder ailleurs pendant un instant si tu me promets de te rendre à la gare afin de prendre un train pour aller loin. Si tu rejoins le chef de ta petite bande, tôt ou tard tu seras repris, et ce sera la prison. Tu n'es pas très bon dans le métier de voleur pour prendre un risque de commettre un larcin devant deux policiers. Tu n'as pas la vocation.

« Et si un petit idiot entre dans une geôle, il en sort toujours un criminel. »

— Tu es intéressé ?

L'approbation vint très vite. Après l'effroi d'une condamnation, il se faisait offrir la liberté.

— Considère ça comme une seconde naissance. Tu dois avoir assez d'argent pour acheter un billet de train et vivre un petit moment. Le temps de te trouver l'un de ces emplois d'apprenti qui te puent au nez.

Le voleur conclut que sa mine piteuse était venu à bout d'un policier mélancolique. Dolan crut nécessaire d'insister :

— Tu ne survivras pas longtemps dans ce monde. Tu n'es pas assez dur pour lui. Je t'enlève tes menottes. Tu mets l'argent dans tes galoches et tu vas prendre le train.

En parlant, il tira une clé de sa poche. L'autre présenta ses poignets. Il ouvrit l'un des anneaux, puis l'autre.

— Là, ces gens doivent se mettre de drôles d'idées en tête, à nous regarder. Je me retourne, et toi, tu sacres ton camp.

Dolan glissa les menottes dans sa poche, puis il fit un pas pour regagner le milieu du trottoir. Il entendit un « Merci », puis le son d'une course.

— Ce voyou vous a échappé ? demanda un passant, prêt à se joindre à une poursuite.

— Lui ? Non, pas du tout. Une simple erreur judiciaire.

Le détective se livra à un examen de conscience en reprenant le chemin du poste de police. Ses collègues le prendraient certainement pour un idiot : laisser échapper un prévenu pesant tout au plus quatre-vingt-dix livres. Tout ça pour une certitude, et un espoir. La certitude que la prison transformait des petits délinquants en véritables criminels, et l'espoir que l'on pouvait changer d'existence.

Aucune femme respectable ne se présentait chez un homme, encore moins chez un célibataire, sans se faire accompagner d'un chaperon absolument fiable. Cela pouvait être sa mère ou une vieille tante dont l'âge laissait croire à une grande vertu. Aussi, quand Rosée descendit du fiacre, elle demanda au cocher de l'attendre.

— Comment je sais, moé, qu'vous allez revenir ?

Il devait déjà avoir été privé du prix d'une course de cette façon pour soupçonner une femme portant le grand deuil.

— Vous croyez vraiment que je cherche à vous voler ?

Évidemment, comme il l'avait cueillie dans une belle grande maison à la façade de pierre, que ses vêtements venaient visiblement de la meilleure couturière, il se montra conciliant.

— Pis ça va vous prendre longtemps ?

— Le temps d'une photographie.

Le collignon accepta d'un signe de la tête, puis regarda la jeune femme monter les quelques marches donnant accès à l'appartement de la rue Saint-Hubert, appréciant la fine silhouette. Rosée se sentit particulièrement intimidée par le serviteur asiatique. Puis quand Brochard apparut dans l'entrée, son malaise monta d'un cran.

— Madame Grothé !

Il tendit la main.

— Je suis heureux de vous revoir.

— Mon cocher attend dehors.

La précision eut l'heur de le rendre moins entreprenant.

— Oui, bien sûr. Si vous voulez me suivre.

Tout en allant vers le salon, elle demanda :

— Vous croyez que cela marchera ? L'autre soir, je n'ai pas pu lui parler.

— Faites-moi confiance. Il me semble sentir une jeune présence.

Il l'entraîna dans la pièce où elle et les autres invités s'étaient réunis lors de sa visite précédente. Les meubles avaient été déplacés afin de faire de la place pour un appareil photo sur un trépied. Il lui désigna un fauteuil.

— Avec la lumière qui entre par la fenêtre, ça sera parfait.

Elle obtempéra, croisant ses deux mains sur son giron. Le papier peint et une haute plante verte dans un pot de laiton fournissaient un arrière-plan parfait. Brochard n'osa pas lui demander de sourire. Le portrait montrerait sa tristesse et sa lassitude.

— Je vais encore en prendre deux autres, dit le médium. Puis je tirerai quelques exemplaires, pour votre époux et vos parents.

Elle donna son assentiment d'un signe de la tête. Il retira la première plaque pour en mettre une seconde, puis une troisième. Finalement, Rosée regagna sa voiture avant même que son cocher n'ait eu le temps de s'inquiéter.

❋

Éléonore entendait continuer d'être audacieuse pour deux. D'autant plus que son compagnon n'avait pas encore planifié leur retraite derrière des portes closes. Qu'une offre pareille n'ait pas été aussitôt saisie la laissait perplexe. Aussi, la semaine suivante, elle prit le risque de se présenter au poste de police numéro 1.

L'agent Panneton regarda l'élégante femme vêtue d'une robe bleue et coiffée d'un chapeau assorti s'avancer devant son comptoir. Le lorgnon doré pendant sur sa poitrine attira ses yeux. D'autres policiers traversant le petit hall posèrent un regard soutenu sur la visiteuse.

— Monsieur, dit-elle avec son meilleur sourire, j'aimerais rencontrer le détective Dolan.

Qu'elle s'exprime si bien en français le prit un peu au dépourvu.

— … Avez-vous un rendez-vous ?

— Non, mais je crois qu'il me recevra.

Comment dire non à une demande formulée aussi gentiment ? Après un « Suivez-moi », il la précéda vers la grande pièce.

— Dolan, t'as de la visite !

Un instant, l'agent demeura planté là pour surveiller sa réaction. Dolan leva les yeux et resta un moment bouche bée. Puis il quitta son siège pour marcher en direction d'Éléonore sous les regards surpris de deux collègues.

— Mademoiselle, dit-il en tendant la main.

Elle lui offrit la sienne, en même temps que sa joue. Ne pas l'embrasser serait un véritable affront. L'agent Panneton sortit, non pour retourner à son poste, mais pour aller frapper à une porte au fond du couloir.

— Monsieur Dolan, il sera bientôt midi, dit la jeune femme. Si vous pouvez vous le permettre, m'accompagneriez-vous dans un restaurant voisin ?

— Je crois bien que c'est possible. Laissez-moi le temps de prendre mon chapeau.

Ils passaient la porte quand Olivier Campeau s'approcha, flanqué du planton. Le sourire adressé à son subalterne laissait deviner son amusement, mais aussi sa sensibilité au charme de la visiteuse.

— Monsieur Campeau, vous connaissez mademoiselle…

— … McDougall, je présume. Non, je n'ai pas ce plaisir.

Il continua en tendant sa main :

— J'espère qu'aucune affaire criminelle en lien avec vous n'exige l'attention de notre plus fin limier.

— Rien d'aussi dramatique. Mais j'ai un petit creux, et il pourra certainement me venir en aide.

Bientôt, le couple quittait l'hôtel de ville bras dessus, bras dessous.

— Tu viens de créer une commotion qui ébranlera les sept postes de police de Montréal avant la fin de l'après-midi.

— C'est un reproche ?

— Un constat. Depuis des mois mes collègues murmurent sur la personne qui m'accompagne en ville. Maintenant, ils sauront que c'est la plus jolie femme à l'est ou à l'ouest de la rue Saint-Laurent.

Éléonore serra son avant-bras.

— Tu exagères, mais je mets ça sur le compte de ta galanterie.

— Ou au souvenir très vif que j'ai d'une promenade sur une certaine île…

Cette fois, la jeune femme se troubla, et sur ses joues pâles le rose se révéla bien visible. Ils discutèrent du choix d'un restaurant et s'entendirent sur un salon de thé de la rue voisine. Après avoir passé la commande, il demanda :

— Que me vaut cette visite ?

— Le plaisir de te voir.

Le détective hocha la tête.

— Cela va de soi. Mais en plus de ce plaisir ?

— J'ai pris le thé quelquefois avec Rosée. Elle paraît de plus en plus désespérée de parler à son fils. Elle avait l'intention de retourner voir Brochard pour une séance privée.

Ce Français ne lui avait pas paru particulièrement vertueux. Profiter de cette femme n'était sans doute pas impensable pour lui.

— Toute seule ? Sans même toi dans l'antichambre ?

— Toute seule. Et ce matin elle me demandait si nous pouvions la voir en fin de journée, pour le thé. J'ai proposé l'hôtel Windsor.

À cause des petits salons particuliers, l'endroit convenait à toute rencontre intime, y compris pour converser sur les esprits.

— Je ne sais trop si je devrais, dit-il.

— Elle a explicitement requis ta présence. Pourras-tu être là ?

Il opina du chef. Ensuite, leur conversation porta sur les petites choses ayant peuplé leur univers depuis le dimanche précédent.

❊

De retour au bureau, Dolan eut droit à des regards surpris, parfois envieux, mais à aucune remarque indélicate. En revanche, alors qu'il quittait le poste de police, Panneton lui lança :

— Cette fille, c'est parce qu'elle a la vue basse qu'elle te trouve à son goût !

— Elle vous a confié me trouver à son goût ?

— J'imagine qu'elle embrasse pas n'importe qui. En tout cas, moé, a m'a pas embrassé.

Le policier pouvait bien feindre l'indifférence, mais que les hommes lui prêtent une aventure lui plaisait infiniment plus que les hypothèses qui avaient couru sur son compte au cours de l'été précédent.

❊

Eugène marcha d'un bon pas en direction du grand hôtel. Ses visites avaient été nombreuses depuis quelques mois, les employés le reconnaissaient.

— Mademoiselle McDougall et son amie sont arrivées ?

— Elles vous attendent pour commander.

Le maître d'hôtel le guida vers une petite pièce. Dolan se contenta de serrer la main des deux femmes. Celles-ci demandèrent du thé et des biscuits. En occupant une chaise devant elles, il trouva un air presque serein à Rosée.

Quand le thé fut versé dans les tasses, elle commença :

— Je voulais vous voir pour vous montrer cette photographie.

Elle sortit le rectangle de carton de son sac. Une tache plus pâle, comme vaporeuse, se distinguait très bien à côté de la mère. Celle-ci était assise sur un fauteuil.

— C'est lui. Zéphyr.

Le policier se pencha pour mieux voir. Il reconnut l'un des sièges de l'appartement de Brochard, la plante grasse dans un pot de laiton.

— Je ne comprends pas, bredouilla Éléonore.

— À côté de moi, c'est l'esprit de mon fils.

Le scepticisme sur leur visage ruina immédiatement son plaisir. Si l'on reconnaissait très bien Rosée, l'ombre blanche ne prenait même pas une forme humaine.

— C'est une photo spirite. Brochard sentait sa présence dans son salon, alors il a pris la photographie. Je ne connais pas vraiment le processus, mais l'objectif de la caméra perçoit mieux ces choses que l'œil humain.

Rosée répétait docilement la leçon apprise chez le médium. Sa foi la rendait crédule.

— J'ai lu des informations sur ce phénomène, dit Éléonore. Il y a aussi des photographies où l'on voit l'âme des morts quitter leur corps.

La blonde lui jeta un regard reconnaissant. Éléonore se montra plus complaisante encore :

— Vous avez de la chance.

Puis, brutalement, le visage de Rosée s'assombrit.

— On ne distingue pas vraiment ses traits. Pourtant, il y a d'autres images où l'on aperçoit des visages très clairement. Il m'en a montré quelques-unes.

Dolan se risqua à demander :

— Votre époux approuve-t-il vos démarches auprès des médiums ?

Il avait craint de la voir protester contre cette intrusion dans sa vie privée. Le contraire se produisit : elle esquissa d'abord un sourire, puis répondit, émue :

— Oui, évidemment. C'est même lui qui m'a fourni le nom de Brochard. Heureusement qu'il me soutient, sinon ce serait trop difficile.

La question suivante était : « Alors, pourquoi ne vient-il pas avec vous ? » Il n'osa cependant pas la formuler. Finalement, ce ne fut pas nécessaire.

— Il est au travail toute la journée, et souvent aussi le soir. Je pense que c'est sa façon de fuir la douleur. C'est pour cela que je vous demande de me tenir compagnie.

❖

Cela devenait une habitude : la berline s'arrêta d'abord pour déposer madame Grothé, puis se dirigea vers la rue Cedar. Dolan tenta de voler un baiser brûlant à Éléonore, mais la jeune femme avait une autre idée en tête.

— Cette photographie… Qu'en penses-tu ?

Pour ne pas la blesser, il joua de prudence.

— Tu paraissais la trouver convaincante.

— Que voulais-tu que je fasse ? Lui dire que des artisans incompétents font des photographies tout aussi ratées, sans évoquer des esprits ?

— Ne ferais-tu pas mieux de la décourager ? questionna Eugène. Brochard a dû lui vendre cette image une petite fortune.

— Pour la rendre plus désespérée encore ?

Le recours à un médium ressemblait aux visites chez le curé. Le prêtre se mettait à genoux pour prier avec sa paroissienne, il tentait de la convaincre que l'enfant trépassé servait de compagnon de jeu à Jésus. Le spirite faisait tourner des tables, produisait des bruits sourds, prenait des photographies des esprits des défunts, et affirmait que ceux-ci habitaient parmi les vivants en attendant leur réincarnation. Les yeux ne les distinguaient pas, mais la pellicule sensible, oui.

Dolan approuva d'un signe de la tête, puis se pencha de nouveau pour l'embrasser. Elle mit ses mains sur sa poitrine pour l'arrêter, tout en disant d'une voix navrée :

— On nous verrait depuis les trottoirs. Moi je rêve d'une pièce verrouillée, je te l'ai déjà dit.

La jeune femme entendait le priver afin de le convaincre tout à fait.

— Je passe mes nuits à rêver à ce moment. Mais ce n'est pas si simple. Nous ne pouvons pas nous éloigner beaucoup, personne ne doit te reconnaître…

— Et toi non plus !

— Ma réputation en serait moins entachée que la tienne. Voici le résultat de mes cogitations : il faut un hôtel respectable, mais où l'on risque peu de t'identifier. Nous ne pouvons y arriver ensemble. Tu peux incarner sans mal une femme voyageant seule. J'ai pensé à l'hôtel Viger.

— Et toi ?

— Je ne peux pas passer devant la réception sans m'arrêter et monter dans l'ascenseur pour me rendre à ton étage. Je réserverai une chambre pour moi et une pour toi. Un coup de téléphone me permettra de te donner le numéro de la tienne.

Évidemment, dans les deux cas, il utiliserait des pseudonymes. La machination était un brin complexe pour quelques heures en tête-à-tête.

— Ce sera ce dimanche ?

— Ce dimanche. Autrement, mon patron me demandera certainement la raison de mon congé.

La jeune femme se précipita contre lui, cette fois soucieuse de le maintenir dans d'aussi bonnes dispositions. Les langues ne cessèrent leur contact qu'au moment d'arriver devant la grande demeure. En posant la main sur la poignée de la portière, elle murmura :

— Pour le prix des chambres…

— Pour certaines activités, je tiens à payer moi-même.

❊

Depuis le bureau du directeur Campeau, Dolan téléphona à l'hôtel Viger afin de réserver une chambre pour son épouse, madame Ferguson. Et le lendemain il en réserva une autre, cette fois en se présentant comme monsieur O'Neil. Si son voisin apprenait lui avoir servi de prête-nom, la situation l'amuserait au plus haut point.

❊

Dès neuf heures, le dimanche 2 septembre, Éléonore descendait de la berline à l'hôtel Windsor pour prendre un fiacre et se diriger vers l'hôtel Viger. Au moment de marcher vers le comptoir, la jeune femme tourna la pierre de sa bague vers sa paume. L'anneau faisait parfaitement office de jonc de mariage. Avant de monter, elle utilisa le téléphone du concierge. Eugène saurait qu'elle était arrivée.

L'heure d'attente lui parut à la fois très longue et très courte.

Le cœur de Dolan battait sans doute tout aussi fort que celui de la jeune femme. Elle ouvrit au premier coup frappé contre la porte, le laissa entrer pour refermer tout de suite et s'adosser contre l'huis. Elle avait détaché ses cheveux afin de les laisser tomber sur ses épaules.

— Tu es ravissante.

— Et effrayée.

— Je suis effrayé aussi, mais moins ravissant que toi.

La répartie lui tira un sourire. Après leur premier baiser, Eugène porta un regard circulaire sur la chambre. Il apprécia particulièrement le lit assez large pour deux. Il avait demandé une chambre « de luxe » afin de profiter d'une salle de bain.

— Tu l'as avec toi ?

Il acquiesça d'un signe de tête.

— Montre.

Dolan sortit la boîte circulaire qui déformait l'une des poches de son veston, puis l'ouvrit. Le tube de caoutchouc vulcanisé suscita une petite grimace dégoûtée.

— Tu sais comment on s'en sert ? voulut-il savoir.

— J'ai beau être innocente, un tube et ton… excroissance, cela me semble aller ensemble. Bon, moi je vais là !

Elle désignait la salle de bain. Pendant son absence, Dolan mit son veston sur un cintre, enleva sa cravate, et se questionna sur la suite des choses. Devait-il attendre Éléonore tout habillé ? Ou en sous-vêtements ? Ou nu ? Ou nu sous les couvertures ? Cette dernière option lui parut la meilleure.

De son côté, Éléonore préféra la troisième. Un bras à la hauteur des seins, une paume pour cacher son sexe, ses cheveux défaits, elle incarnait très bien une nouvelle Vénus de Botticelli, châtaine plutôt que rousse.

Les baisers même honnêtes, motivés par la passion, donnés ou reçus, entre personnes du même sexe ou de sexe différent, sont des péchés mortels. Mais les baisers sur les parties inusitées du corps, par exemple sur la poitrine, sur les seins, ou à la mode des colombes en introduisant la langue dans la bouche d'une autre personne, sont présumés avoir la passion pour mobile, ou du moins mettent dans un grave danger d'y succomber et pour cette raison ne peuvent être excusés de péché mortel.

Que cet extrait de l'un des manuels de confession du Grand Séminaire lui revienne au moment de prendre Éléonore dans ses bras le troubla beaucoup. Si même les baisers honnêtes se classaient dans la liste des péchés mortels, ils les commettaient ensemble depuis des mois. Poser ses lèvres sur la bouche, le cou, les seins, le ventre, et plus bas devait conduire tout droit en enfer, à moins d'en obtenir le pardon dans un confessionnal. Dolan n'avait nullement l'intention de faire cette énumération à un porteur de soutane.

Dans le cas de l'éjaculation « hors du vase naturel », pour prendre du plaisir tout en évitant la conception, c'était pire encore. Ils commirent pourtant allègrement cette faute, sans que Dolan ait le temps de penser à ce qu'il pourrait encourir. Ensuite, le sexe enfermé dans la capote anglaise, il s'introduisit en elle doucement et avec la plus grande précaution. Tout à coup, Éléonore poussa un petit cri. Quand il fit mine de se retirer, elle saisit sa taille dans un ciseau avec ses cuisses, pour le garder contre elle. Malgré la douleur qui la priverait de la jouissance, elle tenait à se débarrasser d'un pucelage devenu gênant à son âge.

Lorsque tout fut terminé, elle s'étendit sur le ventre, un drap sur son corps, déçue de l'expérience.

Eugène se pencha sur elle, déplaça délicatement ses cheveux afin de dégager son visage.

— Ça va ?

— Après leur mariage, mes amies parlaient d'une douleur intense la première fois. Ensuite, cela s'arrange, paraît-il.

Deux ans après leur union, ces jeunes femmes cessaient de fréquenter la vieille fille pour parler entre elles de couches, de premiers pas et de premiers mots. Son compagnon lui embrassa l'épaule en la regardant dans les yeux. Il glissa ses doigts entre ses omoplates pour les laisser descendre le long de la colonne vertébrale. Sa façon de creuser les reins quand il atteignit la naissance des fesses laissait deviner un retour rapide du désir.

— T'ai-je déjà parlé des manuels destinés aux confesseurs ?

De la tête, elle fit signe que oui.

— Les prêtres sont censés demeurer chastes, donc ignorants des choses de la vie. Alors, ces livres doivent leur apprendre comment interroger les pénitents.

— Moi, si je devais parler de ça à mon pasteur…

— Les questions suivent une progression, des fautes les plus légères aux plus graves. Ce qui me donne une bonne idée des enchaînements. Tu me permets d'essayer de me rappeler ?

Elle hocha très légèrement la tête, referma les yeux quand les doigts dessinèrent la courbe d'une fesse. Déjà elle connaissait la masturbation. La langue sur son clitoris lui tira un gémissement. Finalement, en évitant de retourner à l'endroit le plus endolori, il la réconcilia tout à fait avec les joies de l'amour. Elle prit plaisir à lui rendre la pareille.

Chapitre 10

Le lunch leur posa un petit problème. Tous les efforts de discrétion ne serviraient plus à rien s'ils faisaient monter un repas pour deux. Ils convinrent de manger au restaurant avant de rentrer chacun chez soi. Mais pour l'instant, ils profitaient encore du confort douillet de leur chambre.

Légèrement ébouriffée, se déplaçant avec précaution, Éléonore s'enveloppa dans un drap afin de se rendre à la salle de bain. Quand elle revint, Eugène tendit la main pour l'inviter à venir se blottir contre lui. Leurs désirs satisfaits, ils retrouvaient un peu de leur pudeur.

— Ça va ? demanda-t-il.

— Oui, ne t'en fais pas. Mais je peux te poser une question ?

Un instant, il craignit de la voir l'interroger sur sa fréquentation du bordel. Affirmer que ses connaissances venaient des manuels de confession lui avait attiré un regard incrédule. Tout de même, il acquiesça.

— Comment as-tu pu t'engager à te faire curé ? Et te priver de tout ça…

— Je n'ai jamais fait ce choix. Après avoir perdu mes parents, un curé a bien voulu me payer des études au Petit Séminaire. Je me suis retrouvé au Grand Séminaire sans même y penser. L'Église me logeait, me nourrissait, m'instruisait depuis mes douze ans, la rembourser ainsi me paraissait naturel.

Et aucun conseiller spirituel ne lui avait recommandé de réfléchir sérieusement à son avenir. La plupart des ecclésiastiques se recrutaient chez les jeunes gens pauvres des campagnes. Comme lui.

— Oui, mais tu devais affronter la tentation…

— Tu l'as bien vu, j'étais en permanence en érection et je me sentais affreusement coupable. Pour penser à autre chose, je faisais du sport ou je passais mes soirées à genoux.

Jamais il n'avouerait avoir porté un cilice, mais elle devait bien avoir vu les cicatrices laissées par les petites pointes de cuivre.

— Ça marchait ?

— Non. Mais devoir passer sa vie avec d'autres garçons réduit les tentations. Je me suis transformé en satyre quand je suis sorti. Et devant toi, je finissais par en avoir mal au ventre.

La jeune femme laissa sa main glisser de sa poitrine vers son entrejambe.

— Maintenant, crois-tu pouvoir… sublimer ton désir ?

Pour une conversation aussi intime, Éléonore passait naturellement à l'anglais. Sa préceptrice évitait certains sujets, les mots lui manquaient.

— Non. Je voudrais ne jamais quitter cette chambre.

Il marqua une pause puis ajouta :

— Quoique pour cela il faudrait imaginer une solution pour les repas.

— Nous pourrons recommencer.

Elle non plus ne sublimerait plus beaucoup, à l'avenir.

— Ce ne fut pas facile à organiser.

« Et ça m'a coûté la peau des fesses », se dit-il. Mais évoquer cette réalité lui vaudrait l'habituelle réponse : « Je vais m'en charger. » Comme pour les billets de théâtre et les repas à l'hôtel Windsor.

— Mes frères entendent vendre la maison. Enfin, j'aurai mon propre logis.

L'homme songea au petit appartement d'Annie Vallerand et à Archibald qui lui rendait des visites discrètes. Et au portier avec ses pensées salaces. Le tout lui avait paru si sordide. Pourtant, il dit :

— Évidemment, ce sera infiniment plus pratique.

Il regarda sa montre sur la table de chevet. Trois heures, déjà.

— Nous ne devons pas partir tout de suite ? s'inquiéta-t-elle.

— Moi, rien ne me presse. Toi, ta famille ?

— Ils souperont sans moi.

❊

Pendant deux bonnes heures encore, Dolan constaterait combien l'engagement à la chasteté s'avérait contraire à sa nature. Ensuite, son empressement à aider Éléonore à se recoiffer et à attacher tous les boutons qui devaient l'être lui donna l'occasion d'explorer la garde-robe féminine. Le « corset d'été », un artifice dont elle n'avait nul besoin, mais que les convenances exigeaient, lui permit de s'escrimer sur un alignement de petits crochets.

Éléonore ne manifesta pas les mêmes tendances au fétichisme, même si le grand sous-vêtement masculin allant des chevilles jusqu'au cou lui tira un sourire. Finalement, ils restèrent devant la porte le temps que la jeune femme mette son chapeau.

— Si ce n'était le risque de défaire cette coiffure compliquée, je pense bien que je te serrerais encore dans mes bras.

— Si nous étions chez moi…

« Nous prendrions tout notre temps », continua-t-elle en pensée.

— Je sais. Nous pouvons manger au restaurant de la gare.

Elle hocha la tête pour accepter.

— Alors, je te retrouverai près du comptoir. J'attendrai quinze minutes avant de quitter la chambre.

❊

Quand ils se retrouvèrent une nouvelle fois, en milieu de semaine, jouer à l'amitié platonique s'avéra difficile.

— J'ai renoué avec les longues insomnies, confia le policier, mais pas à cause des pensées moroses.

Éléonore rougit un peu, puis commenta en regardant le Monument-National, boulevard Saint-Laurent :

— Voilà un théâtre superbe.

— Il a été construit il y a une douzaine d'années par la Société Saint-Jean-Baptiste. Il est financé par la Loterie nationale.

La façade en pierre de taille s'ornait de grandes fenêtres au linteau en arc de cercle au rez-de-chaussée et au dernier étage. Il continua :

— La salle principale compte plus de 1 600 places, mais nous allons dans la salle Starland, qui en a 700.

Comme les fois précédentes, elle lui refila en douce un billet de banque. De quoi ramener ses pensées maussades.

Il régla l'achat de billets pour des sièges très près de la scène. Heureusement, car avec un plancher plat, la vue devait être fort limitée dans les dernières rangées. Les représentations offertes à cet endroit allaient des films aux spectacles burlesques. Ce soir-là, le couple assisterait à un spectacle de magie offert par le Grand Herrmann. Né à Paris de parents allemands, il put s'adresser à l'assistance dans sa langue.

Une fois assis, Dolan regarda tout autour d'eux afin d'admirer la salle. Sa campagne aborda tous les petits sujets de conversation sans importance, avec des yeux et un sourire disant : « Nous serions mieux dans un lit. »

Peu après, l'orchestre placé à gauche de la scène commença à interpréter un air moyen-oriental, de ceux qu'on imaginait joués dans un harem. Herrmann entra en compagnie d'une jeune femme dansant sensuellement. Son vêtement très moulant, à la limite de l'indécence, soulignait ses formes.

— Sommes-nous vraiment venus voir un spectacle de magie ? chuchota Éléonore dans son oreille.

Dolan lui présenta un visage amusé. Cette dame aurait fait belle figure dans les présentations osées du cabaret du parc Sohmer. L'illusionniste capta l'attention de tous lorsqu'il enleva ses gants. Il fit le geste de les lancer dans les airs, mais ils disparurent, tout simplement. L'homme portait un smoking de velours noir et un chapeau haut de forme. Il le mit sur un petit guéridon.

— Maintenant, je vais demander à cinq personnes de choisir des cartes…

Les tours de cartes se poursuivirent pendant une petite demi-heure, puis deux lapins sortirent du chapeau. Les applaudissements ne cessaient pas. Un technicien apporta deux chaises et une planche. Le magicien les plaça à environ cinq pieds de distance et posa la planche pour en faire une espèce de banc. Son assistante se coucha sur la planche. En faisant de grands gestes avec ses bras, Herrmann fit léviter la danseuse à quatre pieds dans les airs. L'homme enleva les chaises, suscitant des « Oh ! » et des « Ah » dans l'assistance.

— Ma femme est si légère qu'elle s'élève dans le ciel !

Avec cette précision, voilà que la collaboration de ces deux-là devenait plus morale. Tout le monde savait que dans le milieu des artistes, on ne s'encombrait pas des vœux prononcés devant monsieur le curé.

— Y a-t-il un policier dans l'assistance ? J'ai besoin d'une personne irréprochable pour témoigner de la véracité de ce que vous voyez.

Éléonore toucha le bras de son compagnon. Dolan secoua la tête de droite à gauche.

— Vas-y ! Ensuite tu pourras m'expliquer comment il fait.

Quelqu'un l'entendit, puis attira l'attention du magicien :

— Ici ! Lui, c'est un policier.

Éléonore lui montra une mine navrée, comme si elle regrettait d'avoir trop parlé. Pourtant, elle murmura :

— Fais-le pour moi.

En poussant un soupir, il se leva.

— Venez, monsieur.

Embarrassé par tous les regards posés sur lui, Dolan s'approcha de la scène.

— Quel est votre nom ?

Maintenant, impossible de tourner les talons sans avoir l'air ridicule.

— Détective Dolan.

— Alors, monsieur Dolan, pouvez-vous vérifier si ce cerceau est bien réel ?

Quand il l'eut dans les mains, l'inspecteur ne sut qu'en faire.

— Il ne s'agit pas d'une illusion d'optique ?

— Il est réel, en métal.

— Passez-le sur elle.

Comme il n'avait pas l'air de comprendre, Herrmann mima l'opération. Eugène prit le cerceau de ses deux mains, commença par les pieds et remonta jusqu'à la tête. La femme paraissait dormir.

— Il n'y a pas de fil de fer pour la suspendre au plafond ? Ou de tréteaux en verre ? Passez de nouveau.

Il recommença, cette fois de la tête aux pieds.

— Il y a un truc ? Une mystification ? Un système de levage ?

— Non, rien.

— Merci, vous pouvez retourner à votre place.

Le détective réussit à afficher un sourire un peu figé mais il entendait bien bouder jusqu'au prochain numéro.

— Il n'y a vraiment aucun stratagème ? souffla Éléonore à son oreille.

— Évidemment qu'il y en a un, mais je n'ai rien vu !

Sur la scène, Herrmann fit se déplacer le corps flottant de haut en bas, de droite à gauche. À la fin, il remit les chaises et la planche à leur place et fit redescendre sa femme. Celle-ci se releva comme si de rien n'était et se mit aussitôt à danser.

— Pour terminer, je veux un autre volontaire. Quelqu'un qui sait de quel côté du canon d'un pistolet il vaut mieux se situer.

Eugène eut peur que sa compagne se mette à crier « Je l'ai vu avec un revolver, déjà ! » Il sentit plutôt sa main serrer son avant-bras.

— Dans la ville de Montréal, personne ne sait se servir d'une arme ?

Dans un coin de la salle, des étudiants de l'Université Laval à Montréal discutaient ferme. L'un deux se leva et monta sur la scène. Le magicien lui fit parler de sa connaissance des armes tout en cherchant un pistolet parmi les accessoires. Il en sortit un et dit :

— Ça, vous connaissez ?

— Mon grand-père en avait un. On met la poudre et la balle par le canon, puis il faut une amorce.

— Un véritable expert !

Il lui fit exécuter toutes les opérations. Entre-temps, des techniciens avaient disposé une grande planche de bois de six pieds de haut dans un coin, avec une assiette blanche en son centre.

— Pouvez-vous atteindre l'assiette ?

L'étudiant s'amusa de la question, mit l'amorce, tira le percuteur puis fit feu. Dans une salle fermée, la détonation fut assourdissante. L'assiette vola en éclat.

— Bon, nous savons que c'est un vrai pistolet et de vraies balles. Maintenant, ma femme va demander à un spectateur de marquer cette balle avec un couteau.

Un homme se dévoua. Ensuite, l'assistante montra la balle de plomb marquée d'un « X » à tous les occupants de la première rangée. Puis elle se rendit jusqu'à Dolan. L'expertise du policier s'avérait providentielle.

— C'est bien du plomb, confirma-t-il.

L'étudiant recommença les opérations de chargement. Quand il eut fini, Herrmann demanda :

— Vous me le montrez ? Comme vous allez me tirer dessus, je veux m'assurer que tout est en ordre.

Toutes ces manipulations avaient lassé les occupants de la salle, mais ces mots ravivèrent leur attention. Ce fut assis sur le bout de leur siège qu'ils regardèrent la suite. Le magicien se plaça devant la pièce de bois.

— Comment vous appelez-vous ? Je préfère connaître l'identité de mon assassin.

L'étudiant gardait le pistolet pointé sur le sol, décontenancé.

— Je plaisante. J'ai survécu aux six premières tentatives, et le sept est mon chiffre chanceux.

Il fit une pause, puis ajouta :

— Ou je l'ai fait douze fois, et le treize est mon chiffre malchanceux. Je ne suis plus certain.

Des rires nerveux parcoururent l'assistance. Herrmann reprit d'une voix autoritaire :

— Visez ma tête. Je vais l'attraper avec mes dents.

— ... Je ne peux pas faire ça.

— Un peu de courage, allons. Tout le monde attend la fin du spectacle pour rentrer à la maison. Vous les rctardcz.

Le jeune homme se montrant toujours hésitant, dans le petit groupe d'étudiants, quelqu'un lança :

— Tire, il te le demande !

Puis d'autres voix se joignirent à la sienne. Bientôt, la moitié de la salle criait.

— Il ne le fera pas, assura Éléonore à son compagnon. Tout le monde a assez de sens moral pour ne pas céder.

— Je ne compterais pas là-dessus.

L'assistance s'époumonait, maintenant. Le jeune homme leva le bras, hésita encore un long moment, puis appuya sur la détente. Éléonore jeta un cri strident en mettant les mains sur son visage. Elle ne les enleva que lorsque le tonnerre d'applaudissements crépita. Herrmann demeurait toujours debout. Il porta sa main à sa bouche.

— Voilà la balle ! Je l'ai mordue pour que vous sachiez qu'elle sort bien de ma bouche. Mon assistante va vous la montrer pour que vous constatiez que c'est la même.

La scène se répéta : le déhanchement de la femme, la confirmation des spectateurs... La salle était déchaînée et offrait une ovation au Grand Herrmann. L'illusionniste réclama le silence en levant les bras, puis déclara :

— Voilà, c'était la septième ou la treizième fois qu'on me tirait dessus. Bonne soirée !

L'orchestre recommença à jouer pendant que les deux artistes se retiraient.

Le couple se tenait à peu de distance du restaurant Budapest, le cocher savait qu'il devait les récupérer à cet endroit à onze heures. Cela leur laissait le temps de manger une crêpe typique de cette ville, accompagnée d'un café.

— Tu vas me rassurer : l'étudiant n'a pas tiré en direction de la tête de cet homme ?

— Il l'a fait.

— Personne n'attrape une balle avec ses dents.

— Tu as raison, il l'avait déjà dans sa bouche.

Quand une explication était trop extraordinaire pour être plausible, il fallait en chercher une autre. L'étudiant pouvait avoir été payé pour jouer son rôle, et tirer à côté de la cible, mais la présence de camarades rendait ce scénario bien compliqué. Pourtant un homme capable de sortir un lapin d'un chapeau pouvait sortir une balle de plomb d'un canon de pistolet.

— Il a manipulé l'arme. L'explication la plus simple serait une balle d'un calibre plus petit que l'arme. Il lui a suffi de la pencher vers le bas pour l'escamoter.

— C'est drôle, j'aimerais croire à la magie. Mais tu as raison. Personne n'attrape une balle entre ses dents, ou ne fait flotter une femme dans les airs. Il y a donc une explication.

Dans ce dernier cas, Dolan ne pouvait la lui donner. Après un long silence, Éléonore dit encore :

— … Ou une table.

Eugène rencontrait rarement sa maîtresse deux jours de suite.

— C'est tout à fait inusité... Je vais interroger quelqu'un avec mon amoureuse !

Il utilisait le mot pour la première fois, elle en rougit de plaisir. Cela ne l'empêcha pas de remarquer :

— De toute façon, il ne s'agit pas d'une enquête policière.

Pourtant, Dolan pressentait un crime. Dès le matin, il avait téléphoné à l'administrateur du Monument-National afin de connaître le nom de l'hôtel où logeait le magicien. L'homme avait répondu :

— Savez-vous combien d'admirateurs m'ont posé cette question depuis mon arrivée au bureau ?

Quand il comprit qu'il parlait à un policier, cela le rendit à peine plus coopératif. À la fin, il accepta d'organiser une courte rencontre entre le magicien et Dolan avant le spectacle du soir.

Dans la loge, le couple croisa l'assistante de Herrmann. En pleine lumière, son visage trahissait ses quarante ans. Elle quitta la petite pièce pour les laisser seuls.

Après les présentations, l'illusionniste s'exclama :

— Le policier d'hier soir ! Vous venez me réclamer votre cachet ?

— Je devrais. Je me limiterai cependant à vous demander comment vous faites voler une femme.

— C'est de la magie.

Il avait dit cela en faisant un grand geste avec ses bras. Dolan lui répéta l'hypothèse formulée la veille au sujet de l'exercice de tir. L'autre lui adressa un sourire en coin.

— Vous voilà prêt à présenter votre propre spectacle. Avec madame...

— Je porte des vêtements trop amples, répondit Éléonore du tac au tac.

Eugène revint à la charge :

— Je m'intéresse peu à la façon dont vous faites voler madame Herrmann. Je m'intéresse aux tables tournantes.

L'artiste perdit son sourire.

— Vous en voulez à un médium indélicat ?

Le policier opina du chef.

— Beaucoup de magiciens ont écrit pour dénoncer ces charlatans. La plupart ont d'abord voulu y croire, et la déception les a aigris.

— Et si vous me résumiez tous ces écrits ?

— Des leviers, des fils d'acier, un artifice pour attirer l'attention ailleurs.

— Je n'ai rien vu de tel.

— Vous avez compris pour la balle. Alors, regardez mieux.

❈

Rosée n'avait pas donné de ses nouvelles depuis trois semaines quand elle se manifesta enfin. Tout de suite, Éléonore téléphona au poste de police numéro 1. Elle fut soulagée d'être mise immédiatement en contact avec Dolan.

— Tu serais disposé à nous accompagner chez Brochard de nouveau ? Une séance est prévue demain. Je sais, c'est à la dernière minute…

— Tu veux dire avec Rosée ?

— Et moi.

— Je n'irais pas seul avec elle, même s'il s'agit d'une femme charmante.

— Alors ?

— Évidemment, je vous accompagnerai. Je préfère ne pas te savoir seule à cet endroit.

Le cocher paraissait de plus en plus ennuyé par les exigences de son travail chez les McDougall. Sa mauvaise humeur s'expliquait facilement : les deux frères requéraient ses services tous les matins, et la fille de la maison se faisait transporter en soirée chez des médiums, ou alors au restaurant ou au théâtre, toujours en compagnie du policier.

Le couple s'était entendu pour aller directement rue Saint-Hubert en compagnie de Rosée, puis de l'inviter ensuite à souper. Au moment d'entrer dans l'appartement, ils découvrirent encore quatre autres personnes désireuses de communiquer avec des proches défunts. Dolan ne reconnut personne dans ce groupe. Ce soir-là, Éléonore et lui étaient les seuls à ne pas porter le deuil.

Dans le salon, outre les échanges de civilités, personne ne parlait. Bientôt, Brochard les rejoignit. Son sourire de commerçant déplaisait souverainement au policier. Le sentiment était apparemment réciproque. Le spirite s'approcha du trio.

— Madame, dit-il à Rosée, je savais que mademoiselle vous accompagnerait, mais pas cet homme.

Comme celle-ci ne savait trop quoi dire, Eugène intervint :

— Les rues ne sont pas sûres.

— Ma demeure l'est, toutefois. Alors, j'aimerais que vous vous absteniez d'assister à notre réunion.

— Pourquoi donc ?

Le ton était tout aussi peu avenant que lorsqu'il interrogeait un suspect.

— Parce que votre scepticisme, votre agressivité même, nuit à la communication avec les esprits. Cela explique le peu de succès de la démarche de madame Grothé.

Dolan eut envie de lui parler de fil de fer et de levier. Le visage désespéré de la mère éplorée le retint.

— Si je suis responsable de la grève des esprits, je veux bien rester dans cette pièce.

Le médium serra les mâchoires. Il souhaitait voir l'inspecteur sur le trottoir, et même plus loin, pas dans son salon. Mais le mettre à la porte paraîtrait suspect. Aussi il accepta. Bientôt, le petit groupe de fidèles se dirigea vers la salle de réunion.

❋

Éléonore se sentait mal à l'aise parmi ces étrangers sans son compagnon habituel. Rosée se tenait à sa droite et une troisième femme était assise de l'autre côté de la table. De lourds rideaux noirs bloquaient la lumière du jour. Les quatre cierges noirs disposés aux angles de la pièce jetaient un éclairage très blafard. Dans la pénombre, elle ne distinguait aucun fil métallique.

Comme lors de la séance précédente, Brochard commença en répétant « Esprit, es-tu là ? » à trois reprises avant qu'un bruit sourd, un seul, ne réponde.

— Commode, c'est toi ?

Deux coups. Il nomma encore deux empereurs romains, sans plus de succès, puis risqua :

— Zéphyr ?

Un coup.

— Zéphyr, c'est toi ? cria Rosée.

De nouveau, un coup. Éléonore cherchait la source de ce bruit, sans pouvoir la découvrir. Toutefois, une forme blanchâtre se déplaçait près du plafond. Comme les autres suivaient son regard, ils laissèrent échapper un cri de surprise. Sa voisine serra sa main dans la sienne jusqu'à lui faire mal.

— Zéphyr, parle-moi, dit-elle dans un gémissement.

— Zéphyr, souhaites-tu parler à ta mère ?

Après quelques secondes de silence, une voix plaintive s'éleva :

— Maman, maman, viens me chercher !

Même si la pièce ne contenait que des adultes, le timbre rappelait vraiment celui d'un garçon de cinq ans. Éléonore se demanda comment Brochard pouvait obtenir la complicité d'un gamin.

— J'ai peur, ici !

— Où ? Où dois-je aller te chercher ?

— Je ne sais pas. Il fait très noir, et il y a des gens...

Il s'interrompit, puis on entendit des sanglots. Éléonore sentit comme une main froide lui parcourir le dos, des omoplates au creux des reins.

— Ils vont me faire du mal, maman.

— Où ?

Le cri de la mère avait dû être entendu des voisins du dessus. Les pleurs reprirent de plus belle, puis se terminèrent dans des hoquets.

— Zéphyr, parle-moi, dis-moi où tu te trouves.

La souffrance de la mère faisait peine à entendre. Éléonore lâcha la main de son voisin de gauche pour entourer son amie de ses deux bras. Rosée se tourna à demi pour poser un visage trempé de larmes au creux de son cou.

— Mademoiselle McDougall, vous rompez le cercle.

— Viens, dit Éléonore à son amie. Sortons d'ici.

— Vous rompez la communication !

Le médium disait cela comme si elle venait de couper un fil téléphonique. Quand elle quitta sa chaise pour aider Rosée à se lever, il y eut un murmure de protestation. Quelqu'un dit, déçu :

— Je voulais parler à ma femme...

Entre-temps, alors que tout le monde était enfermé dans la pièce, Dolan s'était levé pour aller se planter devant la porte. Il distingua les incantations habituelles de Brochard: « Esprit, es-tu là ? » Le sachant occupé, il entreprit de faire le tour de l'appartement. Il trouva la cuisine sans mal, de même que la salle à manger. Toutefois, trois autres pièces étaient verrouillées. Cela signifiait-il que des personnes s'y terraient ?

Il retourna dans la cuisine pour se tenir près d'une trappe découpée dans le plancher. Il tira sur l'anneau, mais rien ne bougea. La cave contenait vraisemblablement des provisions. Si cela justifiait d'y mettre un cadenas, celui-ci ne pouvait être à l'intérieur. Il s'apprêtait à aller dans la cour arrière quand le cri aigu de Rosée lui parvint. Bientôt, l'oreille collée près du trou de la serrure, il suivit l'échange entre une mère désespérée et son enfant mort.

— Vous rompez la communication !

Immédiatement, la porte s'ouvrit sur les deux jeunes femmes, l'une soutenant l'autre. Brochard aperçut Dolan plié en deux. Son visage trahissait la colère, mais aussi un certain amusement. Il s'attendait à le voir jouer à l'espion, aussi toutes ces serrures verrouillées s'expliquaient.

— Que se passe-t-il ?

— On a entendu son fils, dit Éléonore. Il pleurait, il demandait de l'aide.

Dans la pièce, Brochard incitait ses autres clients à ne pas quitter leur place.

— Je vous reviens après avoir raccompagné ces dames. Il est encore tôt, nous pourrons poursuivre.

Dans le couloir, il fusilla Dolan du regard. Mais il fut toute douceur lorsqu'il s'adressa à Rosée.

— Madame, tous ces… événements l'ont chassé. Revenez ici toute seule. Ce sera plus facile qu'avec vos amis !

Puis en s'adressant à ceux-ci, il dit :

— Je ne vous reconduis pas. Mais quittez ma demeure.

Une fois dans la berline, ce furent les grandes eaux. Éléonore tenait Rosée dans ses bras. Navrée, elle dit à son compagnon :

— Eugène, peux-tu rentrer tout de suite ? Je la raccompagne chez elle.

Il hésita un instant, puis hocha la tête. Trois coups sur le toit de la berline amenèrent le cocher à arrêter ses chevaux. Après avoir articulé « À bientôt » sans émettre un son, il descendit. Le collignon lui jeta un regard méprisant, puis il relança le cheval d'un claquement de langue.

Cette fois, quand Osias entra chez lui, depuis l'entrée, il entendit le bruit des sanglots de son épouse. Et la femme de chambre, Lucille, plantée sur la première marche de l'escalier, ne paraissait pas plus brillante.

— Monsieur, c'est comme ça depuis son retour de chez le sorcier. Il ne faut pas la laisser retourner là-bas.

— Vous allez l'empêcher d'aller et venir à sa guise, maintenant ?

Malgré la menace contenue dans le ton de son employeur, elle continua :

— Si vous voulez, demain je me rendrai chez monsieur le curé pour lui demander de venir. Lui, il sait quoi dire dans ces cas-là.

— Le curé ? Je pense qu'il a passé trois mois ici, après la mort de notre fils, et sans résultat. Alors, si ça lui chante d'aller chez un sorcier, grand bien lui fasse.

Il monta en vitesse pour la découvrir dans la chambre de Zéphyr. Elle était étendue dans le petit lit, sanglotant. Quand il la prit dans ses bras, elle dit en hoquetant :

— Je lui ai parlé ! Il m'a demandé d'aller à son secours. Des… gens voulaient lui faire du mal !

— Voyons, un enfant de son âge, il doit être au paradis.

— Il implorait mon aide, je l'ai entendu clairement. C'était bien sa voix !

Pendant de longues minutes, en pleurs, elle ne put ajouter un mot. Quand elle se fut calmée un peu, il murmura :

— Maintenant, viens dans ta chambre.

Rosée résista un moment, puis céda devant son insistance. En entrant avec elle dans la pièce voisine, l'époux appela :

— Lucille, venez aider madame à se mettre au lit.

Quand elle fut assise devant sa coiffeuse, il lui dit :

— Peut-être devrais-tu retourner le consulter, pour une nouvelle photographie ? Si tu pouvais le voir plus clairement, je pense que tu serais plus rassurée.

Ensuite, il quitta la pièce. Dans la chambre qu'il occupait seul depuis deux ans, il fouilla dans l'un des tiroirs de sa commode. Il chercha parmi plusieurs photographies. Certaines, de ses grands-parents, étaient sur des plaques de zinc. D'autres étaient plus récentes, dont celle de son mariage. À cette époque, Rosée arborait toujours un sourire et portait des robes de couleurs pastel.

Il en sortit trois de Zéphyr.

Chapitre 11

Pour Osias, l'idée que l'on puisse espérer parler à des morts était ridicule. Tout autant que les notions d'enfer et de paradis. On mourait, voilà tout. Alors, mieux valait profiter de l'existence. Ce qui ne l'empêchait pas de se livrer à tous les rituels attendus avec un air de recueillement.

Aussi se présenta-t-il chez Narcisse Brochard avec un sourire narquois. Le serviteur asiatique, toutefois, l'impressionna favorablement. Ses propres domestiques venaient du coin de Sainte-Adèle. Cela faisait infiniment moins exotique et moins opulent. Il lui faudrait en dénicher un pour son propre service.

Puis le médium apparut, souriant, avec l'allure d'un marchand convaincu de pouvoir trouver preneur pour son produit.

— Monsieur Grothé, dit-il la main tendue, j'ai été très surpris par votre appel. Selon madame votre épouse…

— Justement, j'aimerais vous parler un peu d'elle.

Une vague inquiétude passa sur le visage du médium. Celle-ci l'avait-elle trouvé trop entreprenant ?

— Voulez-vous venir dans mon bureau ?

Osias fit oui de la tête.

— Je peux vous offrir à boire ?

— Je ne compte pas m'attarder.

— Pourtant, j'ai un excellent cognac qui mérite qu'on lui consacre un moment.

De nouveau, il donna son assentiment d'un signe. Ils se retrouvèrent dans une petite pièce encombrée, un verre à la main. Après quelques commentaires sur la qualité du cognac, Brochard n'y tint plus.

— Je suis vraiment très surpris de vous voir. Pourquoi cette visite ?

— Mon épouse est revenue d'ici très désemparée. Cette photographie… De mauvais artisans en font d'aussi moches. Ils ne prétendent pas pour autant qu'il s'agit d'un esprit. J'en ai vu de très rassurantes où les enfants ressemblent à de petits anges.

En parlant, il sortit les portraits de sa poche et les étala sur le pupitre.

— Avec cela, vous pourriez faire mieux, je présume.

Brochard se pencha en avant pour les regarder. Il ne valait même pas la peine de protester de sa bonne foi.

— C'est lui ?

— Zéphyr.

— Oui, cela ferait parfaitement l'affaire.

— Comme je me suis occupé de l'essentiel de votre tâche, j'espère que l'addition que vous lui présenterez sera très raisonnable.

❋

Quelques jours plus tard, alors qu'il rentrait chez lui plus tôt que d'habitude, Osias entendit « Te voilà enfin ! » dès qu'il passa la porte. Rosée était dans le salon. Elle vint le rejoindre dans le hall, une photographie posée sur son cœur.

— Je n'ai pas voulu t'en parler, mais il y a deux jours, le médium a appelé ici pour me proposer de reprendre l'exercice pour la photographie spirite. Et regarde ce qu'il m'a envoyé aujourd'hui !

Le résultat avait de quoi le réjouir. On distinguait très bien l'ombre du garçon. Il paraissait en mouvement, comme s'il courait en direction de sa mère. Quant à cette dernière, son visage trahissait un mélange d'espoir et de terreur.

— Oui, c'est absolument remarquable !

Elle se pendit à son bras, présentant un visage souriant. Mais subitement, des larmes recommencèrent à couler sur ses joues.

— Maintenant j'en ai la preuve. Il se tient là, près de moi, je le sais. Dans un monde peuplé d'ombres menaçantes !

De la joie et de l'inquiétude, tout à la fois. Des sentiments qui ne la quitteraient plus.

Le majordome avait toujours un peu de mal à présenter un visage heureux quand il devait monter les escaliers pour annoncer : « Le policier veut vous parler. » Dire « le détective Dolan » lui aurait brûlé la bouche. Ce jour-là, il se montra plus respectueux :

— Mademoiselle, une certaine madame Grothé vous demande au téléphone.

— Je descends.

Le meilleur endroit pour prendre un appel demeurait la bibliothèque. Si ses frères possédaient leur propre abonnement, ce n'était pas son cas. Après s'être assurée de n'avoir aucun témoin, elle dit dans l'émetteur :

— Rosée, c'est bien toi ?

— Oui. Tu veux venir prendre le thé avec moi ?

— … Je regrette infiniment, mais je dois être ici ce soir. Tu comprends, la maison sera pleine de monde. Mes frères ont décidé de montrer leurs bébés aux oncles, aux tantes, et même à des partenaires d'affaires. Ils se prennent pour les initiateurs d'une nouvelle dynastie.

Il y eut un long silence à l'autre bout du fil, puis, sur un ton infiniment plus triste, sa correspondante reprit la parole.

— Oui, je comprends. Il faut bien s'en occuper quand ils sont là. Parfois, cela ne dure pas.

Éléonore se sentit terriblement malheureuse, comme si elle trahissait une vieille amie. Pourtant, peu de temps auparavant elle ne connaissait même pas son existence.

— Écoute, je ne peux pas me dérober, mais pourquoi ne viens-tu pas ici ?

— Voyons, je ne connais personne.

— Tu me connais, moi. Puis tu m'as toi-même dit que ton mari passait ses soirées dehors.

— Non, non, nous allons nous reprendre. C'était une mauvaise idée, de t'inviter comme ça à la dernière minute.

La voix devenait distante, détachée. Éléonore tenta de fixer un rendez-vous pour le lendemain, dans la journée – sa soirée appartenait à Eugène –, ou même le dimanche, mais son interlocutrice plaida à son tour des obligations familiales. Elles se dirent « Au revoir, à bientôt » d'un ton sans conviction.

❋

À la suite d'une soirée passée dans un café avec Éléonore, Eugène était revenu à la maison de chambres dans un état d'excitation difficilement supportable. Après lui avoir fait connaître des félicités, la jeune femme multipliait les sourires, lui permettait quelques privautés dans la berline, mais n'évoquait pas un nouveau rendez-vous dans un hôtel. Elle semblait vouloir reporter ces tête-à-tête intimes jusqu'au moment où elle quitterait la somptueuse demeure de la rue Cedar pour emménager dans son propre logis.

En conséquence, à la suite de brèves salutations aux autres locataires, le policier monta à l'étage, s'étendit sur son lit pour revisiter, en mémoire, chaque recoin du corps de sa maîtresse. Pareil exercice ne l'aiderait pas à trouver le sommeil. Aussi, quand le téléphone disposé dans le petit bureau de madame Sullivan sonna à une heure du matin, il l'entendit. Quelques instants après, des coups contre sa porte le firent sursauter.

— Monsieur Dolan, c'est pour vous au téléphone.

— Pour moi ?

— C'est ce que j'ai dit. Un certain Campeau.

Cela suffit à le faire sauter sur ses pieds.

— Je descends.

Quand il ouvrit la porte après avoir passé une chemise et un pantalon, il trouva la bonne femme un peu ébouriffée serrant son peignoir contre son cou.

— Je suis désolé…

— Faudra penser à mettre un appareil dans votre chambre. Je ne peux pas passer mes nuits à faire la messagère.

Depuis plus de deux ans, à peine une douzaine d'appels avaient transité par elle. Il remit à plus tard les explications à ce sujet. Il descendit jusqu'au téléphone.

— Monsieur Campeau ?

— Revêche, votre logeuse.

Décidément, si les sœurs Demers se décidaient enfin à se dénicher un logis, il songerait à leur demander de lui louer une chambre.

— Elle doit être dans l'un de ses mauvais jours. Que se passe-t-il ?

— Un drame. Pourriez-vous vous rendre dans une maison de la rue Sherbrooke ? Une femme s'est suicidée.

— Ce secteur ne relève pas du poste de police numéro 1.

— Voilà le résultat de vos succès dans le beau monde. Je suis certain que vous ferez preuve de tout le tact nécessaire.

— Je commande un fiacre, et je me mets en route.

Cela lui laisserait le temps de se rendre présentable.

— J'ai déjà fait envoyer une voiture.

Le directeur lui donna une adresse. En nouant sa cravate, le détective pensa à Rosée. La jeune femme habitait ce secteur. Au moment de sortir, un fiacre conduit par un policier l'attendait déjà.

Quelques minutes plus tard, Dolan descendit devant la maison des Grothé. Le constat le déprima tout à fait. Même en pleine nuit, toutes les fenêtres étaient éclairées. De chaque côté de la porte, deux agents se tenaient bien droits.

— Vous êtes les premiers à vous être rendus ici ?

— Oui. C'est la femme. Une belle femme.

L'agent secoua la tête de droite à gauche, dépité. Apparemment, une personne laide et vieille l'aurait moins ému.

— Nous avons appelé au poste. Avec ces gens-là…

Les habitants des grandes demeures recevaient un traitement attentionné. L'officier opina du bonnet, puis frappa à la porte. Un homme dans la jeune quarantaine lui ouvrit.

— Vous êtes de la police ?

— Détective Dolan.

— Je m'appelle Osias Grothé. C'est ma femme, venez.

Au moment où il s'engageait dans l'escalier derrière le chef de famille, le policier entendit des lamentations. Deux femmes, l'une de cinquante ans, l'autre de moins de vingt, pleuraient à chaudes larmes. Même si elles étaient en chemise de nuit, il reconnut des domestiques.

— Quand je suis revenu un peu avant minuit, je ne l'ai pas trouvée dans sa chambre

Pas « notre chambre ». Il enregistra l'information.

— Elle était dans celle de Zéphyr… Notre fils.

Grothé ouvrit une porte, mais n'osa pas entrer dans la pièce. De l'embrasure, Dolan vit un corps étendu sur un lit étroit.

— Laissez-moi, je vous prie. Un fourgon devrait arriver bientôt pour la transporter.

Seul, Eugène se sentirait plus à l'aise pour fouiller les lieux. Quand Grothé fut parti, il s'approcha de la couche. Rosée était sur le dos, les pieds dans le vide. Elle avait perdu l'une de ses pantoufles. Ce détail et les vêtements de nuit créaient une curieuse impression d'intimité. Elle avait la bouche et les yeux grands ouverts, et les traits défaits. L'éclairage électrique donnait une teinte jaunâtre à sa peau. Toutefois, il la devinait grise.

Aucune blessure n'était visible. Sur la table, il aperçut une petite bouteille de laudanum. Dolan couvrit ses doigts d'un mouchoir pour la prendre sans y laisser ses empreintes. Elle était vide. Une façon plutôt douce d'en finir, rien de commun avec la méthode plus masculine du coup de rasoir à travers la gorge. Il mit le contenant bien enveloppé dans sa poche, puis regarda autour de lui.

Grothé avait mentionné la chambre de Zéphyr. La mère avait choisi de mourir à cet endroit, au milieu des souvenirs aimés. Sur une chaise, il reconnut un petit costume de matelot. Après avoir vu une photographie de l'un des fils de la reine Victoria vêtu ainsi, tous les parents de l'Empire britannique en avaient fait l'uniforme de leurs rejetons. Sur le plancher, des jouets de bois, peints de couleurs vives.

Aucune feuille de papier ne traînait. Quand il sortit de la pièce, Grothé était dans le couloir.

— Nous allons fermer la porte jusqu'à l'arrivée des employés de la morgue. Avez-vous trouvé une lettre ?

Comme l'autre écarquillait les yeux, le policier précisa :

— D'habitude, les personnes qui se suicident laissent quelques mots derrière elles, pour expliquer leur geste.

— … Je n'ai rien vu, mais je n'ai pas cherché.

— Montrez-moi sa chambre.

La pièce était de l'autre côté du couloir. Le veuf fit mine de le précéder, aussi Dolan l'arrêta :

— Je préfère m'en occuper. Il convient de ne rien déplacer.

Pour en être certain, l'inspecteur ferma derrière lui après avoir allumé. Le papier peint, le couvre-lit, la chaise, la commode : tout était très féminin. Une petite table portait des produits de maquillage, des photographies de l'enfant mort. Et juste au milieu, une feuille d'une teinte violacée. Elle répandait une légère odeur de lavande.

Enfin, je lui ai parlé. Je vais m'occuper de lui.

Puis son seul prénom en guise de signature.

Lors de la dernière rencontre chez Brochard, elle avait entendu une voix d'enfant demandant de l'aide. Ce simple événement l'avait-il convaincue de la possibilité de le rejoindre dans l'au-delà ? Si le message s'adressait à son époux, son nom n'y figurait pas. Il plia le feuillet pour le mettre dans la poche intérieure de sa veste. Après l'enquête du coroner, il le lui remettrait.

Dès le lendemain matin, les journaux annonceraient ce décès. Les gratte-papier apprenaient toujours très rapidement ce genre d'information. Un voisin remarquait quelque chose ou un domestique réclamait un demi-dollar pour son histoire exclusive. Éléonore risquait de l'apprendre à table, au petit déjeuner.

Dolan surveilla le transport du cadavre dans le fourgon de la morgue, puis il demanda à Grothé la permission d'utiliser son téléphone. La pièce de travail du veuf lui procura une certaine intimité. Dans la demeure des McDougall, l'appareil sonna au moins quinze fois avant que quelqu'un ne décroche. Le maître d'hôtel prononça un «J'écoute» irrité.

— Inspecteur Dolan. Je vous prie de réveiller mademoiselle Éléonore. Juste elle, inutile de déranger les autres. Je passerai dans vingt minutes lui dire quelques mots.

— On est au milieu de la nuit.

— Je le sais. Faites ce que je vous dis!

Il raccrocha avant d'entendre des protestations. Le policier qui l'avait conduit à cet endroit fut surpris de devoir se rendre sur le flanc du mont Royal. Les deux chiens de garde accueillirent le visiteur avec des aboiements. Finalement, toute la maisonnée serait alertée. Ce raffut eut tout de même un effet positif. Éléonore sortit pour les apaiser. Puis, affolée, elle l'interrogea:

— Que se passe-t-il?

Sans attendre sa réponse, elle lui tourna le dos en disant:

— Viens, entre.

— Non, je ne resterai qu'une minute.

Son ton annonçait une mauvaise nouvelle. Il décida de ne pas tergiverser.

— Rosée s'est suicidée.

— ... Non, c'est impossible. Je lui ai parlé il y a deux jours.

— Je t'assure.

Devant le visage défait, il ouvrit les bras. Elle vint s'y réfugier. L'agent chargé de conduire le fiacre ajouterait un chapitre au récit des amours de l'inspecteur.

— J'ai trouvé un simple message : “Enfin, je lui ai parlé. Je vais m'occuper de lui.”

Des sanglots agitèrent les épaules de son amie. Il attendit qu'elle se calme un peu avant de demander :

— Sais-tu si elle est retournée chez Brochard ?

— … Au moins une fois.

La porte de la demeure s'ouvrit de nouveau, Kenneth apparut sur le seuil.

— De quoi s'agit-il ?

— La mort d'une amie. Je vous la confie.

La jeune femme passa de ses bras à ceux de son frère. Dolan remonta dans sa voiture pour se faire conduire à la morgue.

❖

Dolan arriva au 10 de la rue Perthuis, un peu après le corps, mais longtemps avant le docteur Jolicœur. Évidemment, Rosée Grothé ne serait ni plus morte ni moins vivante après le lever du soleil.

Après avoir bavardé avec l'employé municipal affecté à la morgue – enfin, plutôt subi les récriminations du vieil homme sourd comme un pot –, le policier s'enferma dans la salle servant aux enquêtes du coroner afin d'aligner des chaises pour former une couchette. Il s'étendit. Si le souvenir de ses ébats avec une femme l'empêchait de dormir, la proximité du cadavre d'une autre eut le même effet.

Le médecin légiste se manifesta un peu avant dix heures. Dolan l'accueillit en disant :

— Vous avez décidé d'aller à la messe avant de venir ici ?

Le nouveau venu fit comme s'il n'avait pas entendu et demanda :

— Il s'agit d'un suicide ? Une jeune femme ?

— Rosée Grothé. Une forte dose de laudanum.

Dolan sortit son mouchoir de sa poche, déballa la petite bouteille pour la lui remettre.

— Tout de même, vérifiez s'il y a d'autres empreintes que les siennes.

Jolicœur accepta d'un mouvement de tête, puis passa dans la salle d'autopsie. Le cadavre reposait sur une table métallique, sous un drap.

— Seigneur, s'exclama le médecin en la découvrant. Quel gâchis !

Jeune, belle, riche, en bonne santé, cette morte le touchait plus que d'autres.

— Il y avait une lettre ?

— Une ligne.

Le praticien ouvrit le peignoir pour découvrir une robe de nuit blanche. Avec une tache rouge à la hauteur du cœur.

— Vous êtes sûr qu'il s'agit d'un empoisonnement ?

Avec une paire de ciseaux, il entreprit de fendre le vêtement en deux, en partant de l'encolure. Par pudeur, Dolan détourna les yeux. En entendant « Seigneur Dieu, qu'est-ce que c'est ? » il regarda le cadavre. Entre les seins, un peu à gauche, il vit un petit rectangle de carton attaché à la chair avec un bout de fil rouge.

— C'est une photographie. La sienne, et…

Le détective se pencha pour mieux voir. Malgré le sang, il put discerner ce qu'il y avait près d'elle. Il termina sa phrase :

— … Le fantôme de son fils.

Il reconnaissait le fauteuil chez Brochard et le visage attristé de la mère. Et juste à côté, debout, une ombre blanche, un enfant avec un habit de matelot. Quoique pâle, l'image était nette, aisément reconnaissable. Un enfant vivant, pas une image post-mortem.

— Là, vous allez m'en dire plus.

— Ce garçon est mort il y a un an. Elle fréquentait des médiums afin de lui parler. L'un d'eux lui a fait croire que son fils réclamait sa présence en pleurant. Son mot de suicide est limpide. Quelque chose comme “il m'a parlé, je vais le rejoindre”.

— Si je croisais ce gars dans un coin sombre…

Dolan s'était répété la même chose pendant sa nuit d'insomnie. Jolicœur ramena les pans de la chemise sur la poitrine de la défunte.

— Écoutez, je ne vois pas de raison de la charcuter.

Il se pencha jusqu'à mettre son nez près de la bouche entrouverte de la morte.

— Elle sent le laudanum, sa petite couture ne l'a pas tuée. Voyez-vous une raison de lui ouvrir l'estomac afin d'apprendre ce qu'elle a mangé pour souper ?

Le policier demeura songeur. Le médecin se révélait bien attentionné. D'habitude, il donnait plutôt dans le cynisme. Cela le lui rendit plus sympathique. Jolicœur se fit insistant :

— Il n'y a pas de trace autour de son cou, pas de sang, sauf cette tache. Je peux regarder si elle a reçu des coups, mais ce sera inutile. Je suis prêt à signer le certificat de décès en mentionnant un empoisonnement.

Dolan hocha la tête. Le médecin précisa :

— Un empoisonnement accidentel.

Le policier acquiesça encore. Découper le corps de cette femme ne révélerait rien de nouveau, il préférait ne pas lui faire subir cet outrage. Et la thèse de l'accident était souhaitable : pour une catholique, commettre un suicide signifiait un enterrement hors de la terre consacrée, d'habitude, une parcelle de terre juste à l'extérieur du cimetière. Ainsi la pécheresse et surtout les proches venant se recueillir sur sa tombe se souviendraient de sa faute, et constateraient la chance des personnes étant mortes sans pécher.

— Les curés disent toujours qu'il ne faut pas présumer de la damnation des suicidés, dit Dolan en retrouvant son ton de séminariste. Entre le moment où elle a avalé le laudanum et sa mort, elle a pu regretter.

— … Et avoir la ferme intention de ne pas recommencer.

— Ça va de soi. Ah, et puis détachez la photo, et si vous pouvez enlever le sang sans détruire l'image…

— À vos ordres.

Le médecin prit le grand couteau utilisé pour fendre les corps et se servit de la pointe afin de couper le fil rouge. Puis, avec un morceau de gaze imbibé d'un peu d'alcool, il réussit à nettoyer à peu près le rectangle de carton. Il demeurait rosé, mais l'image était visible. Le policier quitta les lieux en enfournant la photographie dans l'une de ses poches. De retour à la maison de chambres, il téléphonerait chez les McDougall pour offrir à sa maîtresse de se promener un peu avec lui.

Ils convinrent de se rencontrer au pied du funiculaire conduisant au sommet du mont Royal. Dolan regarda Éléonore descendre de la berline et venir vers lui. Septembre donnait l'occasion de se vêtir de tissus plus lourds. Elle portait une jupe et une veste grise. Ses cheveux relevés sous un chapeau de même couleur dégageaient son cou.

Il la trouva tout à fait séduisante, mais son visage trahissait sa peine.

— Tu vas bien ? demanda-t-il en lui présentant sa main.

— Non, pas vraiment. Je m'en veux de n'avoir rien vu. Elle m'a invitée à prendre le thé chez elle il y a deux jours. J'ai refusé. Avoir été moins égoïste…

Le détective la prit dans ses bras.

— Je ressens exactement la même chose.

— C'est à moi qu'elle a téléphoné.

Toutes les paroles échangées lui passaient sans cesse dans la tête. Pourquoi n'avait-elle pas compris ? Rosée tendait la main au moment de se noyer. Elle l'avait abandonnée pour une réception qui, au fond, ne lui disait rien.

— Nous savions tous les deux combien elle était triste, mais cela nous semblait naturel dans les circonstances. Nous croyions que le temps réglerait les choses.

Dans la douleur, comment différencier celle dont on se remet de celle qui finit par nous tuer ? Eugène lui offrit son bras pour marcher jusqu'au funiculaire. Pour quelques sous, ils montèrent dans un tramway capable de gravir une pente de quarante-cinq degrés. Près du belvédère, un banc leur permit de contempler la ville et, au loin, le pont Victoria.

— Savais-tu que Rosée avait une photographie spirite ?

— Nous l'avons vue ensemble. Une simple ombre blanche à côté d'elle.

— Non, je te parle de celle-ci.

Dolan eut un moment d'hésitation en sortant l'enveloppe de la poche intérieure de sa veste. Quand elle prit le cliché dans ses mains, ce fut du bout des doigts, à cause de la trace laissée par le sang.

— C'est son fils ? demanda Éléonore.

— Oui. T'avait-elle parlé de nouvelles visites chez Brochard ?

Il voulait dire sans eux.

— Oui. Elle paraissait certaine d'avoir parlé à son enfant. Que se passera-t-il, maintenant ?

— Il y aura une enquête du coroner pour déterminer la cause de la mort.

— La cause ? Tu me l'as annoncée la nuit dernière.

— Mais la sagesse du policier ne compte pas. Dans le cas d'un décès suspect, un officier de justice fait enquête. Il établit la cause de la mort. Un suicide, un accident, ou selon la formule consacrée : "Tué par un ou des inconnus".

Dans cette décision, l'avis du docteur Jolicœur serait déterminant.

Le lundi matin, Dolan fut à son bureau très tôt. Même s'il avait une feuille devant lui et une plume à la main, aucun mot ne lui venait. La rédaction de son rapport se ferait plus tard. Dès qu'il aperçut le directeur Campeau dans le couloir, il s'empressa d'aller le rejoindre.

— Monsieur, je peux vous parler un instant ?

— Du suicide ?

— De ça, et d'autre chose.

— Alors, venez.

Le détective ferma la porte derrière lui.

— Alors, cette madame Grothé ?

— Il s'agit bien d'un suicide. Elle a avalé le contenu d'une petite bouteille de laudanum et laissé une note. Dans son rapport, Jolicœur se propose de confirmer que c'est un accident. Cela impliquerait de ne pas joindre ceci au dossier. Le mari ne l'a pas vu.

Il lui tendit le feuillet parfumé de lavande. Campeau comprenait sans mal le motif du médecin légiste. Ce petit accroc à la vérité ne le troubla pas.

— De toute façon, ça ne veut rien dire. Elle ne dit pas: "Je désire me suicider", avança Dolan.

Le directeur regarda son subalterne attentivement, puis déclara:

— Mais avec votre tête d'enterrement, je devine que ce suicide vous bouleverse.

— Je la connais pour l'avoir croisée lors de visites à madame Radcliffe et chez un autre médium nommé Brochard.

Campeau lui jeta un regard intrigué.

— Elle a perdu un garçon il y a environ un an. Lors de la dernière séance, le médium a prétendu que l'esprit de son enfant de cinq ans réclamait sa présence.

— Mon Dieu! Pauvre femme.

— Ce charlatan est responsable de sa mort, dit le policier.

«Et un peu moi aussi», songea-t-il.

— Vous et moi, nous pouvons penser ça. Cependant, n'importe quel jury conclura qu'elle est responsable de son malheur. Elle a visité ce type librement, il lui a dit ce qu'elle voulait entendre.

— Il a abusé d'une personne rendue fragile à cause de sa peine.

C'était sans doute le cas de quiconque consultait un médium, y compris Éléonore.

— Elle avait cousu ceci sur son cœur.

Dolan sortit la photographie pour la poser devant son supérieur. Les trous percés par l'aiguille et surtout la trace du sang sur le carton permirent à Campeau de comprendre qu'il fallait prendre ces mots au pied de la lettre.

— Brochard fait des photographies truquées. Vous voyez ici une femme éplorée et l'esprit de la personne disparue.

Maintenant, Campeau partageait tout à fait la colère de son subalterne. Il ajouta tout même:

— Je persiste à dire qu'aucun coroner ne pourra le déclarer responsable de quoi que ce soit. À tout le moins, Jolicœur n'aura pas vraiment à truquer son rapport. Cette pauvre femme n'avait pas toute sa raison, on ne peut pas lui refuser une sépulture chrétienne.

— Folle ou chassée de l'Église : cela se vaut à mes yeux. Si j'ai un jour ce choix, je préférerais la théorie de l'accident.

Le directeur donna son assentiment d'un signe de la tête.

— Et à propos de Brochard ? continua Dolan.

— Brochard ?

— Le médium. J'aimerais lui donner un peu de mon attention.

— Il n'a commis aucun crime.

Dolan secoua la tête. L'idée de le voir s'en tirer impunément le décourageait.

❊

Dès ce même lundi matin, Osias Grothé avait commencé à tirer des ficelles à l'hôtel de ville afin de récupérer le corps de son épouse dans le but de tenir des funérailles à la cathédrale Saint-Jacques. Ce serait impossible avant l'enquête du coroner.

Aussi, au début de l'après-midi, Dolan et le docteur Jolicœur se retrouvèrent dans le petit vestibule contigu à la salle où gisait le cadavre de la pauvre femme. Un avocat représentait les intérêts du nouveau veuf. Celui-ci n'avait pas jugé utile de se déplacer. Deux spectateurs, de vieux messieurs s'ennuyant au point de venir somnoler à la morgue lors des enquêtes du coroner, prouvaient le caractère public de la procédure.

Maître Pierre Bourassa remplissait le rôle d'officier de justice. Il fit semblant de s'absorber dans ses formulaires, puis commença :

— Monsieur Dolan, débuterons-nous avec vous ?

Comme s'il avait le choix ! Un instant plus tard, Eugène relatait son arrivée au domicile des Grothé et la découverte du corps dans la chambre d'enfant.

— Une bouteille de laudanum était sur la table de chevet. Je suppose qu'elle en a pris une dose exagérée.

— Vous voilà devenu médecin, monsieur le détective ?

— Non, Votre Honneur.

— Ah ! Dans ce cas, nous allons nous donner la peine d'entendre le docteur Jolicœur qui va arriver dans un instant.

Le policier esquissa un sourire en coin.

— Vous avez découvert une lettre, une note explicative près du corps, ou ailleurs dans la maison ?

— Non, rien de ce genre.

Voilà qui pouvait lui coûter son emploi, et même une peine de prison. Il suffisait que Grothé l'ait vue, ou que Jolicœur ou Campeau se montrent un jour indiscrets. Le médecin légiste vint ensuite reprendre le même mensonge. À la fin de l'exercice, le coroner conclut à un malheureux accident.

❋

Les journaux publiant une édition du soir présentèrent la mort de Rosée Grothé comme un accident regrettable, mais certains y allaient de sous-entendus.

— Elle avait perdu un enfant, dit Pierre Fafard à l'intention des autres convives de la maison de chambres de madame Sullivan.

— Il paraît qu'elle n'arrivait pas à surmonter sa peine, dit l'une des sœurs Demers.

— Au point de chercher à lui parler dans le monde des morts, ajouta l'autre.

Comme d'habitude, tous les yeux se tournaient vers Eugène Dolan. La petite assemblée le considérait comme son informateur habituel.

— Je ne sais rien à ce sujet.

Une nouvelle fois, le détective se demanda comment les deux vieilles filles arrivaient à être si bien informées. Un peu plus et il en viendrait à croire qu'elles prenaient leurs informations dans l'au-delà.

— Mesdemoiselles, dit la propriétaire de la pension, nous avions convenu d'éviter certains sujets, n'est-ce pas ?

Elles échangèrent un regard, puis l'une dit :

— Nous ne le ferons plus.

— Plus jamais.

L'engagement durerait jusqu'à la prochaine occasion d'évoquer les esprits.

Chapitre 12

Alors qu'il était seul dans la salle des détectives, Dolan avait téléphoné à quelques photographes. La perspective d'expliquer les mystères des clichés spirites ne semblait pas les intéresser beaucoup. À la fin, l'un d'eux accepta, « parce que je n'ai pas mieux à faire demain matin ».

Aussi, à neuf heures précises Dolan faisait-il le pied de grue devant un atelier de photographie situé rue Sherbrooke, un peu à l'ouest de la rue University. Bientôt, il aperçut Éléonore marchant dans sa direction.

— Désolée, dit-elle en lui tendant la main, ce matin j'ai dû attendre que Kenneth quitte la maison pour monter dans la berline avec lui.

— Je m'étonnais que tu en profites aussi souvent.

— Mes frères, ma mère et même mes belles-sœurs s'en étonnent aussi. Comme celles-ci souhaitent montrer leurs enfants à toutes leurs connaissances du pensionnat, dorénavant, je devrai recourir plus souvent à des fiacres. Nous y allons ?

Le photographe s'appelait Gordon, un homme dans la cinquantaine. Dolan plaça la photographie de Rosée Grothé sur une table.

— Je vois. Cette femme a perdu son enfant, et une âme charitable lui a fabriqué ce petit souvenir.

— Je suis certain qu'il ne s'agissait pas d'un acte charitable.

— Probablement pas, en effet.

Le photographe avait sorti une grosse loupe pour examiner l'image de plus près.

— Pour vous, est-ce un trucage ?

À en juger par son regard, Gordon le prenait pour un demeuré.

— Je veux dire, comment il a fait ça ?

— Une double exposition.

Comme le policier le regardait sans comprendre, il proposa :

— Je vais vous en faire une. Qui veut jouer le rôle du fantôme ?

Eugène regarda sa compagne, pas encore certain de bien comprendre.

— Bon, ce sera vous. Venez !

Dans la pièce voisine se trouvait un énorme appareil photo en bois et en cuivre. Il datait sans doute des années 1880. Posé sur un trépied, il visait un drap peint. L'arrière-scène rappelait vaguement un jardin anglais.

— Monsieur, placez-vous debout là, et ne bougez pas.

Il prit une chaise, la posa de biais, juste devant le policier, retourna derrière le gros appareil pour jeter un coup d'œil à travers l'objectif.

— Regardez les jolies chaussures de mademoiselle.

Si l'inspecteur trouva la requête un peu étrange, il s'exécuta.

— Pour celle-là je prévois un temps d'exposition très court. Ne bougez pas d'un poil.

Le photographe enleva et remit le couvercle de l'objectif.

— Maintenant, enlevez-vous de là, et vous, mademoiselle, prenez la chaise.

Assise, Éléonore inclina un peu la tête, et ne put s'empêcher de sourire. Cette fois, l'objectif demeura découvert plus longtemps. Gordon retira la plaque, puis leur fit signe de le suivre dans la chambre noire. Profitant de la promiscuité et de l'obscurité, Eugène glissa sa main autour de la taille de son amie. Cela lui valut un clin d'œil. La petite lumière rouge éclairait juste assez pour que le photographe puisse faire son travail. Bientôt, alors qu'un morceau de papier flottait dans le bassin, il expliqua :

— Une double exposition, c'est exposer deux fois la même plaque, ou la même pellicule. Il est possible de superposer deux images, pour créer des effets spéciaux. Par exemple, photographier une personne sur un fond de ciel ennuagé.

— Ou un fantôme derrière une jeune femme.

Le policier décrivait l'image qui apparaissait sous ses yeux. Éléonore était parfaitement représentée, une jolie bourgeoise devant un faux paysage. Et derrière elle, l'ombre pâle, blanchâtre, d'un homme. Il ressemblait à un esprit protecteur.

— La première exposition a légèrement marqué la plaque, cela donne une impression de transparence.

Tout en parlant, il accrochait la photographie à un fil tendu dans la petite pièce pour la faire sécher.

— Je comprends le principe. Mais sur celle que je vous ai montrée, l'enfant est mort depuis des mois.

— Alors, le photographe a utilisé un cliché pour créer son ectoplasme. Je vais essayer d'en trouver un pour vous montrer.

Un peu plus tard, le couple attendait dans l'atelier alors que Gordon cherchait une chemise dans un classeur. Il revint vers eux en disant :

— Les images spirites sont apparues dans les années 1860. Une initiative d'un certain Mumler. Il vendait à prix d'or ses photos. Voilà la plus connue.

Il plaça sous leurs yeux un cliché assez semblable à celui qu'il venait de réaliser.

— Le fantôme, c'est Abraham Lincoln ?

— Oui, et devant se tient sa veuve, Mary Todd. En 1871, elle serait allée dans son bureau en prenant un nom d'emprunt, et il lui aurait vendu ceci.

La photographie d'une vieille femme, avec le spectre de son époux veillant sur elle. Pour une personne éplorée, pareille image valait sans doute une fortune.

— Il a été assassiné en 1865, remarqua Éléonore. En 1871, il était dans l'au-delà.

— Exactement. Mumler a utilisé un portrait du politicien. Facile, on en a vendu des milliers pendant sa présidence.

Tout en parlant, Gordon avait étalé une demi-douzaine de photos avec chacune au moins un esprit. Sur l'une, un enfant vivant était entouré de toute une fratrie de trépassés.

— Vous êtes policier. Je comprends que vous entendez poursuivre un charlatan. Vous ne serez pas le premier. L'honneur revient à Phileas Barnum.

— Le créateur du cirque ? s'étonna Éléonore.

— Curieux, n'est-ce pas ? Un charlatan qui en attaque un autre. Sans succès toutefois. Mumler est ressorti du tribunal en homme libre. Les gens qui achètent ces photos veulent y croire.

Comme Rosée Grothé.

— La photographie de Lincoln se trouvait partout. Pas celle de cet enfant.

— Parmi les accusations contre Mumler, il y avait celle d'être entré par effraction chez des gens pour voler les photographies d'êtres chers. Il faisait son montage ensuite.

Quelqu'un qui, comme Brochard, abusait de la crédulité de malheureux n'hésiterait sans doute pas devant un pareil forfait.

— Monsieur, je vous remercie de m'avoir consacré tout ce temps, dit Dolan en se levant.

Gordon alla chercher la photo de Rosée pour la lui remettre.

— Qu'est-ce que je fais avec celle prise tout à l'heure ?

— Vous m'en faites six copies, le pria Éléonore. Eugène va vous écrire mon adresse.

Le policier s'exécuta. Pendant ce temps, la jeune femme demandait :

— Si je voulais apprendre à faire de la photographie, où pourrais-je m'adresser ?

— Je vous ai convertie ?

Gordon paraissait amusé de la situation.

— Disons que vous venez de me dévoiler ma propre réalité dans toute sa transparence. Votre art est redoutable.

L'aveu mettait sur son visage un sourire navré. Dans l'entrée, ils échangèrent des poignées de main. Sur le trottoir, la jeune femme demanda :

— Tu peux me consacrer quelques minutes ? Je veux te montrer quelque chose.

Comme Dolan hésitait, elle devint insistante :

— Je sais, tu dois être au travail à cette heure-ci. Mais comme cet été tu as passé une dizaine de soirées à courir après un cambrioleur, Montréal te doit du temps.

Il acquiesça d'un signe de la tête. Elle prit son bras pour l'entraîner vers l'est.

❋

Comme l'Université McGill se situait à peu de distance, plusieurs jeunes hommes marchaient sur les trottoirs, et quelques jeunes femmes aussi. Celles-là fréquentaient peut-être l'école normale. Au coin de la rue Aylmer, le couple bifurqua vers le nord. Après l'intersection de la rue Milton, Éléonore s'arrêta et, regardant de l'autre côté de la rue, demanda :

— Est-ce que cela te plaît ?

Il fallut un instant à Dolan avant de comprendre qu'elle parlait d'un alignement de cinq maisons en rangée. Le revêtement de pierre grise s'harmonisait avec le toit d'ardoise.

— Oh ! Oui, bien sûr.

Des pièces en demi-sous-sol accueillaient sans doute les quartiers des domestiques. En conséquence, le rez-de-chaussée se trouvait en réalité à plusieurs pieds au-dessus des pavés. La fenêtre en baie donnait sur le salon, et à l'étage sur la chambre principale. Sous les combles, il était sans doute possible de ranger de très nombreuses valises.

— Stanley a récupéré ce terrain l'an dernier, il y a construit ces maisons. Si mes frères arrivent à vendre le domaine, je crois que je serais bien ici.

Eugène essayait d'estimer le coût d'une de ces maisons, et celui des taxes.

— Le quartier est certainement intéressant, avec des cafés, des restaurants. Et puis la rue Sainte-Catherine est à distance de marche. C'est à deux pas de chez madame Radcliffe, en plus…

— Je ne pense pas la visiter de nouveau. Tu viens voir ?

La jeune femme avait récupéré une clé dans son petit sac, et elle la lui montra en souriant. Il eut envie de dire non, de plaider la nécessité de retourner au travail.

— … D'accord.

Pendant une bonne demi-heure, Éléonore lui expliqua comment chacune des pièces serait aménagée. Finalement, se rendant compte de son air distant, elle lui dit :

— Rien de tout cela ne t'intéresse, n'est-ce pas ?

— Je suis content pour toi…

Son hésitation dura un bref instant.

— … mais tu sais, cette histoire avec Rosée me hante.

— Oui, je comprends.

Elle s'approcha, posa ses doigts gantés sur sa poitrine, puis demanda :

— Tout de même, nous sommes seuls dans une maison vide. Tu ne souhaites pas m'embrasser ?

Le baiser chassa sa morosité et l'érection qu'elle sentit contre son ventre rassura un peu Éléonore. Au moins, son désir ne fléchissait pas. Le sort de cette pauvre femme ne l'affectait pas au point de le rendre impuissant. Pourtant, il déclara :

— J'aimerais te parler d'elle. Pouvons-nous aller dans un restaurant ? Il y en a plein à côté…

Elle acquiesça d'un mouvement de la tête. Décidément, ce Gordon était un magicien. Le seul homme dans sa vie ressemblait vraiment à une ombre, non à un amoureux en manque.

❋

Quelques minutes plus tard, ils s'installaient à une table d'un petit restaurant de la rue Sherbrooke. Dolan se sentait un peu intimidé, seul homme dans l'estaminet. Ils commandèrent un plat de poisson, une concession nécessaire avant d'avoir droit aux pâtisseries.

— Je me reproche toujours de ne pas avoir compris la situation de Rosée. Elle voulait rejoindre son fils dans la mort, Brochard l'a encouragé dans cette…

L'homme s'arrêta avant de dire « sottise ». Après tout, Éléonore avait exprimé le désir de parler à son défunt père au début de l'été.

— Lui faire entendre son enfant en pleurs réclamant sa présence, continua-t-il, et ensuite cette photographie avec son esprit à ses côtés...

Il respira profondément avant de dire :

— Elle s'est enlevé la vie avec la certitude d'aller le retrouver. Et moi, je n'ai rien compris.

— Je ressens la même chose. Je t'assure, jamais elle n'a évoqué son projet devant moi. Tu sais bien que si j'avais su, j'aurais fait quelque chose !

Mais quoi ? Contacter son mari pour l'amener à réclamer des soins pour elle ? Il aurait pu la faire hospitaliser à l'asile des aliénés en faisant une simple demande à un médecin.

— Tu penses que des accusations pourraient être portées contre Brochard ?

— Selon Campeau, non. Faire bouger des tables ne constitue pas un crime. Souviens-toi, nous étions des centaines au Monument-National pour voir un homme attraper une balle avec ses dents. Que cela tienne à un trucage ne constitue pas une fraude. Les spectateurs désiraient croire à une illusion. Personne ne peut le traîner devant un tribunal pour ce motif.

— D'où provient la photographie de son fils utilisée pour réaliser le trucage ? Gordon disait que cet Américain, Mumler, était entré dans des maisons pour voler des photographies. Il pourrait être accusé de vol...

— Rosée peut la lui avoir donnée, avança Dolan.

— Dans ce cas, elle aurait su qu'il s'agissait d'un trucage.

— S'il l'avait volée, elle l'aurait tout autant reconnue. Ce sont les mères qui conduisent leurs enfants chez les photographes.

Ils oublièrent la pauvre femme, le temps de choisir des petits choux à la crème et de les manger. Ce ne fut qu'après avoir essuyé ses lèvres qu'Éléonore demanda :

— Alors, comment expliques-tu sa crédulité ? Au sujet de la photographie, je veux dire.

— Elle souhaitait sans doute tellement croire à cette rencontre avec son fils dans l'au-delà qu'elle a cessé de raisonner.

Après tout, pour se suicider, elle devait être aliénée. À tout le moins, c'était la prétention des aliénistes.

— Même si aucun procureur n'amènera ce Brochard devant un tribunal pour avoir truqué une photographie, j'aimerais tout de même le coincer pour quelque chose, avoua le policier. N'importe quoi.

— Je me sens si sotte de t'avoir entraîné chez ce type.

Il tendit la main pour prendre la sienne, puis la lâcha.

— Pourtant, je voulais te demander d'y retourner. Moi, je suis déjà *persona non grata* chez lui.

— Pourquoi ?

— Juste pour savoir comment lui ou ses fidèles évoquent le suicide de Rosée.

Éléonore laissa échapper un long soupir, mais accepta d'un signe de la tête.

— Je doute qu'il me laisse entrer.

— Ton sourire peut ouvrir n'importe quelle porte.

« Pourtant, cela ne suffit pas pour toi… » songea-t-elle.

— Auparavant, je me rendrai à l'église Saint-Jacques.

Un encart dans les journaux avait fait état du « triste accident » ayant causé la mort de Rosée Grothé, et donné la date du service funèbre. Quelques minutes plus tard, Eugène Dolan serrait la main de son amie avant de se rendre au poste de police numéro 1. Tout au long du chemin, il chercha une histoire susceptible de justifier son absence pendant toute une demi-journée.

À dix heures le lendemain, un jeudi, une proportion significative des bourgeoises catholiques de Montréal occupait les premières rangées de la nef. La très grande majorité de leurs époux se trouvaient au travail. Personne ne prêta attention à la presbytérienne toute vêtue de gris se tenant un peu à l'arrière.

À quelques reprises, Éléonore glissa sa main sous sa voilette pour essuyer des larmes avec un mouchoir. Aussi, elle en profita pour observer le mari éploré. Au moment de sa visite à la demeure de Rosée, celui-ci était absent. «Je ne suis plus une très bonne compagne», avait commenté la malheureuse. Aujourd'hui, vêtu d'un complet brun léger, il présentait un visage fermé, ce que les circonstances expliquaient tout naturellement. Un bandeau noir au bras droit témoignait de son deuil.

Près de lui, ses parents partageaient sa souffrance. De l'autre côté de l'allée, les proches de la morte maîtrisaient mal leurs sanglots. Son frère, ses deux sœurs et ses parents n'avaient pas remarqué, eux non plus, sa détresse. Eux aussi devaient se reprocher leur aveuglement.

Le sermon reprit les thèmes convenus des funérailles, notamment que «Dieu vient comme un voleur». Comme elle quittait la cathédrale, Éléonore décida de faire une petite visite à Brochard.

❋

— Vous me promettez que vous allez rester juste en face de cette demeure, n'est-ce pas?

Éléonore avait perdu sa morgue habituelle devant le cocher. Son ton était implorant.

— Vous n'avez pas le policier pour prendre soin de vous, aujourd'hui?

— S'il était là, je ne vous le demanderais pas.

Le collignon accepta. Bientôt, elle frappait à la porte de l'appartement de Narcisse Brochard. Quand le médium vint ouvrir, il ne cacha pas sa surprise.

— Mademoiselle McDougall, que faites-vous ici ?

— Il y a une séance, n'est-ce pas ?

— Oui, mais je ne croyais pas vous revoir.

L'homme regarda à droite et à gauche, cherchant un visage connu.

— Non, Eugène ne m'accompagne pas. La dernière fois, il n'a pas eu l'impression d'être le bienvenu.

— Voilà quelqu'un de très sensible. Évidemment, s'il vous abandonne, je viens à votre secours. Entrez.

Dans le salon, elle reconnut certains visages. Elle se demanda combien de clients fréquentaient cette maison. À deux ou trois séances par semaine, le médium devait se faire un joli revenu.

Comme elle était sans son compagnon habituel, non seulement Brochard ne s'éloigna pas, mais les trois autres hommes présents multiplièrent les sourires à son intention. Voilà des gens qui ne s'intéressaient visiblement pas qu'aux purs esprits. Puis, un peu avant huit heures, le spirite se planta au milieu de la pièce pour dire :

— Vous avez appris le sort de notre amie, madame Grothé.

Tous affichèrent un visage de circonstance.

— Nous essaierons de lui parler dans un instant. Venez.

L'annonce troubla Éléonore plus que de raison. Dans la pièce, les cierges noirs, les pentacles, les têtes de mort, tout lui sembla encore plus lugubre que lors de ses visites précédentes. Brochard saisit son coude pour s'assurer qu'elle s'installe à sa gauche immédiate. Un gros bonhomme soucieux de parler à sa défunte femme se plaça de l'autre côté. Quand elle dut prendre la main de ses voisins, elle se réjouit de porter des gants. Le contact de la peau du médium l'aurait révulsée.

— Esprit, es-tu là ?

Cette fois, la formulation lui parut totalement risible. La visite chez le photographe lui avait ouvert les yeux.

— Esprit, es-tu là ?

Elle ne fit pas attention à l'identité du membre du trio d'empereurs romains qui se manifesta. Son voisin de gauche fut le premier à poser une question :

— Georgette veut-elle que je me remarie ?

En même temps, il exerça une pression sur les doigts d'Éléonore, comme une invitation. Sans surprise, elle entendit un coup sourd. Frustrer les attentes de la clientèle ne valait rien pour les affaires. Après quelques autres interrogations, Brochard demanda :

— Hadrien, avez-vous croisé une jeune femme récemment décédée ? Rosée Grothé ?

Après un silence, il y eut un coup. Éléonore sentit une crampe dans ses tripes.

— Accepterait-elle de nous parler ?

Nouveau silence.

— Je sens sa présence, murmura le médium. Mademoiselle McDougall, vous la connaissiez. Pouvez-vous lui poser des questions ? De cette façon, nous serons certains de lui parler à elle et non pas à un esprit malfaisant…

— Elle pourrait nous dire le prénom de son mari ?

— Vous le lui demanderez, si elle se manifeste.

L'empereur Hadrien voulut bien insister encore auprès de la morte, jusqu'à ce qu'une voix féminine se fasse entendre :

— Je suis là.

Éléonore retint un cri avec peine. Puis du coin de l'œil, elle vit une ombre blanche près du plafond.

— Madame, une amie veut vous parler.

Elle hésita si longtemps que le médium lui serra la main pour la décider.

— Rosée… Rosée, tu peux me rappeler le prénom de ton époux ?

— Osias. Tu n'as pas pu l'oublier en si peu de temps.

— … Et ton fils ?

— Zéphyr.

Elle se sentit tout à fait bouleversée. Une émotion partagée, car elle entendit la plainte de l'une de ses voisines.

— Tu… tu l'as retrouvé ?

— Il se trouve à côté de moi.

La voix affectait une fausse gaîté. Un doute lui vint.

— Il peut me parler ?

— Non, je ne pense pas.

— Mais s'il est avec toi…

Il y eut un long silence, puis vint un murmure d'enfant :

— Mademoiselle, c'est moi. Mais je dois partir avec maman.

Cette fois, ce fut sans conviction que Brochard demanda :

— Esprit, es-tu là ?

Après avoir répété la petite phrase trois fois, le médium déclara forfait.

— Inutile de continuer, la communication est rompue.

— Vous avez parlé à Rosée ! s'écria la voisine émotive. Vous avez prouvé que c'était vrai, que les défunts restent près de nous !

— Mais cette preuve, vous l'avez eue sous les yeux depuis que vous venez ici, dit Brochard.

— Ce n'est pas la même chose. Les Hadrien et les Commode, on ne les connaît pas.

Le spirite s'était levé pour aller ouvrir la porte. La lumière venue du couloir enleva tout mystère à la salle de réunion, pour ne laisser voir qu'un décor surrané. Éléonore sentit la main du médium se glisser sous son bras. Elle résista à l'envie de se dégager violemment.

— Mademoiselle McDougall, je regrette que votre ami ne soit pas venu. Peut-être que la visite de madame Grothé aurait vaincu son scepticisme.

— Je ne parierais pas là-dessus.

— Accepteriez-vous de rester un peu avec moi ? Nous pourrions parler des esprits. Ou de tout autre sujet.

Brochard esquissait un sourire de prédateur.

— Non, je préfère rentrer.

L'autre insista bien un peu, puis lui souhaita une bonne soirée en affichant la plus grande déception. Éléonore sortit de l'appartement pour découvrir la grosse femme sur le perron. Ce fut son tour de lui prendre le bras en disant :

— Maintenant, je suis certaine que tout ça est vrai. Quand je le raconterai cela à mes amies, la file d'attente pour le rencontrer s'étendra jusqu'à la rue Sherbrooke !

Après cette soirée, le nom du médium serait sur toutes les lèvres à l'heure du thé.

— Vous l'avez bien reconnue aussi, n'est-ce pas ?

Qu'une personne rencontrée en chair et en os deux semaines plus tôt se fasse entendre de l'au-delà lui paraissait tout de même une coïncidence un peu trop heureuse.

— Je ne sais pas... La voix ressemblait à la sienne.

— Puis son petit garçon. Maintenant, elle pourra en prendre soin pour toute l'éternité.

— Bien sûr... Je dois vous quitter. Quelqu'un m'attend.

La jeune femme regrettait que ce ne soit pas vrai. Heureusement, la berline se trouvait de l'autre côté de la rue, avec le cocher juché sur son banc.

— Mademoiselle, je n'ai pas été capable de l'en empêcher.

Devant son air intrigué, le cocher précisa :

— Le policier. Il a insisté pour monter.

Au même moment, Eugène posait les pieds sur le trottoir.

— Je m'inquiétais de t'avoir laissée seule…

Il tendit la main pour prendre la sienne.

— Avec raison. Viens que je te raconte.

Sans attendre son aide, elle monta dans la berline.

— J'ai parlé à Rosée.

— Tu as…

— Il a invoqué l'un de ses empereurs, puis Rosée s'est retrouvée dans la conversation.

— Tu veux dire que Brochard s'est exprimé en utilisant sa voix ? Il l'imitait, je suppose.

L'audace du médium l'étonna.

— Ses lèvres ne bougeaient pas.

Troublée, elle continua d'une voix blanche :

— Une voix très ressemblante, vraiment. Il m'a prié de m'adresser à elle. J'ai pensé le piéger en lui demandant le prénom de son époux.

— Une information que Brochard connaissait, évidemment.

« Oui, probablement », songea Éléonore. Évoquer des confidences plus intimes en public – comme le fait d'avoir déserté la couche de son époux – l'aurait trop intimidée.

— J'ai failli hurler quand elle m'a parlé.

Le policier se priva de préciser : « Tu veux dire : quand Brochard a imité une voix féminine. » Mais pourtant, il l'avait remarqué aussi : ses lèvres ne bougeaient pas quand un esprit répondait à une question.

— Demain, tout le monde saura qu'il a parlé à une femme enterrée il y a quelques jours à peine. Il vient de prouver l'existence d'une vie après la mort, et aussi le fait que les esprits des morts continuent de nous côtoyer.

Eugène eut envie de la corriger. Heureusement, la jeune femme ajouta :

— Enfin, il l'a prouvé à ceux qui veulent bien le croire.

Chapitre 13

Octobre amenait avec lui un froid humide, perçant. Dolan portait un imperméable en coton égyptien ciré, avec le col relevé pour éviter que la pluie ne coule dans son cou. Depuis de longues minutes, il allait et venait devant le Théâtre français, rue Sainte-Catherine. La grosse berline arriva de l'ouest et s'arrêta devant lui. Il se précipita pour ouvrir la portière, tendit la main pour recevoir celle d'Éléonore.

Elle lui présenta sa joue, il y posa les lèvres.

— Nous entrons ? Je ne suis pas vraiment vêtue pour ce temps.

Il accepta le billet de deux dollars et passa à la caisse pour payer. Il garda la monnaie, puisque ensuite, le couple prendrait une boisson chaude.

Quand ils s'installèrent dans la loge accueillant six personnes, Dolan remarqua que sa compagne maintenait une petite distance entre eux. Le geste de passer son bras autour de ses épaules la fit se raidir. « Qu'est-ce que j'ai fait ? » se demanda-t-il. Depuis deux semaines, leurs rapports devenaient plus froids. Cela datait de la visite de la maison de la rue Aylmer.

Pour meubler le silence, elle demanda :

— La pièce est annoncée avec un titre anglais, *Secrets of the Police*, mais nous sommes au Théâtre français. Dans quelle langue se déroulera la représentation ?

— En anglais. La plupart des troupes étrangères se produisant à Montréal viennent de New York ou de Boston. Les troupes locales, même enrichies de comédiens français, ne suffisent pas à assurer la programmation de tous les établissements.

— Alors, tous ces gens comprennent l'anglais ?

— L'anglais est nécessaire dans la plupart des emplois, même pour les travailleurs d'usine. Dans la police, tous les Canadiens français doivent connaître au moins un peu cette langue. Quant aux Anglais…

Il haussa les épaules comme pour dire : « Tu sais bien comment ça se passe dans ce pays… » Sa compagne se troubla un moment. Cette distance entre les communautés, elle la sentait entre eux parfois. Le lever de rideau vint interrompre la conversation. Un journaliste avait parlé d'une pièce palpitante à tous les instants. Cela paraissait un peu exagéré, mais la soirée fut tout de même agréable.

Dehors, Eugène demanda, un peu intimidé :

— Tu as toujours envie de faire un arrêt au Budapest ?

— Nous l'avions convenu, non ?

Voilà qui ne témoignait pas du plus grand enthousiasme de la part d'Éléonore. La berline s'arrêta devant eux et les déposa ensuite boulevard Saint-Laurent. Comme d'habitude, le propriétaire leur fit un accueil chaleureux, puis ils se retrouvèrent à une table un peu à l'écart.

— Je suppose que les policiers ne font pas le tour du monde pour une enquête.

Elle faisait allusion aux péripéties de la pièce.

— Parfois, quelqu'un va aux États-Unis pour ramener un suspect ici. Mais passer de New York à Londres, à Paris et à Saint-Pétersbourg, je n'ai jamais entendu parler de ça. Pas plus que d'une bande de criminels appelée les Rois rouges.

— Pour la chasse aux communistes ou aux anarchistes, cela arrive peut-être.

— Peut-être, mais les modestes détectives de Montréal n'en savent rien.

Quand les Eszterházy torta – les gâteaux Eszterházy – et le thé épicé arrivèrent sur la table, chacun prit quelques bouchées. La relation privilégiée de sa compagne avec les pâtisseries allait peut-être l'amener à de meilleurs sentiments. Eugène saisit l'occasion pour dire :

— Depuis notre passage à l'hôtel Viger, j'ai songé à nous ménager un rendez-vous du même genre. Mais peut-être veux-tu attendre d'être chez toi…

Éléonore l'arrêta d'un geste de la main et chercha son sac posé à ses pieds.

— Je les ai reçues il y a un moment, mais je ne te les ai pas montrées. Celle-là est pour toi.

Elle sortit une photographie d'une enveloppe pour la poser devant lui. Il reconnut le portrait réalisé par Gordon. Il le prit pour le regarder de près.

— C'est vraiment remarquable, commenta-t-il. On jurerait que je suis un fantôme.

— Parce que tu l'es.

Il posa de grands yeux sur la jeune femme, sans comprendre.

— Tu es là tout en ne l'étant pas. Compte tenu de ce que nous nous sommes dit, de ce que nous avons vécu ensemble, le scénario est tout écrit. Ou l'homme disparaît, heureux d'avoir saisi une occasion, ou il s'arrange pour être vraiment présent dans la vie de la dame. Dans l'un et l'autre cas, cette photographie serait différente. J'y serais seule, ou nous serions deux. Toi, tu n'y es qu'à moitié.

Éléonore s'efforçait à garder tant bien que mal le contrôle de ses émotions. Quelques gorgées de thé lui permirent de respirer profondément.

— Mais cela ne se peut pas, tu le sais…

La jeune femme leva encore la main pour l'arrêter.

— Non, ne me répète pas toutes les raisons qui t'incitent à demeurer muet. Je les connais. Tu les as répétées mille fois de façon explicite ou implicite au cours des derniers mois.

— Ce sont des raisons sur lesquelles tout le monde s'entend.

— Je ne suis pas tout le monde, toi non plus. Et si tu y croyais autant, tu ne m'aurais pas revue. Ne m'as-tu pas parlé d'une femme dans ta maison de chambres qui te faisait un bon accueil ?

Juliette Marcoux. Il l'avait évoquée un jour où la secrétaire lui avait présenté une mine particulièrement hostile.

— Alors, terminons ce dessert et rentrons chacun chez nous.

Il hocha légèrement la tête. Éléonore sentit son cœur battre dans sa poitrine. Lancer ainsi un ultimatum la bouleversait terriblement. Elle continua pourtant, cette fois avec plus de douceur dans la voix :

— Ne me parle pas de ce qui se passe d'habitude dans notre monde imparfait. Si tu as une question à poser, pose-la, et prends le risque de ne pas recevoir la réponse que tu souhaites.

Elle laissa la moitié de son gâteau dans son assiette, Eugène fit la même chose. Éléonore accepta sa main pour monter dans la voiture, mais quand il amorça le geste de la suivre, elle l'arrêta.

— Non…

Puis, après une pause :

— Je préfère rentrer seule, ce soir.

« Je dois en prendre l'habitude », songea-t-elle. Quand elle eut fermé la portière, Dolan entendit le ricanement du cocher. Celui-là ne regretterait pas la corvée de se rendre rue Belmont.

Pendant tout le trajet, la jeune femme épongea ses larmes avec son mouchoir. Madame Radcliffe disait qu'elle devrait prendre l'initiative, puisque Eugène ne le faisait pas. Toutefois, elle se refusait à poser « la » question. Sinon, elle aurait bien du mal à le considérer comme un homme.

Finalement, la longue marche jusqu'à la maison de chambres de la rue Belmont fit du bien à Dolan. La pluie avait cessé, l'imperméable le tenait à peu près au chaud. Rentrer à pied présentait un autre avantage : quand il arriva chez lui, plus personne n'occupait le salon.

Après un passage dans la salle de bain, il regagna sa chambre. Vêtu de son long sous-vêtement de laine, il s'étendit sur son lit en laissant la lumière électrique allumée. C'était prendre le risque de voir madame Sullivan le houspiller pour ce gaspillage, mais il souhaitait examiner la photographie.

Éléonore avait bien raison, il se dérobait. Lui faire jouer le rôle de madame Vallerand – une maîtresse vue de temps à autre – lui répugnait, s'éloigner lui paraissait impossible. Mais depuis des mois il avait préféré remettre à plus tard une question plutôt que de prendre le risque d'entendre la réponse. Toujours en se répétant que la différence de fortune rendait leur union impossible.

Que Rosée Grothé ait été poussée vers le suicide ne sortait pas de la tête de Dolan. En comparaison, même le massacre de la famille Lacaille paraissait moins tordu. Encourager une femme malheureuse à consulter des médiums, la convaincre que dans l'au-delà son fils réclamait sa présence et faire en sorte que ce désir tourne à l'obsession jusqu'à ce qu'elle se suicide. Pouvait-on imaginer un scénario plus cruel ?

Tout ça pour satisfaire les ambitions de Brochard ? N'y avait-il pas une autre raison ?

Ce matin-là, il demeura penché de longues minutes sur un rapport relatif à un cambriolage sans écrire un mot. Certains de ses collègues semblaient dotés d'un sixième sens pour déceler son trouble.

— Hé ! Ta belle Anglaise n'est pas revenue te relancer au bureau depuis l'été dernier ! lança l'occupant du pupitre voisin.

— Ce jour-là, elle n'est pas venue me relancer, comme tu dis. Elle m'a demandé de l'accompagner pour le lunch.

— Dans mon village, on appelait ça relancer un gars.

L'échange attira l'attention de deux autres détectives prêts à tout pour procrastiner.

— On ne t'a plus vu avec elle en ville non plus, intervint l'un.

L'affirmation l'attrista, comme si cet homme disait vrai. Devait-il avouer : « Pourtant nous nous rencontrons deux fois par semaine ! » À la place, il préféra jouer l'indifférence.

— Cela veut dire que les policiers de Montréal s'intéressent enfin à leur travail.

Une voix venue de l'entrée de la pièce mit fin à son malaise.

— Dolan, pouvez-vous venir à mon bureau ?

Il s'empressa de quitter sa chaise pour suivre Campeau.

— Vous n'avez pas l'air d'aller bien.

— Cette histoire ne me sort pas de la tête.

— Rosée Grothé ? Nous ne sommes pas payés pour redresser tous les torts subis à Montréal. Seulement ceux qui comprennent une violation de la loi.

— Alors, la loi est mal faite.

Son patron décida de se montrer aussi intrusif que ses employés.

— C'est mademoiselle McDougall qui vous met dans cet état ?

Le fait d'avoir eu un père anglophone et d'avoir été éduqué en français donnait à Dolan un répertoire assez exceptionnel de gros mots. Cependant, l'idée de devoir se chercher un nouvel emploi l'incita à n'en prononcer aucun. À la place, il se comporta comme devant son directeur de conscience, dix ans plus tôt.

— Elle s'attend à ce que je la demande en mariage.

— Une perspective qui vous donne cette face de carême…

— Je n'ai pas un sou d'économie.

Encore un mois à l'accompagner, et ce ne serait même plus une figure de style.

— Je ne vois pas le rapport.

— D'habitude, l'homme fait vivre sa femme et ses enfants, non ? N'importe laquelle de ses robes vaut plus cher que mon salaire d'une semaine.

— Elle vous en fait le reproche ?

— Selon elle, cela n'a pas d'importance.

Campeau hocha la tête. Il avait l'âge d'être le père de Dolan ; il se trouvait dans une situation plutôt étrange.

— Bon, voyons les faits, comme dans le cas d'une enquête difficile. C'est une jolie femme.

Il avait levé son index. Dolan ne réagit pas.

— Elle doit vous trouver à son goût, ou alors elle vous voit par esprit de sacrifice.

Il avait levé son majeur.

— Vous êtes amoureux d'elle.

Cette fois, Dolan hocha la tête. L'annulaire suivit.

— Elle est amoureuse de vous.

Inutile de protester, l'autre aurait encore invoqué son esprit de sacrifice. Ce fut au tour du petit doigt.

— Vous n'avez pas d'argent.

Le pouce, cette fois.

— Elle en a, et elle est prête à dépenser son patrimoine avec vous.

Le second index.

— J'ai bien résumé la situation ?

Dolan acquiesça.

— On comprend mal la misère des autres, parfois, dit le chef, moqueur. Vous vivez vraiment une situation très difficile. Je me demande comment vous arrivez à supporter ça. Moi, je n'y arriverais pas.

Cette fois, le détective se leva. Il mettait la main sur la poignée de la porte quand son chef dit encore :

— La vie vous a déjà donné un lot de mauvais coups. Elle en a certainement d'autres en réserve. Alors, si vous gâchez les bons…

❋

Décidément, sa vie privée devenait un sujet d'intérêt pour l'ensemble des employés du service de police. Demain, Son Honneur le maire le convoquerait sans doute dans son bureau pour ajouter son grain de sel ! Quand Dolan vint se rasseoir dans la salle des détectives, deux collègues surveillaient ses moindres gestes. Sa colère évidente les convainquit de garder le silence.

Dolan sortit la photographie reçue la veille de la poche intérieure de sa veste pour la déposer sur son pupitre, juste sous ses yeux. Une jolie femme assise, un sourire aux lèvres, et une ombre fixant son regard sur elle. Éléonore avait raison : il traînait comme un spectre, sans jamais s'engager franchement. Si la belle histoire devait se terminer, mieux valait que ce soit après avoir reçu une réponse négative, pas parce qu'il n'avait pas osé poser la question.

La jeune femme, de son côté, était allée bien au-delà de ce qu'autorisaient les convenances pour lui signifier son engagement. Le policier tira le téléphone vers lui, puis il décrocha pour demander la communication avec le manoir des McDougall. Le majordome répondit d'une voix onctueuse. Au milieu de la matinée, cela pouvait être un fournisseur, ou même l'un des fils.

— Ici, le détective Dolan. Je veux parler à mademoiselle Éléonore.

— ... Je ne sais pas si elle est là.

— Allez vérifier.

Son attitude des dernières semaines donnait de bonnes raisons à Éléonore de se lasser de lui. Pourtant, il entendit son « Hello ? » hésitant.

— Veux-tu m'épouser ?

Faire la grande demande devant ses deux collègues ne lui simplifiait pas les choses.

— Bien sûr que je veux t'épouser !

Curieusement, la réponse ne le soulagea qu'à demi. Il continua :

— Je dois te préciser que je veux mettre certaines conditions... Pas des choses qui seront lourdes à porter pour toi, je te le jure.

Le silence dura juste un moment.

— Peux-tu m'en dire plus ?

— Présentement, il y a quatre oreilles attentives qui écoutent, en plus des tiennes. Crois-tu que le cocher t'en voudra terriblement si tu viens me rejoindre ?

Dolan, de son côté, se réjouissait que le collignon ait à se livrer à cette corvée. Ce serait une petite vengeance pour le ricanement de la veille.

— Pour te dire la vérité, je me fous complètement de son avis. Je te rejoins au poste !

Puis elle raccrocha. Dolan fit la même chose avec un moment de retard. Il leva les yeux sur ses collègues. Ceux-ci feignaient très mal de s'intéresser aux documents sous leurs yeux.

— S'il vous plaît, pas un mot.

— Mais nous voulons te féliciter ! s'exclama l'un d'eux.

— Alors, vous m'inviterez à la taverne la veille de la cérémonie.

Éléonore avait le sens du spectacle. Une fois rendue au poste de police numéro 1, elle entra en coup de vent, passa devant le sergent Panneton, et se rendit tout droit dans la salle des détectives. Dolan se leva en la voyant. L'invitation non verbale à la retenue n'eut aucun succès.

— Eugène !

Elle se précipita. Impossible de réagir autrement qu'en ouvrant les bras. Le tenant par le cou, elle chercha sa bouche. Un comportement tout à fait inconvenant. Chez les catholiques, cela lui aurait valu une condamnation du haut de la chaire. Chez les presbytériens aussi. Pourtant, même dans les circonstances, le policier reprit sans mal le rôle de l'amant passionné.

Après des au revoir rieurs aux collègues, le couple quitta la pièce. Dans le couloir, le détective s'arrêta un instant et prit la main d'Éléonore en disant :

— Viens avec moi, nous en avons pour dix secondes.

Il l'entraîna en direction du bureau du directeur, frappa un peu trop bruyamment et attendit le « Entrez ! » avant d'ouvrir.

— Monsieur, vos paroles m'ont donné un peu de bon sens. Me permettez-vous de m'absenter pour parler mariage ?

Campeau fixa Éléonore un moment, puis il esquissa un sourire.

— Vous avez ma bénédiction.

Il ajouta après une pause :

— Vous avez ma bénédiction tous les deux !

Ce fut bras dessus, bras dessous qu'ils sortirent du poste de police. Au passage, Panneton se justifia :

— Inspecteur Dolan, je n'ai pas pu l'empêcher de passer.

— Ne vous en faites pas, elle n'avait pas l'intention de m'assassiner.

Dehors, Eugène ressentit un grand soulagement. Tous ces étrangers mettant le nez dans ses affaires le rendaient nerveux.

— Où va-t-on ? voulut savoir la jeune femme.

— Au même endroit qu'après ta première visite au poste ?

Un petit salon de thé dans la rue voisine offrirait un endroit parfait pour parler mariage.

Ce ne fut qu'après avoir passé la commande qu'Éléonore osa aborder le sujet :

— Tu as parlé de conditions…

— Je ne connais pas le droit, mais tes frères ont un avocat. Je veux que ni toi, ni ta famille, ni mes collègues ne croyiez que je désire profiter de toi. Un contrat devrait stipuler que j'entrerai dans ce mariage avec une malle, et que si nous en arrivons là, je repartirai avec cette même malle. Absolument rien de plus.

— Mais cela fonctionnera.

— Je l'espère. Mais il vaut mieux fixer ces détails quand tout va bien.

Malgré toutes ses convictions sur la sincérité de son amoureux, son souci de clarifier les choses lui faisait plaisir. Tout de même, Éléonore ajouta :

— Ce n'est vraiment pas nécessaire.

Devant son silence, elle donna son accord d'un signe de la tête.

— Nous nous marierons à l'église presbytérienne.

— Fais-tu cette concession pour ma mère ?

— Non. Chez les catholiques, tu devrais te convertir. Et je suis moi-même trop en colère contre mon Église pour t'y entraîner.

Son compagnon lui avait dit ne pas vouloir lui imposer quoi que ce soit. Jusque-là, lui seul faisait des concessions.

— Et ensuite ?

— Une dernière chose : si nous avons des enfants, ils seront protestants.

« Que reproche-t-il aux catholiques ? » Elle savait qu'il fréquentait la messe assez assidûment, se confessait et communiait une fois par an. Toutefois, il tenait à empêcher ses enfants de vivre la même chose. Curieux…

— D'accord. Moi aussi, j'ai des exigences. Ton comportement devra être à l'opposé de celui de mon père.

Puis après une courte pause :

— Tu sais ce que je veux dire…

— Oui, je comprends.

— Ensuite, nous retournerons chez Gordon pour prendre des photographies où tu seras là, tout entier.

Elle lui tendit la main en disant :

— Nous avons un contrat ?

— Je suis prêt à le signer tous les jours de ma vie.

La poignée de main ne ressemblait en rien à la conclusion d'une affaire commerciale. À table, aucun des deux ne mangea beaucoup. Toute l'heure du lunch se passa en échange de regards énamourés.

Même si Dolan passa tout l'après-midi derrière son pupitre, il ne travailla pas vraiment. Les autres policiers paradèrent devant lui chacun son tour pour demander : « Ça va ? » ou encore : « C'est vrai, tu vas marier la riche héritière ? » Dans ce dernier cas, une pointe de jalousie marquait parfois la voix. Sa réponse demeurait toujours la même :

— On est en train de négocier. C'est aussi compliqué que de rentrer dans la famille royale. Toutefois, si le mariage se réalise, nous prendrons une bière tous ensemble à la taverne, promis.

Ce n'était pas seulement pour tromper les curieux. Au moment de le quitter, Éléonore avait évoqué un dîner « improvisé » avec les monarques de la montagne. Une heure plus tard, elle confirmait l'invitation.

La perspective de cette rencontre le rendait anxieux. Au moment où son fiacre arrivait dans l'entrée du grand domaine, malgré la fraîcheur de l'automne, la sueur mouillait son dos. Devant la porte, les deux chiens de garde le regardaient en retroussant les babines pour découvrir des crocs impressionnants.

Heureusement, sa fiancée – aucun autre mot ne la décrivait mieux, maintenant – vint tout de suite l'accueillir. Après un baiser, elle lui apprit :

— J'en ai parlé à Kenneth, il a profité du trajet jusqu'ici pour informer Stanley.

Que leurs plans soient maintenant connus lui donnait encore plus le trac. Tout devenait officiel. Éléonore lui sourit avant de dire :

— Aucun n'a cherché son fusil en arrivant.

Non seulement il ne les trouva pas avec des intentions meurtrières, mais l'aîné le reçut avec ses mots :

— J'ai vu qu'Alphonse Steurs se produisait au parc Sohmer. Nous devrions y retourner, l'un de ces soirs !

Cela valait une bénédiction. Le récit de leur prochaine sortie à trois occupa la majeure partie du repas. Octavia gardait son air pincé, pensant sans doute que ce policier arriverait à entraîner tous ses enfants dans les bas-fonds de Montréal. Pourtant, elle ne dit rien. L'inquiétude sur son prochain logis la rendait plus conciliante. Le mauvais sort la condamnerait peut-être à partager la demeure d'un catholique, ou à tout le moins le voir souvent. Mieux valait ne pas lui donner des pensées assassines.

Lorsqu'ils quittèrent la table, Kenneth proposa :

— Eugène, je souhaite te présenter les deux derniers venus dans la maison. Ils sont là-haut, dans la *nursery*.

Évidemment, dans ces familles il y avait des *nurses* et des *nurseries*. À l'étage, une jeune femme veillait en effet sur les rejetons McDougall.

— Le plus beau des deux est de moi, clama Stanley. Il s'appelle Allan.

— Ils sont aussi magnifiques l'un que l'autre. Je félicite les pères, mais surtout les mères !

Pamela et Joyce le remercièrent d'un sourire. La discussion se poursuivit sur les joies offertes aux nouveaux parents. Les mères décidèrent de rester avec les poupons, les autres descendirent dans la bibliothèque.

Dolan répéta ses conditions, Éléonore ne jugea pas utile de s'exprimer sur les siennes. L'aîné ne protesta pas contre ces projets. Mais son commentaire étonna Dolan :

— L'idée de vous marier chez les protestants et de faire élever vos enfants dans la religion protestante ne nuira pas à votre emploi ?

Kenneth ne doutait pas que Sa Grandeur monseigneur Fabre pouvait ruiner n'importe quelle carrière de ses coreligionnaires.

— Je ne crois pas. De toute façon, je ne pense pas abjurer ma foi.

L'autre hocha la tête, préférant lui faire confiance à ce sujet.

— Vous avez pensé à une date ?

Eugène consulta sa fiancée du regard.

— Non, dit celle-ci. Mais je ne veux pas emménager seule dans la maison de la rue Aylmer.

— Dans ce cas, suggéra Stanley, vous devriez prendre rendez-vous avec monsieur le pasteur.

Éléonore se réjouissait de ne pas compter parmi les catherinettes catholiques du 25 novembre prochain…

✻

Passé neuf heures, le cocher avait dû quitter sa couche pour atteler un cheval à la berline et conduire Dolan jusque chez lui. Le policier se sentait un peu mal à l'aise de le forcer à ressortir à cette heure, mais pas assez pour proposer de faire appeler un fiacre. Sans surprise, le bonhomme ne répondit pas à son « bonne nuit ».

Chez les McDougall, peu de temps après, tout le monde regagna sa chambre. Éléonore s'attarda un moment dans sa salle de bain, rêveuse. Eugène avait été mis au pied du mur avant de se « déclarer ». Sa stratégie lui paraissait un peu indélicate, pourtant elle ne ressentait aucun regret. Après tout, les hésitations d'Eugène ne concernaient que l'écart de leur situation respective. Il se réconcilierait bien vite avec le confort d'une maison toute neuve. Sans doute plus facilement qu'elle-même, qui laisserait un grand domaine, une immense demeure et une armée de domestiques.

Éléonore s'étendit sur son lit et se mit à rêver du moment où, pour la première fois, elle s'endormirait à côté de quelqu'un, quand elle entendit de petits coups contre la porte. Un bref instant, elle redouta qu'Octavia vienne lui faire des reproches. Cependant, la vieille douairière aurait frappé de toutes ses forces.

Quand elle ouvrit, elle se retrouva devant Kenneth, vêtu de son peignoir.

— Je peux te déranger un instant ?

Son sourire paraissait un peu contraint.

— Oui, bien sûr.

La jeune femme s'effaça pour le laisser entrer

— Tu es certaine que c'est ce que tu veux ? Je veux dire : ce mariage ?

— Évidemment !

— Dolan n'est pas un prix de consolation après ce qui est arrivé il y a quelques années ? Ni un moyen de quitter la maison ?

La question valait la peine d'être posée. Se rabattait-elle sur un policier après avoir subi l'indélicatesse d'un habitant de Westmount ? Quant à quitter la maison, à son âge et indépendante de fortune, rien ne s'y opposait.

— Non. Pas du tout !

Il se contenta de hocher la tête.

— Tu ne vas pas essayer de m'en empêcher ? Ce serait...

— Certainement pas. Je voulais juste m'assurer que tu t'étais posé ces questions, et que tes réponses te satisfaisaient.

— C'est le cas.

L'homme s'apprêtait à quitter la pièce. Elle saisit la manche de son peignoir.

— Kenneth, pourquoi te montres-tu si compréhensif? Tu pourrais faire comme maman, t'opposer de crainte d'une mésalliance.

Du temps d'Archibald, ses besoins affectifs n'avaient pas pesé bien lourd.

— Depuis quelques mois, malgré les... événements, je te retrouve avec un sourire radieux au visage. Si un policier catholique est la cause de ce bonheur, ce serait stupide de tenter de t'en séparer.

Elle passa ses bras autour du corps de son frère et posa sa tête sur son épaule. L'homme ne sut d'abord quelle contenance adopter, puis il mit ses mains dans son dos.

— Maman dira que j'apporte la honte sur toute la famille.

— Quelques vieilles dames en discuteront à l'heure du thé. Ça leur passera quand l'un des maris sortira un fils du placard, ou qu'un diagnostic de syphilis sera connu.

Archibald avait commis les pires accrocs à la réputation des McDougall, et la terre tournait toujours, les affaires allaient bien et le climat dans la maison était plus serein que jamais.

Après un moment, Kenneth se dégagea pour embrasser le front d'Éléonore, lui souhaiter bonne nuit et regagner sa chambre.

Chapitre 14

Depuis deux semaines, Dolan effectuait ses tâches habituelles de façon machinale, son esprit étant complètement mobilisé par ses projets d'avenir. La visite chez le photographe, un nouveau passage plus attentif à la maison de la rue Aylmer et un contrat de mariage peu orthodoxe avaient occupé toutes ses pensées.

Ses va-et-vient au poste de police numéro 1 lui valaient diverses questions, auxquelles il donnait toujours la même réponse : « Si cela doit se faire, nous fêterons la veille. » Puis, un matin de la fin d'octobre, il trouva une enveloppe sous son sous-main. Dedans, un carton avec quelques mots : *Monsieur le policier, j'aimerais vous voir. I. Radcliffe.* Le message s'accompagnait d'un numéro de téléphone, et juste dessous, un post-scriptum : *Venez avec cette charmante demoiselle McDougall.*

❋

Dolan décida de passer un coup de fil à sa fiancée pour lui parler de cette invitation quelque peu surprenante.

Le majordome connaissait maintenant les projets de la jeune fille de la maison, aussi répondait-il désormais à Eugène de façon moins abrupte.

— Je te manque déjà ? s'amusa Éléonore en portant l'émetteur à sa bouche.

— Oui, mais nous manquons tous les deux à une autre personne. Imagine-toi que madame Radcliffe souhaite nous rencontrer.

— Seigneur ! Son défunt mari voit dans le futur et il désire nous informer de nos perspectives d'avenir ?

— Nous le saurons en allant la voir. Pourrais-tu prendre un rendez-vous pour nous deux ? Présentement...

L'homme jeta un regard circulaire autour de lui.

— ... tout le poste écoute notre conversation, compléta Éléonore.

— C'est à peu près ça.

❋

Quand elle vint leur ouvrir, Imogen Radcliffe posa un regard joyeux sur le couple.

— Vous avez des projets communs, je pense.

En voyant Dolan hausser les sourcils, elle déclara :

— Non, ce n'est pas de la sorcellerie. Quand un homme couve une femme des yeux, je sais où cela conduit. Venez vous asseoir. Dans un instant, Rose nous servira du thé.

Les visiteurs prirent place sur un canapé étroit, la médium sur un fauteuil près d'un guéridon.

— Vous avez choisi une date ?

— Dans un mois à peu près, répondit Éléonore.

— Vous avez bien raison. Quand notre idée est faite, autant passer à l'action.

« Cette femme ferait fureur comme conseiller matrimonial », songea la visiteuse.

— Vous avez mes meilleurs souhaits de bonheur.

Quand la théière fut devant eux, le policier jugea utile d'accélérer un peu les choses.

— Vous avez exprimé le désir de nous voir. Vous souhaitez me signaler un crime ?

— Monsieur Dolan, je reconnais bien là votre zèle de défenseur de la loi.

Un moment, il craignit de la voir évoquer une nouvelle conversation avec Archibald McDougall. Que sa fiancée renoue avec sa lubie des conversations outre-tombe ne lui disait rien qui vaille. La suite le prit tout à fait par surprise.

— Cette jolie jeune femme endeuillée est morte, n'est-ce pas ?

— La cérémonie funèbre a été l'objet d'un compte rendu dans les journaux.

— Dans les journaux français… Moi, la nouvelle m'est venue par des amis. Vous diriez sans doute des clients. Ou des victimes.

Il se contenta de hocher la tête.

— Elle se serait suicidée après avoir parlé à son fils, puis son esprit se serait manifesté à vous, mademoiselle, une ou deux semaines plus tard. Depuis l'au-delà, chez Brochard.

La vieille dame semblait porter une accusation, comme si parler à Rosée ou, du moins, le faire chez un concurrent était une trahison. Dolan intervint :

— Vous partagez vos clients avec lui ?

— Avec tous les miracles que cet homme réalise, maintenant les gens se battent pour assister à ses séances. D'ailleurs, cette dame Grothé serait devenue son contact habituel avec les esprits. Dans le milieu, tous ne discutent que de ça.

— Il a abandonné son trio d'empereurs ?

— À ce qu'il semble…

Le détective ne comprenait guère la raison de leur convocation. Son visage trahissait son impatience.

— Moi aussi je suis entrée en contact avec elle.

Deux médiums se disputaient donc la relation avec l'esprit de Rosée.

— Cependant, je ne comprends pas ce qu'elle me dit. Pourriez-vous m'aider ?

— Vous voulez nous faire revenir pour une de vos futures séances ?

— Non, non, maintenant... trois personnes suffiront amplement.

— Une conversation avec un coup pour le "A", et vingt-six pour le "Z", je n'y crois pas vraiment.

Madame Radcliffe regarda Dolan avec la mine sévère d'une maîtresse d'école devant le cancre de la classe.

— Nous prendrons le Ouija !

« Voilà que le jeu proposé aux vieilles filles est élevé au rang d'outil des médiums », pensa-t-il.

— Considérez cela comme votre bonne action du mois. Venez, cela ne vous prendra qu'une minute.

Madame Radcliffe se leva sans leur laisser le temps de protester. Après s'être consultés du regard, les invités la suivirent jusque dans la salle à manger. Grâce à la lumière du couloir, ils virent la planche de Ouija sur la table.

— Monsieur Dolan, vous allez mettre vos doigts là-dessus, sinon vous m'accuserez d'un trucage.

Elle désignait la petite pièce de bois en forme de goutte d'eau. Il s'exécuta et elle aussi. Éléonore, craintive, resta assise un peu à l'écart. La voix de la médium se fit grave pour demander :

— Augustus, tu es là ?

La fausse goutte d'eau se déplaça vers le « oui ». Dolan avait résolu de faire bien attention à ne pas pousser ni tirer. Le mouvement ne tenait qu'à elle.

— Et madame Grothé ?

De nouveau, le « oui ». Le détective se troubla. La pièce de bois semblait se déplacer d'elle-même.

— Madame Grothé, que voulez-vous me dire ?

L'instrument désigna d'abord le « I », puis le « M », le « A », le « T », le « U » et le « E ». Puis, il s'arrêta.

— Cela signifie quoi ? *I am Tuesday* ?

Elle posait ses questions en anglais et s'imaginait recevoir des réponses dans la même langue.

— Il m'a tuée, dit Dolan en français, puis il continua en anglais : elle vous dit que quelqu'un l'a tuée.

La médium le regarda un instant, interdite. Elle reprit :

— Madame Grothé, qui vous a assassinée ?

La question fut répétée cinq fois, sans succès. La pièce de bois ne bougea plus. Le regard d'Éléonore passait de l'un à l'autre, interloqué.

— Elle refuse de dire quoi que ce soit de plus, conclut la vieille dame en abandonnant le jeu. Je vous remercie d'avoir bien voulu m'aider.

Elle n'en était pas à une ruse près. Que la phrase soit le fruit de son imagination ou non, jamais Dolan ne lui aurait prêté la même attention si elle la lui avait tout simplement répétée sans toute cette mise en scène. Maintenant, elle ne lui sortirait plus de la tête. Car la pièce de bois lui avait réellement semblé se déplacer toute seule.

✻

Puisqu'ils se trouvaient rue Milton, ils firent un bref détour par la rue Aylmer. Dans la maison, le policier étendit son manteau sur le sol afin que sa compagne puisse s'asseoir à un endroit à peu près propre. La lumière des lampadaires leur permettait d'y voir assez bien.

— Cette dame a décidé de me faire tourner en bourrique, ragea-t-il.

— Que veux-tu dire ?

— Tu te doutes bien qu'après tout ce temps à vivre à Montréal, elle pouvait comprendre une phrase de quatre mots en français. Elle tenait à me faire jouer à ce jeu. Pour les deux premières questions, je l'ai laissée faire. Ensuite, j'appuyais pour que la planchette ne bouge pas. Mais tu as vu à quelle vitesse elle se déplaçait !

— Que penses-tu que cela signifie ?

— Je ne sais pas. Je devrai y réfléchir toute la nuit, je suppose.

— Rosée a dit qu'on l'avait tuée, mais sans dire qui.

— Elle s'est suicidée. La porte et les fenêtres n'ont pas été forcées, il n'y avait aucune autre empreinte sur la bouteille de laudanum.

— Elle était malheureuse et neurasthénique, comme toutes les femmes qui perdent un enfant. Cependant, l'idée de le rejoindre lui est venue après avoir entendu ses pleurs…

Eugène la regarda longuement, les sourcils relevés. Des épouses formulaient le désir de suivre un époux dans la mort et des mères, leurs enfants. Elle y avait probablement pensé le jour même de la mort du petit. Toutefois, la succession des interventions de Brochard donnait un sens à ce scénario. L'enfant en pleurs, l'esprit de l'enfant à ses côtés, l'enfant qui réclame son intervention.

— Je conviens que cela a pu l'influencer. On croit qu'un jour on rejoindra nos proches au paradis. Ou en enfer. Les médiums rendent la mort tellement moins effrayante.

Quitter ce monde pour accéder à un autre, y revenir après une réincarnation afin de continuer son évolution vers un état de perfection qui rendrait inutile un retour à la vie terrestre. Ni véritable fin ni enfer. Les promesses catholiques ne paraissaient pas à la hauteur, en comparaison.

— Moi non plus, je ne dormirai pas, confia Éléonore.

Elle se laissa glisser vers Dolan, posa la tête sur son épaule.

— As-tu demandé au cocher de venir te chercher ?

— Oui, à dix heures, devant l'hôtel Windsor.

— Dommage.

Il se tourna à demi pour l'embrasser. Ce serait en quelque sorte le baptême de cette jolie maison.

Sa prédiction s'était réalisée. Comment fermer l'œil après qu'un fantôme lui ait confié avoir été assassiné ? Il en voulait à madame Radcliffe de lui avoir tendu ce piège. L'histoire ne lui sortit pas de la tête de toute la journée, ni même pendant la nuit suivante. Ce fut trente-six heures plus tard qu'il se décida à demander un entretien à son patron.

— Alors, les préparatifs vont bon train ?

— Il n'y a pas vraiment de préparatifs. Nous serons une demi-douzaine dans une sacristie, ou ce qui en tient lieu chez les presbytériens. Quant à l'emménagement, la belle-famille s'en chargera.

Le détective sembla hésiter un peu, puis demanda :

— Justement. Accepteriez-vous de me servir de témoin ?

Campeau demeura interdit un moment, puis déclara :

— Ce rôle revient à un membre de la famille, d'habitude.

— J'ai beau chercher, je n'en trouve aucun.

L'affirmation était une demi-vérité. Des oncles et des tantes existaient bien. Mais personne avec qui il avait eu des contacts réguliers au cours des quatorze dernières années.

L'orphelin soutenu par des membres du clergé était devenu un fils de l'Église.

— Ce sera un honneur pour moi.

Dolan ne comprit pas en quoi ce rôle était honorable, mais il fut tout de même ému.

— J'étais venu vous voir pour une tout autre raison, mais maintenant je me demande si j'aurai le courage d'aborder le sujet.

Le directeur connaissait ce genre d'entrée en matière. C'était le prélude à une confession, d'habitude pour une faute professionnelle. Et il venait d'accepter de servir de « père » au fautif.

— Là, vous m'inquiétez.

— Il n'y a pas de raison. C'est juste que j'ai l'impression que quelque chose d'important m'a échappé il y a quelques mois. Cela concerne madame Grothé.

— Parce qu'on a classé ça comme étant un accident ? Vous étiez convaincu que ça valait mieux que de parler de suicide.

Personne n'avait mis en cause le résultat de l'enquête du coroner. Il convenait parfaitement à la famille, aux responsables de l'administration de la justice et même à l'Église catholique, qui se serait trouvée dans une situation délicate en refusant l'inhumation en terre consacrée d'une bourgeoise dont l'époux jouissait d'un certain prestige. Refuser l'inhumation au cimetière d'un vagabond ou d'un pécheur notoire n'aurait eu aucune conséquence. À la femme du propriétaire de la « compagnie des p'tits chars », c'était une autre histoire...

— Je le suis toujours, pour elle et les siens. Mais ce Brochard est responsable de sa mort.

— Nous avons parlé de ça. Elle l'a consulté et a librement consenti à croire à ses sornettes.

— Comme quelqu'un qui achète du lait frelaté et en meurt.

L'argument troubla Campeau. Dans ce cas, le marchand négligent était poursuivi.

— Là, Brochard adopte sa voix, comme si elle s'exprimait par lui depuis le royaume des morts. Il présente cela comme la preuve de la vie après la mort. Les gens se précipitent chez lui pour bénéficier de ses services.

— Je peux en parler avec quelqu'un de l'archevêché.

— L'interdit existe chez les catholiques, mon curé a abordé le sujet en chaire récemment. Cela ne suffit pas.

L'autre le regarda comme un enfant qui refuse de comprendre. La police enquêtait sur des crimes, pas sur des croyances. Dolan savait devoir être prudent. Évoquer le Ouija et la petite phrase « Il m'a tuée » ne ferait que mettre son emploi en danger.

— Mon instinct me dit qu'un crime a été commis sous mes yeux. J'aimerais y regarder de plus près.

Devant les sourcils froncés, il ajouta :

— En toute discrétion, je vous l'assure.

— Une discrétion absolue.

— Absolue.

Cette assurance poussa son chef à accepter. Il exigea cependant d'entendre un rapport régulier sur cette affaire qui n'en était pas une.

❋

Eugène avait donné rendez-vous à sa fiancée dans un salon de thé situé près de la maison de la rue Aylmer, comme s'il entendait se familiariser avec son futur environnement. En quelques mots, il la mit au courant de sa dernière conversation avec le chef Campeau.

— Que veux-tu dire par discrétion absolue ?

— Je ne peux pas descendre chez Brochard, ou chez Grothé, comme je l'ai fait chez vous, et forcer tout le monde à répondre à mes questions.

— S'ils n'ont rien à se reprocher…

Le détective lui adressa un sourire.

— Ta mère n'avait rien à se reprocher, tes frères non plus. L'accueil n'a pas été très chaleureux, pourtant quelqu'un manquait à l'appel. Là, il faut enquêter sur un suicide que le coroner a accepté de faire passer pour un accident. Mais dis-moi, qui en ce monde te connaît le mieux ?

Éléonore réfléchit un moment, puis répondit en présentant un visage espiègle :

— Toi. Encore mieux que mon médecin.

— Je ne parlais pas de ton anatomie. Mais de tes sentiments, tes émotions...

La jeune femme fut sur le point de dire « Maman », pour s'apercevoir que depuis ses douze ans, elle lui dissimulait l'essentiel. Kenneth se montrait compréhensif, mais c'était son frère, et un homme. À la fois trop proche et trop loin.

Elle se sentit dépitée au moment d'avouer :

— Ma femme de chambre. Rien ne lui échappe, je suppose. Je la vois quand je me lève et quand je me couche…

Comme Eugène hochait la tête, elle comprit.

— Tu veux que je parle à sa femme de chambre ?

— Moi, je ne pourrais justifier ma démarche. Toi, tu peux invoquer ton amitié avec Rosée.

— Nous nous sommes vus six fois, sept tout au plus !

— Si tu lui présentes les choses de cette façon, cela ne la portera pas aux confidences.

Car il s'agissait bien de cela : en apprendre le plus possible, même s'il fallait écorcher un peu la vérité.

— Je ne pensais pas devenir une auxiliaire de police.

Cela dit, cette perspective ne lui déplaisait pas du tout. Une existence excitante succéderait à des années d'ennui. Elle rit franchement au moment de dire :

— Je serai ton docteur Watson ?

— En plus jolie.

Dans le rôle de l'amie pleine d'empathie, Éléonore avait certainement les plus grandes aptitudes.

❊

Comme elle n'imaginait pas de bonne façon de se présenter à monsieur Grothé, Éléonore choisit de frapper à la porte à l'heure où celui-ci était au travail, et où les domestiques n'auraient pas trop à faire.

Après avoir actionné le heurtoir, elle attendit un long moment. Elle s'apprêtait à repartir bredouille quand un majordome ouvrit enfin. Il la scruta des pieds à la tête avant de demander :

— Madame, que puis-je faire pour vous ?

— Je suis… J'étais une bonne amie de madame Grothé. Je me suis rendu compte que j'avais toujours ce livre, qu'elle m'a prêté.

Elle tendait l'ouvrage d'Allan Kardec, *Le Livre des esprits*.

— Vous pouvez le garder.

— Peut-être que son époux voudra l'avoir.

Préciser « En guise de souvenir » aurait été ridicule. Elle expliqua :

— C'est sur le spiritisme. J'accompagnais Rosée aux séances.

Cette fois, le majordome accepta de prendre le livre.

— Quand je suis venue ici, j'ai rencontré Lucille, sa femme de chambre. J'aimerais lui parler des… derniers jours. Quand nous avons pris le thé ensemble, elle m'avait semblé aller un peu mieux. Alors, quand j'ai appris la nouvelle, j'ai été bouleversée.

— Lucille ne travaille plus ici.

Devant le regard surpris de la visiteuse, il justifia :

— Sans madame, plus besoin d'une femme de chambre. La femme de ménage, la cuisinière et moi, nous suffisons à la tâche.

— Je comprends. Savez-vous où elle travaille maintenant ?

— Chez une relation de monsieur. Le notaire Cloutier.

— Je vous remercie.

Le domestique paraissait avoir hâte de mettre fin à l'entretien. Éléonore quitta les lieux après un « Bonne journée » sans conviction.

❁

Le bottin de la ville de Montréal lui fournit l'adresse du notaire Léon Cloutier, carré Saint-Louis. Afin de ne pas être de nouveau déçue, Éléonore prit la peine de téléphoner. Madame Cloutier se montra plutôt aimable, son histoire lui parut plausible.

Aussi, en milieu d'après-midi, la bourgeoise de l'ouest de Montréal entrait dans la demeure de l'un des notables de la section est. Son hôtesse, une grosse dame qui était dans la soixantaine, la reçut dans un petit salon, lui fit répéter la raison de sa démarche. Tout dans son attitude disait son désir d'assister à l'entretien.

Mais quand la jeune domestique se présenta avec un plateau dans les mains, Éléonore demanda :

— Si vous le permettez, j'aimerais passer dans la cuisine avec mademoiselle.

Le rouge monta aux joues de la grosse femme. Elle se leva en disant :

— Ce ne sera pas nécessaire. Maintenant, vous avez du thé pour vous deux.

Elle ne proposa pas d'aller leur chercher des biscuits. Quand elle fut sortie, Éléonore se chargea des devoirs de maîtresse de maison.

— Asseyez-vous là, je vais vous verser du thé.

— Oh ! Non madame, murmura la bonne. Je ne peux pas.

— Allez, nous sommes seules. Voici pour vous.

Éléonore posa la tasse sur la table basse, juste en face du fauteuil occupé par son hôtesse, un moment plus tôt. La domestique hésita encore un peu avant de s'y asseoir.

— Vous vous souvenez de moi ?

— Vous êtes venue voir madame Grothé.

— Sa mort m'a surprise. Elle me semblait aller mieux, lors de notre dernière rencontre.

— Quand elle allait là-bas, elle revenait…

Pour la femme de chambre, il était impossible de qualifier le mélange de chagrin, d'inquiétude et d'espoir qui caractérisait sa patronne dans ces moments.

— Là-bas ?

— Chez ces sorciers, ceux qui parlent aux morts.

— Le jour de sa mort, vous l'avez vue ?

Elle hocha lentement la tête.

— Je l'ai aidée à enlever sa robe, j'ai brossé ses cheveux.

— Elle ne vous a rien dit ?

— Pas qu'elle allait faire ça.

— Mais comment était-elle ?

La domestique ne savait trop comment rendre compte d'une humeur tantôt exaltée, tantôt malheureuse. Elle demeura pensive, incertaine de la façon de dire les choses.

— Calme. Je l'ai trouvée très calme. Elle m'a demandé si j'avais un amoureux, si je souhaitais me marier un jour.

— C'était exceptionnel ? Vous demander des informations personnelles, je veux dire ?

Lucille fit signe que oui. Puis elle murmura :

— Elle m'a dit : "Je vais le retrouver."

La visiteuse parut si intriguée qu'elle précisa :

— Elle parlait de son garçon qui est mort. Pis j'ai rien faite. Sur le coup, j'ai pas compris.

Quand les larmes coulèrent des yeux de la jeune fille, Éléonore se pencha pour mettre sa main sur son avant-bras.

— Moi non plus, je n'ai pas compris, et elle me répétait la même chose. Nous ne pouvions pas savoir.

Les larmes coulèrent d'abondance. Éléonore chercha dans son sac, lui tendit son mouchoir. La bonne retrouva lentement un semblant de contenance.

— Quel genre de mère était-elle ?

— La meilleure. Elle passait tout son temps avec lui. L'idée de mettre le p'tit à l'école lui faisait peur. J'pense qu'a voulait lui apprendre à lire pis à écrire elle-même juste pour le garder dans la maison. Quand y est mort, a passait son temps dans sa chambre. A jouait avec ses bébelles.

Sa gouvernante française ne lui avait pas appris ce dernier terme, mais Éléonore devina.

— Savez-vous pourquoi elle n'a eu qu'un enfant ? Un seul, c'est plutôt rare, non ?

— Bin… pour ça, faut être deux.

Cette fois, elle ne comprit pas. Alors, Lucille précisa :

— Y couchaient pas ensemble.

Rosée avait parlé des chambres séparées. Éléonore avait pensé que cela datait de la mort de Zéphyr. Ce n'était pas le cas.

— L'idée de consulter un médium lui est venue comment ?

— De son mari. Elle répétait "J'veux le rejoindre, j'veux le rejoindre". Un jour, y lui a donné un livre là-dessus. J'ai pas trop compris de quoi ça parlait, mais après, a l'était un peu mieux. Y a parlé d'une bonne femme dans l'ouest de la ville, pis d'un gars su' Saint-Hubert.

Cela pouvait laisser penser que la domestique passait son temps l'oreille collée à une serrure. Lucille jugea nécessaire de préciser:

— J'fais le service a table. Pis a m'en parlait quand j'l'aidais à s'habiller, pis à se déshabiller.

La conversation se poursuivit encore une dizaine de minutes, sans rien apprendre de plus à Éléonore. La femme délaissée par son mari déversait toute son affection sur son fils. Celui-ci mort, elle avait cherché à le rejoindre dans l'au-delà. En se levant, Éléonore glissa quatre dollars dans la main de la femme de chambre, avec ses remerciements. Aucune des deux n'avait touché au thé.

Madame Cloutier fut un peu abrupte au moment de se séparer de la visiteuse.

Chapitre 15

Éléonore donna rendez-vous à Eugène dans un nouveau café situé près de l'Université McGill. Le policier arriva un peu avant midi pour la trouver assise, un magazine féminin ouvert sous ses yeux. Elle lui adressa son meilleur sourire en s'empressant de faire disparaître la revue dans son sac.

— Tu es arrivée il y a longtemps ? dit-il en lui faisant la bise.

— Peut-être vingt minutes. J'ai profité du fait que mes belles-sœurs venaient faire des courses. L'idée de déménager l'an prochain leur donne envie de découvrir tout ce qui existe d'inédit en décoration.

Un serveur apparut tout de suite près de la table. Après avoir commandé, Dolan demanda :

— L'an prochain seulement ?

— Oui, autant eux que les nouveaux propriétaires préfèrent retarder la prise de possession. D'ici là, ils pensent avoir le temps de construire leur demeure.

— Toujours sur le même terrain ?

— Oui...

Dans le lot de changements venant avec un déménagement, il y avait cette déception de la jeune femme. Le domaine disparaîtrait au profit d'une quinzaine de lots de taille appréciable. Les garçons McDougall en occuperaient deux, rapprochés.

— Voilà qui facilitera les relations familiales. Tu n'as pas eu envie de devenir leur voisine ?

— Non. Ils sacrifient le plaisir d'habiter au milieu d'un grand parc, sans pour autant se rapprocher de la civilisation.

Ayant enfin quelqu'un pour l'accompagner, elle était résolue à ne rater ni spectacle ni exposition. Il existait aussi une autre raison. Elle précisa :

— De toute façon, je ne pourrais pas me le permettre. Je serai à l'abri du besoin, mais je ne jouerai plus à la châtelaine.

Elle marqua une pause, avant de reprendre :

— Je vais répondre tout de suite aux questions qui te hantent : non, cela ne me manquera pas beaucoup. Cela dit, je compte sur toi pour faire de longues promenades dans les parcs de la ville.

— En plus, nous vivrons tout près du mont Royal.

— Voilà ! Je ne regretterai donc jamais de m'être privée d'attendre la venue d'un veuf capable de m'offrir la vie de château. Je serai une bourgeoise bien mariée, à la place !

Il n'ajouta pas qu'un bon mariage n'était pas incompatible avec les millions. Eux n'en auraient pas. Et leurs voisins immédiats seraient des professionnels ou des propriétaires d'entreprises de petite ou moyenne envergure.

— ... Mariée avec un homme qui me permet de jouer à la policière.

Son sourire ressemblait à un défi. Oui, voilà qui représentait pour elle une réelle satisfaction.

— Tu as pu rencontrer cette femme de chambre, finalement ?

Elle l'avait mis au courant de ses efforts pour la retracer.

— Lucille. Oui... pour apprendre que non seulement l'époux Grothé ne voyait pas de mal dans le fait qu'elle rencontre un médium, mais qu'il l'avait fortement encouragée.

Un pli marqua le front de Dolan.

— Je m'imaginais devant une affaire plutôt simple : un charlatan dont l'insensibilité a poussé une femme déprimée à commettre un geste irréparable. Maintenant, je dois envisager une autre possibilité. Celle d'un époux qui, de façon délibérée, l'a poussée dans cette direction, avec la complicité du charlatan.

— … Là, tu me donnes froid dans le dos.

Éléonore préférait croire en la culpabilité d'un immigrant se livrant à une activité un peu clandestine, plutôt qu'à celle d'un époux.

— Je ne veux pas t'effrayer, mais tu sais, il est très rare qu'une femme ou un enfant se fasse tuer par un voyou entré dans une maison pour voler l'argenterie. Le coupable est d'habitude un proche parent, le plus souvent un époux, ou un père.

Cela venait avec un sourire en coin. Comme elle fixait sur lui un regard sceptique, il continua :

— Les haines développées dans l'intimité sont certainement les plus tenaces. Imagine si Octavia avait trouvé une façon indirecte de faire disparaître son mari ?

Jamais Dolan n'aurait pu envisager d'appeler la vieille dame « belle-maman ». En public, il appelait la reine douairière par son nom, mais mentalement il s'agissait toujours de la vieille sorcière. Éléonore se troubla à cette pensée. Pouvait-on tuer un époux infidèle ?

— Crois-tu vraiment cela ?

La notion du conjoint assassin heurtait sa sensibilité. Comme toutes les jeunes femmes, on l'avait conditionnée depuis l'adolescence à chercher le bon parti. Dans son esprit, dans la pire éventualité, l'homme serait un raté, ou un goujat, mais pas un assassin.

Pendant un moment, ils mangèrent. Puis Dolan dit dans un murmure :

— J'espère que mes paroles ne te feront pas changer d'avis pour le mariage, car je te trouve très séduisante.

Elle le contempla avec des yeux rieurs et une moue faussement sévère sur les lèvres.

— Si tu comptes m'entraîner rue Aylmer après le repas, tu seras déçu. J'ai quelque chose cet après-midi.

— Et moi j'aurais du mal à justifier une absence.

« Les maris assassins doivent se montrer moins prévenants », songea-t-elle. Plutôt que de s'engager sur ce sujet, elle préféra se porter à la défense d'Osias Grothé.

— Je ne vois pas pourquoi un homme voudrait se débarrasser d'une compagne à la fois charmante et irréprochable en tous points. Et je ne l'imagine pas se livrant à des... indélicatesses comme mon père.

Spontanément, elle considérait que les femmes étaient fidèles, en sachant très bien, pour en avoir été témoin, que ce n'était pas le cas pour tous les hommes.

— Le curé en moi m'amène à te rappeler que ce péché se commet à deux. Si tu exceptes le recours à des prostituées, pour chaque homme se livrant à la fornication, il y a une pécheresse.

— Franchement, tu imagines Rosée s'engager dans une "affaire" ?

— Tu imagines une femme comme toi s'engager dans une affaire, pour reprendre ton expression ? dit-il d'une voix à peine audible.

L'utilisation du français lui offrait une discrétion totale dans cette section de la ville. Cette façon de présenter les choses mit le rouge aux joues de sa compagne. Plus jamais elle ne laisserait entendre que « ces choses » n'arrivaient pas dans le beau monde.

— Si je suis ton raisonnement, il voulait se débarrasser de sa femme. Et plutôt que de la pousser dans l'escalier, il l'a incitée à consulter les esprits.

Il hocha la tête.

— Pourquoi ?

— Les motifs les plus habituels sont la jalousie, le désir de changer de partenaire, ou l'envie d'hériter. Et à lire les journaux de détective américains, je constate que les êtres humains sont très créatifs dans ce domaine.

— Moi qui lorgnais sur le plateau à pâtisseries ! Tu réussis à gâcher mon appétit. Je suppose que je devrais t'être reconnaissante.

— Alors, parlons d'autre chose. Toi, tu ne désires pas chercher des meubles pour ta nouvelle maison ?

— Il faudra que je le fasse, au moins pour certaines pièces, comme la salle à manger et notre chambre. Par ailleurs, notre cuisinière a commencé à mettre de côté de quoi composer une batterie de cuisine.

Comme ses frères aussi emménageraient dans une plus petite maison, le patrimoine de chaudrons et de vaisselle devait être divisé.

— Je compte sur ta présence pour certains achats. Un nouveau lit, par exemple, et les meubles de la pièce qui te servira de bureau.

— Ce n'est pas vraiment nécessaire, tu sais. Je m'en passe, actuellement.

— Alors, je l'utiliserai.

Le sujet les occupa jusqu'à la fin du repas. Au moment où ils quittaient le café, juste avant d'échanger une bise, elle demanda :

— Que vas-tu faire maintenant ?

— Je ne suis pas certain de la façon de procéder. Tu comprends, il n'y a pas d'enquête sur lui. Je ne peux pas me présenter chez lui pour poser mes questions.

— Il y a autre chose que je dois te dire. Selon la domestique, cet homme ne partageait pas le lit de sa femme.

— Je comprends qu'elle ne devait pas avoir la tête à ça.

— Même avant le drame, à ce que j'ai compris…

Voilà qui orienterait son enquête. Déjà, il s'imagina suivre discrètement Osias Grothé pour voir si quelqu'un recevait son « affection ». Il se pencha pour lui embrasser la joue. Elle le retint par le pan de son manteau et lui dit à l'oreille :

— Même si un jour je suis très malheureuse, promets-moi que tu n'abandonneras pas notre lit.

— Tu sais, personne ne sait ce que la vie nous réserve. Mais je pense que si cela se produit, ce sera à ta demande, pas à la mienne. Je ne considère pas le fait de dormir seul comme une source de félicités.

❋

Arriver sans motif chez un bourgeois pour lui poser des questions lui attirerait probablement des ennuis. Eugène n'avait aucune véritable raison de penser qu'un crime avait été commis. Cependant, à cause du caractère suspect de son occupation professionnelle, Narcisse Brochard ne jouirait pas de la même présomption d'innocence. Aussi, Dolan négligea son enquête sur la disparition d'une voiture de maître et de son cheval pour se rendre plutôt rue Saint-Hubert.

Il frappa à trois reprises avant que le domestique asiatique ne vienne lui ouvrir.

— J'aimerais rencontrer le maître de la maison, dit-il sans préambule.

— Je ne sais pas s'il est disponible.

— Oh ! Pour moi il le sera sans doute.

En disant cela, il lui mit sa plaque de policier sous le nez. Le valet le laissa sur le perron pour aller s'enquérir illico de la disponibilité de son employeur. Ce fut Brochard lui-même qui se présenta ensuite.

— Que me voulez-vous ? fit-il sèchement.

— Vous parler.

— Je n'ai rien à vous dire.

— Je peux aussi vous ordonner de m'accompagner au poste, si vous préférez. Et si vous refusez, deux ou trois policiers costauds viendront vous chercher.

Son interlocuteur murmura un « Merde » bien audible, mais il se poussa pour le laisser entrer. Il lui désigna une porte ouverte sur sa droite. Dolan entra dans un bureau extraordinairement encombré de papiers, de découpures de journaux et de divers colifichets.

— Je vous comprends d'avoir été hésitant. Moi aussi, montrer un tel désordre me gênerait.

— Que me voulez-vous ?

Le médium n'entendait certainement pas faire la conversation. Le policier déplaça une chaise pour la poser devant la table de travail, puis l'occupa sans plus de formalité. Brochard regagna son siège habituel.

— Je me suis rendu compte que vous vous étiez engagé dans le commerce de photographies.

Dolan sortit la photo de Rosée et de son fils pour la poser au milieu du pupitre.

— C'est tout de même remarquable, tout ce qui échappe à notre œil et que l'objectif d'une caméra peut saisir.

L'autre s'agita nerveusement sur sa chaise.

— Il s'agit de son esprit. Voilà des décennies que le phénomène est connu.

— Connu et contesté.

Tout en parlant, Eugène sortait une seconde photographie de la poche intérieure de sa veste, pour la poser à côté de la première. Celle où son ombre se penchait sur Éléonore.

— Moi, je suis bien vivant, pourtant.

Cette fois, son vis-à-vis parut se troubler.

— Je sais bien que des gens peuvent imiter ce que je fais. Mais moi, je n'ai jamais vu ce garçon.

— Les grands pionniers ont toujours des imitateurs. Savez-vous qui, le premier, a vendu des clichés de ce genre ?

Brochard haussa les épaules pour signifier son ignorance.

— Un américain nommé Mumler. On l'a accusé d'entrer par effraction chez les gens pour voler des photographies de défunts. Voyez-vous, si je fouillais les albums de madame Grothé, je suis certain que je trouverais une place vide, là où était cette photo.

— Vous croyez qu'on peut accuser n'importe qui, comme ça ?

Brochard claqua des doigts. Dolan se demanda s'il pourrait obtenir un mandat de perquisition afin de parcourir lesdits albums. Sans doute non, puisque aucun crime n'avait été commis.

— Nous sommes dans votre bureau, la porte close. Impossible de m'accuser d'atteinte à votre réputation.

Mais de harceler un honnête citoyen, peut-être. Toutefois, ce serait attirer l'attention sur son petit commerce. Jamais ce charlatan ne prendrait ce risque.

— Ce qui me trouble encore plus que les photographies truquées, c'est que vous êtes responsable de cette mort. Si vous ne lui aviez pas fait croire que le fantôme de son fils avait besoin d'elle, jamais elle ne se serait suicidée pour le rejoindre.

Cette fois, le médium perdit totalement sa contenance.

— Tout le monde sait que les esprits existent ! D'ailleurs, le fonds de commerce des Églises chrétiennes, c'est la survie de l'âme !

— Mais je ne connais aucun cas où un prêtre a incité une femme à mourir pour rejoindre l'un de ses enfants. L'adage dit qu'il faut chercher à qui le crime profite. Vous profitez de cette mort. Madame Grothé a remplacé les empereurs romains en guise d'esprit domestique.

— Elle s'est manifestée…

Chez Imogen Radcliffe aussi, songea le policier. Plutôt timide quand elle était vivante, cette femme semblait pressée de se faire de nouveaux amis une fois dans l'au-delà.

— Vous présentez le monde des esprits comme une certitude. Parmi vos clients, certains ont vu cette femme vivante lors d'une séance, pour parler à son fantôme une semaine plus tard. C'est un peu comme si vous aviez démontré scientifiquement les fondements de votre doctrine. Cela doit bien vous arranger.

— Le spiritisme est une religion moderne. Les curés demandent de croire sans preuve. Chaque fois que quelqu'un parle à l'esprit de l'un de ses proches, il établit une preuve.

Dolan fit une petite moue qui exprimait son scepticisme, puis il ramassa ses photographies pour les mettre dans sa poche.

— Je vous laisse, pour cette fois, mais je ne doute pas que nous nous reverrons. Je ne renonce pas à l'idée de vérifier le mécanisme par lequel vous faites bouger une table, ou faites apparaître un ectoplasme sur le plafond de la pièce réservée à vos séances. Quoique, à ce chapitre, le Ouimetoscope nous donne une bonne idée de la façon de projeter une image.

Deux minutes plus tard, le détective marchait sur le trottoir de la rue Saint-Hubert en affichant un sourire satisfait. Si cette visite n'avait pour seul résultat que de rendre ce charlatan plus prudent, elle en valait la peine. Car encouragée par l'exemple, une autre personne éplorée pourrait bien en venir à vouloir rejoindre le monde des esprits.

Comme aucun crime n'avait été commis – Dolan ne savait trop quel article du Code criminel mentionner au moment de rentrer dans le bureau de Campeau – aucune enquête ne pouvait être menée. Il commença par raconter sa rencontre avec Brochard, pour conclure :

— J'aimerais pouvoir le faire venir ici pour le bertillonner.

Ce verbe faisait référence à une technique d'identification des criminels mise au point par Alphonse Bertillon. Il s'agissait de ficher les suspects selon un certain nombre de caractéristiques physiques constituant le signalement anthropométrique : la taille, la longueur du corps depuis l'épaule gauche jusqu'au majeur droit, la longueur du tronc de la tête au postérieur, prise en position assise, la circonférence de la tête, du crâne au front, etc. Il fallait aussi mesurer l'oreille droite, le pied gauche, le médius gauche… Ces détails permettaient de constituer des fichiers qui servaient à confondre les criminels donnant de fausses identités.

— Seigneur, dans quel but ?

— Afin de savoir si le bonhomme a déjà attiré l'attention des services de police en France.

— Vous allez finir par y mettre autant de temps que l'an dernier sur l'enquête McDougall.

— Quelque chose d'horrible s'est passé sous mon nez, et je n'ai rien vu.

« Pendant ce temps, je n'avais d'yeux que pour Éléonore », songea-t-il. Comme dans l'expression « l'amour rend aveugle ».

— Même si votre raisonnement selon lequel cet homme a poussé la malheureuse au suicide parait crédible, cela ne constitue pas une preuve. Jamais vous ne pourrez remettre un dossier au procureur général.

Afin que des accusations soient éventuellement portées. Sans une conclusion de ce genre, tous ses efforts seraient un gaspillage de fonds publics.

— Toutefois, s'il s'agit d'un criminel en fuite, nous pourrions l'empêcher de nuire de ce côté-ci de l'Atlantique.

— S'il a la bonne idée de consulter un avocat...

Campeau ne jugea pas utile de préciser son avertissement, Dolan comprit très bien. Si son initiative attirait l'attention, il en paierait seul le prix. Cependant, comme son chef ne lui interdisait pas de faire venir Brochard au poste pour se livrer à sa séance de mesurage, cela signifiait qu'il l'approuvait.

Pour un étranger au pays, peu familier avec les lois, l'idée de se rebiffer contre un abus de pouvoir de la police ne venait pas spontanément. Narcisse Brochard se présenta donc au poste de police numéro 1 de bon matin. Afin de rendre l'expérience la moins pénible possible, Dolan l'attendait dans l'entrée, malgré les questions indiscrètes du sergent Panneton.

— Pis, c'est-tu pour betôt, le mariage? demanda le planton.

— Je vous le dirai la veille, promis.

Heureusement, le médium se montra ponctuel, ce qui mit fin à l'interrogatoire. Dolan le reçut en disant:

— Je vous remercie, monsieur, de nous éviter à tous les deux le déplaisir d'aller vous chercher.

— Je ne sais pas ce que je fais ici. Vous me reprochez le fait que des gens viennent librement chez moi pour me demander mes services.

— Je ne vous reproche rien. Je veux juste mieux comprendre comment vous êtes entré en possession d'une photographie de Zéphyr Grothé. Sa mère ne peut pas vous l'avoir donnée et ensuite avoir cru à votre fable sur l'esprit de l'enfant.

L'homme ne jugea pas utile de plaider encore l'authenticité de ses œuvres. Un jeune policier en uniforme se tenait dans la salle réservée à l'anthropométrie.

— Quand il en aura fini, vous pourrez partir.

— Fini quoi ?

— De vous mesurer sous toutes vos coutures, et même de vous prendre en photo.

Dolan eut l'impression que son interlocuteur avait reçu l'information comme un coup de poing.

— Dans quel but ?

— Afin de savoir si, à la Sûreté, on garde un souvenir de vous.

Sur ces mots, il regagna son bureau.

Le résultat de toutes les mesures de Brochard arriva sur son pupitre une demi-heure plus tard. À quelques milliers de milles des dossiers de la police française, connaître la longueur du médius d'un homme ne lui servait pas à grand-chose. Dans un premier temps, il rédigea un télégramme à l'intention du directeur de la Sûreté.

Comme il ne connaissait pas son nom, la communication s'adressait tout bonnement au « directeur ». Cette imprécision augmentait encore le risque de faire aboutir le bout de papier dans un panier à ordures. Dans un télégramme envoyé d'un continent à l'autre, chaque caractère coûtait une fortune. Il n'entendait donc pas expédier l'œuvre complète d'Émile Zola. Le nom de son suspect, sa taille, son poids, la couleur de ses yeux suffiraient pour commencer. Un envoi postal, si on consentait à les examiner, contiendrait toutes les autres données.

Une lettre prenait au moins dix jours pour traverser l'Atlantique, souvent quinze. Il demanderait que la réponse – nécessairement brève – lui parvienne sous forme télégraphique. Par contre, si Brochard craignait que la réponse lui porte préjudice, il aurait amplement le temps de fuir au loin.

La compagnie des p'tits chars, comme disaient les Canadiens français, se situait à l'extrémité est de la rue Sainte-Catherine, au coin de la rue du Havre. Narcisse Brochard y arriva en début d'après-midi. C'était une grande bâtisse un peu bringuebalante où l'on construisait et réparait les wagons. Le visiteur en traversa la moitié avant d'atteindre les locaux administratifs.

Une secrétaire plutôt revêche lui refusa d'abord l'accès au bureau du président. Elle se montra plus ouverte quand il lui dit:

— Dites-lui simplement mon nom.

Elle alla dans le bureau du directeur, pour revenir en disant:

— Il vous attend.

L'homme d'affaires l'accueillit froidement, mais lui désigna tout de même la chaise devant son pupitre.

— Que me voulez-vous?

— J'arrive tout droit du poste de police. Un détective du nom de Dolan insiste beaucoup pour savoir d'où me sont venues les photographies utilisées pour faire mon montage spirite.

Grothé se souvenait de cet homme. Il s'agissait de l'enquêteur accouru à sa demeure, la nuit du suicide.

— Je l'ai vu auparavant, dit le médium. Il accompagnait votre épouse et une autre femme, une Anglaise, lors des séances.

— En quoi cela l'intéresse-t-il ?

— Peut-être veut-il me poursuivre pour fausse représentation à cause de mes montages ? Il perdra son temps : ceux qui me les achètent y croient…

— Donc, cela ne me regarde en rien…

Toutefois, l'homme ne paraissait pas si sûr de lui.

— Saviez-vous que votre femme avait cousu la photo sur sa chair ?

Le policier ne lui en avait pas dit autant, mais les traces de sang et les trous laissés par l'aiguille sur le cliché lui avaient permis de le deviner. L'humeur de son interlocuteur changea de façon perceptible. Brochard poussa son avantage :

— Vous avez un très joli commerce. Chaque année, vous devez avoir un million de passages, non ? Même si chacun ne rapporte qu'un sou, il s'agit d'une fortune.

Plusieurs millions de passages en réalité. Pour une ville de quelques centaines de milliers d'habitants, Grothé devait en tirer un revenu conséquent.

— De mon côté, il me faut me faire discret. Le temps de brûler les sorciers sur le parvis de l'église est passé, mais si cela revient à la mode quelque part, ce sera ici.

— … Combien ?

Puisqu'il avait fourni une photographie de Zéphyr, on pouvait lui attribuer une responsabilité, même lointaine, dans la mort de Rosée. Surtout, le scandale serait du plus mauvais effet sur ses affaires. Il y eut un échange de billets, puis Brochard retourna chez lui, rassuré.

❁

Parmi les achats nécessaires avant d'occuper la maison de la rue Aylmer, il y avait le mobilier de la « chambre conjugale ». Pour Dolan, cette simple façon de désigner la pièce était hautement suggestive. L'idée de rentrer à la maison tous les soirs pour y trouver quelqu'un de désirable jurait tellement avec la représentation de son futur qu'il s'était forgée à partir de ses douze ans...

Quand la voiture de livraison attelée à un cheval poussif s'arrêta devant la demeure, le couple l'attendait sur l'étroit perron.

— Je t'en veux un peu de m'avoir laissée m'occuper seule de cet achat. Nous serons deux à occuper cette chambre.

— Tu sais, ces derniers temps, je n'ai pas été très assidu à mon travail. Mon patron aurait raison de me refuser des heures de liberté.

— C'est à cause de tes soupçons sur Brochard ?

— Et aussi au fait que tu habites sans cesse mes pensées.

Cela lui valut un sourire ravi. Deux hommes transportaient le lit dans la maison. Ensuite, ce serait la commode et le matelas.

— On l'met où, madame ?

— En haut, dans la chambre donnant sur la rue.

Ils entrèrent derrière les livreurs, mais demeurèrent au rez-de-chaussée. En cette fin d'après-midi, la lumière électrique jetait un éclairage jaunâtre dans le grand rectangle qui ferait office à la fois de salon et de salle à manger. Des portes doubles coulissantes et vitrées permettaient de séparer ces espaces. Des meubles seraient aussi livrés pour cette pièce, dont un canapé qui ferait face à la cheminée au charbon.

Le couloir conduisait à la cuisine et, au-delà, vers une cour enclose envahie de mauvaises herbes. Les quartiers des domestiques – plus vraisemblablement de deux domestiques – se trouvaient en demi-sous-sol. Avec une porte donnant sur la rue et une salle de bain, elles seraient mieux logées que la plupart de leurs semblables.

Ce ne fut que lorsque les meubles furent montés et les livreurs partis qu'Éléonore et Eugène se rendirent dans la chambre. Le papier peint un peu sombre, le lit et les deux commodes de bois brun donnaient un air austère à la pièce.

— Je mettrai des fleurs quand ce sera possible, annonça Éléonore.

De son côté, Eugène paraissait enclin à inaugurer l'endroit de la meilleure façon. Sa main posée sur la taille de sa compagne parut irrémédiablement attirée vers le bas. Elle lui adressa un sourire amusé tout en disant :

— Je parie que nous avons déjà des voisins qui vont noter le nombre de minutes où nous sommes restés en tête-à-tête après le départ des livreurs.

— Ainsi, nous n'aurons rien à craindre des voleurs.

— Et tout du commérage.

Tout de même, avant d'enlever sa main, il lui donna de petites tapes. La nécessité de surveiller sa réputation était fondée. Cependant, Dolan avait bien remarqué que depuis que les projets de mariage étaient amorcés, la jeune femme se faisait moins généreuse de ses caresses. Comme pour affermir sa résolution de se rendre au pied de l'autel. Il n'insista donc pas.

Ils se rendirent dans la seconde chambre.

— J'y mettrai mes meubles de jeune fille. J'espère que quelqu'un en profitera un jour.

— Tu auras peut-être douze garçons…

— Tu as remarqué ? Il y a trois chambres dans cette maison.

Éléonore n'avait aucune envie d'une famille nombreuse. Il lui avait fait connaître le condom et elle entendait bien l'utiliser afin de ne pas imiter les grandes familles des catholiques, canadiens ou irlandais.

Ils passèrent à la dernière chambre, jetèrent un regard dans la salle de bain. Pour Eugène, l'élément de luxe le plus remarquable était la baignoire. Ses visites régulières dans un bain public ne lui manqueraient certainement pas.

— Viens, je vais te montrer le cadeau de mariage de mes frères.

Cette fois, un pli marqua le front du policier. Il avait l'impression que sa dette augmentait sans cesse. Un petit escalier dérobé leur permit de monter sous les combles. Le toit avait été un peu surélevé en vue de l'aménagement de deux pièces. La plus grande donnait sur la rue. On y avait percé une fenêtre.

— À midi, la lumière envahira la pièce. Ce sera parfait pour prendre des photographies.

À la grande surprise de son compagnon, l'idée de se livrer à ce loisir demeurait bien ancrée dans son esprit.

— Kenneth va me procurer des appareils. Toi, tu seras de l'autre côté.

La pièce donnant sur la cour était plus petite, mais elle comptait tout de même plusieurs pieds carrés de plus que sa chambre chez madame Sullivan.

— Des étagères pour les livres, une table de travail...

Décidément, elle l'imaginait menant des enquêtes depuis sa demeure.

— Ou alors pour loger tes huit derniers-nés.

Sa main s'évada encore sur sa taille.

— Bon, je pense que nous ferions mieux de quitter les lieux.

Puis en s'engageant dans l'escalier, elle s'exclama :

— Dire qu'il voulait se faire curé !

Chapitre 16

Dolan n'exagérait pas quand il disait que le sort de Rosée Grothé ne quittait pas son esprit. Plusieurs matins d'affilée, il était venu se planter en face de la maison de Narcisse Brochard, tournant le dos quand le médium sortait, en espérant ne pas se faire repérer. Il ne désirait pas s'adresser au maître, mais plutôt au valet.

Puis le hasard le servit enfin, le jeune Asiatique apparut. Il lui emboîta le pas jusqu'au coin de la rue Sainte-Catherine et lui saisit le coude.

— Je veux vous parler un instant.

Le domestique eut un mouvement brusque pour se dégager, mais le policier ne lâcha pas prise. De l'autre main, il lui mit sa plaque sous le nez.

— As-tu payé la taxe de cinq cents dollars au moment de venir ici ?

— ... Je ne suis pas un Chinois.

— Tu crois que les fonctionnaires fédéraux connaissent aussi bien la géographie que moi ?

La menace troubla le domestique. Les personnes de sa condition entretenaient toujours des rapports difficiles avec les autorités.

— Pour le moment, je veux juste te parler un peu de ton patron.

— Ici ?

Déjà, son faciès le rendait suspect pour tous les habitants de la rue Saint-Hubert. Le voir s'entretenir avec un policier n'ajouterait rien à sa popularité.

— Il y a un café juste à côté. Allons-y.

Le jeune homme se laissa entraîner. Quand ils furent assis à une table près de la vitrine, un serveur s'approcha, Dolan commanda du thé.

— Combien de soirs par semaine ton patron tient-il ses séances ?

— ... Trois fois, quatre peut-être.

— Depuis la mort de madame Grothé, il n'en tient pas plus ? La présenter comme son intermédiaire dans le pays des morts vaut certainement autant qu'une réclame en première page de *La Presse*.

Le garçon demeura un moment songeur, puis il murmura :

— Celle qui s'est suicidée ? Évidemment, il pourrait en tenir trois par jour. Mais il préfère tripler les prix.

Brochard ne lui était pas apparu comme un bourreau de travail.

— Il m'a semblé très attiré par certaines de ses clientes, avança Dolan.

Ses regards sur Éléonore avaient excité sa jalousie.

— Parmi ces femmes, s'intéresse-t-il plus particulièrement à certaines ? L'intérêt est-il réciproque dans ce cas ?

— Un homme qui parle aux esprits, cela revêt un certain charme.

Le jeune domestique esquissait un sourire.

— Vous parlez très bien français.

Spontanément, Dolan s'était mis à le vouvoyer.

— L'Indochine est une colonie française.

— Je sais bien, mais encore ?

— J'ai étudié chez les Frères des écoles chrétiennes.

« Moi aussi », songea-t-il. Sous d'autres cieux, il serait peut-être devenu domestique d'un charlatan.

— Vous l'avez connu là-bas ?

Le jeune homme fit un signe de tête affirmatif. Les circonstances banales de cette rencontre à Saïgon les occupèrent un instant. L'Indochine était devenue trop petite pour ce médium, le Canada lui avait semblé une destination idéale.

— La table qui bouge, la projection d'images fantomatiques, les voix, vous êtes complice de tout cela ?

Cette fois, son interlocuteur fit signe que non. Ensuite, Dolan ne put plus rien en tirer.

❁

Le policier ne s'était même pas donné la peine de lui demander son nom. Nguyen Loan. Au marché, il pensa à la meilleure attitude à adopter. Quand il revint à la maison, sa résolution était prise. Après avoir déposé ses achats dans la cuisine, il revint vers le bureau.

— Monsieur, dit-il depuis l'embrasure de la porte, tout à l'heure, le policier m'a abordé dans la rue, pour me poser des questions.

— Le policier ?

— Celui qui accompagnait ces deux femmes. Celui qui est venu vous voir.

— Dolan !

Avait-il reçu des nouvelles de la France, depuis sa visite au poste ? Mais il songea que le temps écoulé avait été trop court pour un aller-retour du courrier entre Montréal et Paris. De toute façon, il n'apprendrait pas grand-chose.

— Que voulait-il savoir ?

— Il m'a demandé si vous vous intéressiez à des femmes.

Cette curiosité étonna Brochard.

— Et si c'était moi qui faisais bouger la table…

— Que lui as-tu répondu ?

— Non. Bien sûr que non.

— Tu as bien fait de me le dire.

Le médium se penchait de nouveau sur ses papiers. Comme le domestique ne bougea pas, il releva les yeux.

— Quoi encore ?

— Ils ne peuvent pas me faire payer la taxe sur les Chinois, n'est-ce pas ?

— Bien sûr que non. Tu n'es pas chinois.

Alors que la date du mariage approchait, Dolan se sentait de plus en plus nerveux. Cela tenait encore et toujours à sa sempiternelle réticence devant une union socialement si improbable. Il craignait également que le projet ne se réalise pas, pour une raison ou pour une autre. Cette crainte relevait plus de la superstiton que de la raison. Aussi, l'arrivée d'un télégramme lui offrit-elle une heureuse diversion. Le travail de police devenait un moyen de se distraire de ses préoccupations amoureuses.

Après avoir frappé à la porte de Campeau, il entrouvrit pour demander :

— Je peux vous voir, patron ?

Dans sa main, il lui montra la feuille de papier.

— Des nouvelles venues de Paris.

— Entendre parler des esprits me manquait, justement !

— Alors, je vais vous décevoir. Cela parle seulement d'un homme.

Campeau revissa le capuchon de sa plume. Le détective commença à lire :

— Monsieur Dolan…

— Non, je vous en prie, faites-moi un résumé, cela me suffira.

— Bon, dit-il en repliant le feuillet. Narcisse Brochard s'appelle bien Narcisse Brochard. Déjà, qu'il n'ait pas changé son nom en venant ici témoigne de son honnêteté relative. Il a cependant été arrêté trois fois pour avoir promis le mariage et accepté de l'argent de sa promise ou de la famille de celle-ci, pour disparaître ensuite.

Campeau laissa échapper un soupir.

— Voilà qui explique pourquoi il a accepté de si bonne grâce de se faire mesurer. Ces indélicatesses ne valent pas une déportation. Personne ne voudra l'amener devant un tribunal pour avoir parlé à des esprits.

Le chef du service de police revenait toujours à la même conclusion : le procureur général du Québec n'entamerait pas des poursuites à ce sujet.

— Mais pour avoir fraudé ? Car, entre autres choses, notre homme a travaillé au music-hall. Il donnait des spectacles, à Paris et en province. Des spectacles de ventriloquie. Dans lesquels il imitait sans doute diverses voix, dont celles de femmes, d'hommes et d'enfants !

Sans bouger les lèvres, comme lors de ses séances spirites.

— Bon, nous savons maintenant qu'il ne cachait pas un lutin dans ses murs pour jouer le rôle des esprits.

— Si j'avais un mandat de perquisition, nous saurions comment il fait apparaître des fantômes au plafond et comment il s'y prend pour fait bouger sa table.

— Nous ne l'aurons pas. Nous n'avons reçu aucune plainte. Pas même du bon monsieur Grothé.

— Si j'allais le rencontrer…

Campeau leva les mains pour l'arrêter.

Insister ne donnerait rien de plus. D'ailleurs, son patron s'assura d'écourter la discussion sur ce sujet :

— Alors, comment progressent les préparatifs des noces ?

— Bien, je suppose. Ce sera début décembre, tôt le matin. Si tôt, en fait, que l'assistance sera bien modeste. Vous imaginez : cent cinquante membres de la famille ou des amis des McDougall, et vous seul pour contrebalancer tout cela ?

— Vous pourriez inviter vos collègues.

— J'imagine Panneton au premier rang.

Le sujet leur permit de retrouver le sourire. Mais lorsqu'il quitta la pièce, cela n'empêcha pas Dolan de se demander ce qu'il adviendrait du dossier de Rosée.

❋

Peut-être que la proximité de son mariage avec une riche héritière rendait le policier audacieux. Au point de risquer son emploi. Dolan fréquentait suffisamment le palais de justice pour connaître un certain nombre de journalistes affectés aux affaires judiciaires. Quand son témoignage dans une cause de cambriolage se termina, il demeura dans la salle d'audience jusqu'à l'ajournement, puis se mêla aux spectateurs lorsqu'ils sortirent.

— Je peux bavarder avec vous un moment ? dit-il à l'intention d'un jeune homme.

L'autre lui jeta un regard surpris, puis répondit :

— Vous n'avez pas apprécié mon dernier article ?

— Qu'est-ce qui vous fait croire que je suis un lecteur de *La Presse* ?

— Si vous m'adressez la parole ainsi, je suppose que oui.

Au cours d'une semaine, au moins un exemplaire de tous les quotidiens publiés à Montréal lui passait entre les mains, et deux ou trois hebdomadaires. Il en traînait toujours au poste de police, ou dans les bureaux de l'hôtel de ville.

— Vous avez raison… Je ne veux pas risquer que nous soyons vus ensemble. Il y a un petit restaurant chinois en bas de la rue Clark. Je peux vous y voir à six heures ?

Au moment d'arriver à l'endroit convenu, Dolan esquissa un petit sourire amusé. Il avait fait sa dernière visite en ces lieux avec Éléonore. Le malaise qu'elle avait ressenti devant ces étrangers, devant la nourriture, et même devant son excitation, lui laissait un souvenir attendri. Il s'adossa contre un mur de planches pour attendre. L'obscurité pesait déjà sur la ville. Dans ce quartier, les lampadaires étaient peu nombreux, et un sur deux demeurait éteint.

Puis la silhouette d'Adolphe Dauphinais se dessina dans la pénombre. Il dit en approchant :

— Je me sens tout de même très intimidé à l'idée d'un rendez-vous discret avec le détective longtemps surnommé « le curé » par ses hommes.

Voilà qui n'était pas pour le mettre de bonne humeur. Le journaliste ajouta :

— Intimidé, mais surtout intrigué. Comme je n'ai commis aucun crime, ce rendez-vous me semble bien mystérieux.

— Alors, allons mettre ce petit mystère en lumière.

Ils entrèrent dans le restaurant. Les flammes vacillantes des chandelles donnaient à l'endroit un caractère plus étrange encore. Ils s'installèrent dans un coin, assis en tailleur sur des tabourets très bas devant une table un peu branlante.

Quand un garçon vêtu d'une tunique noire s'approcha, ils passèrent leur commande, puis Dauphinais demanda :

— Bon, quand les policiers cherchent à voir l'un d'entre nous, c'est en général pour vendre une histoire juteuse. Je vous avertis, je ne promets pas d'argent à l'avance.

— Et je n'en accepterais pas, même si vous me tordiez le bras.

— Seigneur ! Quelqu'un veut nettoyer les écuries d'Augias. Je suis devant un nouvel Hercule.

Le journaliste comprit à son regard sévère que le policier n'appréciait pas la raillerie. Il reprit sur un autre ton :

— Que me voulez-vous exactement ?

— Vous avez déjà vu une photographie de ce genre ?

Dolan lui tendit la photographie que Gordon avait tirée de lui et Éléonore. Dauphinais allongea le bras pour prendre une bougie sur une table voisine et la rapprocher du rectangle de carton.

— Comme ça, c'est bien vrai, vous allez épouser une Anglaise… Mes compliments, c'est une très jolie femme. Vous ferez des envieux.

Évidemment, si l'histoire de cette union inhabituelle était répétée par tous ses collègues, aucun gratte-papier ne pouvait l'ignorer. Eugène se promit de garder la date et le lieu secrets. Déjà, le pasteur acceptait de passer outre à la publication des bans. Les mariages « mixtes » – quelle expression ridicule, comme si les mariages ne l'étaient pas de prime abord – méritaient une certaine discrétion.

— J'espérais attirer l'attention sur l'autre personnage de la photo.

Le serveur déposa les plats devant eux. Après un échange laborieux, Dauphinais réussit à obtenir une fourchette. Autant de pouvoir de persuasion convainquit Dolan d'avoir fait le bon choix.

— Je connais les photos spirites, et à moins de me convaincre que vous êtes un ectoplasme, c'est un montage.

— Ce sont toujours des montages.

— Vous êtes l'enquêteur, vous devez avoir raison. Moi, jamais je ne dirai cela à mes lecteurs. Si vous tuez la magie, vous tuez la littérature.

L'homme caressait sans doute des ambitions d'écriture. Dolan chercha encore dans la poche intérieure de sa veste, puis déposa la seconde photographie.

— La tache, c'est bien ce que je pense ?

— Une femme l'avait cousue juste ici.

Du doigt, le policier touchait l'espace entre ses seins, un peu à gauche.

— … Pour le rejoindre.

En quelques phrases, Dolan résuma l'affaire. Très vite, le journaliste la relia au décès de Rosée Grothé.

— J'imagine un article en première page, dit Dauphinais : "Une mère éplorée met fin à ses jours après avoir été trompée par un charlatan."

Oui, sur huit colonnes cela ferait jaser. L'onde de choc atteindrait sûrement l'archevêque Fabre, et sans doute aussi les législateurs.

— Sauf que j'ai des conditions. Je ne veux pas d'argent, mais je tiens à vous dicter le scénario de cette histoire.

Comme son interlocuteur allait protester, il leva la main afin de poursuivre :

— Si vous le faites, je m'engage à vous laisser l'exclusivité. L'histoire deviendra encore meilleure, croyez-moi. Et si vous ne le faites pas, je saurai vous causer des ennuis jusqu'à mon dernier jour, en admettant que vous me surviviez.

« Et si Campeau me met à la porte, j'en serai quitte pour me faire entretenir », songea Dolan.

— Bon, quel est le scénario ?

— Sans donner le moindre nom ni des indices qui permettraient trop facilement d'identifier les personnes, vous commencerez par évoquer la présence à Montréal de quidams se livrant à ce genre de pratique. En faisant bien ressortir la situation vulnérable des clients.

— Dans le but de convaincre les honnêtes gens de s'éloigner des tables tournantes des charlatans, pour éviter des drames futurs…

— Vous connaissez un peu la chasse ?

Cette fois, Dauphinais fut pris au dépourvu.

— Les chiens d'arrêt font décoller les perdrix. Dans l'histoire, vous êtes le chien, moi le chasseur.

— Avec un esprit aussi retors, je me demande pourquoi vous avez mis si longtemps à découvrir le corps d'Archibald.

Le détective lui adressa un regard mauvais, tellement que l'autre décida de se montrer conciliant.

— Bon, je ferai le chien.

— Il serait intéressant que votre article fasse allusion aux poursuites intentées par Phineas Taylor Barnum contre le pionnier des photos spirites.

— Barnum ? Celui du cirque ?

— Je me demande comment vous pouvez exercer le métier de journaliste en connaissant si peu de choses sur les plus grandes affaires du continent.

Dauphinais eut un sourire amusé. Oui, collaborer avec ce policier pouvait être avantageux. Le repas se termina en échangeant sur des sujets plus anodins. Ce fut au moment de sortir que le gratte-papier s'assura d'avoir bien compris.

— Et il y aura une suite dont j'aurai l'exclusivité ?

— Oh ! La suite vaudra certainement la peine d'être publiée par vous !

Comme d'habitude, la plupart des locataires se tenaient au salon. La conversation portait sur le mauvais temps à venir.

— Ah ! Te voilà ! dit O'Neil. Tu mènes une nouvelle affaire auprès des grands de ce monde ? Tu as déniché un autre cadavre de bourgeois ?

— Certainement pas, commenta Devlin. Enfin oui, une affaire, mais de cœur, cette fois.

En entendant cela, Juliette Marcoux fixa son verre. À ses côtés, Pierre Fafard posa sa main sur son avant-bras.

— Madame Sullivan, pourrais-je vous dire un mot en privé ? demanda Dolan.

La logeuse le regarda avec un air un peu effaré. La dernière fois qu'il avait utilisé ce ton, c'était avant l'arrestation de l'un de ses pensionnaires.

— Oui, bien sûr. Nous pouvons aller dans mon bureau.

Le mot était bien généreux pour le petit cagibi encombré d'une table et d'une seule chaise.

— Vous pouvez prendre un siège dans la pièce à côté.

— Ce ne sera pas nécessaire, madame. Je voulais simplement vous dire que je vous paierai le mois de décembre, mais pas au-delà. Je déménagerai dans tout au plus trois semaines.

Sa propriétaire demeura interdite un moment, puis elle commença :

— Vous savez, ils vous taquinent un peu, mais tout le monde vous apprécie, dans cette maison.

Ce n'était pas vrai, mais trop de monde parlait de partir, ces derniers temps. Elle voulait faire l'économie d'une recherche pour le remplacer. Dolan le comprit bien ainsi.

— Je vous remercie pour ces bons mots, mais j'ai déjà trouvé un autre logis. Je vous remercie aussi pour votre accueil, pendant toutes ces années.

Il quitta la pièce sans autre explication. Sa logeuse se laissa choir sur sa chaise et poussa un soupir.

— Dolan, venez à mon bureau !

Le ton du chef Campeau ne laissait aucun doute sur l'intensité de sa colère. « Bientôt, Éléonore aura un époux pauvre, ou très pauvre », pensa-t-il en se levant de sa table de travail. Quatre de ses collègues s'échangeaient des regards intrigués. Il bénéficiait d'une relation privilégiée avec le patron, cela changerait peut-être.

Dès qu'il eut refermé la porte derrière lui, le directeur lui montra une copie de *La Presse* du samedi précédent en disant :

— Ça, c'est vous !

Comme ce n'était pas une question, le détective ne jugea pas utile de répondre. Devant son visage impassible, Campeau continua deux tons plus bas :

— Asseyez-vous là !

Dolan laissa échapper un soupir de soulagement. Il ne pensait pas qu'un patron puisse prendre la peine de faire asseoir un employé avant de le congédier. Cependant, Campeau ne retrouva pas tout de suite sa bonne humeur.

— Comment avez-vous manigancé ça, et pourquoi ?

— Si la justice ne peut pas l'empêcher de nuire, maintenant les bons chrétiens sauront ce qu'il peut en coûter de faire confiance à ces charlatans.

— Grothé a dû assiéger le maire pendant toute la journée d'hier !

— Si c'était le cas, nous le saurions déjà, non ? Ni son nom ni celui de sa femme ne figurent dans l'article. Je ne vois pas pourquoi il voudrait attirer l'attention sur sa vie de famille.

Le chef esquissa l'ombre d'un sourire, puis son visage redevint immédiatement sévère.

— Pourquoi avez-vous fait ça ?

— Je viens de vous le dire. Cet article est un avertissement pour tous les bons chrétiens. Je ne doute pas que l'archevêque va demander à ses curés de traquer les paroissiens qui font tourner des tables. Avec un peu de chance, Rosée sera la dernière à être poussée au suicide parce que l'un d'eux l'a menée tout droit au désespoir.

Cette femme se serait peut-être donné la mort de toute façon, dès leur première rencontre son désarroi ne faisait pas de doute. Mais la trouver dans la chambre de l'enfant, avec une image cousue sur le cœur, avait provoqué à Dolan une colère inaltérable.

— Vous lui avez dicté cet article. Il reprend ce que vous m'avez raconté dans ce même bureau, à propos de Barnum.

— Disons que je lui ai donné quelques lignes, mais il a su broder.

— Dans le but d'amener les gens à moins de crédulité…

Le détective acquiesça d'un signe de la tête. Il ne s'agissait pas de toute la vérité, mais ce n'était pas faux.

— Vous comprenez que si le maire me demande votre tête…

— Vous la lui donnerez. Cela dit, je crois que celui qui m'a recommandé pour ce poste ne m'en voudra pas pour cet avertissement.

Il parlait de monseigneur Fabre.

— Parce que vous faites œuvre de curé en faisant reculer la superstition ?

— Pour ça, et pour d'autres raisons.

❊

Depuis la publication de l'article dans le journal *La Presse*, Narcisse Brochard ne décolérait pas. Après avoir connu une période faste en présentant Rosée comme son nouvel intermédiaire avec l'au-delà, il en était rendu à annuler des séances. Tout le monde se moquait maintenant de ses photos spirites.

Après quelques jours à broyer du noir, l'homme prit le téléphone et demanda d'être mis en communication avec la Compagnie des chars urbains. Une employée transmit son appel à Osias Grothé. Celui-ci lâcha d'entrée de jeu :

— Je vous ai déjà dit de ne pas m'appeler. Ce n'est pas un moyen de communication sûr.

— Alors, nous parlerons en paraboles. Avez-vous rencontré ce journaliste ?

— ... Vous voulez rire. Pourquoi ferais-je ça ?

— Il paraît très bien informé sur l'usage des photographies.

— Il cite un procès vieux de trente ans. N'importe qui d'un peu curieux peut trouver de vieux articles de journaux à ce sujet.

— Si ce n'est pas vous, l'information doit venir de cet officier de police. Vous savez, celui qui a accompagné votre femme ici ? Voilà une curieuse initiative de sa part...

La première fois, cette présence lui avait semblé très inopportune. La seconde, carrément menaçante. Sous le coup de l'émotion, la conversation devenait franchement explicite. Si une préposée au standard téléphonique s'avérait indiscrète, elle se ferait une bonne idée de la situation.

— Croyez-vous qu'elle m'a demandé la permission ? Rosée me disait apprécier la compagnie d'une femme rencontrée chez cette Anglaise. Pas que le chevalier servant de celle-ci était un détective.

— Le résultat demeure le même. Je ne suis plus capable de gagner ma vie avec cette mauvaise publicité. Vous devez me venir en aide.

— Vous exagérez…

— En tout cas, le jour où la police voudra m'accuser d'avoir volé des photographies chez vous, je leur dirai d'où elles viennent.

— Vous pourriez dire qu'elle vous les a données.

— Pour ensuite considérer le montage comme une photographie authentique ?

Il y eut un long silence. Puis Grothé dit :

— Combien ?

Brochard annonça un chiffre, son correspondant laissa échapper un juron.

À l'époque de ses premières sorties avec Éléonore, Juliette Marcoux lançait des regards blessés en direction de Dolan. Ce dernier avait l'impression qu'elle tentait d'attirer sa pitié. Souvent, il la trouvait dans l'entrée peu après le souper, attendant son invitation pour faire une promenade. Le matin, il s'efforçait de partir avant l'heure où elle prenait le chemin du magasin Morgan.

Dès l'arrivée de Pierre Fafard à la pension, ces stratégies avaient cessé. Le nouveau venu multipliait les attentions, il s'arrangeait pour se mettre sur son chemin le plus souvent possible. Aussi fut-ce avec une certaine surprise qu'il la découvrit sur le perron alors qu'il partait pour le travail.

— Je peux vous parler, Eugène ?

Après un moment d'hésitation, il donna son assentiment. Sans se concerter, ils marchèrent en direction de la rue Sainte-Catherine.

— Vous allez nous quitter, m'a-t-on dit.

— Oui. La vie me conduit ailleurs.

— Jusqu'au pied d'un autel ?

Puisque ses voisins masculins évoquaient constamment la rencontre d'une riche héritière, la conclusion allait de soi. Il ne jugea pas opportun de répondre.

— C'est une protestante.

— Oh ! Elle pourrait tout aussi bien être juive, cela ne me dérangerait guère.

— Alors, vous devez la trouver très jolie.

À un inconvénient à cette union, Juliette savait opposer un avantage. Plutôt que de poursuivre la conversation sur ce terrain, Dolan remarqua :

— De votre côté, vous semblez avoir attiré l'attention de monsieur Fafard.

— Au point où il m'a demandé ma main dès le moment où votre départ a été annoncé.

— Annoncé ?

— Madame Sullivan nous a demandé si nous connaissions quelqu'un qui cherchait un endroit où loger.

— Que lui avez-vous répondu ?

— Que je souhaitais y réfléchir. Il a vingt ans de plus que moi.

Quand elle aurait cinquante ans, il en aurait soixante-dix. Le détective comprenait très bien le motif de son inquiétude. D'habitude, les femmes laissaient leur travail au moment du mariage. Dans ce cas, elle dépendrait d'un vieillard.

— Le mieux est certainement de ne dépendre de personne…

Il marqua une pause avant de dire un ton plus bas :

— Cela n'empêche pas de se marier. Mais mieux vaut garder un emploi.

Il eut un rire bref, puis précisa :

— En tout cas, moi je n'abandonnerai pas le mien.

— Elle a de l'argent.

— Oui, mais pas moi.

— Pour une femme, c'est différent.

Elle faisait allusion au fait de devenir enceinte. Un très bref instant, Dolan eut envie de lui parler du tube de caoutchouc conservé dans une boîte circulaire. Mais il se tut. Ses ennuis étaient déjà suffisamment nombreux, il ne se ferait pas le propagandiste des moyens d'empêcher la famille.

Au coin de la rue Sainte-Catherine, ils se quittèrent sur une poignée de main et des souhaits de bonne chance. L'homme, un peu soulagé, se dirigea ensuite vers l'hôtel de ville. Cette conversation mettait fin, en douceur, à une situation où il n'avait pas tenu le meilleur des rôles.

Chapitre 17

Éléonore vint ouvrir la porte à son premier coup frappé contre le bois.

— Te voilà enfin ! s'exclama-t-elle en levant la tête pour lui embrasser la joue.

Le majordome arriva à ce moment, il se sentit pris en défaut.

— Monsieur, dit le domestique sur un ton chargé de reproche, laissez-moi prendre votre manteau et votre chapeau.

Il en était encore à défaire ses boutons quand Kenneth se présenta à son tour. Décidément, on tenait à ce qu'il se sente à l'aise. Il y eut des poignées de main et des échanges de salutations. Il se rendit ensuite dans le salon avec sa fiancée accrochée à son bras.

Pamela et Joyce quittèrent leur siège pour lui serrer la main, lui souhaiter la bienvenue.

— J'espère qu'Edgar et Allan se portent bien.

Dire ces prénoms l'un à la suite de l'autre l'amusait toujours. Pamela l'avait bien remarqué, aussi elle répondit :

— Allan et Edgar se portent bien.

— Leurs mères aussi, j'espère.

— Leurs mères aussi, intervint Joyce.

Les premières naissances causaient leur lot de décès. Sa sollicitude était appréciée.

— Stanley va bientôt arriver, annonça le frère aîné.

Après avoir vu des visages de personnes accueillantes, il lui restait à affronter le cerbère de la maison. Octavia était demeurée assise depuis son arrivée, une attitude excusable en raison de son grand âge. Le visiteur se planta devant elle, tendit la main :

— Madame McDougall, je suis heureux de vous revoir.

Le rictus de son interlocutrice disait éloquemment que le sentiment n'était pas réciproque. Pourtant, elle tendit la sienne.

— Bonsoir, monsieur Dolan.

Il n'espérait pas qu'elle lui souhaite la bienvenue, aussi il allait se contenter de cette réception plutôt tiède.

— Un whisky ? demanda Kenneth en s'approchant d'une table poussée contre un mur.

— Oui, merci !

Le verre lui donnerait une contenance, en attendant de passer à table. Stanley arriva à cet instant. Il déclara, enthousiaste :

— Il faut maintenant penser à l'enterrement de vie de garçon !

— Je peux très bien me passer de cette étape.

La cérémonie consistait d'habitude en une beuverie suivie, ou précédée, par une visite au bordel. Il y avait aussi l'habitude d'enterrer un cercueil, un geste lourd de symboles.

— Songe à tout ce à quoi tu vas renoncer en te mettant la corde au cou…

— Stanley ! protesta sa femme.

— Moi, tu le sais bien, je n'y ai trouvé que des avantages. Mais tous n'ont pas la même chance.

Son humour devenait lourd, il accentuait le malaise de l'invité et agaçait Éléonore. Kenneth jugea bon d'intervenir :

— Nous pourrions aller souper et assister à une partie de crosse…

— Si personne ne songe à me rouler dans le goudron et les plumes, ça m'ira, dit le policier.

— Voilà qui nous laisse tout un champ de nouvelles expériences, ricana le cadet.

Finalement, ce fut un regard glacial d'Octavia qui le convainquit de changer de sujet. Bientôt, tous passaient à table. Immanquablement, Eugène comparait la qualité et la quantité de nourriture avec ce qui composait son ordinaire. Éléonore entendait vraiment se passer de cela ?

La question d'Octavia le prit totalement par surprise.

— Monsieur Dolan, la jeune femme qui s'est suicidée, c'est bien celle qui est venue prendre le thé ici ?

Éléonore le lui avait dit. La question ne servait qu'à amorcer une conversation avec lui. Leur première conversation.

— Oui, c'est bien elle.

— L'article de journal sur les photos spirites, c'était aussi à son sujet ?

Qu'elle connaisse le contenu d'un article publié dans *La Presse* était peu probable. Un journal de langue anglaise l'avait donc repris.

— Oui. Et il était assez précis pour que les personnes déjà au courant sachent de qui il était question.

— J'espère que vous allez arrêter le responsable.

— J'y travaille, madame. J'y travaille !

Ou la vieille dame finissait par admettre que les hommes comme lui avaient une certaine utilité, ou son opposition aux projets de sa fille faiblissait.

❋

Octavia McDougall regagna sa chambre, ensuite ce fut au tour des épouses qui devaient allaiter leurs bébés. Les autres se réunirent dans la bibliothèque avec un verre à la main. Éléonore dit à Eugène :

— Tu vois, maman se montre maintenant plus conciliante.

Si la remarque s'adressait à Dolan, ce fut pourtant Stanley qui rétorqua :

— Il y a une bonne raison à ça : elle s'inquiète de l'endroit où elle habitera dans quelques mois.

La jeune femme intervint tout de suite :

— Chez nous ce sera trop petit.

— Voyons, vous n'avez pas d'enfant en route, non ?

L'abus d'alcool ne rendait pas le cadet de commerce agréable. Dolan savait déjà qu'il ne fréquenterait pas les deux frères au même rythme. Il verrait plus fréquemment l'un que l'autre.

— Éléonore ne la prendra pas chez elle, dit Kenneth.

Le policier imagina qu'il ne voulait pas lui imposer sa présence. Il se souciait tout simplement du fait qu'Octavia avait été trop toxique pour sa sœur.

— Ne comptez pas sur moi, prévint tout de suite Stanley.

— Je ne la prendrai pas non plus, dit l'aîné. Elle aura les moyens de se louer un appartement et de se payer une dame de compagnie à qui elle rendra la vie impossible. Évidemment, elle multipliera les gentillesses afin de nous attendrir, pour ensuite nous traiter d'enfants ingrats et mieux nous culpabiliser.

Il prédisait l'avenir avec une absolue certitude. Il enfonça ensuite le clou dans le cercueil de la vieille.

— Si elle avait voulu qu'il en soit autrement, elle se serait comportée différemment.

Ainsi, les riches et les puissants conservaient eux aussi les cicatrices des blessures de leur enfance. Kenneth ne souhaita pas s'attarder sur ce sujet. Il dit en s'adressant à sa sœur :

— Tu as parlé à Eugène de la question des domestiques ?

— Non, pas encore.

— Tu permets que je le fasse maintenant ? Ils s'inquiètent de ce qui leur arrivera.

Elle hocha la tête. L'aîné enchaîna à l'intention de Dolan :

— Nous employons beaucoup de personnes. Nous souhaitons nous les partager, afin de mettre le moins de gens au chômage.

— J'aimerais garder Fanny, ma femme de chambre, intervint la jeune femme. Je suis tellement habituée à elle.

Elle la lui avait déjà présentée. Une grande maigre dans la trentaine. Une femme vouée au célibat, probablement.

— Nous pourrions aussi prendre May, pour faire la cuisine.

— Elle est seulement assistante, dit encore l'aîné en se tournant vers Eugène, mais je crois qu'elle vous donnera entière satisfaction.

Comme l'inspecteur ne paierait pas ce personnel, il n'entendait pas se prononcer sur ces choix.

— Je suis certain que ce sera une nette amélioration de mon ordinaire, se borna-t-il à dire.

— Aimerais-tu les voir ? À cette heure, elles ne sont certainement pas encore au lit.

Éléonore se leva sur ces derniers mots. Dans le cas de la femme de chambre, sa journée de travail se terminerait quand sa patronne irait dormir. Dolan n'avait aucune idée des horaires de travail d'une aide-cuisinière. Il lui emboîta le pas. Les deux frères ne montrèrent aucun désir de les accompagner au sous-sol.

Dans cette grande demeure, si les domestiques logeaient sous les combles, le travail de cuisine se déroulait en bas.

Le policier se sentit impressionné quand il entra dans une vaste pièce occupée par une douzaine de personnes, des femmes pour les deux tiers. Tous se levèrent à leur arrivée, afin de formuler un « Bonsoir mademoiselle » chargé de respect.

— Monsieur, pouvons-nous utiliser votre bureau pour dire un mot à Fanny et à May ? demanda Éléonore.

Elle s'adressait au majordome, le patron de ce petit univers.

— Bien sûr, mademoiselle. La porte est ouverte.

Le quatuor se dirigea dans une pièce située au bout d'un couloir. En plein jour, un soupirail permettait d'y voir à peu près. En soirée, l'éclairage électrique était nécessaire.

— Fanny, tu connais déjà monsieur Dolan. Bientôt, ce sera ton patron.

« Si peu », songea celui-ci.

— Oui, mademoiselle.

Devant cet échange guindé, il décida de détendre l'atmosphère en tendant la main.

— Puis-je connaître votre nom ?

— Fanny…

Puis elle comprit :

— Fanny Murphy.

— Enchanté. Et vous, mademoiselle May ?

Elle aussi, une petite femme un peu boulotte, avait la trentaine.

— May Regan.

Elle eut également droit à une poignée de main.

— Je suis certain que nous nous entendrons très bien, mesdemoiselles.

À la lumière du jour, il les aurait sans doute vues rougir. Toutes deux balbutièrent un « merci » ému. Ne voulant pas être en reste, avant de partir, Éléonore leur souhaita une bonne nuit en précisant :

— Fanny, tu peux aller dormir. J'irai au lit sans toi.

La jeune femme entendait se faire tout de suite à une vie avec un personnel réduit. En montant l'escalier, elle prit le bras de son compagnon et lui chuchota à l'oreille :

— Pourquoi ai-je l'impression d'avoir reçu une leçon de politesse ?

— Voyons, je ne voulais pas...

— Ne proteste surtout pas. Tu gagnes à être connu, tu sais ?

❖

Quand il arriva au travail, Campeau vint dans l'embrasure de la porte de la salle des détectives :

— Dolan, venez dans mon bureau.

Le chef affichait un sourire en coin. Il ne s'agissait certainement pas de lui confier une enquête délicate, mais plutôt de satisfaire une curiosité toute personnelle. D'ailleurs, l'inspecteur en eut la preuve quand son supérieur lui montra l'un des deux fauteuils placés dans un coin, de part et d'autre d'une petite table.

— Je nous sers quelque chose à boire ?

Le policier n'eut pas le temps de dire non, déjà Campeau avait une flasque à la main. Il chercha deux verres, puis vint le rejoindre.

— Bientôt ce sera le grand jour, n'est-ce pas ?

Dolan avala une gorgée de gin et grimaça quand l'alcool passa dans sa gorge.

— Vous avez certainement reçu votre invitation, non ?

— Je l'ai reçue. Nerveux ?

— Oui. Le rôle de Cendrillon ne me convient pas très bien.

— Vous en êtes encore là !

Campeau remplit de nouveau son verre. Ses collègues seraient surpris par son haleine quand il retournerait les rejoindre.

— Vous me demandez de vous servir de père…

Une autre façon de dire « vous servir de témoin ».

— … Alors, je commence à remplir mon rôle tout de suite ! Vous êtes nerveux parce que si ça tourne mal, vous ne vous le pardonnerez pas. Donc, vous avez déjà trouvé une raison pour expliquer votre échec.

La petite analyse réduisit Dolan au silence.

— Faites attention de ne pas vous en convaincre tout à fait. C'est comme un chanteur certain qu'il va fausser.

— Patron, je vous ai demandé de me servir de père, pas de conseiller spirituel.

— Bon, alors quand aurons-nous droit à cet enterrement de vie de garçon ?

— Pardon ?

Décidément, après les frères McDougall, quelqu'un d'autre entendait le rouler dans le goudron… ou dans l'alcool.

— Voilà des semaines que vous dites que la veille de votre mariage, vous inviterez tout le poste à boire une pinte.

— Ce n'était pas sérieux, juste une façon de mettre fin aux questions.

— Peut-être pour vous. Mais eux, ils vous ont cru.

— Si je faisais un compromis ? Je leur paierai le verre après le mariage. Je ne voudrais pas les voir en masse devant le temple presbytérien.

— C'est idiot, mais je n'y avais pas pensé. Vous avez tout à fait raison, ce ne serait pas du meilleur effet !

Le silence se prolongea. Si peu de temps avant la cérémonie, voilà que l'inquiétude le gagnait.

— Je ne compte pas écrire à monseigneur Fabre pour lui dire que je quitte le sein de l'Église catholique. Si je l'épousais devant un prêtre, elle devrait se convertir au préalable. Le pasteur ne me demande pas d'en faire autant.

Même si sa répartie était des plus raisonnable, son interlocuteur demeura soucieux.

— Ce sera discret, comme cérémonie. Personne n'a besoin de le savoir.

Tout de même, la prochaine fois que l'on parlerait de lui dans le journal à propos d'une enquête – couronnée de succès ou non –, un journaliste pourrait écrire « le policier marié à une protestante » juste pour se distinguer de la concurrence.

— Dans ce pays, les protestants ont le pouvoir et l'argent. Je ne pense pas que Sa Grandeur le cardinal Fabre voudra faire les premières pages dans tout le Canada en prétendant qu'Éléonore souille un représentant de la seule vraie religion, précisa Dolan.

— En tout cas, vous avez beau revenir sans cesse sur cette question d'argent, vous défendez ce mariage en invoquant tous les arguments imaginables. On se reverra au temple, mais vous feriez mieux de payer un verre à vos collègues dès le lundi suivant.

Finalement, l'idée d'un enterrement de vie de garçon inhabituel avait prévalu. Pourtant, quand Eugène rejoignit ses futurs beaux-frères, Stanley ne résista pas à l'envie de dire :

— Je me demande ce que nous faisons au milieu de nulle part, alors que des petites femmes dansent près du fleuve.

— Stanley !

Ce milieu de nulle part, c'était au nord de la ville de Montréal, le long du boulevard Saint-Laurent. Pour se rendre là, le tramway devait franchir quelques sections en rase campagne. Le ton contenait suffisamment d'impatience pour que Dolan se fasse la remarque que la vente du grand manoir mettrait fin à une cohabitation devenant de plus en plus difficile. Les deux frères avaient sans doute offert un front uni devant Archibald McDougall. Maintenant, les différences entre eux sautaient aux yeux.

— Moi, je disais ça comme ça…

— Alors, voici l'endroit où le Shamrock Lacrosse Club a récolté tous ses lauriers ! dit l'aîné.

Les Anglais désignaient ainsi le sport de la crosse, sans comprendre qu'ils accolaient ainsi l'article et le nom. Les Amérindiens qui la pratiquaient depuis des siècles leur en avaient appris le nom.

Le petit groupe se tenait devant un grand immeuble de planches au toit pointu.

— Il ne les a pas tous récoltés ici. Certaines victoires ont été remportées aux États-Unis, d'autres dans les diverses provinces canadiennes.

Autour d'eux, de nombreux spectateurs arrivaient. La plupart parlaient anglais et la proportion d'Irlandais devait être considérable. Toutefois, on entendait parfois du français et même de l'italien. Montréal comptait peut-être une dizaine de milliers d'Italiens, dont plusieurs habitaient près du boulevard Saint-Laurent.

— Nous y allons ?

Dans le hall, les murs étaient couverts de photographies de joueurs, d'équipes et de trophées. Et en bonne place s'affichaient des images de la conquête de la Coupe Stanley de 1899 et de 1900.

— C'est tout de même étonnant, une équipe qui pratique deux sports différents, remarqua Stanley. La crosse et le hockey.

— Une façon de faire deux fois plus d'argent, rétorqua son aîné. Ce ne sont pas nécessairement les mêmes joueurs.

Le pavillon du Shamrock pouvait recevoir 7 000 spectateurs, s'ils acceptaient de se tasser. Ce soir-là, il n'y en aurait pas plus de 6 000. Au moins quatre sur cinq étaient des hommes. Les femmes devaient regretter de s'être laissées entraîner là. L'équipe adverse était le Montreal Lacrosse Club.

Deux équipes de dix joueurs chacune, y compris le gardien, s'affrontaient. Le but était d'envoyer une balle de caoutchouc dans le but adverse avec une crosse – un bâton terminé par un panier.

— Placer vingt gars sur un terrain avec une arme dans les mains, cela conduit très souvent à des actes de violence.

— Voyons, Dolan, intervint Stanley, c'est un sport. Même la reine Victoria a dit que c'était un jeu "joli à regarder".

À cet instant, six des membres du Montreal se lançaient à l'attaque, en tenant leur crosse à la hauteur des épaules. Très vite, le tout dégénéra dans un échange de coups. Les poings s'ajoutèrent aux bâtons, il en résulta une mêlée générale.

— Très joli ? Notre ancienne souveraine avait une inclination pour les jeux virils.

Dans un groupe d'Irlandais ou de Canadien français, il aurait peut-être ajouté : « On le constate avec toutes les guerres lancées par les Anglais. » La vie entre deux communautés aux perceptions si souvent opposées le forcerait à surveiller sans cesse son langage.

Les arbitres mirent du temps à rétablir un semblant d'ordre. Le jeu venait de reprendre quand Stanley proposa :

— Il y a une buvette, là-bas. Je vais chercher de la bière pour tout le monde.

Il n'attendit pas de réponse. Du premier rang, les deux autres surveillèrent le jeu. Avec un mariage prévu le lendemain, Eugène avait toutefois du mal à se concentrer sur l'action sur le terrain. Après un moment, il n'y tint plus :

— Je sais que tu me fais le meilleur accueil, mais sincèrement, que penses-tu de ce mariage ?

Kenneth chercha brièvement ses mots.

— Du bien. Éléonore me dit que c'est ce qu'elle désire, et je fais confiance à son jugement.

Le gros garçon placide paraissait tout à fait sincère. Eugène se dit qu'il aurait aimé avoir un grand frère comme lui.

— Et Stanley ?

— Regarde-le.

Les bières ne risquaient pas de leur parvenir de sitôt. Le cadet s'était arrêté près d'un groupe de jeunes gens. Parmi eux se trouvaient deux jolies filles d'une vingtaine d'années.

— Ça l'amuse. Tout l'amuse, en fait. Je crois qu'il voit votre mariage comme une pièce de théâtre. Sa sœur épouse un policier ! Tu imagines la belle histoire ?

Kenneth continua :

— Son propre mariage l'amuse, sa paternité l'amuse. C'est curieux : finalement, je me dis parfois qu'il ressemble plus à Andrew qu'à moi.

L'aîné semblait un peu dépité de ce constat. Puis il esquissa un sourire chargé d'autodérision :

— Comme tu es seul, Éléonore ne se joint pas à une famille.

Jusque-là, cela ne lui était pas apparu comme un avantage.

— Toi, si... et comme dira monsieur le pasteur, ce sera pour le meilleur et pour le pire !

Pendant le reste de la soirée, leur attention se partagea entre la partie de crosse et la généalogie complexe de la famille McDougall. Stanley les rejoignit quasiment à la fin du match en disant :

— Quel idiot je fais ! J'ai donné vos bières à ces filles !

Quand ils furent dehors, il sortit une boîte oblongue de la poche de son paletot.

— Dans ce coin, nous allons certainement trouver un endroit où enterrer ça.

Outre les beuveries et les visites aux prostituées, les enterrements de vie de garçon comportaient souvent l'enterrement d'un cercueil miniature contenant des souvenirs de la vie antérieure du futur marié.

— Franchement, nous n'avons pas le temps pour ces jeux. La voiture se trouve de ce côté. Vous venez ?

— Je peux prendre le tramway, dit Dolan. L'arrêt est juste là.

— Trois mille personnes au moins voudront faire la même chose. Tu risques d'aboutir sur le toit. Viens, nous allons te reconduire.

— J'aurais dû prendre des bières pour le voyage, remarqua Stanley en leur emboîtant le pas.

Décidément, une partie de crosse ne lui paraissait pas une façon suffisante de souligner la fin d'une vie de célibataire. Pour la dernière fois, le cocher devrait faire un long détour afin de le ramener chez lui.

Il convenait qu'un marié arrive un peu avant la cérémonie de mariage, mais dans le cas d'Eugène, ce fut avec une bonne quarantaine de minutes d'avance qu'il se présenta sur les lieux. Le pasteur avait un bureau dans une petite pièce du temple presbytérien Erskine, rue Sherbrooke, dans l'ouest de la ville. Il quitta son siège pour venir vers lui, la main tendue.

— Monsieur Dolan ! Hier, votre coup de fil m'a surpris.

— J'espère que je n'ai pas perturbé votre horaire.

— Si tôt le samedi matin, je n'ai rien à faire.

Sauf prendre un petit déjeuner tranquille… Le détective se sentit malpoli de lui avoir demandé cette rencontre. De toute façon, le résultat de la conversation ne changerait pas grand-chose à la suite de la journée.

— J'ai l'intention d'accompagner Éléonore ici, lors des offices.

— C'est ce que j'avais compris.

— Sans abjurer ma foi.

— Ce n'est pas une nécessité.

Pendant quelques minutes encore, ils discutèrent de cette situation. À la fin, le pasteur devait vraiment se demander pourquoi il le dérangeait ainsi. Car toutes ces questions avaient déjà été abordées. Cela devait tenir à la nervosité du futur nouveau marié.

❊

La cérémonie proprement dite s'avéra une pauvre affaire. En plus des mariés, il y avait Campeau et les frères McDougall. La vieille Octavia avait invoqué un malaise et les jeunes épouses l'obligation de s'occuper des poupons pour s'absenter. Dans ce cas, le motif était plausible. Tout comme il pouvait s'agir d'un prétexte pour ne pas assister à une mésalliance.

Cela ne ressemblait guère aux épousailles d'une fille de grande famille. Pourtant, Éléonore était rayonnante. Sa robe était modeste, comme il convenait au petit matin, mais très élégante. Son plaisir, surtout, la rendait très séduisante. Son « Oui, je le veux » bien ferme avait quelque chose de rassurant. Quand les témoins eurent signé le registre, elle se présenta devant Campeau la main tendue pour lui dire :

— Monsieur, je vous remercie d'être venu aujourd'hui. Comme il n'y aura pas de réception proprement dite, j'aimerais vous recevoir à souper, un jour prochain. Évidemment, si cela ne contrevient à aucune règle du service de police.

— Je viendrai avec plaisir, que ce soit réglementaire ou pas.

— Avec votre épouse, évidemment.

— Évidemment.

La poignée de main avec le marié s'avéra plus virile. Dolan réitéra l'invitation afin qu'il sache bien qu'elle venait de tous les deux. Ensuite, il monta dans la voiture des McDougall pour se rendre jusqu'au grand domaine sur la montagne. La famille inaugurait ce qui ne deviendrait jamais une tradition: le petit déjeuner de noces chez la mariée.

Joyce et Pamela firent la bise au nouveau membre de la famille, Octavia lui serra la main et lui adressa des félicitations qui ne semblaient pas très senties. Tout le monde porta un toast avec sa tasse de café, puis se passionna ensuite pour les œufs et le bacon.

Le cocher des McDougall regarda le couple monter dans la voiture avec un plaisir évident. Si ces deux-là vivaient ensemble, il ne passerait plus la moitié de son temps à les conduire ici et là à n'importe quelle heure du jour et de la nuit.

Sur la banquette, Éléonore embrassa Eugène avec passion, puis remarqua, amusée:

— Franchement, c'était un mariage digne d'entrer dans les annales.

— Tu n'es pas déçue?

— Pourquoi ? Tu tenais à avoir un gros gâteau ?

— Non, mais…

— Moi non plus !

Elle s'accrocha à son bras.

— Nous rentrons chez nous, et personne n'aura un mot à dire.

Le cocher les déposa devant la maison de la rue Aylmer. Les domestiques devaient les surveiller par la fenêtre, car quand Dolan ouvrit la porte, les deux femmes dirent à l'unisson :

— Félicitations, monsieur.

Puis quand Éléonore passa le pas de la porte, ce fut « Félicitations, madame ». Après les remerciements, May demanda :

— À midi, que désirez-vous manger ?

— Quelque chose de léger. Nous avons pris notre petit déjeuner un peu tardivement.

Quand elles eurent disparu dans leur quartier, la jeune femme pouffa de rire.

— Tu vois, si nous n'avions pas de domestiques, nous irions tout de suite au lit.

— Si nous n'avions pas de domestiques, tu passerais la moitié de la journée à préparer les repas et faire des courses, et l'autre à nettoyer. Juste décrasser le poêle à charbon doit prendre une grosse heure.

— Bon, je me rends à tes arguments. Alors, nous pourrons jouer aux dominos en attendant, et aller faire une longue marche ensuite.

— D'accord pour la marche, mais pour les dominos…

Il prit son bras pour l'entraîner dans le salon. Eugène trouva un magazine, la jeune femme s'appuya contre lui. Pendant les premières heures de leur vie conjugale, l'homme lui ferait la lecture à haute voix.

Si la vie matrimoniale de Dolan devait ressembler aux deux derniers jours, il serait tôt couché et tard levé, sans nécessairement accumuler de nombreuses heures de sommeil. Le lundi matin, il se présenta à la pension de la rue Belmont avec une valise vide à la main. Sans attirer l'attention, il monta à l'étage pour y mettre ses derniers objets personnels restés dans la penderie et la commode.

Après avoir ouvert un tiroir, il s'immobilisa un moment. Il s'y trouvait quelques livres utilisés lors de son passage au Grand Séminaire. Une *Somme* de saint Thomas d'Aquin, un manuel destiné aux confesseurs, un missel. Ce dernier lui venait du curé ayant payé ses études secondaires, quatorze ans plus tôt. Le pauvre homme était mort avant son abandon des études de théologie. Cela lui avait épargné une déception, et à Dolan l'obligation de se justifier.

— Je devrais laisser ça ici, grommela-t-il, ou les jeter dans une poubelle en retournant au poste.

Pourtant, les trois livres allèrent dans son bagage, avec quelques vêtements. En revenant au rez-de-chaussée, il découvrit madame Sullivan debout au pied de l'escalier.

— Ah ! C'est vous. Je ne pensais pas que vous viendriez au moment où la maison est déserte. Vous ne pourrez saluer personne, ils sont tous au travail.

— J'ai fait mes adieux aux pensionnaires qui ont remarqué mon départ. Pour les autres, je suis certain de ne pas les désappointer.

En réalité, si l'on considérait sa brève conversation avec Juliette comme un adieu, avec les sœurs Demers cela faisait trois personnes qui avaient eu droit à cette attention. Il tendit la main à la logeuse en disant :

— Je vous dis donc adieu, et merci.

Ils se séparèrent sur des souhaits réciproques de bonne chance.

Chapitre 18

Eugène se présenta au poste de police numéro 1 avec juste un peu de retard. Pourtant, le sergent Panneton l'accueillit avec un air gouailleur.

— Bin, j'vois que t'aimes ça, le mariage. Tu voulais pus rentrer à matin, c'est ça ?

Le détective se donna la peine de sortir sa montre de son gousset pour regarder l'heure.

— Juste cinq minutes de retard. Si jamais le chef Campeau s'informe auprès de vous de ma ponctualité, vous pourrez le lui dire.

L'autre se renfrogna un peu. Peut-être s'attendait-il à une confidence sur les plaisirs du devoir conjugal. Afin de ne pas le laisser sur une mauvaise impression, Dolan ajouta :

— Après les heures, si vous voulez boire un bock, venez à la taverne près du marché Bonsecours.

Quand Campeau avait suggéré d'organiser une activité après la cérémonie, plutôt qu'avant celle-ci, c'était le premier endroit qui était venu à l'esprit de Dolan. Celui ou Fred Arseneault avait tué un serveur plutôt que de régler l'addition. Procéder à son arrestation l'avait rendu moins nerveux que cette petite réception. Curieusement, ses études au Grand Séminaire ne l'avaient pas habitué aux célébrations « entres hommes ».

— Bin, ça devait pas se passer avant la cérémonie ? J'pensais qu't'avais oublié.

— Comment pourrais-je oublier mes collègues ?

Sur ces mots, le détective retrouva son pupitre pour s'intéresser à une histoire de vol de banque.

❋

Ce fut un peu après six heures que certains des policiers du poste numéro 1 – ceux qui n'étaient pas en service pour la soirée – se réunirent dans la taverne de la rue de la Commune. Des clients préférèrent quitter les lieux plutôt que de souffrir une compagnie aussi désagréable. Cet endroit comptait sa part de mauvais garçons que la vue d'aussi nombreux uniformes rendait nerveux.

Très rapidement après l'arrivée des représentants des forces de l'ordre, le niveau sonore des conversations monta. Quelqu'un lança au nouveau marié :

— Pis, Dolan, t'ennuies-tu déjà de ton célibat ?

Cet agent l'avait accompagné lors de son enquête sur le meurtrier Lacaille, l'année précédente. Dolan se rappelait son rire au moment où, dans une ruelle, les prostituées s'amusaient de sa virginité. Le souvenir le rendit cassant.

— Pas encore. Mais ma femme, elle, n'a pas de grands poils tout raides sur le menton ni de panse lui pendant jusque sur les cuisses.

Voilà qui décrivait assez bien la conjointe de cet individu. « Je devrais écrire un livre sur l'art de me faire des amis », se dit-il. Mieux valait qu'il s'éloigne avant d'entendre la réplique du policier offensé. Près du bar, un détective l'interpella :

— Dolan, t'étais pas censé nous inviter avant le mariage ?

Il marcha vers lui en se disant : « Cette fois, tu ne fais pas le bulldog. »

— C'est ce que j'avais dit. Je suppose que j'étais trop pressé.

— Pressé ?

Le petit mot suggérait une grossesse trop précoce pour les convenances.

— Pas pressé de cette façon.

— Ouais, on dit ça.

— Alors, il te faudra compter les mois jusqu'à l'heureux événement.

Dolan demanda une bière au serveur de l'autre côté du comptoir.

— En tout cas, que ce soit pressé comme ça ou autrement, t'as frappé le gros lot. Belle et riche.

Le ton trahissait son envie. « Lui aussi veut dire que je ne la mérite pas ! » Puis il se sentit ridicule d'avoir encore pensé ainsi.

— Avec tout un lot de qualités en plus. Tu as raison, quand je me suis pointé chez ces gens, je m'attendais à pas mal de choses, mais pas à ça.

— Maudit chanceux d'Irlandais ! T'as trouvé ton chaudron rempli de pièces d'or au bout de l'arc-en-ciel.

L'allusion à cette vieille légende l'amusa. Les arcs-en-ciel et les farfadets avaient habité une partie trop courte de son enfance. Les autres détectives vinrent se joindre à eux. La conversation contint son lot d'allusions parfois grivoises. Toutefois, bon prince, il répondait en souriant. « J'ai eu de la chance, pas eux. » Cette réflexion le rendait tout à coup très magnanime.

Au point où il en vint bientôt à apporter une pinte à l'agent encombré d'une conjointe au physique ingrat. Ce calumet de la paix en valait bien d'autres.

Finalement, l'exercice ne fut pas trop désagréable. Une vingtaine de collègues s'étaient déplacés afin de profiter d'un verre gratuit et faire un brin de causette.

— Ta femme, ce n'est pas une catholique, hein ? avait demandé quelqu'un. Les Irlandaises, oui, mais pas les Écossaises.

— Dans l'ensemble, tu as raison. Mais de nombreux protestants habitent l'Irlande, surtout au nord, et il y a des Écossais catholiques.

— Mais celle-là est protestante, n'est-ce pas ? L'hiver dernier, les funérailles ont été célébrées au temple.

Bien sûr, tous les journaux de Montréal avaient fait écho au service funèbre de l'homme d'affaires assassiné.

— Elle est protestante, oui.

Son interlocuteur lui reprocherait-il de mettre son âme en danger ? De faire offense à la seule vraie religion ?

— Paraît que leurs curés sont moins sévères que les nôtres…

— Je ne suis pas certain de ça. Peut-être sur certains sujets. Mais pour moi, ça ne change rien. Je n'ai pas abjuré ma foi.

Qui aurait cru que même dans un poste de police, les appartenances religieuses préoccupaient tant de gens.

— T'as probablement une femme moins *stuck up* que la mienne.

Décidément, son statut d'homme marié l'exposait à un nouveau type de confidences. Dolan en était encore à chercher quoi lui répondre quand un autre détective lui lança, de l'autre bout du comptoir :

— Tu fais la chasse aux esprits ?

— … Pardon ?

— Des tables qui virevoltent jusqu'au plafond, des fantômes. Il y a eu un article là-dessus dans *La Presse*.

Montréal demeurait une petite ville. Quelqu'un pouvait l'avoir aperçu au moment où il entrait chez madame Radcliffe, ou alors chez Narcisse Brochard. Il joua la prudence :

— Je ne vois pas ce que tu veux dire.

— Pourtant t'as parlé au journaliste. Tu sais, le gars qu'on voit souvent au palais de justice. Dauphinais. Il a écrit là-dessus.

— Ah ! Lui ! Comme il a toujours l'air d'en savoir plus que nous, je lui parle une fois de temps en temps. Mais je te rassure, ce n'est pas moi qui l'informe de nos enquêtes contre cinquante cennes.

S'engager sur ce sujet lui pesait. Heureusement, Olivier Campeau entra à ce moment. Il en profita pour changer de conversation :

— Vous arrivez tard, chef ! Des heures supplémentaires ?

— Des rapports, des rapports, des rapports ! Je ne cours plus après les méchants, j'enrichis les marchands de papier.

Une demi-heure plus tard, le directeur du service quittait les lieux en compagnie de Dolan. Ils marchèrent un moment en direction de l'hôtel de ville.

— On dirait que l'exercice n'a pas été si pénible, après tout ? remarqua le premier.

— J'espère juste ne pas avoir envenimé les choses. Je ne suis pas certain d'avoir toujours gardé le sourire devant leurs questions.

Après une pause, il précisa :

— Elle est protestante ?... Tu enquêtes sur les esprits ?...

— Le protestantisme, ils en reviendront. Mais cette histoire de fantômes me préoccupe. Il faudra que nous en reparlions.

Dolan acquiesça. Pendant le reste du trajet, la conversation porta sur le coût de cette réunion. Il se demandait encore à quelle rubrique de son budget le faire porter. Ils se quittèrent rue Notre-Dame, au moment de prendre chacun un tramway différent.

❋

Dolan soumettait sa nouvelle épouse à un examen attentif, soucieux de détecter chez elle un soupir de lassitude, l'expression d'un regret. Il s'entêtait à considérer leur union comme étant impossible, sans pourtant jamais déceler le moindre signe d'une déception chez elle.

Après le souper, le couple donnait congé aux domestiques jusqu'au lendemain. Ainsi, tous deux pouvaient passer le reste de la soirée enlacés sur le canapé. Pour lui épargner le port trop prolongé de son pince-nez, le détective acceptait volontiers de lui faire la lecture.

Ce soir-là, elle l'interrompit pour dire :

— Rosée ne me sort pas de la tête. Si son mari souhaitait la voir disparaître, il devait avoir une raison.

— Il y en a trois possibles. D'abord le plaisir de tuer.

— Le plaisir ? Tu plaisantes…

La notion lui paraissait tout à fait incompréhensible.

— Pourquoi pas ? Il y a bien des gens qui se mettent à dix, à cheval, afin de poursuivre un renard jusqu'à le faire mourir d'épuisement. Ou les chasseurs qui laissent le gibier pourrir sur place. Ils tuent pour le seul plaisir de tuer.

On organisait encore de ces chasses à courre à Montréal. Un loisir de l'élite anglophone.

— Et les autres raisons ? demanda Éléonore.

— L'argent. Mais avec nos lois, ce qui appartenait à une femme célibataire passe à son mari le jour des noces. Grothé n'avait donc aucune raison de la tuer pour s'emparer de ses avoirs.

Ce qui rendait l'entente passée entre eux parfaitement inédite. Éléonore lui souligna ce fait encore une fois :

— Sauf dans le cas de certaines unions où l'époux renonce à tout. Sais-tu que tu as gagné le respect de ma mère ? Elle te juge idiot, mais respectable.

— Auparavant, c'était idiot et non respectable. Je vais me contenter de cette nouvelle perception.

— Et la dernière raison ?

— Le stupre.

— Tu veux dire l'amour…

Elle trahissait son petit côté romantique.

— Un Grothé amoureux aurait pu vider son coffre et partir avec la femme de son choix. Je crois que ses motivations sont moins nobles que ça. Comme je te l'ai déjà mentionné, quand on parle d'une femme assassinée, l'époux est le suspect le plus probable. Ou les enfants, s'il y en a.

— Seigneur ! Tu devrais donner des causeries aux vieilles filles pour les consoler de leur sort. Tu sais s'il y a quelqu'un dans sa vie ?

— Je te rappelle qu'il n'est soupçonné d'aucun crime.

— Tu as changé d'idée ?

Elle voulait dire « abandonné l'idée de rendre justice à Rosée ».

— Non, mais ces dernières semaines, un mariage a beaucoup accaparé mon esprit.

— Si tu veux, je pourrais tenter de découvrir ce qu'il en était. Comme avec la petite bonne, Lucille.

L'aventure lui avait plu. Si elle avait été familière des milieux bourgeois francophones, l'initiative aurait été plus simple. En prenant le thé dans des salons, peut-être quelqu'un l'aurait-il entretenue « des malheurs de la pauvre Rosée ». Il y avait bien peu de chance que le sujet atteigne les salons de Westmount.

— Si tu acceptes de me voir rentrer tard quelques soirs d'affilée, je tenterai de connaître ses allées et venues, dit Dolan.

— Tu entends me faire payer cher mon amour de la justice.

Affalée contre lui, elle leva un visage amusé pour ajouter :

— Dans ce cas, autant faire des réserves. Je vais aller prendre mon bain.

C'était une invitation. La perspective des ébats à venir provoqua une raideur immédiate à son bas-ventre.

❁

Écourter ses journées de travail le gênait bien un peu, mais cela lui valait des regards complices de ses collègues, soulignés de clins d'œil et de remarques comme : « Pressé de retrouver ta femme, Dolan ? » Il chercha un cocher sur la place du marché Jacques-Cartier pour lui demander, tout en lui plaçant sa plaque de policier sous les yeux :

— Je veux louer vos services pour une heure ou deux. C'est possible ?

— Si vous m'payez, ça peut être trois ou quatre, ou même plus.

— Je vais payer ce que ça vaut.

Il monta dans la voiture, lui donna l'adresse de l'écurie de la Compagnie des chars urbains, à la frontière du quartier Hochelaga. Quand ils furent rendus, il lui dit encore :

— Nous restons ici un moment. Faites semblant d'attendre un client, moi je vais me faire discret.

— Comment j'fais ça, faire semblant d'attendre ?

— Il fait déjà noir, ne restez pas dans la lumière d'un réverbère, et ronflez si vous voulez.

Quant à lui, Dolan se cala dans un coin de la banquette, les yeux fixés sur la porte de l'édifice. Grothé ne lui était guère familier, mais sa photographie paraissait parfois dans les journaux, et Éléonore le lui avait décrit. Toutefois, il ne connaissait pas ses habitudes ni l'heure à laquelle il quittait le travail. Il répéta l'exercice trois soirs d'affilée avec des cochers différents avant de voir sa patience récompensée.

— Le voilà. Suivez-le sans vous faire remarquer.

Le propriétaire de la société de transport public était sorti par la porte principale de son entreprise pour monter dans une voiture.

❖

Malgré le trafic, le collignon arriva à se maintenir à quelques dizaines de verges derrière l'homme d'affaires. Il s'arrêta finalement devant l'hôtel Viger. Dolan s'empressa de payer la course.

— J'vous attends ?

— Non, je ne sais pas combien de temps cela me prendra.

Dolan regarda Grothé se diriger vers les grandes portes de la gare-hôtel. L'un des portiers le salua en enlevant son chapeau, l'homme et lui échangèrent quelques mots. Quand il fut entré, le policier pressa le pas pour s'adresser à l'employé tout en lui montrant sa plaque.

— L'homme qui vient d'entrer, vous le connaissez ?

— Le gars des p'tits chars. Y a fait que'que chose ?

— Dans mon métier, je pose des questions, mais je n'y réponds pas. Est-il un bon client ?

Le portier émit un ricanement.

— On le voit une fois de temps en temps.

Cela voulait dire souvent.

— Il couche là ?

— P'têt bin, mais j'le vois r'sortir le soir. Y doit v'nir pour l'restaurant…

Peut-être que l'idée de manger seul à la maison le déprimait. Cependant, il existait une raison plus probable. Dans un établissement où entraient et sortaient des centaines de personnes tous les jours, la discrétion représentait un bel avantage. Lui-même en avait profité quelques mois auparavant.

Eugène se dirigea vers la salle à manger. Un instant il se questionna sur la simplicité de son habillement dans un si bel endroit, puis il chassa cette idée.

— Vous souhaitez manger, monsieur ? lui demanda le maître d'hôtel.

Le ton de cet homme paraissait bien hautain.

— C'est ce qu'on fait dans un restaurant, non ?

— Une seule personne ?

Dolan regarda derrière lui, fit mine d'être surpris.

— Ah ! J'ai égaré mes huit enfants en chemin.

Après une pause, il continua :

— Oui, je suis seul. Vous allez me conduire à une table où j'aurai une vue parfaite sur celle de monsieur Grothé. Vous savez qui c'est ?

Tout en parlant, discrètement, il avait sorti sa plaque.

— Oui, je sais.

Le maître d'hôtel le guida vers sa table. En marchant, le détective demanda encore :

— C'est un client régulier ?

— … Oui, assez.

— Tous les jours ?

— Non.

Au moment de s'asseoir, Dolan le fixa d'un air sévère.

— Peut-être trois fois par semaine. Oui, c'est ça, tous les deux jours à peu près.

Quand le maître d'hôtel retourna à son poste, le policier se demanda s'il ne risquait pas d'informer Grothé de ses indiscrétions. « Ce ne serait pas plus mal », se dit-il ensuite.

En même temps que le repas, il réclama un exemplaire du journal *La Presse*. Il en était à la soupe quand une femme entra dans la salle à manger pour aller directement vers l'homme d'affaires qui se leva, l'accueillit avec un sourire et une poignée de main. Un nouveau veuf et une femme comme il faut ne pouvaient se permettre des embrassades publiques. Mais la connivence et l'intimité entre eux crevaient les yeux. Il se passa la remarque que les témoins de ses fréquentations passées avec Éléonore devaient se dire exactement la même chose.

L'inconnue présentait une lourde chevelure noire ramassée en chignon sur sa nuque. Le tissu de la robe, de couleur bordeaux, témoignait d'une certaine aisance. Tous deux devaient avoir autre chose à faire ensuite, car ils mangèrent rapidement. Dolan accordait son coup de mâchoire aux leurs. Quand il les vit repousser leur tasse de thé, il s'empressa d'aller payer sa note. Devait-il demeurer dans le hall afin de les voir monter vers les chambres, ou sortir pour suivre l'un ou l'autre, ou les deux s'ils utilisaient la même voiture ?

La seconde option prévalut. Il monta dans un fiacre, le troisième de l'alignement devant la gare-hôtel, faisant protester les deux premiers cochers. Quand il fut assis sur la banquette, il expliqua au sien :

— J'attends quelqu'un, je vous le montrerai. Je veux que vous le suiviez.

L'autre se laissa convaincre. Si les amoureux décidaient d'aller vers une chambre, il en serait quitte pour se faire reconduire rue Aylmer.

Ce ne serait pas le cas, le couple monta dans l'un des fiacres stationnés devant eux. La filature s'avéra plus facile, car à neuf heures du soir la circulation était moins dense. Bientôt, Grothé descendit devant un petit immeuble de la rue Saint-Denis, tout près de l'intersection de la rue Sherbrooke. On y comptait sans doute une dizaine d'appartements.

— Voilà que l'histoire d'Annie Vallerand se répète, grommela-t-il.

Il évoquait la maîtresse d'Archibald McDougall. En choisissant un évadé du Grand Séminaire encore tout pétri de moralité, peut-être qu'Éléonore cherchait tout bonnement à se protéger de cette éventualité.

Devant ses yeux, le couple entra dans l'immeuble.

— Bon, là j'fais quoi ? demanda son cocher.

— Vous me ramenez à la maison.

Il lui donna l'adresse. Bientôt, il retrouva sa femme. Cette soirée sacrifiée à faire enquête lui avait semblé interminable.

❁

Éléonore aussi paraissait s'être ennuyée de lui. Cela leur valut des retrouvailles bien tendres. Vers minuit, enveloppée dans un drap, les cheveux défaits, la jeune femme lui demanda :

— Que comptes-tu faire, maintenant ? Il a une maîtresse, c'est pour cela qu'il a poussé sa femme au suicide, non ?

— Je suis certain qu'il avait une maîtresse avant le suicide. La mort de sa femme lui a servi à reprendre sa liberté. Ton père n'aurait pas épousé Annie Vallerand, je pense, même si Octavia lui avait fait la grâce de mourir.

— … Il aurait cherché une union plus payante, tu crois ?

— Peut-être sommes-nous les deux seules personnes à Montréal qui se sont privées volontairement de cette possibilité.

La jeune femme vint se blottir contre lui.

— Penses-tu le confronter ?

— Lui dire : "Vous avez une maîtresse et vous avez tué votre femme" ?

— Cela lui ferait certainement une grande impression.

— Tout comme à monsieur le maire, quand il lui rapporterait cette accusation.

Son épouse savait bien que les grandes fortunes du pays tiraient les ficelles, en politique. Son père s'en vantait souvent à table. Eugène avait raison de se montrer prudent.

— Alors ?

— Pourquoi ne pas lui demander son aide ? Après tout, le mystère des photographies que Brochard lui aurait volées demeure entier.

Elle fronça les sourcils, puis hocha la tête.

— De plus, je compte sur ta participation. Nous les croiserons accidentellement à la salle à manger de l'hôtel Viger. Tu étais proche de sa femme, et tu n'as pas eu l'occasion de lui présenter tes condoléances, n'est-ce pas ?

Quand Éléonore comprit enfin le rôle qu'il voulait lui faire jouer, son sourire lui dit tout son plaisir à s'impliquer de cette façon.

❖

Le maître d'hôtel avait mentionné des visites un jour sur deux, aussi dès le jeudi soir, Éléonore se présenta au poste de police afin de retrouver son mari. Le sergent Panneton lui fit bon accueil, tout en la soumettant à un examen qu'il souhaitait discret. Il ne vit aucun arrondi suspect à sa taille. L'empressement à se marier ne tenait pas à « ça ».

Il alla ensuite dans la salle des détectives pour annoncer à haute voix :

— Madame Dolan vous attend dans l'entrée.

— Ah ! Voilà les joies des nouveaux mariés, dit un collègue. La mienne torche les petits et je la trouve soulagée, pas déçue, quand j'arrive tard à la maison.

— Je vais donc profiter des neuf premiers mois de mon mieux, dit Eugène en allant décrocher son manteau de la patère.

« J'en profiterai même pendant quelques années, s'il n'en tient qu'à moi », songea-t-il. Éléonore ne contestait pas l'usage du condom, mais son regard, quand elle croisait une femme poussant un landau, lui faisait croire que le sujet de fonder une famille viendrait bientôt sur le tapis.

Peu après, ils montèrent dans un fiacre pour se faire conduire à l'hôtel Viger.

❋

Alors qu'ils entraient dans le hall de l'hôtel, Éléonore lança un regard coquin à Eugène, se souvenant de leur rendez-vous discret, et de leur première étreinte.

Évidemment, personne ne se souvenait d'eux à la réception. Toutefois, il n'en alla pas de même dans la salle à manger. Le maître d'hôtel le reconnut.

— J'ai tellement aimé mon repas de l'autre jour que j'ai choisi d'emmener mon épouse avec moi.

L'employé salua la jeune femme, puis redonna son attention au policier.

— Quand Grothé vient ici, est-ce qu'il occupe la même table ?

— Pas nécessairement.

— Mais souvent ?

Après une hésitation, l'homme hocha la tête.

— Alors moi aussi, je veux la même. Et assurez-vous de le placer dans ma ligne de mire.

Quand le couple fut assis, la jeune femme chuchota :

— Tu peux demander ainsi à quelqu'un de t'aider à jouer à l'espion ?

— Dans le cadre d'une enquête officielle, oui. Présentement, je conviens que j'abuse sans vergogne du pouvoir que me donne mon statut.

— Cela peut te valoir des ennuis ?

— Campeau se montre bien amical, mais une seule intervention politique et je serai dans l'eau chaude.

Éléonore lui affirma qu'on lui ferait une place dans l'entreprise familiale, si nécessaire. Une éventualité qui ne souriait guère à son mari.

Un serveur vint prendre leur commande, puis s'en retourna vers les cuisines. Ce ne fut qu'une demi-heure plus tard que Grothé fit son entrée, avec à son bras la grande jeune femme aux cheveux noirs.

— On dirait une Italienne, ou une Espagnole, murmura Éléonore.

Cela se pouvait bien. D'un autre côté, bien des Canadiens français tiraient leur origine de la Gascogne, une région susceptible de donner aux femmes des allures un peu mauresques.

— Tu crois que c'est… sa maîtresse ?

— Ils ne se ressemblent pas assez pour que ce soit sa sœur.

Sa compagne sourit de l'ironie, puis dit encore :

— Il aurait poussé sa femme au suicide pour elle ?

— Cela peut aussi être une nouvelle conquête. Nous allons leur donner la chance de se rendre au dessert, puis tu t'approcheras de lui pour lui présenter tes condoléances.

— … Que devrai-je dire ?

Il lui expliqua le scénario. Il s'avérait assez compliqué pour la rendre nerveuse.

❋

Quand Dolan constata que le couple ne songeait pas à commander un dessert, il poussa sa compagne à l'action. Elle se leva pour marcher de façon hésitante vers la table de Grothé. Celui-ci leva les yeux quand elle fut tout près.

— Madame ? demanda-t-il.

— Madame Dolan. Je m'excuse de vous déranger ainsi, mais Rosée était une bonne amie, et je n'ai pas eu l'occasion de vous présenter mes condoléances.

Tout en parlant, son regard se porta sur l'inconnue. Ses yeux noirs avaient l'intensité du feu. Son interlocuteur se leva, guère satisfait de la délicate attention.

— Je ne crois pourtant pas vous connaître.

Il accepta tout de même la main tendue.

— Oh ! Elle vous a sans doute parlé de moi en utilisant mon nom de jeune fille. McDougall.

Grothé se troubla. Rosée lui avait parlé de cette Anglaise affable, et de son chevalier servant policier.

— Oui, en effet. Tout de même, vous vous connaissiez depuis peu...

— C'est vrai. Mais dans des circonstances si dramatiques. Nous avons tout de suite sympathisé, car nous vivions toutes deux un deuil.

Qu'Éléonore n'avait guère porté, au risque de scandaliser toutes ses connaissances. Son regard se dirigeait si souvent en direction de l'inconnue que Grothé se crut obligé de dire :

— Je vous présente mademoiselle Abbondanza Rossi.

Puis Osias se tourna vers elle, feignant, ou voulant feindre d'avoir déjà oublié son nom.

— Mademoiselle, je suis Éléonore Dolan.

L'inconnue demeura assise au moment de lui offrir sa main. Maintenant que l'homme avait ouvert la porte aux présentations, elle s'y précipita :

— Et voici mon époux, Eugène Dolan.

Celui-ci se tenait debout deux pas derrière son épouse. Il serra les mains tendues. Aucun d'eux n'avait quoi que ce soit à dire à l'autre, excepté les banalités d'usage sur le temps qu'il faisait… Debout au milieu du restaurant, ils étaient raides comme des piquets.

Quand rester plus longtemps serait devenu la pire impolitesse, Dolan baissa le ton pour dire :

— Monsieur Grothé, pourrais-je vous parler un instant ?

L'autre se montra ouvertement hésitant.

— Cela prendra une minute. Le hasard de cette rencontre s'accompagne d'un autre hasard. J'ai sur moi quelque chose qui vous appartient… et que j'aimerais dissimuler à ces dames. Peut-être puis-je aller à votre bureau demain ?

Devant les sourcils froncés, il s'empressa d'ajouter :

— Mais si vous veniez à ma table un instant…

Grothé acquiesça d'un signe de la tête. Laissée seule, l'Italienne dut inviter Éléonore à s'asseoir.

❋

Les deux hommes prirent place à la table, le policier tournant le dos aux deux femmes, comme pour faire un écran de son corps afin de leur cacher ses paroles et ses gestes.

— Vous comprenez, je saute sur l'occasion, car nous risquons peu de nous recroiser. Au moment de l'autopsie de votre épouse, j'ai découvert ceci sur son corps.

Il prit une enveloppe dans la poche intérieure de sa veste.

— Cela ressemble à une prémonition. Je l'ai prise avec moi en quittant le bureau aujourd'hui !

Tout en parlant, il avait sorti la photographie spirite pour la déposer sur la table. Son interlocuteur retint son souffle. À cause de l'image de son épouse éplorée ? Du spectre de son enfant ? De la tache de sang ?

— Cela vous appartient, je vous la rends.

— ... Ce... Ce n'était pas nécessaire.

Grothé paraissait bouleversé, aussi le policier remit l'image dans son enveloppe, puis la lui tendit :

— Prenez.

Il l'accepta. Il faisait mine de se lever quand Dolan le retint :

— Attendez. Encore un mot. Vous avez peut-être lu l'article dans *La Presse* sur les photographies de ce genre. Cela parlait d'une cause célèbre aux États-Unis où un homme a été accusé d'être entré par effraction dans un domicile pour voler des photographies et réaliser un tel montage.

L'émotion de Grothé était bien visible. Lentement, il hocha la tête.

— Rosée... Pardon, madame Grothé n'a pas pu fournir une photographie pour ensuite faire semblant de croire en ce trucage, avança Eugène.

— Où voulez-vous en venir ?

— Quelqu'un a dû entrer chez vous pour voler une photographie.

— Il n'y a pas eu d'effraction, je vous assure.

Immédiatement, l'homme comprit avoir commis une erreur.

— Vous croyez ? Cela vous a peut-être échappé... Si vous le permettez, je me rendrai chez vous pour regarder les albums, les boîtes à images.

Grothé hésita encore, aussi Dolan ajouta :

— Comprenez-moi bien, rien ne vous y oblige. Il n'y a aucune enquête en cours. Mais je dois à feu madame votre épouse de vérifier que ce médium ne l'a pas poussée à sa perte. Nous le lui devons tous les deux.

La longue tirade avait permis à Grothé de réfléchir à la situation.

— Vous savez, après avoir perdu ma femme et mon fils… j'ai fait détruire toutes les photographies pour ne jamais plus les voir. Non pas que je souhaite les oublier, mais les voir en image les rend si réels.

— Oh ! Je comprends. Je me rends compte que j'ai été terriblement indélicat. Je peux reprendre celle-là aussi.

La prudence aurait dû amener Grothé à la garder. Pourtant, il la lui rendit. Il souhaita bonne nuit au policier, puis regagna sa table.

❊

— Franchement, murmura Éléonore au moment de sortir de la salle à manger, tu fais un comédien redoutable. Devrais-je me méfier ?

— Tu ne donnes pas ta place non plus. Alors, comment trouves-tu l'abondance rouge ?

Comme elle le regardait sans comprendre, il précisa :

— C'est le sens de son nom : Abbondanza Rossi.

— C'est une femme séduisante.

— Pendant ces quelques minutes, as-tu appris quelque chose ?

Éléonore secoua la tête de droite à gauche.

— Je ne suis pas aussi habile que toi pour percer les secrets d'une personne.

— Et elle doit être beaucoup plus habile que nous deux pour cacher les siens.

Au moment de passer devant la réception de l'hôtel, la jeune femme ralentit le pas.

— Tu sais, j'aimerais demander la même chambre que nous avons occupée, l'été dernier.

— À ce temps-ci de l'année, avoir la même sera difficile. Mais je te propose de la louer tous les ans à la date précise de nos véritables épousailles. Car ce n'est pas notre petite cérémonie matinale qui mérite d'être commémorée.

— Tu dis ça comme si tu te souvenais de la date.

Il s'arrêta pour la regarder dans les yeux.

— Le 2 septembre.

— Tu te souviens !

— Pour toute la vie.

Chapitre 19

Eugène Dolan souffrait, depuis ses premières nuits au collège, d'une insomnie chronique. Les ronflements ou les bruits de la rue l'empêchaient de s'endormir, ou alors une crise d'angoisse le réveillait au beau milieu de la nuit, et dans ces cas-là, il était certain de ne pas refermer l'œil jusqu'au petit matin.

Depuis son emménagement rue Aylmer, si ses insomnies demeuraient aussi nombreuses, son niveau d'anxiété se trouvait réduit de plusieurs crans. Malgré les lourds rideaux, les réverbères jetaient dans la chambre une lumière diffuse, suffisante pour lui permettre de voir Éléonore à ses côtés. D'abord le visage aux traits réguliers, puis les cheveux défaits, longs et ondulés. Il entendait sa respiration régulière et sentait la chaleur émaner de son corps. S'il tendait la main pour l'effleurer, comme pour s'assurer de sa présence, sans même s'éveiller, elle s'approchait au point où leurs corps se touchaient. Ce qui, invariablement, l'excitait.

Finalement, l'un des grands changements de sa nouvelle existence était le caractère plutôt agréable de ces moments de veille. Ils lui permettaient de croire en une embellie permanente de son existence.

En rêvassant, il se dit que d'autres changements moins importants ajoutaient à son confort. Comme le fait de ne plus devoir subir la face de carême de madame Sullivan quand il recevait un appel. Puis il se rendit compte qu'il ne revivait pas un souvenir : le téléphone sonnait vraiment, en bas. Son sursaut réveilla sa compagne.

— Qu'est-ce que c'est ? fit-elle d'une voix ensommeillée.

— Je dois prendre l'appel.

Elle marmonna des paroles inintelligibles. Dolan devina qu'elles concernaient la vie décousue des agents de police. Aucune personne civilisée ne dérangeait les gens à des heures indues.

Il récupéra son peignoir sur une patère. Au rez-de-chaussée, il se retrouva devant la bonne. Elle arrivait d'en bas.

— Allez-vous coucher, Fanny. La nuit, nous répondrons nous-mêmes.

Il lui avait déjà donné la directive, mais la jeune femme n'avait pas l'habitude de pareils égards. Elle tourna les talons pour repartir dans ses quartiers en murmurant « Merci, monsieur ». Dolan se rendit dans le salon en se demandant de nouveau si l'appareil ne serait pas mieux placé à l'étage. Quand il décrocha, ce fut pour entendre une voix maussade :

— Seigneur, vous habitez dans une maison comptant quarante pièces pour mettre tout ce temps avant de décrocher ! Il y a eu au moins vingt-cinq sonneries.

— Ce n'est pas si grand. Je vous recevrai à souper un de ces jours, juste pour vous montrer. Mais je suis certain que vous n'appelez pas pour discuter de la dimension de ma maison.

— ... Non, pas du tout. Je viens de recevoir un appel. Un certain Narcisse Brochard a été assassiné. Vous le connaissez, je pense.

Les assassinats n'étaient pas si nombreux à Montréal, dès qu'il ne s'agissait pas d'un règlement de comptes entre truands, le chef de police en était immédiatement averti. En entendant cette nouvelle, Dolan jugea nécessaire de s'asseoir. Finalement, sa petite ruse de justicier avait eu des résultats. Au point où il se sentit un peu coupable. Toutefois, le souvenir du corps de Rosée le rasséréna.

— Oui, je le connais.

— Vous connaissez même son adresse. Une voiture attend peut-être déjà devant votre porte.

— Je m'en occupe. Bonne nuit...

Quand il revint dans sa chambre, ce fut pour découvrir Éléonore assise dans le lit, la lampe de chevet allumée.

— C'est comme ça que ça se passe ? Il y a un crime, et tu dois t'en occuper au milieu de la nuit ?

— Un peu comme un médecin.

Il hésita un instant avant de lui dire :

— Brochard a été assassiné.

— Oh ! Mon Dieu...

Pour le commun des mortels, les meurtres survenaient dans un univers lointain, et cela ne concernait jamais une connaissance. La jeune femme savait pourtant très bien que ce genre d'événement touchait parfois un proche.

Dolan enfila son pantalon. Aucun des deux ne se faisait beaucoup d'illusion sur le motif du meurtre. L'article dans *La Presse* avait dû résonner très fort dans l'esprit de plusieurs clients. La rage d'avoir été bernés habitait probablement certains d'entre eux.

— Maintenant, rendors-toi, dit le détective en posant les lèvres sur le front de sa compagne. Je ferai mon possible pour venir prendre le petit déjeuner avec toi.

— ... Sois prudent.

Que quelqu'un se soucie de son sort le toucha suffisamment pour qu'il l'embrasse de nouveau. Après avoir passé sa veste, il descendit tout en achevant de boutonner sa chemise. À cette heure, il jugea la cravate superflue. Les cadavres ne se plaignaient jamais du côté débraillé des policiers. Campeau avait eu raison, un fiacre patientait devant sa porte.

Une demi-heure plus tard, Dolan était devant l'appartement de Brochard. Le domestique asiatique ouvrit au premier coup contre le bois.

— Monsieur, c'est terrible…

Eugène leva la main pour l'arrêter. Ce genre d'étalage d'émotions, de la part d'un employé de maison, tenait plus au spectacle qu'à la sincérité.

— Où est-il ?

— Dans son bureau.

La petite pièce était encore plus encombrée que d'habitude. Des liasses de papiers avaient été jetées sur le sol, les tiroirs et le contenu d'une armoire aussi. Le corps était sur sa chaise, la tête rejetée vers l'arrière, la gorge ouverte. Le sang teintait de vermillon tout le plastron de la chemise blanche, une partie du mur sur la droite et la surface de la table. Dolan demanda :

— Savez-vous s'il manque des papiers ?

— … Comment voulez-vous que je le sache ?

Le détective posa un genou sur le sol pour ramasser des feuillets et regarder ce qui y était écrit. Il y avait des factures, de vieilles correspondances, des brochures. Il vit un rouleau sous le pupitre. Des billets de la Banque de Montréal. Le total devait représenter une jolie somme. Son salaire de quelques mois, sans doute. Il glissa l'argent dans une poche de sa veste. Autrement, à moins de tout cadenasser, quelqu'un mettrait la main dessus.

— Vous étiez là quand c'est arrivé ?

— Non, bien sûr que non !

Son visage trahissait sa crainte de se voir accusé du meurtre. Des policiers soucieux de régler une enquête rapidement auraient peut-être été contents d'avoir sous la main un Chinois à inculper. Ou un Nègre. Les journaux américains évoquaient souvent des foules en colère lynchant un ou plusieurs Noirs de manière particulièrement brutale.

— Ou étiez-vous ?

— Dans un café de la rue Saint-Laurent, près du port.

— Pour l'opium ? Le jeu ? Les femmes ?

Qu'il puisse simplement aller y manger lui paraissait improbable. Le domestique se montra hésitant. Si aucune de ces activités était illégale, elles heurtaient la morale.

— Je joue parfois.

— À quelle heure êtes-vous revenu ici ?

— Un peu après minuit.

— C'était votre jour de congé ?

Il hocha la tête pour dire oui.

— Et vous l'avez tout de suite trouvé ?

— C'était allumé. Arrangé comme ça, il était plutôt dur à manquer.

— Vous savez s'il avait un rendez-vous avec quelqu'un, ce soir ?

— Il ne me tenait pas au courant de ses activités. Comme il ne tenait plus de séances depuis un moment, quelqu'un pouvait se présenter à l'improviste.

— Il a cessé après l'article paru dans *La Presse* ?

— Il a gueulé : "Le salaud veut m'empêcher de gagner ma vie !"

L'imitation de la voix de Brochard n'était pas trop mauvaise.

— Il connaissait l'identité du salaud ?

L'autre eut un sourire entendu. Le médium n'ignorait pas que le policier venu lui montrer des photos spirites lui avait certainement tendu ce piège.

— Montrez-moi son installation.

Le jeune homme haussa les sourcils, incertain.

— Plusieurs policiers viendront fouiller l'endroit de fond en comble demain matin. Bientôt, je saurai tout. Je vous demande de satisfaire ma curiosité dès maintenant.

Il hésita un moment, comme s'il se sentait obligé de défendre l'antre de son défunt patron. Il finit par hausser les épaules et soupirer, et il sortit une clé de sa poche. Dans la salle servant aux rencontres avec le médium, il alluma le plafonnier. Le décor vaguement gothique souffrait de la pleine lumière. Il montra à Dolan une ouverture un peu plus haute que sa tête.

— Touchez.

Le policier leva le bras. Ses doigts entrèrent au contact avec un petit disque de verre.

— C'est une lanterne magique. Elle se trouve dans la pièce voisine. Venez.

Grâce à son trousseau de clés, le domestique ouvrit une seconde porte. L'instrument se trouvait accroché au mur. Il s'agissait d'un appareil de projection domestique, mis au point deux siècles plus tôt.

— Pendant la séance, le rayon lumineux vers le plafond aurait dû se distinguer, mais cela ressemblait à une petite lueur dans le brouillard.

Comme au cinéma, par exemple.

— Pour obtenir juste une ombre, j'utilise une plaque de verre rendue opaque avec du noir de fumée. Avec un pinceau, j'en enlève juste un peu. Il ne passe pas assez de lumière pour que le rayon soit visible, surtout que les clients sont nerveux, ou émus, et que l'obscurité n'est pas totale dans la pièce. Autrement, ils devineraient la ruse.

Afin de lui faire comprendre la supercherie, il posa la plaque dans l'appareil, l'alluma puis entraîna Eugène dans la pièce voisine, où il éteignit. Une ombre se dessina sur le plafond. Oui, une personne désireuse de voir un ectoplasme en distinguerait un. Pour Dolan, cela ressemblait plutôt à une tache de lumière montrant des formes imprécises.

— Restez là.

Le domestique disparut, puis l'esprit sembla bouger.

— J'en ai aussi des colorées, fit sa voix un peu lointaine.

Le détective rejoignit l'Annamite pour l'interroger :

— Et la table qui bouge ?

— Il faut peser sur ce bout de bois.

Long de dix-huit pouces, il sortait d'un trou dans le plancher.

— Dessous, il y a un jeu de levier ingénieux qui la soulève de trois pouces, pour la laisser retomber ensuite. Je peux aussi secouer des chaînes, imiter le son de sabots sur le pavé. Enfin, tout ce que demande… demandait le patron.

— Je ne vous ai pas vu sortir d'ici, l'autre soir, après la séance.

— Cette porte dérobée permet de passer dans la cuisine. Elle donne dans le garde-manger.

En ajoutant à ces mécanismes des talents de ventriloque, Brochard arrivait à convaincre ses clients d'une communication authentique avec les esprits. Au moment de revenir dans l'entrée, Dolan dit :

— Je vais vérifier si vous avez joué à la barbotte, ce soir. Et un policier passera la nuit ici, pour être certain que vous ne ferez pas disparaître des preuves. Vous, vous coucherez ailleurs. Revenez demain matin. Je suppose que le propriétaire de l'édifice vous laissera habiter ici pendant quelque temps.

— Je ne sais pas où aller.

— Vous trouverez. Une dernière chose : Brochard avait-il des parents ? Des frères et des sœurs ?

— Puisqu'il existait, il a sûrement eu un père et une mère. Mais au cours des quatre dernières années, il n'y a jamais fait la moindre allusion.

Le domestique quitta ensuite l'appartement. Dolan se rendit sur le perron afin de s'enquérir auprès du policier de faction :

— Vous avez bien demandé aux gars de la morgue de venir ?

— Ouais. Je me suis fait répondre que le mort ne se sauverait pas d'ici le lever du soleil.

« Mais l'heure du décès sera plus difficile à déterminer », songea le détective.

— Restez ici pour être certain que personne ne dérange quoi que ce soit. Je reviendrai au lever du jour avec des collègues pour tout fouiller.

Machinalement, il tira sa montre de son gousset. Déjà trois heures. Le policier qui l'avait amené là demeurait juché sur son fiacre.

— Vous allez me reconduire chez moi. La fouille sera plus facile à la lumière du jour.

❃

Revenu à la maison près d'une heure plus tard, Dolan s'était recouché pour profiter de deux petites heures de repos. Dans le lit, Éléonore vint tout de suite se blottir contre lui. Ce fut dans cette agréable position qu'il attendit la sonnerie de son réveil, sans pouvoir se rendormir. Il allongea le bras pour l'éteindre au plus vite, puis se rendit à la salle de bain.

Après s'être habillé, il trouva sa compagne dans la cuisine, en compagnie de May. Cette dernière s'occupait du petit déjeuner, et la maîtresse de la maison, de faire du thé.

— Tu as dormi ? voulut-elle savoir.

— Non, mais j'ai profité de ta compagnie.

Elle lui sourit. Ses cheveux demeuraient détachés, répandus sur ses épaules.

— Tu sais, lui dit-il, tu pourrais rester au lit, le matin. Rien ne t'oblige à te lever aussi tôt que moi.

— Moi aussi, j'aime profiter de ta compagnie.

Éléonore lui adressa un sourire rempli de connivence. Elle mit la théière et les tasses sur un plateau, il se chargea de le transporter dans la salle à manger. Bientôt, May déposait les assiettes devant eux.

— Brochard… commença-t-elle.

— Il aura sans doute frustré l'un de ses clients…

Le mot lui parut inexact. Le terme « victime » aurait mieux convenu.

— Tu penses à un client en particulier ?

— Oui. Le même que toi, sans doute.

Tous les deux imaginaient Grothé responsable de ce meurtre.

— Bien sûr, il avait des raisons de se venger. Après tout, cet homme est responsable du suicide de sa femme.

Oui, ce scénario se tenait. Pourtant, Dolan ne le considérait pas comme étant le plus plausible.

— Brochard n'avait pas de raison de vouloir la mort d'une cliente. Au contraire, il aurait pu lui soutirer beaucoup d'argent en servant de truchement entre elle et Zéphyr. Toutefois, un homme profite de sa disparition. Grothé désertait le lit de sa femme.

— Tu crois que c'est lui le coupable ?

— S'il avait trouvé une consolation ailleurs, devenir veuf lui laissait le champ libre.

Il y eut un silence. Éléonore jouait avec ses œufs du bout de sa fourchette.

— S'il lui avait donné toute son attention, dit-elle, toute sa tendresse, elle se serait remise de sa peine.

Dolan doutait que les bons soins d'un époux viennent toujours à bout de la mélancolie. Cependant, ils ne faisaient certes jamais de tort.

— Il l'a encouragée à participer à ces séances. Celles de madame Radcliffe, et celles de Brochard.

Le détective hocha la tête. Éléonore demeurait soucieuse, inquiète même. Il dit en tendant la main jusqu'à toucher son avant-bras :

— Non, cela ne peut nous arriver. Ton bonheur ne me sera jamais indifférent.

Elle le regarda un moment, puis hocha la tête. Peut-être les choses se gâcheraient-elles entre eux, mais jamais il ne la traiterait avec un pareil mépris.

— Le tien non plus.

Après cette conversation, il eut du mal à se mettre en direction du domicile de Brochard, et elle, à le laisser partir.

❁

Quand Dolan arriva au logis de la rue Saint-Hubert, il trouva le domestique sur le perron. Le policier de faction lui avait interdit l'accès à l'appartement. Il soupçonna que l'Asiatique était resté dans les parages toute la nuit.

— Le corps est toujours dans la maison ?

— Des gens l'ont récupéré il y a une heure.

Le détective ordonna à l'agent resté sur place de quitter les lieux, puis il attendit. Bientôt, un fourgon s'arrêta près du trottoir, quatre policiers en descendirent.

— Cherchez dans tous les coins. Je suis intéressé par tout ce qui concerne les activités de la victime, les rendez-vous, les échanges de lettres témoignant d'une situation tendue avec quelqu'un. Enfin, vous connaissez la routine. Je me réserve le bureau.

Ses collègues se dispersèrent tout de suite dans la maison. Le domestique continua de se faire discret. Dolan commença par regarder le plancher afin de chercher des traces de pas. Une personne égorgée répandait des litres de sang, de grandes taches souillaient donc les lieux. Il aperçut l'empreinte du bout d'une chaussure. Son propriétaire l'avait essuyée sur le tapis. Il enleva la chaise derrière le pupitre du médium, s'agenouilla et commença l'examen des documents dispersés par terre. Il usa de mille précautions pour déplacer les feuillets, reconnut des factures et quelques lettres. Rien ne permettait de conclure à l'existence d'un ennemi mortel. Il vit aussi une enveloppe vide, sans adresse. Pas de quoi le mettre sur une piste.

Plus intéressant, dans l'un des tiroirs latéraux, Dolan découvrit des notes relatives à des secrets, du genre « Brodeur a une maîtresse » ou « Taschereau doit de l'argent ». Un peu comme un confesseur, un médium pouvait recueillir des confidences susceptibles de servir à un chantage. Ces documents aussi mériteraient un examen approfondi.

Sous le pupitre, il récupéra un petit agenda. Si quelques notes concernaient visiblement des rendez-vous personnels – quand il ne voyait qu'un simple prénom féminin, par exemple –, pour l'essentiel, il s'agissait de l'horaire de ses séances de spiritisme. Il l'empocha, heureux d'avoir la liste des clients. Plusieurs parmi eux pouvaient en vouloir au médium. Le cas échéant, il en visiterait certains.

— Chef, nous autres, on a terminé, dit un policier depuis l'embrasure de la porte.

Dolan se redressa.

— Quelque chose d'intéressant ?

— Non. Des vêtements, des médicaments dans l'armoire à pharmacie, des aliments dans la cuisine. Rien pour faire condamner quelqu'un.

Pendant l'opération, une montre ou une bague avait peut-être glissé dans la poche de quelqu'un. Il s'agissait de petits à-côtés utiles pour boucler le budget. Cependant, personne parmi eux ne dissimulerait des preuves pour faire avorter l'enquête.

— Bon, vous pouvez partir.

L'autre ne se fit pas prier. Demeuré seul, Dolan rejoignit le domestique dans la cuisine. Dès la fin de la fouille, il était allé se faire du café.

— Vous en voulez ?

— Non. Vous connaissez sûrement le propriétaire, faites-lui savoir ce qui est arrivé. N'emportez rien, sauf vos objets personnels.

— ... Je ne sais pas où aller.

— Vous allez trouver. Considérez cela comme une indemnité de séparation.

Le détective prit le rouleau de billets récupéré pendant la nuit pour le lui lancer.

— Je vous le répète une dernière fois : n'emportez rien, sauf vos objets personnels.

Puis il quitta les lieux. D'autres que lui auraient fait enfermer le domestique, mais il avait la certitude que le coupable ne venait pas de l'autre bout du monde.

Lorsque Dolan arriva à la morgue, le souvenir du corps de Rosée Grothé lui revint. Au cours de certaines enquêtes, il avait vu son lot de personnes dans un terrible état de marasme et de désespoir. Certaines se tailladaient la chair. Pourtant, personne n'avait été jusqu'à se coudre une photographie sur la poitrine.

Le docteur Jolicœur venait de terminer l'autopsie.

— Alors ?

Le médecin n'allait pas se priver de son petit effet. D'un geste théâtral il leva le drap recouvrant le cadavre.

— Votre client devait se raser de près, car il a une réelle habileté avec une lame. Un seul coup… au cou !

Brochard présentait une peau livide. À la gorge, l'entaille profonde ressemblait à une seconde bouche.

— Un rasoir, vous êtes certain ?

— Tout le monde en a un, et la possession d'un bistouri est plus rare. Alors, avec mon grand pouvoir de déduction…

— Un simple couteau ?

— C'est trop net.

Il avait probablement raison. De toute façon, rasoir ou couteau de cuisine, cela ne changeait rien.

— Aucune autre blessure ?

— Un coup à l'arrière de la tête, assez fort pour l'étourdir, puis zip !

Jolicœur fit un geste de la main à la hauteur de son cou. Dolan n'avait vu aucune matraque sur les lieux, mais n'importe quel objet assez lourd et solide pouvait servir d'arme.

— Vous ne pouvez pas m'en dire plus ?

— Un homme blanc dans la quarantaine…

— … Un Français.

— Si vous le dites. La seule chose qui se voit, c'est qu'il n'était pas juif. En bonne santé, bien nourri.

Donc, aucun indice susceptible de le mettre sur la piste d'un coupable.

❈

Campeau était calé dans son fauteuil, perplexe.

— Le médium s'est fait égorger... Je n'en reviens toujours pas !

Peut-être se reprochait-il de ne pas avoir autorisé une enquête quelques mois plus tôt, au moment où Dolan le proposait. Plutôt que de s'occuper d'une fraude, ce serait pour un meurtre.

— Vous avez des suspects ? Le domestique ?

Voilà qui serait simple.

— Plusieurs, mais cet Annamite est loin sur la liste. Brochard collectionnait les renseignements sur ses clients, probablement pour leur soutirer de l'argent. J'ai eu le temps d'examiner ces notes, j'ai prélevé les noms de certaines personnes, des noms connus.

Il tendit un feuillet, le plus révélateur du lot.

— Il devait glaner les confidences, plaider qu'il en avait besoin pour parler aux esprits. Je ne sais trop… En tout cas, les noms sur ces feuillets recoupent ceux des participants aux séances.

Cette fois, Dolan lui remit l'agenda.

— Un corbeau… Vous croyez donc que l'une de ses victimes a pris les grands moyens pour faire cesser le chantage ?

— En tout cas, je compte bien leur poser des questions. J'imagine sans mal la tête du conseiller municipal à qui je demanderai s'il couche avec la voisine.

— Je vous souhaite bien du plaisir.

— Cependant, je ne pense pas que cela donnera quoi que ce soit. Je tiens pour acquis que le médium est responsable de la mort de Rosée.

Cette conviction l'habitait depuis le suicide.

— Le mari l'aurait assassiné pour se venger ?

— Ça, ce serait l'hypothèse la plus simple. J'en ai une plus compliquée, qui donne le premier rôle à Grothé. Un homme lassé de son épouse la pousse au suicide.

Le chef de police secoua la tête de droite à gauche.

— Franchement…

Dolan lui fit signe de suspendre ses protestations un instant.

— J'ai tout de même recueilli certains renseignements depuis le suicide. Éléonore et moi, pour être franc. Voici ce que nous savons : monsieur désertait le lit conjugal bien avant la mort de son fils. Il a conseillé à sa femme de voir un médium. Il lui achetait des livres sur le spiritisme.

Cette fois, Campeau ignora l'invitation au silence.

— Vous venez de me convaincre qu'il préférait voir son épouse s'amuser à cela plutôt que de se morfondre.

— Il y a plus. Les photographies. Pour faire son petit montage, Brochard devait utiliser une photographie de Zéphyr. Si Rosée la lui avait donnée, elle n'aurait pas cru voir son esprit. Si le médium l'avait dérobée, le vol n'aurait pas échappé à tout le monde !

— C'est un rectangle de carton grand comme ça.

— La maison n'est jamais totalement inoccupée, il y a toujours des domestiques.

— J'ai vu des demeures cambriolées avec six personnes dormant à poings fermés à l'intérieur.

Campeau avait bien raison. Le médium avait travaillé dans un music-hall et il montrait un vrai talent pour les trucages. Mais cela n'en faisait pas un passe-muraille pour autant.

— Bon, continuez votre histoire.

— Toute l'histoire devient limpide si l'on imagine que Grothé lui a remis la photo, et qu'ensuite Brochard a voulu profiter de l'occasion pour s'enrichir.

— Et le meurtre ne visait pas seulement à mettre fin au chantage, mais aussi à la menace d'une dénonciation à la police. Par exemple, lors d'une enquête sur un médium poussant une cliente au désespoir…

Brochard n'aurait pas assumé la responsabilité de sa faute, mais l'aurait fait porter à Grothé. Pendant un long moment, Campeau demeura songeur.

— En comparaison, Machiavel était un amateur.

Les mots du chef flottèrent un moment dans le bureau.

— Vous avez dressé un véritable piège, avec votre article dans *La Presse*. Les photos spirites, les montages avec une photo du défunt, les accusations de vol de photos portées par Barnum contre Mumbler. Vous présentiez deux scénarios : vous disiez à Grothé de regarder s'il lui manquait une photo, et de venir nous voir dans l'affirmative. Mais si Grothé avait remis la photo de son plein gré, vous disiez à Brochard qu'il avait un moyen facile de s'enrichir.

Au moins, le chef de police n'ajouta pas : « Vous êtes responsable de ce meurtre, au bout du compte. »

— Que comptez-vous faire, maintenant ?

— Je pense que le plus urgent serait de savoir ce que Grothé faisait hier soir. Si je découvre qu'il assistait à une réunion du Parti libéral, je m'occuperai des gens mentionnés dans ces notes.

Ce qui, il en avait la conviction, serait une totale perte de temps. Le regard de Campeau finit par le mettre réellement mal à l'aise. Comme s'il avait commis un crime.

Alors qu'il revenait à son pupitre dans la salle commune des détectives, Dolan entendit :

— Un gars a laissé un mot pour toi au comptoir de Panneton. Aucun parfum de lavande, cette fois. Te serais-tu querellé avec ta femme ?

— Comme nous couchons dans le même lit, elle n'a plus besoin de m'écrire. Elle me parle.

L'autre lui jeta un regard signifiant « toujours les mêmes qui ont de la chance ». Le policier déchira le rabat de l'enveloppe pour en sortir un feuillet. Le mot ne contenait aucune signature.

Il se passe des choses compliquées à la suite de mon article. Il serait temps que nous nous rendions de nouveau au café de la rue Clark.

Ainsi, Adolphe Dauphinais le relançait afin d'écrire la suite. Souper dans un restaurant chinois ne lui disait plus rien, maintenant qu'il partageait ses repas avec sa femme. Après la nuit précédente, il s'autorisa à rentrer plus tôt que d'habitude.

Éléonore eut droit à un baiser, puis il s'enferma dans le salon où était le téléphone. Au journal, la réceptionniste le mit tout de suite en communication avec Dauphinais. Celui-ci dit en décrochant :

— Le médium s'est fait tuer ! C'est celui des photos truquées ?

Les journaux du soir avaient annoncé la mort de Brochard. Le reporter avait, évidemment, tout de suite fait le lien.

— Vous m'avez promis que j'aurais l'exclusivité de la suite.

— Un gars s'est fait tuer et il était médium. Pour le moment, si vous allez plus loin, ce sera une invention. Tous vos collègues pourront en faire autant. Ils vont broder sur votre premier texte. Votre histoire, vous l'aurez dans quelques jours.

— Vous m'avez promis…

— Et je tiendrai parole. Cela dit, si vous prenez l'initiative de parler de moi, vous comprendrez vite tous les ennuis qu'un policier et ses collègues peuvent causer.

La félicité conjugale ne rendait pas son caractère plus amène, dans certaines circonstances. L'autre demeura silencieux un moment, puis déclara :

— Je vous fais confiance. Mais les journalistes aussi peuvent nuire à quelqu'un.

Cela se pouvait très bien. Décidément, sa stratégie ne lui simplifiait pas l'existence.

Chapitre 20

Depuis quelques semaines, Éléonore s'absentait parfois en matinée afin de suivre un cours. Sa visite chez le photographe Gordon lui avait donné envie d'apprendre cette technique. « Ne serait-ce que pour occuper mes journées, avait-elle dit à son époux. Tu travailles de si longues heures... » Et le commerçant avait accepté de l'aider contre une rétribution très raisonnable.

De plus, Stanley McDougall s'était chargé de lui faire aménager, sous les combles, un studio doté de sa petite chambre noire afin qu'elle puisse faire ses propres développements. Eugène occupait la pièce de travail donnant sur la cour. Ce samedi matin-là, au moment où Dolan s'apprêtait à partir pour le travail, elle lui dit, un peu mal à l'aise :

— Tu dois penser que je dépense inutilement.

D'ici midi, quelqu'un devait faire une importante livraison.

— Je pense qu'aussi longtemps que tu n'auras pas quatre enfants, tu trouveras le temps bien long si tu ne t'occupes pas. Déjà, tu t'ennuyais sur ta montagne. Si tu y prends du plaisir, j'en serai heureux pour toi.

— Cela ne me coûtera pas grand-chose. Ce sont des appareils usagés dont Albert s'est assuré du bon état.

« Probablement revendus par des enthousiastes dont la passion s'est éteinte après quelques jours », songea le détective. Elle en était rendue à appeler ce Gordon par son prénom. Heureusement, le vouvoiement entre eux perdurait.

— Je suis même prêt à t'offrir ton premier contrat professionnel : faire des photos de quelques-uns des documents récupérés chez Brochard.

Comme elle parut très intimidée par cette perspective, il ajouta :

— Je te paierai en baisers.

— Dans ce cas, tu vas me juger dure en affaires...

Il lui versa immédiatement un premier acompte en posant ses lèvres sur les siennes.

❋

Eugène Dolan savait qu'il trouverait Osias Grothé à son bureau. Il s'en était assuré avant de quitter le poste de police. Au moment de descendre au dernier arrêt du tramway de la rue Sainte-Catherine, le policier pinça un peu le nez. Même dix ans après l'électrification du transport public à Montréal, l'endroit empestait toujours. À l'époque, c'étaient plus de mille chevaux qui logeaient dans les écuries des environs.

À l'intérieur de l'immense bâtisse, il dut demander son chemin afin d'atteindre le bureau du patron. Il vit diverses personnes attachées à la tenue de livres, des techniciens et peut-être un ingénieur ou deux avant de rencontrer une jolie secrétaire qui le laissa entrer dans une grande pièce dont le mobilier de qualité jurait avec la vétusté de l'édifice.

À son entrée, il découvrit Grothé assis à une table en compagnie d'un homme d'une cinquantaine d'années.

— Monsieur Dolan, dit-il en acceptant avec une certaine réticence la main tendue, j'ai demandé à maître Joncas d'assister à cette rencontre.

Il s'agissait d'un criminaliste réputé, qui devait se faire payer à prix d'or chaque heure de travail.

— Je connais monsieur Joncas pour l'avoir croisé à quelques reprises au palais de justice.

Après une seconde poignée de main, les trois hommes s'assirent. Immédiatement, Grothé demanda :

— Qu'est-ce qui vous amène ?

— Le meurtre de Narcisse Brochard. Vous aviez un excellent motif de vouloir sa mort.

— Policier Dolan, je vous en prie, intervint l'avocat.

Ni monsieur, ni détective. Policier Dolan. Comme celui qui voyait à la circulation au carrefour le plus achalandé de Montréal. Il répondit en souriant :

— Maître, peut-être n'êtes-vous pas au courant, mais Brochard a joué un rôle dans le suicide de madame Grothé. Durant une séance de spiritisme à laquelle j'ai assisté, il a fait en sorte de lui faire croire que son enfant mort avait besoin de sa protection, dans l'au-delà.

Dolan poussait un peu loin la vérité : il était dans la maison, mais pas dans la salle.

— Pour la convaincre de ce fait, il a produit ceci.

Il sortit la photo spirite de sa poche pour la mettre sous le nez de l'avocat. Il ajouta, d'un ton grave :

— Elle a cousu la photo sur son cœur…

Puis il escamota le petit rectangle de carton. Cette fois, pas question d'offrir de le remettre à son propriétaire.

— Monsieur Grothé possède la meilleure des raisons de trucider ce charlatan. Je ne pense même pas qu'un jury lui en tiendrait rigueur, si jamais des accusations étaient portées.

— Je ne l'ai pas tué !

L'homme d'affaires s'était levé brutalement, au risque de renverser sa chaise.

— Monsieur Dolan, vous ne pouvez pas porter des accusations de ce genre.

Voilà que le policier devenait un monsieur.

— Vous avez compris que j'accusais monsieur Grothé ? Je disais seulement qu'il avait un excellent motif de le tuer. Ce médium était responsable de la mort de sa femme.

Grothé s'était assis de nouveau. Joncas devait le trouver trop émotif, car il intervint encore :

— Pourquoi êtes-vous ici, à la fin ? Votre façon de faire prêterait à bien des froncements de sourcils, chez vos patrons.

Dolan comprit que la sécurité financière que lui procurait Éléonore le rendait très audacieux. Il hésitait moins à bousculer les riches et les puissants.

— Je viens seulement demander à votre client où il se trouvait le soir du 12 décembre. C'était un mercredi.

Son regard se porta sur le veuf. Il précisa :

— Avant minuit… Nous savons qu'à cette heure, l'homme était déjà mort.

Grothé parut mal à l'aise. Son regard se porta sur son avocat, puis il dit :

— Je ne sais pas… C'est embarrassant.

Dolan devina qu'il aurait doit à une confidence « entre gentlemen ».

— Monsieur, le mieux serait de dire la vérité.

Cette scène avait été répétée. Ni l'homme d'affaires ni maître Joncas ne pouvaient ignorer la raison de la visite d'un policier ce jour-là.

— Monsieur Dolan, vous souvenez-vous de la jeune personne qui m'accompagnait au restaurant ?

— Certainement. Comment oublier une si jolie femme ?

— J'étais chez elle. Mais je ne voudrais pas que cela se sache. Ne serait-ce que par respect pour la mémoire de Rosée.

L'avocat décida de jouer son rôle jusqu'au bout. Il se fit rassurant :

— Monsieur Dolan ne trouverait aucun avantage à ébruiter cette information.

L'odeur de l'encens des églises flottait partout à Montréal. Il convenait d'éviter de porter scandale.

— Vous comprenez, dans son état… C'était comme si je n'avais pas d'épouse depuis plus d'un an.

— Cet alibi pourra-t-il être confirmé par d'autres témoins ? Par exemple, des gens du restaurant de la gare-hôtel Viger ?

— Non, j'ai bien peur que non. J'ai mangé chez elle.

Les derniers mots étaient venus un ton plus bas, comme il convenait pour l'aveu d'une faute.

— Donnez-moi son adresse.

— Voyons, ce n'est pas nécessaire ! Vous nous avez vus ensemble.

— Je devrai tout de même m'assurer que vous me dites la vérité.

L'homme demeura silencieux, un peu désarçonné. L'avocat crut bon de s'en mêler :

— Je comprends votre inquiétude, mais vous devez tout de même donner cette information. Monsieur Dolan connaît très bien son devoir de rester discret.

Et dans le cas contraire, Joncas serait heureux de s'en mêler. Le détective prit donc en note une information qu'il connaissait déjà. Ensuite, il quitta les lieux en leur souhaitant une bonne fin de journée.

❊

L'intersection de la rue du Havre ne se situait pas si loin à l'est, aussi Dolan décida-t-il de marcher en direction du

Quartier latin. Il eut l'impression de renouer avec l'enquête sur Archibald McDougall alors qu'il entrait dans l'édifice où habitait la belle Italienne. Toutefois, l'immeuble était moins cossu et aucun gardien n'en gardait l'accès. Une affichette montrait les noms des locataires.

À l'étage, il frappa à une porte, pour attendre qu'une domestique lui ouvre. La teinte de la peau et la couleur des yeux lui dirent qu'elle venait du même pays que sa patronne.

— Je veux parler à mademoiselle Rossi. Dites-lui que je suis de la police.

Après deux bonnes minutes, la grande brune se présenta devant lui.

— Monsieur, je crois vous avoir déjà vu…

— Détective Dolan. Nous nous sommes croisés à l'hôtel Viger. Vous étiez en compagnie de monsieur Grothé.

— Oui, je vois. Et vous, vous étiez avec une Anglaise.

— Ma femme.

Comme elle ne disait rien, il ajouta :

— Mademoiselle, je veux bien vous poser mes questions dans l'entrée, mais ce sera un peu long, et peu discret.

— … Venez.

Elle tourna les talons pour le précéder dans un salon. Du geste, elle lui désigna un fauteuil. Il lisait l'inquiétude dans ses yeux. Les membres de sa communauté n'avaient pas toujours les meilleurs rapports avec la police.

— Vous savez certainement que Narcisse Brochard a été tué.

Seul le silence lui répondit.

— Le médium que consultait l'épouse de… votre ami.

Le terme vint avec un petit sourire entendu.

— Je sais de qui il s'agit.

— Quelqu'un lui a tranché la gorge.

Mademoiselle Rossi ne parut pas impressionnée. Autant se montrer encore plus direct.

— Grothé est le suspect le plus probable.

Cette fois, la crainte assombrit son regard.

— Impossible. J'étais avec lui ce soir-là. Pendant la journée, il était à son bureau.

Maître Joncas, ou Grothé, lui avait peut-être téléphoné pour lui signifier les réponses attendues afin de disculper son amant.

— Quel soir ?

— Le 12 décembre.

Et celle-là avait bien appris son texte. Au point de lui donner la date spontanément.

— Vous le connaissez depuis longtemps ?

Comme Abbondanza demeurait silencieuse, il crut bon lui lancer cet avertissement :

— Vous savez, dans ce genre de conversation, mieux vaut ne jamais mentir à la police sur un sujet où il est possible de tout vérifier.

Elle dut se dire que quelqu'un, dans l'immeuble, dans des lieux publics fréquentés avec lui, ou même sa domestique, pourrait la trahir.

— Trois ans. Peut-être quatre.

Longtemps avant le décès de l'enfant, donc. En réalité, peut-être peu après la naissance. Elle suivait son raisonnement.

— Elle ne le tolérait plus dans sa chambre. L'accouchement avait été difficile, je suppose qu'elle craignait d'en avoir un autre.

À tout le moins, il s'agissait probablement de la justification donnée par Grothé. C'était plausible : le quart des femmes mouraient en couche. Cela justifiait la crainte de toutes.

— Comment l'avez-vous rencontré ?

La question lui tira un sourire.

— Dans le tramway. Il m'a offert son siège.

Dolan détaillait le visage aux traits fins, les yeux noirs, les lèvres rouges, les cheveux plantés drus. Même dans une mauvaise robe, des galoches aux pieds, elle devait attirer le regard. Mais rien ne disait qu'elle venait d'un milieu misérable. D'ailleurs, les domestiques et les ouvrières n'avaient même pas les moyens de rouler en tramway.

— Un gentilhomme !

Le ton de dérision échappa à la jeune femme.

— Vous a-t-il promis le mariage ? De l'argent pour votre témoignage ? Je ne pense pas que cela arrivera.

Elle ferma les yeux un instant, pour dire en les ouvrant :

— J'ai répondu à vos questions. Maintenant, partez.

❋

— Quatre ans ?

Éléonore soulevait ses sourcils, incrédule. Ils étaient toujours à table, passé huit heures.

— Ils étaient mariés depuis peu de temps, la naissance venait de survenir, et il désertait le lit conjugal pour cette fille !

Dolan demeurait incertain de l'identité de la personne ayant déserté le lit de l'autre.

— Existe-t-il un foyer à Montréal où ce genre de chose n'arrive pas ?

En réalité, elle voulait dire : « Cela nous arrivera-t-il ? » Ce qu'elle avait vu entre ses propres parents lui permettait de douter.

— Je suppose que c'est la grande majorité.

Dans les milieux bourgeois où un homme pouvait si facilement entretenir une jeune femme, la vertu ne devait pas être si largement répandue. Mais ce n'était pas une chose à dire.

— J'ai rarement affaire avec les milieux les plus harmonieux, dans mon travail. Cela ne signifie en rien que j'espère imiter les personnes que je côtoie.

— … Tu dois me trouver bien sotte, parfois.

— Je te trouve un tas de choses, mais pas sotte. Viens, nos domestiques doivent désirer se coucher avant onze heures.

Dénicher une photographie d'Osias Grothé avait été difficile, et aller lui en demander une ne se faisait pas. Cependant, au moment du décès de Rosée, les journaux en avaient publié quelques-unes. Dès le lendemain matin, Dolan faisait le tour des services de l'hôtel de ville afin de récupérer un exemplaire de ceux publiés les 16, 17 et 18 septembre, les jours suivant immédiatement la découverte du corps. Ce fut avec une découpure prise dans un quotidien qu'il quitta son bureau pour se rendre rue Saint-Hubert.

Il ne s'attendait guère à trouver l'oiseau toujours au nid. Pourtant, après une dizaine de coups contre la porte, le domestique annamite, Nguyen, vint répondre.

— Ah ! Je suis désolé de vous avoir fait attendre. Comme personne ne connaît mon existence à Montréal, je me suis dit qu'il s'agissait d'un colporteur.

— Je me suis dit que vous penseriez cela, alors j'ai insisté. Vous allez me laisser dehors ?

Il conduisit le policier dans le salon et lui offrit un siège.

— Vous n'allez pas rester debout ?

— Je suis un serviteur.

Dolan lui désigna le fauteuil le plus près, puis sortit le quart de page du journal de sa poche.

— Vous avez déjà vu cet homme ici ?

L'autre examina la photographie, et fit non de la tête.

— Vous êtes certain ?

— De ne pas le reconnaître ? Oui. Mais il est peut-être venu sans que je le sache. Parfois, mon maître me disait de ne pas aller répondre. Certains visiteurs tenaient à une grande discrétion.

— Ou bien c'était Brochard qui tenait à cette discrétion.

Nguyen ne dit mot.

— Peut-être que ces clients très discrets voulaient acheter le silence de votre patron sur des secrets que lui auraient confié les esprits…

— Je ne saurais l'affirmer.

Le domestique se souvint sans doute de la jolie somme que le policier lui avait donnée, car il ajouta avec un sourire :

— Mais nous sommes autorisés à le penser.

— Je crois que oui. Mais que faites-vous ici ? Le propriétaire n'a pas réclamé la possession de cet appartement ?

— Il a accepté de me le louer jusqu'à la fin de l'année.

— Vous projetez demeurer dans ce beau pays ?

Nguyen rit franchement, comme si la suggestion lui paraissait totalement fantaisiste.

— J'aurais trop peur que vos fonctionnaires me réclament vraiment la taxe exigée des Chinois. Mais mes projets demandent un peu de planification. Je compte aller m'établir à Paris. Les Frères des écoles chrétiennes ont passé des années à me vanter la grandeur de la France, je souhaite aller voir par moi-même.

Dolan pensa que le domestique avait sans doute trouvé de l'argent dissimulé dans cette demeure. Sous le plancher ou dans la cave. Car il lui avait donné de quoi vivre pendant quelques mois, pas de traverser l'Atlantique et s'établir dans l'une des villes les plus chères du monde.

— Seulement pour jouer au touriste ?

— Au cours des dernières années, j'ai appris un métier : parler aux esprits. J'espère le reprendre à mon compte.

La nouvelle troubla le policier. Un médium disparaissait, pour en voir un autre se manifester.

— Vous avez des talents de ventriloque ?

— Pas particulièrement. Mais j'en ai d'autres. Je viens de la mystérieuse Asie, avec ses cultes exotiques.

L'orientalisme faisait partout des émules. Les Anglais se passionnaient pour les fakirs, les Français succomberaient sans doute au charme de celui-là. Dolan sortit la photographie spirite de sa poche.

— Vous êtes certain de ne pas avoir vu le type du portrait que je vous ai montré ?

Nguyen avait reconnu les traits de la jolie cliente blonde qui portait le deuil.

— C'est... C'était son mari ?

Le détective dit oui d'un signe de la tête.

— Non, mais comme je vous le disais, cela ne signifie pas qu'il ne soit jamais venu ici.

❋

Pour Dolan, le meurtre avait un motif scabreux : Brochard soutirait de l'argent à Grothé pour son silence sur un échange de photographies. Toutefois, aucun tribunal ne l'aurait condamné pour avoir poussé une épouse neurasthénique chez des médiums, ou avoir fourni une photographie permettant de construire un montage spirite. Jamais le procureur de la province n'autoriserait un procès à ce sujet. Et si dans un moment d'égarement il y consentait, maître Joncas aurait tôt fait de tirer son client d'affaire.

La pire menace pour le suspect concernait sa réputation parmi ses pairs. Tromper sa femme était plutôt courant, aucun homme, même les grenouilles de bénitier, ne l'aurait mis au ban de la société pour ce motif. Mais créer des conditions propices à un suicide, voilà qui le mettait dans une classe à part. La cruauté était pire que l'infidélité. Aucune femme ne l'aurait plus reçu à sa table. Ses partenaires d'affaires se seraient montrés méprisants.

Dans la liste des hommes dont Brochard avait identifié les indélicatesses, certains souffriraient plus que d'autres d'une réputation ternie. Monsieur le juge Trépanier se trouvait particulièrement menacé, surtout que sa faute comptait parmi les plus ignobles aux yeux des bien-pensants. En plus, ses bureaux se situaient dans l'édifice voisin de l'hôtel de ville. Cette proximité lui vaudrait une visite.

Dolan prit rendez-vous à midi. Son Honneur avait l'habitude de commander un repas dans un restaurant voisin afin d'éviter les mauvaises rencontres. Se trouver face à face avec un accusé, ou le parent d'un coupable envoyé à la corde, lui aurait gâché l'appétit. Le magistrat cria « Entrez ! » en entendant les coups contre sa porte.

— Votre Honneur, je vous remercie encore d'avoir accepté de me rencontrer. Vous pouvez probablement m'aider à me faire une idée sur un vilain personnage.

— Oui, oui, vous me l'avez déjà dit.

De la main, il désigna au policier un siège placé devant sa grande table de travail. Une odeur de rôti envahissait la pièce, les reliefs du repas avaient été déposés près de la porte. Une fois assis, le visiteur hésita encore. L'impatience du juge se lisait sur son visage.

— Vous souvenez-vous du meurtre de Narcisse Brochard ?

Les pommettes déjà rougeaudes du magistrat passèrent au carmin. Il fit un signe affirmatif de la tête.

— Je pense que son assassinat tient au fait qu'il faisait chanter d'honnêtes gens de Montréal. Pour des fautes réelles, peut-être, mais la plupart du temps imaginées. Comme les gens ont la fâcheuse habitude de croire au dicton "Il n'y a pas de fumée sans feu", même l'accusation la plus fantaisiste peut ruiner une réputation. Plusieurs devaient payer sans avoir rien fait.

— … Où voulez-vous en venir ?

— La nuit où j'ai été appelé dans sa maison, j'ai trouvé ceci.

Le détective lui tendit une enveloppe. Le juge l'ouvrit, sortit une feuille un peu tachée de sang, puis vira à l'écarlate. Au crayon rouge, Dolan avait encadré une phrase.

Le juge Trépanier fait des chatteries avec son sténographe Duclos.

Le personnel du palais de justice comptait bien un membre portant ce nom. Eugène lui laissa le temps de reprendre son souffle avant de continuer :

— Je vous laisserai ce document en partant.

— C'est une calomnie.

Dolan n'en avait pourtant pas encore fini avec l'étalement de ses pièces à conviction. Cette fois, il lui montra la photographie d'une page d'un agenda.

— Ce sont les noms des clients ayant participé à une séance l'été dernier.

Et parmi ces gens, un nom souligné : Lucienne Trépanier. Madame le juge.

— Brochard peut en effet avoir tout inventé, ou la personne qui lui a donné l'information. Je soupçonne qu'il soutirait de l'argent à ses victimes et que l'une d'elles l'a assassiné.

— Vous venez m'accuser de meurtre dans mon palais de justice !

Parmi les émotions violentes qui marquaient le visage du juge, difficile de différencier l'effet de ce crime de lèse-majesté et celui de la trahison de son épouse. Car quelqu'un devait avoir donné l'information à Brochard. Ce n'était certainement pas Son Honneur le juge, ni le sténographe Duclos.

— Non, monsieur le juge. Je viens vous remettre en main propre un document qu'il vaut mieux ne pas laisser dans une boîte, à la portée de tous les regards. En même temps, je viens vous demander si ce charlatan vous a fait chanter. Car je crois qu'il faisait chanter Osias Grothé, et que celui-ci l'a tué.

Il y eut un long silence. En supprimant ainsi un document dans un dossier, Dolan commettait un acte illégal. Et si le juge le gardait, il se ferait complice du petit accroc. Sachant ne pas être la cible du coup de harpon du détective, le magistrat se détendit peu à peu.

— Je connais ce monsieur.

Il ne pouvait en aller autrement. Ces membres des élites se retrouvaient dans les mêmes comités, les mêmes sociétés de bienfaisance, les mêmes organisations politiques.

— C'est bien l'époux de la pauvre femme qui s'est suicidée ?

Dans ces murs, il ne se souciait pas de parler d'accident.

— En effet. Mais il semble qu'il ait fortement incité sa femme à commettre ce geste malheureux. C'est très probablement sous la menace de faire connaître ce détail qu'on lui soutirait de l'argent, et non pour ses accrocs à son contrat de mariage.

Trépanier hocha la tête. Selon le Code civil de la province, un mari pouvait se séparer de sa femme si celle-ci le trompait, mais dans le cas inverse, la séparation avait lieu seulement si un homme faisait vivre sa maîtresse sous le toit conjugal. L'incitation au suicide, ou sa version moins scandaleuse, le refus de porter assistance à une personne en danger, s'avérait infiniment plus grave.

— Je vous remercie de m'avoir remis ceci.

Des yeux, Trépanier désignait le feuillet posé au milieu de son pupitre. Il n'admettrait pas avoir été l'objet de chantage, mais le simple fait qu'il ne conteste pas l'hypothèse valait une réponse positive.

— Cela allait de soi, Votre Honneur.

— Les noms d'autres notables figuraient-ils dans les papiers de ce monsieur ?

— Oui, la plupart du temps pour des comportements qui n'enfreignaient aucune loi. J'espère que je n'aurai pas besoin d'en citer un seul devant un tribunal. Dans le cas contraire, le juge pourra décréter le huis clos.

Les souhaits de bon après-midi manquèrent terriblement de sincérité. Curieusement, le magistrat en voulait à Dolan de lui permettre de sauver sa réputation.

Chapitre 21

En fin de journée, ce fut sans surprise que Dolan fut convié dans le bureau de son directeur. Au cours des derniers jours, il avait troublé la quiétude d'un nombre suffisant de notables pour provoquer toute une série de coups de téléphone qui, ultimement, s'étaient répercutés chez Campeau.

D'ailleurs, ce dernier l'accueillit en disant :

— Enfant, vous deviez aimer donner des coups de pied dans les fourmilières…

— Je ne me souviens pas avoir fait une chose de ce genre.

— Monsieur Grothé s'est plaint au maire que l'un de mes agents le harcelait pour des motifs futiles.

— Je me suis rendu à son bureau après le meurtre, sans plus. Son avocat, un certain Joncas, peut d'ailleurs en témoigner, il était là.

Les questions posées étaient anodines, la présence de ce témoin empêcherait les déclarations farfelues de la part du suspect.

— Vous l'auriez, en plus, aussi importuné dans un endroit public.

— À la gare-hôtel Viger. Le hasard nous a conduits tous les deux au même endroit. Tout dépend de l'interprétation du mot "importuné". Éléonore avait développé une certaine amitié pour Rosée, elle a tenu à lui présenter ses condoléances.

Le chef de police eut un petit sourire devant cette présentation des faits.

— La présence de madame Dolan était bien opportune.

Le policier hocha la tête.

— J'ai profité de cette rencontre pour lui parler de la photo spirite. Je lui ai offert de me rendre chez lui afin de vérifier si quelqu'un n'était pas entré pour voler un portrait du garçon. Il m'a dit avoir brûlé tous ses albums. C'était très peu de temps avant le meurtre de Brochard.

La succession des événements troubla Campeau. Faire disparaître les photographies d'une épouse et d'un enfant morts ferait très mauvaise impression sur un jury. Peut-être avait-il poussé la suppression des informations incriminantes jusqu'à y inclure le médium en personne.

— Ce harcèlement s'est étendu à l'une de ses connaissances.

— Sa maîtresse depuis plusieurs années, une jolie Italienne nommée Abbondanza Rossi.

Le prénom amena un haussement de sourcils à son supérieur.

— Il me l'a présentée comme son alibi. C'était la moindre des choses que je vérifie. Elle m'a confirmé ses dires. Malheureusement, ils étaient dans son appartement. Sans témoin.

— Voilà qui est bien regrettable. Que comptez-vous faire ?

— Demander un mandat de perquisition.

— Pour chercher les albums manquants ?

— Je ne m'attends pas à les trouver, même si cela doit figurer parmi les motifs de la demande. En réalité, je chercherai tout ce qui peut prouver que lui et Grothé se connaissaient. De plus, comme vous le savez, trancher la gorge de quelqu'un provoque une grande perte de sang.

Malgré mes précautions, le lendemain, j'ai dû nettoyer mes chaussures avec soin.

L'assassin avait très probablement fait la même chose, mais même les plus grands criminels pouvaient oublier des détails.

— Je ferai mon possible afin d'obtenir un mandat du juge.

— Peut-être cela vous sera-t-il utile si vous le demandez à Trépanier…

Il lui tendit unc photographic. L'unc dc cellcs qu'il avait payées à Éléonore en baisers. De nouveau, Dolan avait sorti un lapin de son chapeau.

Campeau trouva tout de suite l'encadré, le parcourut, puis leva les yeux sur son subalterne.

— Qu'est-ce que ça veut dire ?

— Je lui ai remis l'original de ce texte. Cela vient de chez Brochard. Trépanier comptait sans doute parmi les victimes. Sa femme fréquentait les séances. C'était peut-être une confidence volontaire sur son infortune d'épouse trompée. Que ce soit avec un homme ajoutait certainement à sa colère. Je parierais pourtant sur une manipulation lors de la consultation des esprits.

— Et vous lui avez remis l'original ?

— Croyez-vous que je devrais le traiter comme un suspect ?

Le chef demeura songeur un long moment. La situation prenait une bien curieuse tournure.

— Même en colère contre un charlatan, je l'imagine mal utiliser un rasoir pour… Cependant, si Brochard possédait dix petits secrets comme celui-ci, cela nous donne dix suspects sérieux.

— Je continue de privilégier la même piste.

La conversation se poursuivit un moment, puis Dolan quitta le bureau. Son supérieur avait à peine sourcillé en apprenant qu'une pièce à conviction avait été remise à un suspect. Et il n'était pas surpris que l'inspecteur en garde une photographie : une assurance sur la vie, en quelque sorte.

❊

Le juge Trépanier avait accepté de signer un mandat de perquisition du logis d'Osias Grothé. Le détective aurait aimé fouiller aussi le bureau de l'homme d'affaires ; la chose demeurait toutefois plus difficile à justifier. Quand il se présenta au domicile de la rue Sherbrooke, il subit le regard furibond du maître des lieux qui disparut presque aussitôt en claquant la porte derrière lui.

Dolan avait préféré venir seul. Puisqu'il était incapable de décrire ce qu'il cherchait, il lui était impossible de donner des directives précises à des agents. Ce fut au maître d'hôtel qu'il s'adressa :

— Je vais commencer par les chambres à l'étage. Vous pouvez m'accompagner, ou demander à quelqu'un de le faire, si vous craignez que je parte avec l'argenterie.

— Je vais vous accompagner.

En arrivant sur le palier, Eugène s'arrêta un instant, puis dit, en pointant du doigt :

— L'enfant couchait là, n'est-ce pas ?

Devant le signe affirmatif, il poussa la porte. Le souvenir du corps inanimé sur un lit trop court lui revint avec une cruelle réalité. Il ne vit ni les jouets sur le plancher ni la couche. Seulement des moutons de poussière.

— Où sont les meubles ?

— Monsieur a tout fait vider. Selon lui, cela aurait dû être fait dès la mort du petit. Tout garder intact, comme un sanctuaire, alimentait la mélancolie de madame.

Sans doute avait-il raison. D'un autre côté, l'initiative aurait peut-être détruit tout à fait la mère éplorée. Pour la forme, il ouvrit la porte de la penderie. Rien. Ensuite, il passa dans la chambre de Rosée. Il l'avait vue brièvement cette nuit-là. À la lumière du jour, elle lui parut plus triste encore. Le lit était demeuré à sa place habituelle. Mais il n'y avait plus aucun vêtement dans la penderie ni dans la commode. Même les tiroirs de la coiffeuse étaient vides.

— Ici, s'il a tout fait disparaître, c'était pour alléger sa propre mélancolie devant une perte bien cruelle ?

Le domestique ne pipa mot. Cependant, Dolan le vit serrer les dents. Il n'appréciait peut-être pas toutes les initiatives de son maître.

— Et sa chambre à lui ?

Elle était à l'autre bout du couloir. Il n'y manquait aucun meuble, le placard et la commode étaient remplis de vêtements. À genoux, le détective examina une à une les paires de chaussures rangées au fond de la garde-robe.

— Qui nettoie les chaussures ?

— ... Moi.

— Vous faites ça régulièrement ?

— Évidemment, dit l'autre d'un ton vaguement outré.

— J'aborderai ce sujet un peu plus tard. D'ici là, j'ai bien peur de vous donner beaucoup de travail.

L'inspecteur défit le lit, chercha sous les oreillers, sous le matelas, sans succès. Puis il examina la surface des tables de chevet. Tous les vêtements de la penderie allè-rent sur la couche, il en fouilla prestement chacune des poches.

— Les servantes vident tout, avant de laver ou faire laver le linge, dit le majordome.

— Je dois compter sur une négligence de leur part.

L'opération se répéta avec tous les tiroirs. Là, il trouva quelques lettres, divers documents, mais rien pour éclairer son affaire.

— Il a une salle de travail. Un endroit où il écrit ses lettres…

— En bas.

— Bon. Avant de descendre, je passe dans les autres pièces.

Deux chambres semblaient n'avoir aucun occupant : elles étaient à peu près vides. Eugène s'attarda longuement dans la salle de bain, examina les médicaments dans la pharmacie. Il y avait tout ce dont avait besoin un homme en bonne santé, et peut-être un peu plus. Il découvrit un rasoir tout neuf.

Quand ils furent sur le palier, le majordome demanda, ironique :

— Voulez-vous visiter les quartiers des domestiques ?

— Pensez-vous que quelqu'un y cache des pièces à conviction ?

L'autre parut scandalisé. Dans le bureau, Dolan regarda attentivement les documents contenus dans les tiroirs. Ils concernaient la gestion de la maison, les relations avec des parents, des amis. Pendant ce temps, le majordome demeurait debout à proximité, sévère. Cependant, il sortait docilement de petites clés de sa poche pour ouvrir ce qui devait l'être. Le policier se donna même la peine de feuilleter chacun des livres placés sur les étagères, pour ne rien y découvrir.

— Bon, maintenant nous allons nous asseoir pour parler un peu.

— Certainement pas, monsieur.

— C'est un ordre de la police. Vous ne ferez tout de même pas obstacle à mon travail ?

La menace voilée et l'exemple – Dolan occupa l'une des chaises devant la table de travail – arrivèrent à le convaincre.

— Quand vous nettoyez les chaussures de votre patron, sont-elles très sales ?

— Avez-vous vu où il travaille ?

Évidemment, un atelier de construction de matériel roulant demeurait moins propre que les salons du carré Saint-Louis.

— Oui. Je vais poser la question autrement. En fin de soirée du mercredi 12 décembre, votre patron est-il revenu à la maison avec des souliers ou des bottes tachés de sang ?

Cette fois, le domestique secoua lentement la tête.

— Je ne me souviens pas de l'état de ses chaussures à cette date précise. Elles sont habituellement sales, mais à vrai dire je ne sais pas si je saurais distinguer des marques de sang.

Dolan n'était pas certain de le pouvoir non plus. Par exemple, 20 000 chevaux au moins parcouraient les rues de Montréal tous les jours. On trouvait certainement bien des choses peu ragoûtantes sous les semelles.

— Je viens de fouiller la plupart des pièces de cette maison, et je n'ai pas vu de photographies. Ni dans un cadre sur une table de chevet ni dans un album, ni dans une boîte cachée dans un tiroir. Pas même les portraits des ancêtres accrochés aux murs.

Cette fois, le majordome se troubla pour de bon.

— Il les a toutes brûlées.

— Absolument toutes ?

L'autre acquiesça d'un signe de tête.

— Après la mort de madame, pour calmer sa douleur ?

— C'est sans doute la raison, mais vous comprenez, il ne me fait pas de confidence.

— Au moment où il a vidé la chambre de Zéphyr ?

— Non, pas le même jour. Il a vidé les chambres tout de suite après la mort de madame. Les photographies, c'est plus tard. Justement, le lendemain du jour où ce médium a été tué. Tôt le matin.

Ce fut au tour du détective d'opiner de la tête. Il avait attiré l'attention de Grothé sur les vols de photographies, demandant même à voir les albums de famille. Ce soir-là, l'homme d'affaires avait affirmé les avoir détruits. Puis, très vite ensuite, il avait voulu effacer toutes les traces de cette affaire : le maître chanteur et les albums. Pas pour faire disparaître les clichés y figurant, mais pour qu'on ne remarque pas ceux qui manquaient.

— Je vais encore regarder dans le salon et dans la penderie de l'entrée, mais je sais que je n'y trouverai rien.

Il allait se lever quand une autre question lui vint à l'esprit.

— Comment était-il quand il a procédé à cette destruction des photos ?

— Nerveux. Quand je lui ai offert de me charger de ce nettoyage, il a refusé dans des mots…

Il ne répéta pas les jurons de son maître, mais ils lui résonnaient encore aux oreilles.

❁

Osias Grothé ne pouvait être revenu d'une soirée en tête-à-tête et d'une nuit d'amour pour ensuite faire un autodafé de toutes les photographies du ménage. Cela aurait représenté un curieux changement de ses états d'âme. Ou alors aurait-il voulu faire totalement table rase du passé pour se remarier ?

Devant un tribunal, le témoignage d'une épouse ne pesait pas bien lourd. Celui d'une maîtresse pesait évidemment encore moins. Mais cette méfiance ne suffirait pas pour la discréditer tout à fait. Aussi longtemps qu'elle s'en tiendrait à son histoire, aucun mandat d'arrêt ne serait lancé contre Grothé.

Dolan décida de retourner chez Abbondanza Rossi.

❋

— Puis-je voir votre maîtresse de nouveau ? demanda-t-il à la domestique quand elle ouvrit.

— … Elle est sortie.

La première fois, elle avait répondu « Je vais voir si elle est là ». Aussi il la crut.

— Pour longtemps ?

La femme haussa les épaules.

— Je peux vous poser quelques questions ?

— … Je ne sais rien.

Déjà elle refermait la porte. Il l'arrêta en mettant son pied.

— Au bout du compte, me répondre pourrait rendre service à votre patronne. Je sais rester discret.

Comme la communauté italienne se méfiait de la police, le policier lui promettait le silence pour la rassurer.

— C'est une parente ?

Sauf dans les grandes maisons, les domestiques venaient souvent des branches les moins favorisées d'une famille. Tout le monde avait un oncle incapable de faire vivre tous ses enfants. Embaucher l'un d'eux pour une misère était une œuvre charitable. Elle hésita, puis admit :

— C'est ma cousine.

— Vous êtes au Canada depuis longtemps ?

Les Italiens venaient en grand nombre depuis les années 1880, au début surtout pour travailler dans les chantiers ferroviaires. Depuis, ils formaient des communautés bien implantées dans les grandes villes, en particulier à Montréal et Toronto.

— Une dizaine d'années.

— Toutes les deux ?

Elle fit oui de la tête.

— Depuis quand habitez-vous dans cet appartement ?

— Trois ans.

— Pouvez-vous me confirmer qu'Osias Grothé était bien ici le mercredi 12 décembre ?

— … Si elle a dit qu'il y était, il y était. Je ne sais rien de plus.

Cette fois, la jeune domestique poussa la porte si fort qu'il risquait de se faire écraser le pied s'il ne l'enlevait pas. Il ajouta, d'un ton plus sévère :

— Si elle ment, cela peut lui valoir de grands ennuis. Vous savez, une jeune femme est morte, dans cette histoire. S'il a maltraité sa femme légitime, votre cousine ne peut rien attendre de bon de lui.

❉

Dolan aurait pu interroger tous les voisins de la jeune Italienne. Si l'un d'eux avait aperçu Grothé dans l'édifice le soir fatidique, cela confirmerait son alibi. Toutefois, plusieurs jours plus tard, comment être tout à fait certain ? Et si personne ne l'avait vu, cela ne prouverait pas qu'il était ailleurs.

Comme il arrivait souvent dans des cas de meurtre, l'enquête pouvait en rester là. Pendant quelque temps, les gens murmureraient sur le passage du suspect. Ensuite, tout le monde oublierait. Une nouvelle fois, Eugène eut recours à un expédient qui le gêna un peu. Le lendemain matin, quand il se rendit à l'hôtel de ville, il effectua un détour pour aller au 7 de la rue Saint-Jacques, à l'intersection du boulevard Saint-Laurent, à l'édifice du journal *La Presse*.

Au gardien de faction à l'entrée, il demanda qu'il fasse venir Adolphe Dauphinais. En attendant, il fit semblant de se passionner pour les pages de l'édition suivante, le nez presque collé au tableau d'affichage.

— Monsieur Dolan…

De la main, il fit signe au journaliste de se taire.

— Il y a un café tout à côté. Le Genoa. Là, personne ne comprendra ce que nous racontons, et ce sera meilleur qu'au restaurant chinois. Attendez quelques minutes avant d'y aller.

Le policier ne tenait absolument pas à être vu au journal avec ce complice. Peu après, il choisissait une table près d'une fenêtre donnant sur le boulevard Saint-Laurent, puis il commanda deux cafés. Dauphinais arriva un quart d'heure plus tard.

— Décidément, vous aimez les mystères. Toutes ces précautions…

— Que les gens fassent le lien entre ma personne et certains de vos articles peut vous amuser, mais moi, pas du tout.

Non seulement cela nuirait à ses rapports avec les autorités policières, mais il devrait faire face à l'agressivité de tous les gratte-papier de la ville déçus de ne pas avoir eu accès à des informations aussi confidentielles.

— Bon, si vous y tenez !

Dauphinais avala une gorgée de café et reposa la petite tasse, le trouvant trop âcre.

— Alors, pourquoi vouliez-vous me voir ?

— Pour faire une suite à votre premier article si remarqué. J'ai appris que le médium assassiné ne se faisait pas payer seulement pour parler aux esprits. Son activité lui permettait d'apprendre certains secrets, qu'il monnayait ensuite.

Il sortit les photographies de trois des feuillets de Brochard. Au préalable, Dolan avait soigneusement découpé tous les noms avec une lame de rasoir. Le reste s'avérait éloquent.

— Seigneur ! Le gars qui l'a tué mériterait une médaille.

La remarque était d'autant plus amusante qu'aucun journaliste de Montréal n'aurait hésité à détruire une réputation avec des informations de ce genre.

— S'il était simplement venu au poste de police pour dénoncer Brochard, le gars en question ne risquerait pas la corde, maintenant.

— Cela voudrait dire vous avouer ses fautes. Moi, avoir commis l'une ou l'autre de ces mauvaises actions, j'aurais trop honte.

— Et moi, je vous soupçonne d'en avoir commis quelques-unes, et bien d'autres.

Son interlocuteur se troubla. Cependant, il retrouva tout de suite sa bonne humeur en élaborant son prochain article. Il serait bien juteux…

❋

Deux jours plus tard, à sa sortie du poste de police, Dolan croisa le chef Campeau. Plutôt que de simplement répondre à son bonjour, celui-ci s'arrêta pour échanger quelques mots.

— L'article dans *La Presse*, ça vient de vous ?

— Disons que l'idée vient de moi, mais comme la première fois, le journaliste a fait le reste du travail.

— Vous lui avez donné des informations glanées chez Brochard !

— Sans lui fournir aucun nom, aucun indice permettant d'identifier quelqu'un.

Campeau hocha lentement la tête. Il avait l'air franchement ennuyé.

— Imaginez-vous dans quel état d'esprit ses victimes se trouvaient, à la lecture de cet article ? Ils croyaient avoir la paix, maintenant que le corbeau était mort. Et là, ils s'aperçoivent que quelqu'un sait...

— Le corbeau, comme vous dites, est tout de même mort. Rien ne permet de les identifier, et ils verront que rien ne se passe.

— Le juge...

— Personne occupant cette fonction n'apparaît dans l'article, et il possède le document original.

Décidément, cette initiative passait plutôt mal avec son patron. Pour un temps, il devrait bannir le journalisme de ses outils d'enquête.

— ... Document dont vous avez fait une photographie.

— Ces traces disparaîtront quand le procès se terminera. Pour le moment, je tape dans la fourmilière, pour reprendre votre expression.

— En tout cas, vous le regretterez si le résultat est de vous faire un ennemi du juge Trépanier.

Sur ces mots, Campeau entra dans le poste de police. Dolan demeura troublé de la prédiction, puis chassa cette préoccupation. Après tout, lui-même se trouvait maintenant dans la position d'un maître chanteur.

Dans le cadre de son travail de policier, Dolan recevait très peu de courrier. La lettre qu'il examinait avait été postée la veille, à Montréal. À l'intérieur, il ne trouva qu'une carte professionnelle, celle de Umberto di Dominico, avocat. Et au verso, ce message en anglais : *Monsieur Dolan, j'aimerais vous voir à mon bureau à cinq heures.* L'invitation était cavalière, mais il l'accepta avec joie.

Les fourmis commençaient à s'agiter...

Le cabinet de maître di Dominico se situait rue University, près du port de Montréal. Il s'annonçait comme un avocat spécialisé dans le droit commercial, mais Dolan se souvenait de l'avoir croisé au palais de justice lors d'affaires criminelles. Aucun secrétaire ne l'accueillit, la porte du bureau était grande ouverte. Il frappa sur le cadre tout en disant :

— Je suppose que c'est moi que vous attendez ?

L'avocat sortit la tête de ses dossiers, posa sa plume et se leva pour s'approcher, la main tendue.

— Monsieur Dolan, je suis content de vous voir ! Nous nous parlons pour la première fois.

— Vous avez raison. Je n'ai jamais eu affaire avec l'un de vos clients.

L'avocat lui montra un fauteuil, puis reprit le sien. Si l'extérieur de l'immeuble ne payait pas de mine, cette pièce était lambrissée de chêne et les meubles étaient d'excellente qualité. Les affaires de cet homme étaient certainement prospères.

— Alors, ce sera une nouveauté pour vous et moi. Je représente une jeune femme devenue soudainement très inquiète.

— Mademoiselle Rossi a effectivement de bonnes raisons de s'inquiéter.

Son interlocuteur lui adressa un sourire entendu.

— Mais vous et moi allons clarifier ce fâcheux malentendu. Vous lui avez demandé si monsieur Grothé se trouvait avec elle le 12 décembre. Elle vous a répondu honnêtement, tout en se trompant de quelques heures. Grothé s'est présenté chez elle après minuit. Donc le 13 décembre.

Ainsi, l'homme d'affaires avait pu passer chez Brochard auparavant. L'avocat poursuivit :

— Il est arrivé surexcité, et avec d'abondantes taches de sang sur ses vêtements.

« Et voilà ! » songea le policier. Après le meurtre, le suspect ne pouvait rentrer à la maison. Trop de domestiques constateraient l'état de ses vêtements. Il était allé chez une personne de confiance.

— Il est heureux que la mémoire lui soit revenue. Surtout qu'au moment de la questionner, j'ai bien précisé avant minuit.

— Comment se fier à la mémoire d'une femme amoureuse ? Au moins, maintenant elle a récupéré son bon sens. Au point d'être en mesure de vous remettre ces vêtements.

Dolan hocha la tête pour signifier sa satisfaction.

— Ma cliente est une femme très prudente. Devant un homme si peu fiable, elle a jugé bon de conserver les vêtements…

— Mais dites-moi, maître, qu'est-ce qui a bien pu motiver ce brusque retour de sa mémoire ?

Il ne croyait guère à un oubli. Rossi avait tout bonnement renoncé à protéger Grothé.

— Vous avez été convaincant. En particulier auprès de Dolorosa, la jeune domestique.

Qui pouvait bien appeler son enfant « Douloureuse » ? L'avocat continua :

— Elle en a parlé à des parents, qui se sont confiés à moi. Je me suis donc efforcé de ramener ma cliente à la raison.

Déjà, les articles dans *La Presse* avaient beaucoup ébranlé ses convictions…

Un avocat criminaliste ramenant un témoin à charge à la raison. Voilà qui ne manquait pas de sel.

— Cela nous fait trop d'intermédiaires. J'aimerais de nouveau interroger cette dame.

— Devant son avocat ?

— Pourquoi pas ? Vous êtes de très bon conseil, apparemment...

— Je peux la faire entrer tout de suite.

Décidément, Di Dominico entendait se rendre très utile.

— D'abord un mot. Qui vous paie ?

— Je n'ai pas à vous répondre.

Puis après une pause, il ajouta :

— Mais je le ferai tout de même. Son père a un commerce tout près d'ici. Disons qu'il jouit d'une certaine aisance. Quand sa fille a accepté de se laisser entretenir par ce… salaud, il l'a maudite. Cependant, mis au courant de la situation, il a volé à son secours.

« Tout comme je le ferais, dans des circonstances identiques », songea Dolan. Il hocha la tête pour montrer sa satisfaction au sujet de cette explication.

— Elle devra tout de même témoigner en cour.

— Je le lui ai expliqué. Je la fais entrer.

Di Dominico quitta la pièce.

❉

Bientôt, l'avocat revint en compagnie d'Abbondanza Rossi. Elle se tenait bien droite, un air de défi sur le visage, mais Dolan la devinait terriblement intimidée.

Quand elle fut assise, Di Dominico lui demanda :

— Répétez ce que vous m'avez dit.

Il était passé au français, sans doute parce que sa cliente maîtrisait mieux cette langue. Après une longue hésitation, elle commença :

— Ce soir-là, il est arrivé après onze heures, terrorisé.

« Donc le 12 », songea Dolan.

— Quand il a enlevé son manteau, j'ai vu le sang sur ses habits. Comme il gardait des vêtements dans l'appartement, il s'est changé, puis il est rentré chez lui. Il m'a demandé de détruire son linge.

Impossible d'obtenir une déclaration plus incriminante.

— Vous avez conservé ces vêtements. Pourquoi ?

— Il avait déjà fait en sorte de se débarrasser de sa femme. Je tenais à me… protéger.

Grothé venait de disposer d'un maître chanteur, pour en faire naître un autre. Abbondanza s'était donné une arme redoutable pour le garder près d'elle, ou pour s'assurer une source de revenus.

— Les voilà, dit l'avocat en lui tendant un grand sac de papier kraft récupéré dans un placard.

Dolan l'entrouvrit pour voir une chemise tachée de rouge.

— Vous répéterez cela à la cour ?

Ce fut Di Dominico qui répondit à sa place :

— Elle témoignera, si on le lui demande.

On le lui demanderait, à moins que Grothé n'avoue. Après encore quelques questions sur certains détails, Dolan regagna son bureau, le grand sac à la main.

Chapitre 22

Eugène Dolan demanda à voir son patron. En entrant, il déclara :

— Monsieur Campeau, je veux vous montrer ceci.

Il posa le sac sur le pupitre de son chef qui dut quitter son siège pour regarder son contenu.

— Le 12 décembre dernier, Osias Grothé a tranché la gorge de Brochard. Comme ses vêtements étaient couverts de sang, plutôt que de rentrer à la maison, il s'est rendu chez sa maîtresse.

Fronçant les sourcils, le chef de police tira sur une manche de la chemise pour voir la grande tache devenue brunâtre.

— Il s'est promené ainsi dans les rues ?

— Avec son pardessus, rien ne devait paraître.

Campeau referma le sac pour le déposer par terre.

— Cette femme ne voulait plus lui servir d'alibi ?

— Je pense qu'après réflexion, elle a compris que le comportement de Grothé avec son épouse ne présentait pas un gage de bonheur futur.

Le chef retrouva son fauteuil, puis dit :

— Vous souhaitez donc obtenir un mandat d'arrêt contre monsieur.

— Et rapidement. Il doit être au courant de la volte-face de Rossi… Il risque d'aller s'établir sur un lot de la nouvelle province de la Saskatchewan sous un nom d'emprunt.

— Je vais m'arranger pour que vous l'ayez dès demain matin.

Dolan hocha la tête, puis demanda :

— Nous pouvons toujours compter sur votre présence dans deux jours ?

Il évoquait le samedi 22 décembre.

— Certainement, à moins que vous n'ayez changé d'idée.

— Pas du tout. Notre porte vous sera toujours ouverte.

Sur ces bons mots, le policier se dépêcha d'aller montrer le contenu du sac au docteur Jolicœur, afin de faire déterminer que les taches étaient bien du sang humain.

❋

Le lendemain, Dolan put récupérer le mandat d'arrêt émis à l'encontre d'Osias Grothé. Ensuite, il requit les services de deux solides agents de police et d'un fourgon. Aller cueillir le suspect sur son lieu de travail lui paraissait plus attentionné. Dans sa demeure de la rue Sherbrooke, cela alimenterait les commérages pour les dix ans à venir.

Avec cet équipage, il se rendit à l'intersection des rues du Havre et Sainte-Catherine. De nouveau, il chercha un peu le bureau du directeur. À la vue de policiers en uniforme, la secrétaire lança un petit « Oh ! Mon Dieu ! » mais elle n'osa les intercepter. Quand Dolan ouvrit la porte, son cœur battait la chamade.

— Monsieur Grothé, j'ai un mandat d'arrestation contre vous. Vous êtes soupçonné d'avoir assassiné Narcisse Brochard.

L'homme était à son pupitre, penché sur des dossiers. Il le fixa d'abord avec des yeux incrédules, puis s'exclama :

— Vous ne pouvez pas !

— Oui, je le peux. Suivez-moi. Résister entraînera l'intervention de ces messieurs.

— Vous n'allez pas me faire parader devant mes employés avec des menottes aux poignets ?

— Si vous promettez de ne pas tenter de fuir, ce ne sera pas nécessaire.

Grothé alla récupérer son manteau, enfila ses couvre-chaussures, prit son chapeau et le suivit docilement. Sur le chemin, bien des travailleurs s'arrêtèrent pour le regarder passer. Un instant, Dolan se demanda si tous ces gens se retrouveraient en chômage dès le lendemain.

Maître Joncas était arrivé au poste de police avant son client. Il était dans une petite pièce, meublée d'une table et de trois chaises. Dolan observa les deux hommes se serrer la main, échanger des mots d'encouragement, puis il les invita à s'asseoir.

— Monsieur Grothé, commença-t-il, vous êtes ici parce que Abbondanza Rossi est revenue sur ses premières affirmations. Le soir du meurtre, vous n'étiez pas avec elle.

— Je ne sais pas pourquoi elle cherche à me nuire ainsi.

— En toute fin de soirée, vous l'avez rejointe, vos habits couverts de sang. Vous avez changé vos vêtements pour rentrer chez vous ensuite.

— Maître Joncas, vous le laissez proférer ces mensonges !

L'avocat aurait peut-être protesté, mais la suite le rendit muet.

— Mademoiselle Rossi a gardé ces vêtements, et me les a remis. Vos domestiques les identifieront comme étant les vôtres.

Cette fois, le suspect accusa le coup. Il y eut un long silence. Le détective continua :

— Le lendemain, vous avez détruit toutes traces du séjour de votre fils et de votre femme dans votre maison. De même que toutes les photographies, pour être certain que je ne pourrais pas établir de lien avec celle que vous aviez donnée à Brochard.

— … Je ne lui ai jamais donné de photographie de Zéphyr. S'il en avait une, soit il l'a reçue de Rosée, soit il l'a volée chez moi. Vous-même avez évoqué cette possibilité devant moi.

— Monsieur Grothé, je vous suggère de ne plus dire un mot, intervint l'avocat.

La plupart du temps, avec leur bavardage, les criminels tissaient la corde avec laquelle on les pendait.

❋

Déjà, on entrait dans la période des Fêtes. L'année tirait à sa fin. Pour Eugène Dolan, 1906 s'était accompagnée de changements profonds. Non, en réalité, d'un seul : s'être épris d'Éléonore McDougall. Tout en découlait. Le mariage avait bouleversé toutes ses habitudes. Mais il se faisait sans trop de mal au bonheur.

Un sapin alourdi par les décorations occupait une bonne partie du salon, au point où il avait fallu déplacer des meubles. Une odeur de cannelle et de clou de girofle était l'heureux présage des délicieux desserts à venir… Il avait été convenu que Noël serait célébré dans le grand manoir sur la montagne. Mieux valait en profiter, car les nouveaux propriétaires devaient emménager au cours de l'hiver. Pour sa part, Éléonore recevrait ses frères et leur famille l'un après l'autre. La domesticité limitée, tout comme l'espace réduit, ne permettait de réunir tout le clan d'un coup.

Ce samedi 22 décembre, le détective se sentait particulièrement nerveux. Olivier Campeau se présenta avec sa femme un peu après cinq heures. Dolan alla ouvrir lui-même.

— Madame, monsieur, je suis heureux de vous recevoir chez nous ! Je vous remercie d'être venus.

— C'est plutôt nous qui vous remercions, dit l'épouse du chef.

— Vous savez, vous auriez pu venir avec vos enfants.

— Ah ! Vous vivrez cette situation un jour, dit Campeau. Ils sont assez âgés pour nous priver de leur présence, et nous encore assez jeunes pour nous priver d'eux.

L'allusion à une famille à venir gênait toujours un peu l'inspecteur. Chez les catholiques, quelques mois après le mariage, l'épouse se trouvait habituellement « dans un état intéressant », comme on disait pudiquement. Eugène et Éléonore entendaient se donner le temps de profiter de leur nouvelle existence.

— Une prochaine fois peut-être, dit Éléonore. Aimeriez-vous visiter les lieux ?

Cette tradition était un peu étrange : les nouveaux propriétaires se croyaient obligés de montrer aux visiteurs leur bonne ou leur mauvaise fortune. La salle à manger et la cuisine suscitèrent les commentaires admiratifs habituels. Si les deux domestiques souffrirent de se voir interrompre dans la préparation du repas, elles n'en laissèrent bien sûr rien voir.

À l'étage, la chambre à coucher du couple reçut une attention discrète, les deux autres de nouveaux commentaires sur les enfants à naître – décidément, cela tournait à l'obsession. Éléonore proposa :

— Il reste encore des pièces sous les combles. Voulez-vous les voir ?

Elle paraissait tellement désireuse de les montrer, dire non aurait été impoli. Son studio de photographie prenait forme. Sous l'éclairage électrique, ils aperçurent un appareil photo monté sur un trépied. Un autre, à soufflet, reposait sur une table. Elle l'utilisait pour prendre des clichés de la ville, ou de la campagne, au gré de ses déplacements.

— Ces grandes fenêtres donnent à peu près au sud. Pendant la majeure partie de la journée, l'éclairage est parfait.

— Pensez-vous en faire un métier ? lui demanda Campeau.

— J'ai déjà réalisé des portraits de certaines relations, et de leurs enfants.

Mariée, la jeune femme renouait avec des amies de jeunesse. Vieille fille, elle avait tenu ses distances.

— Cependant, jamais je ne réclamerais de l'argent pour ce travail. J'aurais l'impression de les extorquer.

Pourtant, les clichés étaient excellents.

— À côté, Eugène a un bureau. Nous voilà prêts à passer des soirées studieuses.

Prêts peut-être, mais pas encore résolus à le faire. D'autres activités leur procuraient plus de plaisir. De retour au salon, un verre à la main, ils discutèrent des avantages de la vie dans ce quartier. À table, Campeau consulta du regard les dames présentes en demandant :

— Nous permettez-vous de parler un peu boutique ?

— Pourquoi pas ? accepta Éléonore avec un sourire. Je pourrais peut-être jouer le rôle du docteur Watson auprès de mon mari.

— Dans ce cas, j'espère que tu changeras les noms, dit Eugène.

— Évidemment !

Campeau commença, en s'adressant à son subalterne :

— Vous demeurez convaincu que Grothé a donné une photo de son enfant à Brochard avec l'espoir de pousser sa femme au suicide ?

Eugène opina de la tête.

— Mais vous ne pouvez en avoir la preuve…

— Il s'agit d'une forte intuition.

— Que je partage, dit Éléonore.

— Vous savez, nous l'avons vue plusieurs fois. Elle se trouvait totalement désespérée. L'encourager à fréquenter des spirites était un crime. Brochard imitait les pleurs de l'esprit d'un enfant dans l'au-delà et lui montrait ce trucage photographique !

Campeau restait visiblement sceptique.

— Vous ne pourrez jamais le prouver et Grothé ne l'avouera pas pour vous faire plaisir.

— Mais elle nous l'a dit. Ou plutôt, écrit. Depuis l'au-delà.

Les paroles d'Éléonore flottèrent un moment dans la salle à manger. La jeune femme consulta son époux des yeux, visiblement inquiète d'en avoir trop dit. Celui-ci lui adressa un sourire, puis expliqua à l'intention des deux autres :

— Je vous ai parlé déjà de la sagesse de madame Radcliffe, au moment de l'affaire McDougall. Elle nous a convoqués pour une petite séance de Ouija pendant laquelle Rosée nous a adressé une phrase. "Il m'a tuée."

Dans son bureau du poste de police numéro 1, Campeau se serait écrié : « Vous ne croyez tout de même pas à ces sottises ! » Devant son hôtesse, il devait retenir ces paroles. Dolan ajouta, un peu moqueur :

— Bien entendu, je n'irai pas dire cela devant le tribunal.

Ce ne fut qu'au moment du dessert que le chef revint sur le sujet :

— Vous ne prouverez pas son rôle dans le suicide de sa femme. En ce qui concerne le meurtre de Brochard, vos preuves indirectes devraient entraîner une condamnation.

— Dans ce cas, quelle sera sa défense ?

— Il a tué un charlatan qui a poussé sa femme au suicide.

Le détective parut dépité.

— On ne lui donnera pas une médaille pour cela, mais certainement pas la peine de mort. La justice desservira Rosée.

La conversation s'avérait décousue, allant d'un sujet anodin à un autre, pour revenir sur le thème de l'enquête. Ce fut dans le salon, un verre de porto à la main, que Campeau dit encore :

— Seul le changement du témoignage de la maîtresse vous a permis d'arrêter ce gars. Tous ces articles dans *La Presse* n'ont servi à rien.

— Ils ont servi à faire sortir les fourmis de leur trou. Si Abbondanza Rossi a changé son témoignage, ce n'est pas parce que tout à coup elle s'est attristée du sort de Brochard, mais parce que la cruauté de son amant lui est devenue insupportable.

« Je n'ai peut-être pas le meilleur policier qui soit, songea Campeau, mais certainement le plus têtu. »

❋

Quand ils furent partis, Éléonore s'accrocha au bras de son mari pour lui dire :

— J'espère ne pas t'avoir causé des ennuis avec mes déclarations.

— Je pense que nous nous sommes tous les deux comportés comme des écoliers dissipés. Quant aux ennuis, je n'y crois pas du tout. Nous montons ?

— Avec un autre porto pour toi et un sherry pour moi ?

Décidément, jusque-là, il ne trouvait que de bons côtés au mariage.

❋

La tête un peu lourde après avoir trop mangé et trop bu, les Campeau s'étaient entendus pour rentrer à pied. L'avenue de l'Esplanade n'était pas bien loin. Après quelques minutes, le chef de police murmura :

— Il a une chance de cocu.

— Voilà une expression pas très gentille pour madame Dolan.

Il ne se soucia pas du tout du reproche.

— Un beau mariage, et le voilà plus riche que moi après avoir passé presque quarante ans dans la police.

— Seigneur, tu es jaloux ! Vas-tu te mettre à la recherche d'une riche Écossaise ?

Il prit la main de sa femme, posée au creux de son bras. Visiblement, l'homme ne nourrissait aucun projet de ce genre.

— Je pense qu'il a raison, dit encore l'épouse, à propos de ce Grothé.

— Probablement. Mais comme il ne peut le prouver, il devrait demeurer silencieux. Et il s'amuse à ameuter la presse !

— Que lui arrivera-t-il ?

Après un instant, le directeur comprit qu'elle parlait du prévenu.

— Plaider la folie jurerait avec le personnage. Si son avocat peut faire peser la responsabilité du suicide sur ce charlatan, aucun juge, aucun jury ne se montrera sévère.

Et même s'il allait en prison, les affaires de Grothé n'en seraient pas sérieusement affectées. Sous prétexte de protéger son épouse, un homme pouvait tuer quiconque présentait une menace.

— Cette dame nommée Radcliffe a vraiment intercepté un message de l'au-delà disant "Il m'a tuée" ?

Campeau jeta un regard oblique sur sa femme.

— Dans cette histoire, quelqu'un fait marcher quelqu'un. Parfois, je me demande si c'est cette médium ou alors Dolan.

Il rit doucement.

— Que veux-tu dire ? lui demanda son épouse.

— Moi, je n'ai jamais entendu cette femme. Dolan m'a dit qu'elle avait donné une information intéressante sur Archibald, puis sur Grothé.

— Voyons, pourquoi inventerait-il cette histoire ? Ce n'est certainement pas ce genre d'homme.

— Pourtant, cela me semble plus crédible que l'idée d'une vieille dame qui parle aux esprits !

Entre ces deux éventualités, la plus vraisemblable était bien celle d'un policier à l'imagination débordante. Madame Campeau s'enquit après un moment de réflexion :

— Toi, tu ne crois pas à cette histoire de spiritisme ?

— Pas du tout. La Bible nous indique que les âmes vont soit en enfer, soit au ciel. Pas dans tous les recoins de l'univers sous forme de fantôme.

— J'estime cette idée séduisante. Voir un jour mes enfants depuis l'au-delà et les aider, peut-être. Ensuite, retrouver tous mes parents et éventuellement revenir dans un autre corps. Voilà des conceptions intéressantes !

Un bref instant, il eut envie de lui rappeler le premier commandement : Un seul Dieu tu adoreras. Et ce Dieu, c'était celui des Évangiles. À la place, il murmura :

— C'est vrai, j'aimerais te retrouver de l'autre côté.

La période des Fêtes était passée depuis des semaines. À la Mi-Carême, la cour d'assises siégea pour juger les assassins arrêtés par Eugène Dolan. Heureusement, il n'y en avait que deux. Tout d'abord, Alfred « Fred » Arseneault apparut piteux, et terrorisé, dans le banc des accusés. Homme pourtant robuste, il ne put demeurer debout durant la procédure, comme le voulait la coutume.

L'affaire se régla rapidement. Une demi-douzaine de témoins purent raconter les événements : un homme ivre avait refusé de payer l'addition, puis pendant une altercation, un serveur avait été tué. Le verdict de culpabilité tira une longue plainte à l'accusé. Au moment de prononcer la peine capitale, le juge mit des gants noirs. Aux mots « pendu par le cou » le meurtrier s'affala sur le sol. Il fallut le traîner hors de la salle.

L'affaire de Narcisse Brochard s'avéra autrement plus complexe. Le procureur de la couronne décida de la simplifier. Toute la théorie du détective relative à la photographie de Zéphyr fut réduite à sa plus simple expression. Soit la pauvre femme, délirante, la lui avait remise pour ensuite faire abstraction de ce geste, enivrée par l'espoir de voir l'image de l'esprit de son fils, soit le médium l'avait volée. Car il n'existait pas la moindre preuve que Narcisse Grothé avait été mêlé à un échange.

Cependant, il en allait autrement du meurtre. Abbondanza Rossi, avec sa belle chevelure ramenée sur sa tête sous un large chapeau, ses yeux noirs et une robe rouge, livra un témoignage très convaincant. Les membres du jury la contemplaient avec un sourire voulant dire « Quel veinard, ce gars ». Tout de même pas si veinard, car le témoignage de sa maîtresse établissait qu'il avait menti à la police, qu'il ne possédait aucun alibi pour le soir du meurtre et que vers onze heures, il était apparu chez elle avec des vêtements ensanglantés.

Un jury féminin aurait sans doute été intraitable pour l'accusé. Elles lui auraient fait payer l'accroc au contrat de mariage. Mais aucune femme ne pouvait siéger dans les jurys. Pour des hommes, un époux infidèle pouvait régler le sort d'un charlatan dont l'action avait poussé son épouse légitime au suicide.

Les douze jurés mirent une petite heure à peser toutes les questions morales liées à cette cause. La présence d'un cadavre à la gorge ouverte ne leur permettait pas de revenir de la pièce où se tenaient les délibérations avec un verdict de non-culpabilité. Ils allèrent aussi loin que possible pour se montrer conciliants.

Quand ils furent assis, le juge demanda :

— Messieurs, êtes-vous arrivés à une décision unanime ?

Dolan regarda le boulanger bedonnant assumant la présidence se lever en tenant un bout de papier à deux mains pour dire :

— Oui, Votre Honneur.

— Quel est-il ?

— Coupable de meurtre au second degré, Votre Honneur.

C'est-à-dire sans préméditation. Dans le banc de l'accusé, Narcisse Grothé accusa mal le coup. Maître Joncas lui avait sans doute fait miroiter un acquittement. Dans ce cas, il avait été très présomptueux. Invoquer la folie aurait fonctionné si le meurtrier avait ouvert la gorge de Brochard pour ensuite appeler la police et s'asseoir au salon afin d'attendre son arrivée. Mais le fait d'avoir essayé de dissimuler son crime témoignait d'une bonne maîtrise de ses facultés mentales.

— Merci pour votre bon travail, messieurs. Bientôt vous retrouverez votre famille.

Déjà le juge se penchait sur ses papiers. Le jury s'occupait d'établir l'innocence ou la culpabilité de l'accusé, il appartenait au magistrat de rendre la sentence.

— Votre Honneur, intervint le président du jury avec un doigt levé, comme un élève voulant attirer l'attention.

— Oui ?

— Bin j'sais pas trop comment dire. Nous aut' on est d'accord qu'il a tué le Français. Mais d'un autre côté, on peut pas trop y en vouloir de ça.

— Voulez-vous dire que vous invitez la cour à faire preuve de clémence ?

Le juré demeura songeur un moment, incertain du sens à donner à ces mots compliqués. Il répondit :

— C'est ça, Votre Honneur.

Une fois son travail accompli, le boulanger reprit sa chaise avec soulagement.

— Es-tu surpris ? glissa Éléonore à l'oreille de son mari.

Les policiers demeuraient rarement dans une salle d'audience pour attendre un verdict. Quant à le faire avec leur douce moitié, cela devait être une première dans les annales judiciaires.

— Pas vraiment. Pendant tout le procès, on a évoqué deux coupables. Brochard, le tueur de Rosée, et Grothé, le tueur de Brochard. Autant dire un justicier.

Éléonore esquissa une grimace qui disait tout son dépit. Le juge aurait pu se donner du temps pour réfléchir avant de prononcer sa sentence. Pourtant, il enchaîna tout de suite :

— Accusé, levez-vous.

Celui-ci consulta son avocat des yeux. Joncas lui fit signe d'obtempérer.

— Monsieur Grothé, vous êtes reconnu coupable du meurtre de Brochard. Toutefois, je me rends à la suggestion du jury d'user de clémence. Je vous condamne à trois ans de prison.

Dolan eut la preuve que les jeunes femmes élevées sur le flanc du mont Royal connaissaient tout de même quelques gros mots. Éléonore exprima sa déconvenue, assez fort pour que le magistrat scrute la salle à la recherche de l'auteure de cet outrage. Peut-être ne la vit-il pas, ou peut-être les plumes d'autruche teintes en gris de son chapeau l'impressionnèrent assez pour le rendre magnanime.

Il déclara l'audience levée. Eugène et Éléonore virent l'avocat Joncas s'approcher de son client pour déclarer :

— Nous allons faire appel. Ne vous inquiétez pas.

Dans la salle, tous se levèrent et se dirigèrent vers la sortie. La jeune femme partit au trot dans le sens contraire. Quand elle ne fut plus qu'à trois pieds de l'accusé, elle lui jeta :

— Vous l'avez tuée ! Je le sais, elle me l'a dit de l'au-delà.

Grothé la regarda avec de grands yeux écarquillés. L'avocat jeta un regard du côté des constables assurant l'ordre dans l'enceinte du tribunal, comme s'il craignait de la voir devenir violente. Eugène passa la main sous le bras de sa femme en murmurant :

— Viens.

Les agents de la paix entraînèrent l'accusé vers une porte donnant dans un couloir. De là, il serait conduit dans l'une des cellules du palais de justice en attendant son transfert à la prison de Montréal, avenue De Lorimier. Dans les locaux délabrés de cet établissement, Grothé trouverait le niveau de confort bien inférieur à celui de sa belle maison de la rue Sherbrooke.

De son côté, Eugène Dolan fut bientôt sur le trottoir de la rue Notre-Dame. L'air humide laissait présager l'une de ces désagréables chutes de neige printanières.

— Comment croire en la justice après ça ? demanda Éléonore.

Le policier abondait exactement dans le même sens. Un ivrogne en colère danserait au bout d'une corde, mais un assassin retors serait peut-être libre dans quelques mois, si le jugement en appel le déclarait innocent. Autrement, en tirant les bonnes ficelles, son avocat pourrait lui faire purger sa peine à l'infirmerie, et sans doute réduire considérablement ces trente-six mois d'incarcération.

— Si j'étais encore un candidat à la prêtrise, je te dirais que Dieu reconnaîtra les siens.

Voilà qui n'allégerait pas le vague à l'âme de la jeune femme.

— Tu peux rentrer avec moi ? lui demanda-t-elle en minaudant.

Normalement, le détective aurait dû retourner au bureau. Mais au diable ! Campeau lui pardonnerait certainement son désir de tenir compagnie à sa si charmante épouse.

Encore un mot

Si vous désirez garder le contact entre deux romans, vous pouvez le faire sur Facebook à l'adresse suivante :

Jean-Pierre Charland auteur

Au plaisir de vous y voir.

Jean-Pierre Charland

Suivez-nous

Achevé d'imprimer en mars 2018
sur les presses de l'imprimerie Marquis-Gagné
Louiseville, Québec